LE JEUNE AMOUR

DU MÊME AUTEUR
CHEZ POCKET

LA VALLÉE DE LA SOIE

1. LA VALLÉE DE LA SOIE
2. LA SOIE ET LA MONTAGNE

NOUNOU
ANGELINE
LA CLASSE DU BREVET

MICHEL JEURY

LE JEUNE AMOUR

ROBERT LAFFONT

ISBN 978-2-266-17266-0

À Nicole, ces histoires au parfum
de jeunesse retrouvée.

J'aimerai toujours le temps des cerises :
C'est de ce temps-là que je garde au cœur
Une plaie ouverte.

JEAN-BAPTISTE CLÉMENT :
« Le temps des cerises »

1.

Samedi soir. La salle d'étude du collège frémit d'une certaine légèreté de l'air ou des âmes. Une poussée de fièvre contenue émiette le silence.

Se trouvent là une demi-douzaine de grands élèves qui ne rentrent chez eux qu'aux vacances. Et puis quelques « premières » restés le week-end pour potasser dans la quiétude, car le bac et l'été sont à moins de quinze jours. Gilbert Jallas est de ces preux bûcheurs. Preux et gueux.

Purotin au milieu des bourgeois et des aristos, il trouve son bonheur dans une gourmandise innée pour l'étude et une passion assez nouvelle pour la réussite. Le collège Chateaubriand est cossu et un peu endormi. Gilbert aime l'atmosphère de la boîte en cette fin d'année scolaire : il ne se sent à sa place qu'à l'approche de la bataille.

Il n'a pas très envie non plus d'affronter le raffut du dimanche à la maison de ses parents. Le jour du Seigneur est aussi, chez les Jallas, celui des commères du quartier, celui des copains de bistrot du père et celui des amies de sa sœur, pépiantes chipies de treize ans qui ne respectent même pas l'intimité du futur bachelier.

Il ne peut pas se permettre de manquer son premier bac. En cas d'échec, il se voit mal commis ou auxiliaire dans quelque bureau minable, obligé de respirer à longueur d'année l'air confiné et les parfums à bon marché, de supporter les bavardages imbéciles de collègues à qui il devra, en prime, respect et obéissance. Que peut-on faire, muni du seul petit brevet, le ridicule BEPC ? Se présenter aux concours : les postes ou le Trésor ? L'école normale ? Non, pas l'école normale. Pas maintenant, après deux belles années passées à Chateaubriand. Il supporterait mal de redevenir un môme qu'on mène à la colle et au sifflet et qu'on gave de certitudes. Du moins, c'est ainsi qu'il imagine l'école normale.

D'un autre côté, il meurt d'envie de lâcher les études dès qu'il aura son premier bac, pour courir chercher cette « place » qui fait rêver sa mère. Saute-ruisseau sans ruisseau, sauf le dimanche, mouton sans pré, obligé de se laisser manger la laine sur le dos par les chefs et les collègues... N'importe, beaucoup d'auteurs célèbres ont connu un tel début. La jambe leste, il peut sauter haut. Il a du suint dans la laine, ça brûlera le gosier des charognes.

Et tant pis s'il doit sacrifier les grandes ambitions qu'il bichonne en catimini pour l'avenir. Est-ce qu'il y a encore un avenir en 1950, avec la guerre qui couve et la bombe qui chauffe ?

En attendant demain, il feuillette le Clouard : *La Composition française préparée*. Il partage ce bouquin avec ses camarades Bertrand de Gal, dit Perceval, qui ne percerait pas trois trous à un canard, et Régis Gagnoulat, dit le baron Bouillie, parce que son père possède une fabrique de bouillie bordelaise. Il pompe allègrement ces pages, destinées en principe aux maîtres fatigués et aux élèves qui craignent de l'être. Il compte bien que son « coup de plume » le sauvera le jour de l'examen. « Ah oui, ton coup de plume, dit Marguerite Fermineau, la prof de lettres, sur un ton de franc dédain. N'oublie pas d'avoir aussi un coup de chance ! »

OK, m'dame. Deux coups valent mieux qu'un !

Notons, camarade, dans le cochon tout est bon. Ceci, par exemple, peut servir : « Lamartine a créé une poésie tendre et noble, qui fait du sentiment l'essentiel de l'homme, qui parle à l'esprit et à l'âme », etc. Ouais, ouais, Gilbert n'est pas tout à fait d'accord. Justement, c'est un bon sujet de discussion. Et ce commentaire du père Clouard, mi-figue, mi-chèvre... On va se le fourrer dans la tête, pour le démolir à l'occasion. « Lamartine est aussi, avant tout peut-être, un génial faiseur... » Mais il a écrit ces vers que pas un vrai romantique du collège Chateaubriand ne peut dire sans avoir les larmes aux yeux, en l'an de grâce 1950.

Salut, bois couronnés d'un reste de verdure !
Feuillages jaunissants sur les gazons épars !
Salut, derniers beaux jours ! le deuil de la nature
Convient à la douleur et plaît à mes regards !

La douleur, c'est la grosse affaire de la vie, avec le plaisir, naturellement. Exemple, regretter à en mourir la brune qui vous a quitté et se consoler à pleines dents avec une blonde le diable au corps. Et quand on n'a ni brune ni blonde, de rousse moins encore, sauf en rêve, il faut se préparer en lisant tous les livres. Et espérer que la bombe ne pétera pas avant qu'on ait eu le temps de humer le sel et le poivre...

Très bien, passons à Musset. Petit ou grand poète ?

Dieu seul le sait. Mais souvent parmi les sujets du bac, oui. Maintenant, Victor Hugo. Quel morceau !

Le surveillant Jean Lavigne descend l'allée centrale de la salle à pas lents, en traînant les pieds sur le plancher comme s'il voulait suppléer la femme de ménage. Son front dégarni, ses épaules un peu voûtées, son air solennel le vieillissent de trois ou quatre ans. Il a vingt-cinq ans, paraît presque la trentaine. Son surnom de Sachem-sans-Plume passera sûrement à la postérité. Sobriquet complice que lui ont donné les élèves de première. Les rapports entre eux et lui sont empreints d'une certaine raideur, presque cérémonieux. Ils n'épinglent pas trop ses ridicules. Il leur parle quelquefois des soutiens-gorge, sa grande passion avec la biologie des protozoaires. Le premier sujet rencontre dans les jeunes esprits plus de succès que le second. Ils l'aiment bien, au fond, car c'est un type juste et loyal.

Il s'arrête devant la table de Gilbert, couvre du bout des doigts l'intitulé de la page 483.

— Victor Hugo, né le ?

Gilbert lève les yeux, l'air de fixer la Grande Ourse à travers le plafond, hausse les épaules, soupire.

— Enfin, monsieur, « ce siècle avait deux ans » !

— Oui, bon. Et mort ?

— L'année de la chute de Jules Ferry, après l'affaire de Lang Son. Mais Jules Ferry tombait de moins haut.

Jean Lavigne referme le livre d'un geste sec.

— Vous ne feriez pas un peu le malin... Gil Blas de Santillane ?

Gilbert tire une certaine vanité de son surnom. Gil Blas était un jeune homme candide et sensible, né sous une plume de génie, longtemps avant l'invention du soutien-gorge et des protozoaires. Pas touche, camarade !

Gilbert se sent un peu le frère de Gil Blas. Tâchant de mêler rouerie et naïveté à la façon de son modèle, il proteste de son innocence et s'excuse tout plat.

— Le malin ? Pas du tout, monsieur. C'est que j'ai une mémoire de cheval et je m'en sers.

— Je regrette, mon ami. On dit une mémoire d'éléphant, ha, ha !

— Vous êtes sûr, monsieur ? Même si on calcule au gramme de cervelle ? Et la mémoire des baleines ?

— Tâchez au moins de n'avoir pas la tête aussi grosse qu'un pachyderme. Et puis...

Le surveillant frappe de son poing le malheureux Clouard qui n'en peut mais.

— Jetez-moi donc ce bouquin aux orties. Étudiez votre cours en profondeur. En pro-fon-deur, n'est-ce pas ? La culture n'admet pas de raccourci. Et ne rêvez pas trop de châteaux en Espagne, Gil Blas.

— Merci de vos bons conseils, monsieur.

— Pas de quoi, mon ami.

Le surveillant, pas tout à fait sûr d'avoir eu le dernier mot, poursuit son chemin vers le fond de la salle. Il arrive à la dernière table, sur laquelle Antoine de Rafaillac a étalé un fouillis de pages griffonnées. Jean Lavigne se penche, lit par-dessus l'épaule du garçon. Le vicomte Raf ne lève pas la tête.

— Je vous en prie, dit-il. Ne vous gênez pas.

Le surveillant s'écarte d'un pas.

— Je voulais vérifier à quelle activité vous vous livriez avec tant d'ardeur.

— Vous avez vu. J'écris des lettres.

— Je ne crois pas que ce soit prévu en étude. Surtout à quinze jours du bac.

— Les grands épistoliers figurent au programme.

— Et vos révisions ?

— Mon latin n'est pas assez sûr pour rattraper le zéro en maths qui m'attend de toute façon.

Tout en parlant, Raf continue de jeter sa plume d'or en avant, et sa grande écriture couvre les lignes à toute vitesse. Jean Lavigne ne peut s'empêcher de l'observer, un léger sourire sur les lèvres, fin, sérieux, admiratif. Antoine de Rafaillac est arrivé au bas d'une page ; il signe vivement : « A. de R. » Une autre signature, plus familière, se tasse dans le coin de la page d'une autre lettre : « Ton vicomte Raf. » Le surveillant hoche la tête, soupire.

— Vous avez un courrier de ministre, monsieur de Rafaillac.

Le vicomte lève les yeux, balance son gros stylo noir.

— D'abbesse, monsieur Palavigne. D'abbesse !

Jean Lavigne acquiesce d'un signe.

— Bonne correspondance, madame la supérieure !

Le vicomte Raf choisit le moment où Gil, quatre rangs devant lui, referme le Clouard pour lui envoyer, par le relais de Constant, Beljac et Rivasier, une feuille de papier à lettres pliée en deux.

Le vicomte a crayonné à grands traits le message suivant : *Gil Blas de Santillane, pourrais-tu rédiger en quelques pages, d'ici à la semaine prochaine, ta* Dame à la voiture rouge *? On a décidé une espèce de concours des histoires de la Dame. Jury de filles, Béa de Gal, Élisabeth Saintviers et une ou deux autres. Le sujet dont tu m'as parlé est bon et tu as des chances. Raf.*

Gil répond : *Et le bac ?* Il retourne la feuille par le

même chemin, mais par deux relais seulement. Le Sachem-sans-Plume guette leur manège, la bouche pincée.

Le vicomte hoche la tête, une mèche brune tombe de sa tignasse sur ses lunettes à fine monture. Il la relève d'un beau mouvement du front. Il rouvre son stylo, répond aussitôt. *Le bac n'est pas la vie. Tout le monde le veut. Au diable ! Nous, nous espérons rencontrer une belle dame dans une torpédo couleur sang. A. de Rafaillac.*

Après tout, c'est un exercice de rédaction qui en vaut un autre, décide Gil. Raf a raison, le bac n'est pas la vie. Mais la vraie question est autre : Y a-t-il une vie sans le bac ? Et la question subsidiaire est celle-ci : Peut-on séduire une dame dans une torpédo rouge sans au moins la mention bien ? Il glisse un regard de faon soumis au Sachem-six-cors, dont les toupets de cheveux de chaque côté d'une patinoire à mouches figurent tant bien que mal les andouillers. Le surveillant lui renvoie un sourire mi-complice, mi-paternel.

Pauvre Lavigne ! Le PCB à vingt-quatre ans. Gil calcule. À vingt-quatre ans, moi je... Jusqu'où aura-t-il grimpé sur l'échelle de son étoile, le malin Gil Blas du siècle de Sartre et de Camus ? Il prend son cahier de brouillon et note : *Il me la faut tendre et un peu folle. Ardente comme la braise dans le foyer d'un alambic en chauffe. Entêtante comme les vapeurs d'alcool qui s'échappent du serpentin. Et en même temps rêveuse et pure. Angélique et tentée par le démon...* Et comment habiller une jeune femme qui conduit une décapotable rouge vif ? En noir, bien sûr. Veuve, nonne ? Novice, plutôt. Elle profite d'une dernière sortie avant de prononcer ses vœux. Elle hésite encore. Peut-être s'est-elle échappée du couvent... Par jeu, par défi, elle s'est coiffée d'un foulard rouge, assorti à la voiture qu'elle a empruntée à son père. Elle roule au hasard, roule, ma poule, cherche entre les prés et les bois le secret de son âme.

C'est là que commence mon histoire, mesdemoiselles !

Gilbert étouffe. Ses camarades semblent moins souffrir que lui de la chaleur et de l'air confiné. Le Sachem-sans-Plume, pas du tout. Ah, si on pouvait ouvrir les fenêtres... Il aimerait, par la magie d'un seul vœu, se transporter loin de la ville, entre un bosquet de merisiers, où mûriraient les fruits sauvages, et un pré d'herbe haute, où fleuriraient les pissenlits. Une jeune bergère en robe blanche, nommée Marguerite, se tiendrait assise au milieu d'un troupeau de vaches. L'air serait si vif qu'il en aurait le corps rafraîchi et l'âme délestée...

Il ferme les yeux. Il additionne une nouvelle fois, dans sa tête, ses notes du bac blanc. Il a entendu souffler que s'il obtenait la mention très bien au vrai bac, on lui ferait cadeau l'année prochaine de la scolarité et de la pension.

Loin de l'apaiser, cette pensée lui serre le cœur.

2.

Le directeur de Chateaubriand, M. Gautier, est un civil aux manières ecclésiastiques ; il a souvent l'air plus curé que les curés. Ainsi, sa façon de frotter doucement, l'une contre l'autre, ses mains jointes devant lui et pointées sur sa visiteuse, Félicia Jallas, née Nadal, la mère de Gil.

Félicia écoute M. Gautier, assise au bord de sa chaise, la tête un peu penchée. C'est une femme d'environ quarante ans, au visage sévère et doux à la fois. Quelques fils blancs s'échappent de son chignon. Petite, droite, elle a mis sa robe des dimanches, en velours sombre, un vêtement d'hiver, mais la chaleur de juillet ne l'incommode pas. Elle a toujours un peu froid, au cœur comme au corps. Elle porte même des gants pour cacher ses mains abîmées par le travail à l'usine de conserves. Elle les tire parfois aux jointures, d'un geste machinal, pour les enfoncer davantage.

— Monsieur, vous comprenez, il y a la petite, Marinette. Elle a treize ans, on voudrait qu'elle continue jusqu'au brevet. Mon mari est malade, ça fait six mois qu'il ne travaille plus.

Le directeur feuillette le livret scolaire de Gil, ouvre la chemise où le garçon a réuni ses brouillons, français, maths, anglais... Le professeur de maths de Chateaubriand, M. Deslongs, a mis quelques traits rouges et deux chiffres, suivis d'un point d'interrogation : 7-8 ? Gilbert Jallas a raté sa géométrie. Pour la première fois de l'année, il a eu moins que la moyenne. C'est pis qu'un échec : un demi-succès. On ne communique pas leurs notes aux candidats des écoles libres. Il a eu sans doute un peu plus de douze. Mention assez bien... Ridicule !

M. Gautier a beau tourner et retourner les pages du brouillon, c'est un fait. Il avait rêvé d'un TB qui aurait couvert de gloire la maison. Chateaubriand, toujours au bord de la faillite, a besoin de réclame pour remonter la pente. Les bons élèves, il en faut quelques-uns, sont souvent des sans-le-sou à qui on « fait des conditions », au risque de plomber le budget. Si bien que...

— Si bien que nous n'aurons pas de classe de philo l'an prochain, avoue M. Gautier, la mine allongée. Nous ne serons pas plus d'une douzaine en terminale, nous réunirons tout le monde en math élem. M. Deslongs jure que tu suivras en maths et en physique sans la moindre difficulté.

— M. Deslongs s'en va, répond Gil.

Il ne veut plus être Gilbert, ça sonne prolo. Il sera désormais Gil Blas, Gil en abrégé. Sa petite sœur, déjà, l'appelle Gil. Les enfants ont toujours raison.

Il se tient à côté de sa mère, assez loin quand même pour marquer son indépendance. Quoi qu'on pense du piètre résultat de l'examen, il a son premier bac : il n'est plus un gamin. Une mèche brune pend sur son front et tente de ressembler à celle, plus ébouriffée, d'Antoine de Rafaillac. Il se sent mal à l'aise dans sa veste d'été, trop étroite, qui le serre sous les bras et remonte sur ses poignets. Il songe qu'une veste à sa taille sera son premier achat, quand il travaillera et qu'il aura économisé quelques sous. Il redresse les épaules sous l'effet de cette pensée, sourit malgré lui.

M. Gautier a surpris le pli de ses lèvres ; il approuve d'un signe.

— C'est vrai, M. Deslongs s'en va, mais nous avons un remplaçant en vue, au moins jusqu'à Noël. C'est un étudiant en maths spéciales. Je suis sûr que tu t'entendras bien avec lui. Nous renoncerons aux frais de scolarité. Quant à la pension...

La mère de Gil pousse un soupir rauque, serre son gros sac à main sur ses genoux, lâche comme un cri :

— Je ne peux pas !

Le directeur lève la main, d'un geste bénisseur.

— Je sais. Si votre fils veut bien devenir surveillant, vous n'aurez pas de pension. En fait, vous n'aurez rien à payer.

— Il est trop jeune ! s'écrie Félicia Jallas en se retenant de lever les bras au ciel.

Gil regarde le bas de son pantalon qui tire-bouchonne sur ses jambes maigres. Les troisièmes et les quatrièmes seraient pliés en quatre s'il commettait la folie de se présenter dans cette tenue le jour de la rentrée. C'en serait fini de son prestige pour toute l'année. Non seulement, il est trop jeune, mais il ne paraît pas son âge. Il ne détonnerait pas dans la classe du brevet. En outre il est mal habillé, il est timide, godiche ; il a l'air du pauvre qu'il est. Un Petit Chose comme on n'en voit plus qu'au cinéma !

Il y a pis. S'il était assez fou pour se faire pion à Chateaubriand, les jaloux lui tomberaient sur le râble aussi sec. Ils n'étaient que deux ou trois à l'avoir dans le pif ; mais ils monteraient le coup aux autres. Quelle occasion ! Il paierait cher ses relations privilégiées avec les Rafaillac, de Gal et compagnie. On lui trouverait vite un surnom plus méchant que Gil Blas. Le reste suivrait. Il serait incapable de se défendre.

Sa mère évite de le regarder. Elle se tasse sur sa chaise, triture son sac. Enfin, elle se tourne vers le directeur, les yeux baissés.

— Mon mari a décidé que notre fils devrait gagner sa vie à partir de... à partir de maintenant. On se disait que peut-être vous pourriez le prendre comme instituteur des petits, mais vous devez penser que... Il est trop jeune, bien sûr.

M. Gautier referme la mince chemise qui contient le dossier de Gilbert Jallas. Il ajuste l'élastique un peu lâche. Affaire classée. Dommage, vive dommage, et on s'en va !

— C'est vrai, Gilbert est trop jeune. De plus, instituteur est un métier absorbant. Je ne vois pas votre fils s'occuper de jeunes enfants tout le jour et préparer le soir son examen de mathématiques élémentaires. Math élem est une classe difficile, qui demande beaucoup de temps.

Le directeur recule son fauteuil qui craque et gémit, le plancher se plaint, une porte claque, une vitre tremble. On croirait que la baraque tout entière va tomber en morceaux. À se demander même si la mention très bien de Gil aurait suffi à sauver la boutique Chateaubriand. M. Gautier se lève, marche vers la fenêtre et, sans se retourner, conclut :

— Nous sommes à la mi-août. Vous avez un mois pour réfléchir, en parler avec votre mari. Le 15 septembre au plus tard, vous me ferez connaître votre décision.

Gil se retrouve dans le couloir, précédant sa mère. Les voici dans la rue. Mme Jallas cligne des yeux, tout éblouie. La lumière de l'après-midi, réfléchie par les façades blanches, est presque blessante après la douceur ombreuse de la vieille bâtisse.

Comme ils vont pour traverser, une voiture les frôle. C'est une traction. Un nouveau modèle, neuf, aux roues pleines. La voiture préférée de Gil, après la torpédo rouge. Il prend le bras de sa mère, la force à remonter sur le trottoir. Elle s'excuse, tête basse.

— Je suis tout assommée par la conversation avec le directeur. J'ai un peu le tournis.

Il lâche son bras.

— Ça va aller, maman.

Elle paraît soudain beaucoup moins que son âge. C'est une jolie jeune femme. Ils marchent, embarrassés l'un et l'autre. Embarrassés l'un de l'autre. Ce n'est pas que Gil ait honte de sa mère ; il serait plutôt fier d'elle. Simplement d'être là, elle le repousse dans son enfance.

Ce serait moins grave s'il était avec son père, entre hommes. À cette heure-ci, bien sûr, Fernand Jallas est au travail, comme tout le monde. Enfin, ce qui lui tient lieu de travail, dix et un bricolages, ici ou là. Il nettoie le clapier d'un voisin. Il repeint des volets, il lave des bouteilles... Le plus souvent, il se fait payer en nature. Ce n'est pas lourd. Même pas du beurre dans les épinards, tout juste quelques croûtons dans le potage. Et si, d'aventure, il touche une pièce ou un beau billet de vingt francs, celui où on voit un pêcheur en ciré tirant sur sa corde, il court le boire au bistrot. Voilà pourquoi Gil doit gagner de l'argent pour se payer un costume et contribuer aux frais du ménage. Assurer la matérielle... Une drôle d'expression qu'il a lue dans un roman et qu'il va retenir. Il tirera la corde de toutes ses jeunes forces, comme le pêcheur du billet. Adieu, Chateaubriand.

Il s'entend appeler, depuis l'autre côté de la rue.

— Jallas, hé, Jallas ! Gil Blas de Santillane !

Un homme d'environ quarante ans, grand, sec, vêtu d'une chemisette, coiffé d'un chapeau de paille, traverse en coupant la route à une camionnette, puis vient se piquer devant Gil et sa mère.

— Alors, traître ! On a révisé sa géométrie ?

C'est M. Deslongs, l'ancien prof de maths. Il s'incline devant Mme Jallas comme si elle était comtesse.

— Votre fils est trop émotif, chère madame. Quel malheur ! Il a accumulé toutes les meilleures notes aux trois bacs blancs, dix-sept, dix-huit, dix-neuf. Et il n'a pas été fichu d'avoir la moyenne le jour de l'examen !

Le prof serre l'épaule de Gil dans sa longue main nerveuse.

— Tu sais que j'entre dans l'enseignement public ? Tu devrais faire la même chose. Y as-tu pensé ?

— C'est la pension, gémit la mère. Elle sera encore plus chère qu'à Chateaubriand. On ne peut pas la payer !

Il la regarde, jauge sa pauvreté d'un œil expert, lâche un gros soupir, menace Mme Jallas d'un sourcil froncé.

— Si je puis me permettre, madame : Par quel hasard avez-vous mis votre fils dans une boîte libre ?

La mère fouille son cabas comme si elle espérait y trouver la réponse à une question difficile.

— Monsieur, c'est mon patron, à l'usine, qui l'a voulu. Il avait promis de nous aider pour les frais si Gil quittait l'école laïque.

M. Deslongs sourit en montrant de grandes dents, prêtes à mordre. Enfin, c'est du cinéma, mais on croirait presque, si on ne le connaissait pas, qu'il va planter ses canines dans la gorge des patrons et autres méchants capitalistes.

— Et il vous aidés ?

— Il m'a réservé des heures supplémentaires.

Le prof de maths lance un rire terrible : ha, ha, ha ! Gil réprime une grimace de mauvaise humeur. Ce n'est pas aussi simple. Il ne suivait pas, au cours complémentaire de Saint-Veillant, où on l'a aimablement prié d'aller garder les oies chez sa grand-mère. Il n'a pas eu le choix. C'est là que M. Mauvignier, le « conserveur », comme on disait, le patron de sa mère, est intervenu. Gil s'est plu à Chateaubriand, où la liberté, y compris la liberté de travailler à sa guise, est infiniment plus grande. Dans les classes supérieures, les bondieuseries, réduites à leur plus simple expression, ne l'ont pas trop gêné. Enfin, la bande des nobles l'a quasiment adopté, larron chez les brigands. Deux ans à Chateaubriand, ç'a été le bonheur.

Mais c'est fini.

Il regarde M. Deslongs s'éloigner à petits pas, puis tourner au coin de la rue. Il continue de fixer pensivement ce morceau d'espace vide, délimité par l'angle du mur, le trottoir, la rue, le ciel. Il respire un grand coup, ça va mieux, son humeur s'éclaire. À nous deux, la vie, à nous deux, belle putain ! La glu de son enfance est partie à la semelle du prof de maths. Il sait pourquoi. Deslongs l'a appelé Gil Blas de Santillane : c'est une sorte de baptême. Un visa pour l'âge adulte. Il se sent comme une bête à bon Dieu au bout d'un doigt, prêt à l'envol.

Il prend le bras de sa mère d'un geste franc, presque homme.

— Je vais chercher du travail, m'man.

Il ajoute *in petto* : Et en trouver, juré !

3.

Béatrice de Gal, surnommée la fée Morgane, déplie une feuille de papier ministre, couverte d'écritures diverses, de ratures et de rajouts. Encre bleue, noire, violette : c'est presque une œuvre d'art.

La jeune fille lance un clin d'œil de connivence dans la direction de Gil, qui se retourne machinalement pour s'assurer que le regard de la demoiselle ne s'adresse pas à quelqu'un derrière lui. La sueur dévale de son front sur ses yeux.

Par chance, un arbre se tient prêt à le soutenir. Il appuie les épaules contre le tronc, de tout son poids.

Béa de Gal est montée sur la table à tréteaux plantée au milieu du pré. Les autres filles font la ronde autour des garçons, parmi lesquels il distingue Jacques de Fonréal, le vicomte Raf, le baron Bouillie... Toute la bande est réunie pour un pique-nique, dans une prairie ombragée devant le manoir de Fonréal. Un pique-nique de luxe, avec table, vaisselle, servante... Gil n'a pas eu le temps d'avaler son café au lait, ce matin, il a l'estomac vide, il aimerait qu'une de ces demoiselles lui apporte un verre d'eau, sucrée si possible. Quelqu'un s'approche de lui. Régis Gagnoulat, dit Gnou-gnou, dit le baron

Bouillie. Ami précieux, il a toujours un verre à la main et les poches pleines de nourritures terrestres.

— Tiens, bois.

C'est un demi-gobelet de limonade, mêlée de vin blanc. Gil le vide. Gnou-gnou lui pousse entre les dents un morceau de brioche fourrée à la gelée de coing. Gil n'a pas goûté de brioche depuis l'avant-guerre. En 1950, les restrictions sont finies, sauf pour les pauvres. Il mâche. Il a les larmes aux yeux. On croit que c'est l'émotion. D'ailleurs, c'est l'émotion.

— Approche-toi, merde, dit le baron Bouillie. T'en as de la chance, la fée va te toucher de sa baguette. Remarque, moi, je préférerais l'inverse !

La belle regarde Gil en souriant de toutes ses dents, très blanches mais un peu trop grandes. Voilà, il a remporté le concours de la Dame à l'auto rouge. Visage bien sculpté, les pommettes hautes sur des yeux profonds et bleus, Béa, la fée blonde, a un beau nez, bien dessiné, un peu étiré, comme toute sa personne, de la tête aux pieds, et une bouche d'ogresse, large et rouge.

On entend quelques clapotements, paumes et doigts frappés, façon d'applaudir très aristo. Raf fait un signe d'encouragement à Gil. Sa mèche, ses lunettes, son sourire lunaire, le vicomte de Rafaillac tel que jamais il ne change, même au milieu des vacances d'été. Son regard comme un feu dans la nuit, son sourire immensément sérieux... C'est lui qui a choisi Jallas, le petit pauvre, et l'a introduit dans la chevalerie des grands propriétaires. Ils partagent les mêmes goût littéraires : à l'occasion, Raf se fait expliquer par Gil un problème de maths qu'il n'a nulle intention de rendre, mais dont le mystère l'intrigue...

On devrait parler au passé, tout ça est fini, bien fini.

La Walkyrie, debout sur la table, agite ses longues mains, ses longues jambes, réclame le silence et l'attention. La lumière de midi éclaire de nuances paille, cuivre, sable chaud sa chevelure dénouée. Elle parle d'une voix fruitée acide, mi-groseille, mi-griotte, qui contraste avec sa carrure.

— Nous ne saurons jamais qui a inventé la Dame à la voiture rouge. Peut-être existe-t-elle vraiment. Six garçons ont voulu raconter comment ils l'ont connue. Cinq filles ont jugé leurs copies. J'avoue que deux compositions au moins étaient d'infâmes brouillons. Nous nous sommes senties offensées. Nous avons choisi à l'unanimité l'histoire de la nonne...

Elle secoue la tête, balance ses mèches fauves, reprend :

— « La Novice au foulard rouge ». Novice, pas nonne, la nuance est importante. L'auteur... approchez, s'il vous plaît, monsieur Gil Jallas. Venez recevoir votre prix. Ne rougissez pas comme une enfant de Marie, mon ami !

Mon ami ? Gil s'imagine une seconde dans les bras de la belle et se sent tout petit. Elle baisse la tête pour lire ses notes, perd un instant l'équilibre, manque tomber de la table. Le vent joue avec sa jupe d'été, qu'elle rabat d'un geste négligent sur ses cuisses tout en muscles et sur ses genoux un peu chevalins. Jolie jument pour un caracoleur expert au manège...

— Vous êtes bachelier, que diable !

— Seulement le premier bac, plaide Gil. Et encore, de justesse.

Elle le regarde de haut, elle rit, se défend contre le courant d'air qui l'ébouriffe jusqu'à la fourche.

— Vous n'êtes pas le premier à rêver d'une jolie nonne, mais vous le dites bien, avec beaucoup de délicatesse. Nous avons apprécié votre retenue qui tranche sur la grivoiserie de quelques-uns. Approchez. Vous êtes le héros du jour !

Les filles luttent contre le fou rire.

La fée les menace d'une baguette imaginaire.

— Taisez-vous, chipies, ou je vous change en pourceaux ! En pourceaudes...

Les garçons se tordent de rire. Gil tâche de ne pas avoir l'air humilié. Qu'ils le mettent en boîte, tous, si ça les amuse. Il vient quand même de gagner son premier concours littéraire : il n'a pas été distingué par une bande de vieux birbes, mais par cinq jeunes filles de son âge ou à peine plus âgées. À moins que... Et si Béa de Gal avait manigancé cette combine pour le ridiculiser ? Ou seulement pour avoir l'occasion de déballer ses gigues drues ?

Béa résume le conte de Gil.

— Isabelle de Beaufranc, la novice, est sortie du couvent pour passer quelques jours chez ses parents. Elle hésite encore à prononcer ses vœux. Elle emprunte la décapotable de son père et roule à travers la campagne. On peut donc supposer qu'elle a plus de dix-huit ans. À moins qu'elle conduise sans permis, comme ça m'arrive de temps en temps. En tout cas, elle a d'assez grandes jambes pour enfoncer les pédales... exactement comme moi.

Un vieux cheval s'approche pour voir. Il s'est probablement échappé de son pré, il vient en curieux. Il trotte d'un pas lourd vers les jeunes gens, lâche un hennissement enroué, lève un tantinet le cul, trop fatigué pour vraiment ruer. Il dresse quand même la queue et les oreilles. On dirait qu'il se prend pour le lauréat. On rit, on l'applaudit plus fort que Gil.

— Seigneur, qu'ils sont bêtes ! s'écrie Béa de Gal en sautant par terre.

— Félicitations, dit Raf à Gil. À mon avis, ton histoire n'est pas très bonne. Enfin, pas si bonne que les filles le croient. Mais, comparée aux autres, même la mienne, c'est un chef-d'œuvre !

Le cheval s'étant un peu éloigné pour brouter quelques feuillages au bord du parc, d'un air d'infinie sagesse, la cérémonie reprend là où on l'a laissée, ou presque. Béa vient chercher Gil et le conduit par le bras jusqu'à la table, devant laquelle se pressent les autres. Il tremble d'émotion, d'être ainsi maintenu. Il suivrait la fée Morgane jusqu'aux confins du royaume, pour le plaisir et parce qu'il se sent incapable de lui résister. Mais il n'a pas d'illusions ; il sait bien qu'elle a inventé un jeu et s'amuse de sa timidité.

Elle baisse la voix et murmure à son oreille. Elle est plus grande que lui mais pas tellement, elle se penche plus que nécessaire.

— Ta novice, je l'ai reconnue... Tu permets que je te tutoie ? C'est moi, n'est-ce pas ?

Il ne va pas la contrarier pour si peu. Ni la tutoyer, non plus. Il serait ridicule.

— C'est vous.

Elle triomphe.

— Je le savais.

Elle lève la main, on croirait qu'elle ramène un prisonnier de guerre. C'est un peu vrai. Il respire son parfum, chair et fleur, plus de chair ou plus de fleur, il ne sait. Les filles sont maintenant autour de lui, toutes. Elles rient, pouffent, se moquent. Rage et bonheur se nouent pour lui forcer le cœur et lui chauffer le sang.

Béa lui remet une feuille de vélin roulée.

— Ouvre-la.

C'est une sorte de diplôme, orné d'une tête du vicomte de Chateaubriand, sans doute décalquée sur un billet de cinq cents francs. Face à l'auteur d'*Atala*, un visage de femme vient peut-être d'un gros billet, cinq mille ou dix mille francs. Tiens, mais c'est de l'humour !

Entre les visages, le titre calligraphié : *Concours de la Dame à l'auto rouge*. On voit dans un coin une grosse voiture aplatie, rouge bien sûr, avec une capote noire, peut-être une Bugatti, une Salmson ou une Hispano. Premier prix : *La Novice au foulard rouge*, par Gil Blas de Santillane. Ces demoiselles se sont bien diverties. Voici qu'elles l'embrassent, odeurs mêlées, roucoulements, papillons sur la joue, sauf une bouche mouillée qu'il n'a pas le temps de reconnaître et un baiser plus appuyé, au coin des lèvres, à la fin, celui de Béa. L'une sent la campagne, l'une le petit chat, une autre le citron, la quatrième répand des effluves de sueur pas du tout désagréables... Haleines entêtantes, bouquet de senteurs féminines à vous dessouder une âme bien née.

Gil s'en va, son rouleau à la main et, sur la joue, deux ou trois baisers pas encore décollés. Dernier souvenir de Chateaubriand. Il marche au hasard, titube légèrement ; on lui tend un verre d'orangeade qu'il trouve écœurante mais sirote à petite gorgées. Il voudrait avoir dix ans de plus : vingt-six, vingt-sept ans, l'âge idéal.

Il n'est pas sûr d'y arriver un jour. Depuis qu'il a eu son bac, la guerre a éclaté en Corée. Les Nord-Coréens ont pris Séoul. Les Américains s'engagent, MacArthur est commandant en chef. Le président Truman exclut l'emploi immédiat de la bombe atomique.

Immédiat... Bon, si ce n'est aujourd'hui, ce sera demain. Le monde est mal parti.

Gil passe derrière une haie. Il retrouve sa bécane, posée contre un banc de pierre. Il l'enfourche et s'en va. La fête est finie. Maintenant faut pédaler, mon petit.

4.

— Madame Jallas, on vous demande au bureau !

Léon Philippard, dit Pépé le Moko, le contremaître de l'usine Mauvignier, hurle pour se faire entendre au fond de l'atelier, à travers le grondement des machines, chaudières, autoclaves, train d'emboîtage et de sertissage... Et puis c'est sa nature de grande gueule. Il ne sait pas s'adresser aux ouvrières sans leur casser les oreilles de ses aboiements.

Le vacarme est tel qu'il a dû s'avancer au milieu du grand atelier. Il n'aime pas respirer l'odeur aigre de la tomate ; mais quand on fait la viande, en hiver, la puanteur de la graisse est dix fois pire. Il regarde le sol cimenté, évite soigneusement les flaques d'eau sale, les traînées de soupe rougeâtres, les taches d'huile irisées. Il s'arrête devant une flaque fumante, trompette une dernière fois :

— Bon Dieu, vous m'avez entendu, madame Jallas ?

Son adjointe, Mme Poujade, relaie l'appel.

— Jallas, au bureau.

En ce moment, Félicia Jallas est aux autoclaves, où l'on stérilise les boîtes qui arrivent du sertissage. Un secteur où la ferraille claque, tinte, siffle, grince, halète.

Un raffut à vous rompre la cervelle. Félicia a sursauté en s'attendant appeler. Mais elle n'est pas sûre ; elle ôte son coton d'oreille. Mme Poujade répète :

— L'Adrien est là. C'est peut-être lui qui veut vous voir...

M. Adrien Lécuyer, le gendre de M. Mauvignier, est le vrai patron de l'usine depuis que son beau-père s'en désintéresse. C'est lui qui a embauché Pépé, pour « mater les ouvrières ». On l'appelle aussi l'adjoint : il est le premier adjoint du maire, M. de La Jafferie, qui lui aussi se désintéresse, quelle coïncidence ! Tout bas, on dit l'Adrien. Quelques-uns se souviennent de ses aventures pendant l'Occupation. Il a su décrocher assez tôt de son revers de veste la francisque maréchalienne et, par la vertu d'un oignon, selon une vieille formule paysanne, il s'est retrouvé en 1944 au comité de libération local. Il possède aussi, à son compte, une entreprise de transport, des camions, des autocars. Son mariage lui a mis le pied à l'étrier, mais la note est salée. Sa femme, née Isabelle Mauvignier, passe pour folle. Elle l'est peut-être moins qu'on le dit, enfin il est sûr qu'elle n'a plus toute sa tête. C'est un obstacle aux ambitions d'Adrien Lécuyer : devenir le seul patron de l'usine Mauvignier et prendre la place à la mairie du vieil aristocrate RPF. Ça le rend furieux, il se fout en rogne pour un oui, pour un non. Tout le monde le craint. Il a plus d'ennemis à Saint-Veillant qu'un chien de puces. Certains ont juré de lui faire la peau.

Quand le Parti sera au pouvoir. Quand les Russes arriveront.

Ou n'importe quand si une bonne occasion se présente.

Le contremaître est son obligé. Un ancien collabo qu'il a sauvé du bagne ou peut-être même du peloton.

Une sale bête, disent les ouvrières. Il les traite sans ménagement, surtout celles qui ne sont plus très jeunes. Certaines sont prêtes à tout endurer pour garder leur place.

Arrive Marie Maignan, la meilleure amie de Félicia, mais presque dix ans plus jeune : une petite blonde bien plantée, au regard pétillant, une des rares ouvrières qui tiennent la dragée haute à Pépé le Moko. Elle est jolie, toujours gaie, assez maligne. Elle n'arrête pas de fredonner les rengaines à la mode.

Elle marmonne dans les cheveux de Félicia.

— Qu'est-ce que t'as fait ? Ce salopard a dit « madame ». C'est pas bon signe, ma doucette.

— Ça doit être l'Adrien qui veut me voir.

— C'est peut-être à cause de ton mari...

Marie reprend sa chanson, *À Paris*, de Francis Lemarque.

— *Quand un amour fleurit,*

Ça fait pendant des s'maines...

Félicia soupire, se frotte la figure avec le coin de son tablier.

— À cause de mon mari ? Oui, ça se pourrait.

— Tu te mâchures encore plus avec ton tablier sale ! Il a pilé du poivre sur l'Adrien, au bistrot ?... *deux cœurs qui se sourient.*

Marie Maignan ajuste le foulard de son amie sur les oreilles, refait le nœud, sort de la poche de sa jupe un mouchoir propre, elle crache dedans et lui frotte le nez, comme on fait pour les enfants.

— Te voilà nette comme torchette. Va vite, je te remplace, mais tâche de pas traîner. Et te laisse pas manger la laine sur le dos !

Marie Maignan secoue la tête. Elle sait que le mari de son amie boit le peu qu'il gagne, qu'elle doit gagner la pâtée de tout son monde. Elle a besoin des heures supplémentaires, dont Pépé lui chicane sans fin le décompte. Le travail n'abonde pas dans la petite ville, les heures supplémentaires sont une récompense qu'on accorde aux plus méritants ou aux plus dociles. Marie regarde Félicia courir vers le bureau en s'essuyant les mains à son tablier. Ma vieille, si tu veux être embauchée pour l'hiver, je te plains.

L'hiver, « pour la viande », le nombre d'ouvrières est réduit de moitié, parfois des trois quarts. Les places sont chères.

Léon Philippard toise Félicia en retroussant la lèvre, un tic qu'il a, et sa façon de se taper sur l'estomac d'un air repu en est un autre. Mais il n'est jamais repu de femmes. C'est un ancien adjudant des troupes coloniales, quarante-cinq ans, taillé en armoire, rond de ventre, rouge de teint, l'œil un peu porcin, le cheveu épars et la voix de rogomme. Les pouces aux bretelles sous sa blouse blanche ouverte, il s'approche de Félicia comme s'il voulait la pousser avec le ventre. Elle recule d'un pas, continue de se frotter les mains à son devantier maculé, cireux.

— M. Lécuyer vous attend à son bureau, m'ame Jallas. Je regrette de vous le dire, vous avez l'air d'une souillon. Demain matin, je veux vous voir avec un tablier neuf. Ôtez-moi celui-là, vous feriez vomir le patron !

Félicia s'empourpre, risque un regard vers Mme Grisac, penchée sur sa machine à écrire, au fond de la pièce vitrée. La dactylo feint de ne rien voir, de ne rien entendre. C'est une pimbêche ; elle souffre aussi des mauvaises manières du contremaître, mais elle se console en décrivant par toute la ville l'humiliation des ouvrières. Félicia commence à dénouer l'attache de dos de son devantier ; ses mains tremblent, ses doigts glissent sur l'étoffe mouillée, grasse. Pépé le Moko ricane. Elle passe la bretelle sur sa tête, roule le tablier entre ses paumes, cherchant un endroit où le suspendre. Le contremaître exagère sa moue de dégoût.

— Ah, non, pas avec les blouses. Jetez-le par terre. Allez, M. Lécuyer va s'impatienter. Déjà qu'il est d'une humeur de chien !

Félicia laisse tomber son tablier contre le mur. Philippard le pousse hors du bureau de la pointe de sa chaussure, puis ouvre la porte du couloir qui conduit à la pièce réservée au patron.

Félicia aurait voulu se donner un coup de peigne avant de se présenter. Trop tard. Tout à coup, elle sent sur elle l'odeur de la tomate cuite, écœurante. Elle cache une seconde son visage dans ses mains. M. Lécuyer a toujours été indulgent pour elle, malgré les frasques de son mari, elle doit le reconnaître. Sans doute à cause de la bienveillance de M. Mauvignier, ce qui est d'ailleurs un mystère. Mais le patron aurait voulu que Gil finisse son bac à Chateaubriand, il sera très mécontent et ne la protégera plus si son gendre se fâche...

À coup sûr, cet idiot de Fernand a encore tenu le crachoir au Café de Paris, en compagnie des deux ou trois soiffards exclus du Parti, qui en avait honte. On les appelle les « patates »... Le pire est un nommé Onésime Boisseau, dit Misus. Le mauvais ange de Fernand Jallas, qui est toujours pendu à ses oreilles.

Félicia s'essuie les yeux et les joues avec le mouchoir de Marie, frappe doucement à la porte, où une affichette neuve fixée par deux punaises indique : *Bureau de M. Lécuyer*. On a remplacé l'ancienne inscription *Bureau de M. Mauvignier*, ce n'est pas trop bon signe.

Une voix assourdie lui répond d'entrer. Elle fait deux pas dans la pièce, referme la porte. Le soleil qui entre à flots par une fenêtre ouverte l'éblouit un instant. Son cœur bat la chamade.

M. Lécuyer lève les yeux. Il n'a pas l'air trop fâché. Elle soupire de soulagement, s'appuie au dossier d'une chaise pour ne pas flageoler. Le patron la regarde en souriant. Un drôle de sourire, qui montre les dents, moitié carnassier, moitié papelard.

Félicia se sent une petite fille prise en faute. Est-ce qu'il va lui annoncer qu'elle est foutue à la porte ? Elle ne lui en veut pas. Il est malheureux en ménage avec sa folle, pas si folle qu'on le croit. Elle l'est aussi, avec son ivrogne de mari, même si Fernand ne se soûle pas tous les jours et a aussi des côtés bonhommes.

M. Lécuyer tord la bouche, fronce les sourcils. Il arbore un air si soucieux qu'on a envie de regarder en l'air pour s'assurer que le ciel n'est pas en train de tomber. Il soupire longuement.

— Eh bien, asseyez-vous, madame Jallas.

Félicia s'assoit timidement, au bord de la chaise. M. Lécuyer se lève pour aller fermer la fenêtre qui donne sur la rue ; mais il ne repousse pas tout de suite les battants. Il se penche pour observer ou écouter. Félicia jette un regard distrait aux charrettes des paysans qui vont s'aligner un peu plus loin devant le hangar où on décharge les cageots de tomates. Cris, appels, rires, apostrophes, grincements d'essieux, beuglements des bœufs, raclements de sabots font une rumeur familière, au fond de laquelle on entend hurler Pépé le Moko. Le contremaître ne ménage pas plus les paysans que les ouvrières. Les insultes pleuvent. M. Lécuyer se retourne et sourit.

— Eh bien...

Il a presque l'air amusé.

— M. Philippard exagère, vous ne trouvez pas ?

Félicia baisse les yeux. L'Adrien revient lentement s'asseoir derrière son bureau, en face d'elle. Il est grand, droit, large d'épaules, avec le visage plein, le cou épais, le front haut, le nez droit. Sa mâchoire lourde désavoue l'air bonasse ou indolent de gros matou qu'il prend volontiers pour tromper son monde. Les paupières bouffies, le menton effacé, la bouche de travers traduisent peut-être une secrète faiblesse du caractère. Il a le teint florissant, la peau des joues raclée par le rasoir, pas un poil sur la figure, des yeux gris de métal, au regard de chasseur, tour à tour voilé, comme absent, et brillant d'un éclat cruel. Et aussi une façon de scruter on ne sait quoi par-dessus la tête des gens, comme pour se tenir à distance du pauvre monde... Deux ou trois mèches grises sinuent dans ses cheveux épais, plaqués, tout luisants de Gomina. Il paraît plus vieux que ses quarante ans. Il pourrait être beau, « joli homme », dit Marie Maignan, qui s'y connaît en messieurs et en chevaux ; mais quelque chose de veule et de jouisseur, dans ses traits, son attitude, un mélange permanent de prétention, d'irritation et de rancune déborde de son âme sur son visage et lui gâche le portrait.

Ses poignets de chemise tombent sur ses mains fines, nerveuses, qu'il joint à plat au bord de la table. Il balance toujours la tête en arrière, puis en avant au moment de parler.

— Eh bien, madame Jallas, ça fait un moment que vous êtes dans cette maison.

Félicia répond d'une moue. J'y étais avant toi, mon bonhomme. Avant que tu saches la différence entre les tomates et les haricots... si tu la sais, maintenant !

Il feuillette un gros cahier posé devant lui. Sa bouche se crispe un bref instant. Il étend la main droite comme pour caresser le bois sous sa paume. C'est une belle main, aux longs doigts osseux et blancs. L'index et le médius sont un peu tachés de brun. Une faible odeur de tabac flotte sur lui, mais on ne le voit guère fumer.

Il repousse le cahier, croise les bras sur son bureau, fixe Félicia d'un regard insistant.

— Bon, eh bien, ça m'ennuierait que vous partiez.

— Je n'ai pas l'intention de m'en aller, répond Félicia doucement.

Elle attend qu'il se lève et se mette à tourner autour du bureau en rageant. Mais il reste assis et tourne la tête vers la fenêtre, une grimace au coin de la bouche.

— Vous l'entendez crier ? M. Philippard n'est jamais content de personne. Enfin, il vous donne pas mal d'heures supplémentaires. Ça prouve qu'il n'est pas trop fâché contre vous.

Il se penche en avant, lui fait un signe de complicité, presque amical et plutôt mystérieux.

— Votre fils cherche une place, n'est-ce pas ? J'ai en vue quelque chose pour lui.

— Il n'a pas dix-sept ans et il ne sait rien faire de ses mains.

— Vous êtes bien venue à la mairie pour dire qu'il cherchait du travail. Je croyais qu'il faisait des études.

— Il a eu son premier bac, mais... Enfin, il ne retourne pas au collège cette année. Il sera avec nous au moins jusqu'au service. À moins qu'il ne passe le concours des postes et qu'il parte en ville...

— Oui. Ou les concours du Trésor et des contributions. Très bien. Justement, le percepteur de Saint-Veillant, M. Paussac, va bientôt prendre sa retraite. Et il ne sera peut-être pas remplacé tout de suite. Il veut embaucher un auxiliaire qui aidera le commis, M. Bellot. Je crois que le salaire payé par la trésorerie générale est de quinze mille francs par mois.

— Vous êtes bien bon, monsieur. Même dix mille, ça nous aiderait. Son père...

M. Lécuyer se lève brusquement, poings serrés, et se met à marcher de long en large, à travers son bureau, la tête un peu baissée, les bras un peu écartés, les épaules un peu voûtées. Il voudrait peut-être ressembler à un taureau prêt à charger, mais il a plutôt un air d'escogriffe qui prête à rire. Avec cette façon de se tenir, ses manches de veste remontent et ses poignets de chemise lui tombent sur les mains.

Il s'arrête et se retourne sec.

— Oui, parlons-en, de votre mari.

Félicia se lève. Il dessine un geste tranchant de la main droite.

— Restez tranquille un moment et écoutez-moi.

Il redresse les épaules, laisse pendre les bras, va jusqu'à la fenêtre. Il n'aura jamais tout à fait l'air d'un monsieur comme son beau-père, songe Félicia, mais quand il se tient droit et ne gesticule pas trop, il a quand même de l'allure.

Il ouvre la fenêtre, se penche au-dehors et crie, à l'intention de Pépé le Moko et des paysans :

— Hé là, on ne pourrait pas avoir moins de boucan ?

Il referme vivement, le vacarme baisse un peu, puis reprend tout de suite. Félicia ne peut s'empêcher de sourire. Le patron sort un paquet de cigarettes, le considère pensivement et le remet dans sa poche.

— La prochaine fois, dit-il, je vous ferai venir à la mairie. Oui. Je voudrais vous parler tranquillement. Les élections approchent, vous le savez...

— Je croyais que c'était dans deux ou trois ans.

— Certes, les municipales. Mais il y a les cantonales l'an prochain. M. de La Jafferie ne se représente pas au conseil général et je compte bien être candidat.

Félicia soupire. C'est ce qu'elle craignait. Il cherche des ouvriers et des ouvrières qui le soutiennent pour se donner le genre social.

— Les élections cantonales, je ne savais pas, monsieur, dit-elle.

Il retourne s'asseoir en face d'elle, pose les mains devant lui, contemple ses doigts jaunis au bout, ou peut-être ses bagues, alliance et chevalière, imposantes toutes les deux.

— C'est très important, le conseil général.

Il semble parler pour lui, penser tout haut.

— En 1951, nous aurons aussi les élections des députés. Je ne serai pas candidat, du moins pas cette fois, mais je ferai la campagne du ministre, M. Yvon Delbos. Je suis radical comme lui. Vous comprenez ?

Félicia se contente de hocher la tête.

— Je vous suis très reconnaissante pour mon fils. Est-ce que je dois aller voir le percepteur avec lui... ou son père ?

— Ah non, pas son père, ça ferait mauvais effet. Que son père reste en dehors de ça. Oui, vous irez à la perception avec votre fils. Je vais demander un rendez-vous à M. Paussac et je vous ferai passer un mot par Baladou. Je veux dire, M. Thoumeyragues.

Tout le monde appelle le garde champêtre Baladou. Le patron prend soudain un ton doucereux.

— Bien entendu, je vais vous demander quelque chose en échange. C'est naturel, n'est-ce pas ?

Oui, c'est naturel. Pour Félicia, ce qui compte le plus, ce sont ses heures supplémentaires, sans lesquelles la famille Jallas ne pourrait pas vivre. Elle met la main devant sa bouche pour cacher un sourire.

— Oui, monsieur, dit-elle derrière sa paume.

Il va tirer le verrou de la porte, revient s'asseoir, baisse la voix.

— Je vais vous demander deux ou trois choses, en fait. Vous n'ignorez certes pas que plusieurs individus ont lancé des menaces de mort contre moi. Affaire politique, jalousie, rancune, je ne veux pas le savoir. Votre mari fréquente les nommés Onésime Boisseau, Narcisse Pitessac et Gaston Donadieu.

— Les trois patates. Hélas, oui, monsieur.

— Patates, je ne vous le fais pas dire. Je les suspecte tous les trois, surtout le nommé Boisseau... Je veux que vous empêchiez votre mari de passer son temps avec ces tristes individus.

— Mais comment voulez-vous que je l'empêche ? Vous me paierez pour être derrière lui toute la journée ?

— Madame Jallas, vous êtes une personne de bon sens et qui connaît ses intérêts. Vous avez aussi un fort caractère. Je suis sûr que vous saurez persuader votre mari d'une façon ou d'une autre. Deuxième point : pour se rendre intéressant, il raconte toujours que je l'ai fichu à la porte des Camions Lécuyer il y a... deux ans, trois ans ? Il se donne le beau rôle et les gens ont oublié ce qui s'est passé vraiment. Mais vous n'avez pas oublié, vous ? Quand il est venu s'embaucher, il a dit qu'il avait son permis de conduire poids lourds, et la petite Mazureau, qui débutait comme dactylo, n'a pas demandé à voir ses papiers. La vérité, c'est qu'il n'avait aucun permis et ne savait pas tenir un volant. La première fois qu'il est sorti, il nous a mis un camion dans le fossé. Pas trop de dégâts, ni à lui ni au véhicule, mais enfin, il aurait pu tuer quelqu'un. Quand cette histoire viendra sur le tapis, à l'usine ou n'importe où, je vous serais reconnaissant de dire exactement ce qui s'est passé. Si personne ne veut l'embaucher comme chauffeur, ce n'est pas pour des raisons politiques ou parce que j'ai prévenu mes collègues contre lui, mais parce qu'il n'a pas son permis. Vous n'aurez qu'à rétablir les faits, comme ça, à l'occasion. Venant de vous, ça clouera les becs.

Félicia baisse la tête. M. Lécuyer dit la vérité, hélas. Fernand déclame à tout vent qu'il est chauffeur de camion et que l'adjoint l'empêche par ses manigances de trouver du travail. C'est pis que de la bêtise ou qu'une malice d'ivrogne. C'est une maladie. Félicia ne se sent pas assez forte pour guérir son mari. Elle lève les yeux et soutient le regard du patron.

— Si l'occasion se présente, je dirai la vérité.

— Bon, eh bien, je compte sur vous.

Il se frotte les mains, répète « bon, eh bien ».

— Mais ce n'est pas tout. J'ai besoin que vous soyez mon oreille à l'usine. Enfin, une de mes oreilles, parce que j'en ai d'autres. Je ne vous demande pas de moucharder...

Félicia presse son cœur qui bat comme un fou dans sa poitrine. Vous voulez bien « être mon oreille » ? Elle est bonne. Ce n'est pas moucharder, ça ? Il insiste.

— Je veux savoir ce qu'on dit de moi. Ça s'appelle tâter le pouls de l'opinion, tous les hommes politiques le font...

Vous voilà un homme politique, monsieur Lécuyer ? Il scrute Félicia, il s'entête si bien à la convaincre qu'il en est presque touchant.

— Peu m'importe le nom de ceux ou de celles qui

me cassent du sucre sur le dos. Mais j'aimerais connaître les personnes qui penchent de mon côté et qui pourraient voter pour moi, le moment venu. Voyez-vous ?

Il est malin. Félicia voit. Elle le dit. Il conclut : « Bon. » Elle se mordille la lèvre pour ne pas sourire, se laisse aller, ravale son souffle. L'Adrien reprend sa petite affaire. « Bon, eh bien... » Il ferraille la serrure d'un tiroir, à sa droite, grommelle sourdement à sa façon de chien qui aboie mais ne mord pas, sort d'un air de triomphe une pochette de papier transparent.

— Approchez-vous. Approchez votre chaise. J'aime mieux que vous restiez assise.

Il fait glisser la pochette sur la table. Elle contient trois bouts de pages de cahier, griffonnés de quelques lignes d'une grande écriture, chaque fois un peu différente. L'encre est violette pour deux feuilles, bleue pour la troisième... Félicia est un peu myope. Elle se penche sur les feuilles, que M. Lécuyer pousse plus près d'elle.

— Vous pouvez lire ?

— Oui, c'est gros.

Une des inscriptions en violet est tracée avec de longs jambages bien écartés sur une page arrachée à un cahier d'écolier.

Arrête de foutre le diable dans la ville Adrien. Ou alors On Te Pendra à la Révolution. Quelqu'un qui te Veux du Bien.

La deuxième a bavé de fines veinules bleues au verso d'une affichette. L'écriture est plus épaisse, plus tassée, mais ressemble à la première par l'abus de majuscules.

On Vous a assez Vus dans cette Ville tu Fera pas de Vieux Os gare à tes Fesses. Le Peuple.

Félicia secoue tristement la tête.

— Ce qu'il faut pas voir ! Le peuple, non mais...

— N'est-ce pas ? La troisième est assez difficile à lire. Prenez la pochette pour la voir de près.

Félicia obéit, fronce les sourcils. L'épigramme est ramassée dans le coin supérieur d'une page d'un vieux registre comptable. Les caractères sont petits, ils ont des airs de bacilles comme dans les images des livres de sciences. Félicia suit avec le doigt.

Monsieur Ladjouin ont vous Faira couper la qu... et les c... par les Fille que vous avez fête chié et apré Douzes Balles dans la Peau Le Comitté de Salue Publique.

Félicia baisse le nez sur la pochette pour cacher son embarras et sa rougeur. Elle marmonne : « Eh bé, eh bé, celle-là... »

— Vous pensez que c'est une femme ? demande le patron.

Félicia a déjà vu des lettres anonymes, mais elle n'aurait jamais cru qu'on puisse écrire des horreurs pareilles.

M. Lécuyer explique qu'il a reçu la première lettre par la poste et demande à Félicia si elle veut voir l'enveloppe.

— Je l'ai dans mon portefeuille.

Il met la main à sa poche. Félicia refuse d'un geste.

— Je ne suis pas gendarme.

— Eh bien, bon. La deuxième, je l'ai trouvée sous l'essuie-glace de ma voiture, devant la mairie, et celle-là...

Il montre la dernière lettre, où les points de suspension en surnombre ont fait des pâtés indigo, presque noirs.

— ... on l'a jetée au bord de mon jardin dans une boîte de conserve vide, un quatre-quarts de haricots verts de la maison, avec un caillou au fond pour la lester. L'écriture est différente chaque fois, mais il y a toujours beaucoup de fautes d'orthographe et de majuscules. En plus, elles ont un air de famille. Le ton...

— Qu'est-ce que disent les gendarmes ?

M. Lécuyer pose les coudes sur la table, se prend la tête dans les mains.

— J'aurais dû leur montrer ces lettres. Mais vous les connaissez. Trois jours après, toute la ville aurait été au courant et se serait payé ma tête. Mme Desbordes, la juge de paix, les a examinées. Je lui ai demandé la plus grande discrétion, comme je vous le demande aussi à vous. Elle pense qu'on ne peut rien affirmer. Elle croit que celle-ci, la plus grossière, pourrait avoir été écrite par une ouvrière de l'usine. À cause de la boîte de conserve et de... euh, l'allusion aux filles. Franchement, madame Jallas, avez-vous entendu, dans cette usine, une femme, jeune ou vieille, se plaindre de moi ?

— Non, monsieur. C'est vrai. Mais...

M. Lécuyer se caresse le front, essuie deux gouttes de sueur qui ont perlé entre ses sourcils, se passe la main dans les cheveux, pince le nœud de sa cravate, ôte le capuchon de son stylo à plume d'or et le repose aussitôt.

— Parce qu'il y a un mais ?

M. Lécuyer étale des papiers, lisse la pochette des lettres anonymes d'un air de se pourlécher. Oui, songe Félicia, il est tout heureux de se faire insulter, ça le rend important. La discrétion, il s'en fiche, en réalité : la moitié de la ville doit déjà être au courant. Et le diable avec !

— Je vous écoute, madame Jallas.

Félicia voudrait qu'il la laisse partir, maintenant. Les copines vont jaser si elle ne se dépêche pas de retourner au travail. Mais le patron insiste.

— Je suis désolé de vous importuner. C'est une affaire grave. En politique, la calomnie peut être mortelle. Je dois me défendre, faire face à toutes les attaques. Si vous avez entendu des femmes se plaindre de moi, à l'usine ou ailleurs, vous devez me le dire.

Elle est soudain fatiguée de se taire. Elle ne veut pas repartir sans avoir lâché au moins un peu de vérité devant le patron.

— On en entend des vertes et des pas mûres ! Pas contre vous, monsieur. Contre Pépé... M. Philippard.

— Quoi, par exemple ?

— Quelqu'un a juré qu'il lui crèverait la paillasse ! Le mari d'une ouvrière, ou le père d'une jeunesse. Ou même un paysan surpris à tricher.

— Bon, eh bien, de quoi accuse-t-on M. Philippard ? Est-ce qu'il aurait... eu des gestes... manqué de respect, euh... obligé des femmes à le... Vous voyez ce que je veux dire ?

Félicia se retient de rire. Ça, ce n'est pas le genre de Pépé. Ce qu'il aime, le contremaître, c'est humilier les femmes : par exemple, forcer une malheureuse, jeune ou pas, à s'agenouiller pour frotter le ciment ou pour nettoyer ses souliers qu'il l'accuse d'avoir salis. Le Moko aime tant nous voir à genoux ! Il n'y a que Marie Maignan qui ne lui cède jamais. Il prend plaisir à visiter les sacs ou les cabas des ouvrières, sous prétexte de s'assurer qu'elles n'ont rien volé. Il leur fait même soulever le couvercle des gamelles. L'hiver, quand on travaille la viande, il les force à ouvrir la bouche pour vérifier, prétend-il, qu'elles n'en mangent pas. Il leur regarde les dents et les renifle sous le nez.

Et il ne se prive pas de moquer leurs travers ou leur physique. On croirait qu'il a embauché une boiteuse, la Sidonie Césaire, pour le seul plaisir d'imiter sa démarche chaque fois qu'il la croise dans l'usine !

Félicia baisse le front, se couvre la figure de ses paumes, honteuse et soulagée à la fois. Elle l'a dit. Elle a osé. Si Pépé le Moko l'apprend, il la foutra à la porte. Alors, maintenant, elle doit contenter le patron autant qu'elle pourra, pour qu'il la protège du contremaître. Elle s'est mise dans de beaux draps, mais tant pis. Elle se sent à l'aise. Marie Maignan ne voudra pas la croire quand elle lui racontera. « Si, je te jure, je lui ai dit toutes les misères qu'il nous fait. — Tu es folle ! — Oui, je suis folle, mais il fallait bien que quelqu'un lui dise un jour. — Je t'admire... » Oui, c'est sûr que Marie va s'enthousiasmer, et même la jalouser un peu, pour avoir eu le cran de parler. En attendant, M. Lécuyer se gratte la tête d'un air morose.

— Et vous pensez donc que c'est M. Philippard qui serait visé par ces lettres ? Mais pourquoi ne pas les lui envoyer directement ? Ah, mais, il en a peut-être reçu et il n'a rien dit à personne. Oui, c'est possible. Enfin, je n'y crois guère.

Il marche les mains derrière le dos, il courbe les épaules, il a repris son dandinement qui le vieillit de dix ans.

— Il est vrai que les façons de Pépé... de M. Philippard, d'après ce que vous me dites, pourraient me causer du tort en politique. Je lui sonnerai... euh, je le prierai d'être plus aimable avec les ouvrières. Il comprendra que les choses doivent changer, maintenant que les élections approchent. Bon, eh bien, on ne peut pas se passer de lui, de toute façon. Quand j'ai pris la direction de l'usine, M. Mauvignier perdait de l'argent, j'ai dû congédier l'ancien contremaître, M. Bréchet, et embaucher M. Philippard. À présent, l'affaire tourne rond, on peut payer des heures supplémentaires. J'espère que vous en profitez. Eh bien, on le doit à M. Philippard. Il a raison de se fâcher contre les paysans qui parent les cageots, et de faire un exemple de temps en temps !

« Parer » la marchandise, c'est disposer les plus beaux fruits par-dessus pour être classé dans la meilleure catégorie. Tant pis pour ce qu'il y a dessous !

Félicia approuve d'un signe de tête. Le patron pointe un doigt sur elle.

— Dites-le à vos camarades.

Sûr que je vais faire la réclame de Pépé à toutes les copines !

M. Lécuyer s'est arrêté près de la fenêtre. Le vacarme continue dans la rue. Ma foi, l'usine tourne, les charrettes grincent, les paysans déchargent leurs cageots, les bœufs meuglent et bousent, Pépé gueule. C'est un jour comme les autres.

Les paysans qui ont été pris à parer des cageots de tomates ou de haricots, ou à tricher de n'importe quelle façon, ont droit à une amende. Outre que leur chargement complet est classé au plus bas cours. Quand les livraisons sont assez abondantes, Pépé refuse la charrette entière. Le paysan n'a plus qu'à rentrer chez lui et distribuer sa camelote aux animaux de la ferme.

Le contremaître a imaginé une autre punition qui l'amuse beaucoup. Quand la file d'attente des charrettes est longue et que le soleil brûle, ou au contraire qu'il pleut et vente, le jeu consiste à renvoyer le tricheur en fin de queue, une fois, deux fois, trois fois. Un paysan arrivé tôt le matin peut ainsi se retrouver devant l'usine à l'heure de la fermeture et prié de revenir le lendemain.

Il devra supporter la chaleur ou la pluie toute la journée, aller chercher plusieurs fois de l'eau pour ses bœufs assoiffés qui se mettent bientôt à meugler désespérément.

— Après tout, c'est bien fait, conclut Félicia. Ils n'ont qu'à pas tricher !

Le patron revient s'asseoir.

— Je reconnais que M. Philippard a tort de hurler comme ça.

— Oui, monsieur.

— Vous viendrez me voir à la mairie, d'ici à quelques jours. Bala... Euh, M. Thoumeyragues vous apportera un mot. Vous demanderez à Mme Maignan de vous accompagner.

— Marie ?

— Oui. J'ai à lui parler aussi. Une dernière chose. La veuve Alvarez a bien travaillé à l'usine, il y a quelques années... jusqu'à l'année dernière ?

— Oui, monsieur. M. Philippard l'a fichue à la porte. C'est dommage, parce qu'elle travaillait bien, surtout à la viande. Elle ne craignait pas le chaud.

— Ah oui ? Mais elle est un peu dérangée. Et son mari était un rouge ? Un ancien de la bande à Cristino Garcia ?

— Oui, peut-être. Vous devez le savoir mieux que moi.

— Oui. Oui... Elle nous livre toujours de la tomate, je crois. Elle a bien dû parer ses cageots un jour ou l'autre et attraper une amende. Croyez-vous qu'elle aurait pu écrire ces lettres signées « le peuple » et « le comité de salut public » ?

Diable ! Félicia lève les yeux, regarde par la fenêtre. On ne peut pas dire que la veuve Alvarez soit folle, enfin, elle a quand même un moustique dans la boîte à sel. Pépé a eu raison de lui donner son paquet, elle travaillait bien, mais elle était insupportable. Et ces lettres anonymes imbéciles, ça serait sa manière. Mais je ne vais pas l'accuser...

M. Lécuyer marche vers la porte, l'entrouvre, se retourne et clame très haut :

— Bon, eh bien, je crois que votre fils fera l'affaire pour ce poste d'auxiliaire à la perception. Justement, je dois voir M. Paussac d'ici à la fin de la semaine. Je lui en toucherai deux mots.

Félicia comprend qu'il parle pour les oreilles flâneuses qui auraient pu s'égarer dans le couloir, entre le bureau et le magasin. Elle se lève. Il se penche et marmonne à son oreille :

— Je vous remercie. Votre aide m'a été précieuse.

Félicia s'enfuit. Elle s'aperçoit qu'elle est trempée de sueur, comme si elle avait passé une heure devant les chaudières !

5.

Les Jallas, Fernand, Félicia, Gilbert et Marinette, louent une petite maison dans ce quartier de Saint-Veillant qu'on appelle Les Jardins. Ce sont des pavillons, des fermettes, des cabanons éparpillés au milieu des vignes, des vergers, des potagers et des champs de luzerne. La plupart des maraîchers de la ville ont un lopin dans ces terres grasses.

La demeure des Jallas, très modeste, n'est cependant pas la plus piètre de ce faubourg. Le propriétaire, M. Chauvac, retraité des chemins de fer, possède un terrain et une vigne aux alentours. Il utilise le rez-de-chaussée de la maison pour remiser son matériel et une part de ses récoltes. Il a aussi aménagé une écurie pour son mulet, Churchill. Les Jallas occupent les quatre pièces de l'étage, ou les trois et demi, et même les trois un quart, si l'on veut, parce que les chambres des jeunes gens sont mal fichues. C'est plus sain qu'en bas, mais il faut descendre puiser l'eau à la pompe et monter les seaux par l'escalier, qui est raide.

La chambre de Gil se trouve juste au-dessus de l'écurie. La nuit, le mulet se frotte contre son bat-flanc, émet des bruits de gorge plaintifs, bizarres. Il réveille souvent Gil qui se lève, s'agenouille sur le plancher, l'appelle par une fente entre deux lattes du plancher : « Churchill, Churchill... » L'animal est né pendant la guerre. On lui a donné le nom du chef des Alliés, façon économique de faire de la résistance.

— Bon cheval, Churchill. Bon cheval.

Le mulet se calme, arrête de gémir et de se frotter le cou, l'épaule. Gil se rendort aussitôt.

Il le raconte au propriétaire, qui rigole.

— Ça le flatte quand tu lui dis qu'il est un cheval.

Gil a noté sur son carnet : *Il faut chercher le cheval qui se cache dans le cœur de tout mulet.*

En hiver, sa chambre est la pièce la plus froide de la maison. Le poêle de la cuisine chauffe celle de Marinette, exiguë mais bien calfeutrée. Tant mieux pour la petite demoiselle, frileuse comme une chatte. Gil ne craint pas le froid. Mais pour travailler, le soir, ce n'est pas très confortable, même avec une brique chaude sous les pieds. Et maintenant, il apprend qu'il va avoir une place au bourg. Il sera peut-être obligé de rester chez ses parents jusqu'au service militaire...

Pour une certaine raison, il est assez content. Il a un béguin, qui lui tient chaud au cœur, bien que peu avouable. Il aime une femme mariée. Il rêve d'elle toutes les nuits et ne l'oublie pas le jour. Certains soirs, il songe à sa belle et à la mort. Les Russes ont la bombe atomique depuis un an, la guerre vient d'éclater en Corée. Elle risque de devenir mondiale et de s'achever sous un déluge de feu qui n'épargnera personne. Il se dit, et il n'est pas le seul, qu'il aimerait bien connaître l'amour avant d'être changé en fumée. Vivre l'amour, enfin, celui que la main atteint et que le corps partage. Passer une nuit entière dans le lit d'une jolie femme. Après ça, la planète pourra sauter !

Sa dulcinée vit seule, son mari l'a quittée, circonstance

qui atténue le péché et laisse à Gil un bout d'espoir. Mais elle a presque trente ans. Ou un peu plus de trente ans. Il ne sait pas au juste et il n'a pas le courage de se renseigner. Elle a l'air plus jeune que certaines femmes de vingt-cinq ans. Elle est menue, vive, blonde, elle a de grands yeux bleus, presque verts. Elle serait la plus jolie d'Aquitaine et de Paris si quelques dents gâtées n'abîmaient son sourire, oh à peine, et puis ça la rend plus humaine. Mais elle a un adorable petit nez. Le nez gâche souvent les plus fières beautés : celui de la dame que Gil aime pimente et parfait la sienne. Elle a du monde au balcon, des genoux à vous précipiter dans les tourments éternels, et elle oublie souvent de les cacher. Seigneur, si elle les ouvrait pour moi et que mon cœur éclate sur le pas de la porte... Eh bien, je mourrais dans ses bras et je ne saurais jamais si les Russes et les Américains ont foutu le feu au monde, à la fin !

Voilà. Il était déjà amoureux à seize ans. Maintenant, il la voit plus souvent, presque tous les jours. Elle est gentille avec lui, un peu chineuse, un peu tendre aussi, mais à la façon d'une grande sœur. Pour elle, il n'est qu'un petit garçon tout juste en âge de porter des longs pantalons. Une fois, tout de même, il a chipé au vol une réflexion consolante qu'elle lançait à sa mère... Car elle est aussi la meilleure amie de Félicia Jallas, ce qui multiplie les occasions de la rencontrer, mais aggrave l'embarras de Gil et aiguise son supplice. Elle l'appelle « ma doucette », un nom de salade. Gil est très gêné. Elle a dit : « Oh, ma doucette, je ne sais pas si tu as remarqué, ton fiston commence à devenir beau gars. Ça ne nous rajeunit pas ! »

La vie est compliquée, il faudrait lire mille romans pour s'y retrouver. Et encore, les romans. La réalité est peut-être pire, va savoir. Il est heureux de rester à Saint-Veillant. Il ne perdra pas de vue les grands yeux verts, le nez mutin et le corsage plein. D'un autre côté, il aimerait s'en aller vivre dans une grande ville, comme n'importe quel héros de roman. Il croiserait par centaines des jeunes filles et des jeunes femmes, il finirait par se trouver un nouvel amour et oublier Marie.

Il a rendez-vous avec le percepteur, M. Paussac. Baladou, le garde champêtre, a apporté un mot de l'adjoint à sa mère. Elle voulait l'accompagner, il l'a suppliée de le laisser aller seul. Il ne veut pas se présenter à son futur patron comme un petit garçon à sa maman. Il a son premier bac, il a gagné le concours de la Dame à l'auto rouge. Il va mettre une cravate, apporter la feuille qui lui sert de diplôme, en attendant le vrai, pas encore imprimé par l'administration. Et son stylo, au cas où on lui ferait faire un test d'écriture, et puis... et puis... Il va s'examiner à la glace de l'armoire, dans la chambre des parents. Il se trouve un air sérieux qui devrait apprivoiser le percepteur. Il se peigne et se repeigne. Il n'aime pas ce qu'il voit. Ses fringues ne flattent guère le gentil jeune homme ficelé dedans comme un saucisson : la veste à carreaux, cadeau de sa grand-mère pour le brevet, qui le gêne aux entournures, le pantalon tuyau de poêle, trop court d'une demi-main... Sa chemise est bien râpée du col et des poignets, sa cravate est si piètrement nouée qu'elle a l'air d'un licou pour le baudet de la comtesse de Ségur.

C'est convenu avec les parents : à sa première paie, il s'habillera de pied en cap, ou tout au moins entre les deux. Il est soudain si découragé qu'il regretterait presque que Truman ait exclu l'emploi immédiat de la bombe atomique, quelques jours plus tôt !

L'emploi immédiat... Soyons patients, ça va venir.

Il part à pied pour la perception. Il ne veut pas risquer d'accrocher le bas de son pantalon à la chaîne de son vélo. En outre, c'est jeudi : traverser le centre-ville à bicyclette est difficile, même si ledit centre n'est pas plus grand qu'un mouchoir de poche. Le jeudi, le chef-lieu de canton appartient aux paysans des environs, qui se pressent en foule bruyante jusqu'au milieu des rues et au fond des ruelles traversières. Ils disputent les trottoirs aux camelots, s'encaquent sous les galeries de la place principale, s'agglutinent le long des étals de bazars. Un marchand de couteaux racole le péquenot d'une voix de fin du monde, qui perce à longs jets sonores la rumeur patoise.

Le patois fâche les oreilles de Gil, les odeurs rustiques lui fouettent le nez. Deux ans à Chateaubriand l'ont rendu délicat comme une soubrette. Il lève la tête pour s'assurer que le ciel est toujours par-dessus les toits, bleu et calme. Et si un éclair blanc, plus éblouissant que la mort, s'allumait soudain là-haut, par la grâce d'Einstein, Oppenheimer et consorts ?

Les paysans font aussi la queue à la perception, surtout des hommes vêtus de sombre. On dirait un enterrement. Il ne peut tout de même pas passer devant tout le monde, il va être en retard. Il s'avance dans le jardin pour essayer de dégotter une autre entrée. Mais une barrière de bois coupe le jardin en deux. Des enfants jouent sur un tas de sable de l'autre côté. Une pancarte sur le portillon annonce : *Privé*. Gil se replie dans le jardinet de la perception.

Il passe devant une grande fenêtre fermée par des barreaux. Quelqu'un lui fait signe. C'est le commis, M. Bellot, un garçon de vingt-cinq à trente ans, affable et rieur, que Gil connaît de vue. Le geste l'invite à entrer, mais Gil n'ose pas se frayer un passage dans la foule. Le commis ouvre la croisée et se penche vers l'extérieur sans se lever de sa chaise.

— C'est toi, Gilbert Jallas ? Dépêche-toi, M. Paussac t'attend.

Il s'incline encore un peu plus, appuie la tête contre les barreaux pour s'adresser aux gens qui s'entassent devant la porte du couloir.

— Ce jeune homme vient pour la place. Il va travailler ici. Laissez-le passer, s'il vous plaît.

Le commis a une façon de lancer les mots à la cantonade, comme l'annonce d'une tournée générale. Ses façons joviales, son sourire complice plaisent aux paysans, les rassurent, excitent leur verve et leur entrain. Des vieux interpellent Yvon Bellot par son prénom. Quelques-uns le tutoient.

— Comment tu te portes, Yvon ? Dis, tu pourrais te dépêcher aussi, on va pas coucher là !

— Tu devrais dire à ton patron de venir t'aider, Yvon. On le voit pas souvent au guichet !

Quelques-uns s'exclament en patois. Yvon Bellot lâche par la fenêtre un *béleou bé*, « peut-être bien », qui a l'air d'en dire long mais n'engage à rien. Manière de montrer qu'il connaît aussi le patois et pourrait le parler s'il voulait.

Le ton, les gestes, les rires témoignent autant que les mots d'une estime réciproque entre le commis et les gens de la campagne. Gil s'ébahit. Il n'était jamais entré à la perception du village. Il l'imaginait comme la poste, ou pis, yeux baissés, pieds traînés, silence grognon, plaintes sourdes. Impôts, Trésor sont des mots qui inspirent un respect craintif, encore plus quand on est un enfant de pauvre. Mais ici, rien d'impressionnant. D'abord, le bureau a l'air vétuste et exigu, tout aplati au rez-de-chaussée d'une grande bicoque sombre. L'affluence est forte, la queue n'avance pas vite, mais ça caquette, ça jabote, en français, en patois, en italien, et plutôt gaiement. On voit même des paysans en gros velours, à l'aise comme des cochons qui se grattent.

Grâce à l'entremise du commis, tout le monde s'écarte pour laisser entrer Gil. Les femmes sans chercher noise, les hommes avec une gentillesse un peu goguenarde. Le voilà dans un couloir étroit, mal éclairé, au plancher semé de trous et de bosses, aux murs jaunis, tapissés d'affiches qui vantent les emprunts de l'État, du Crédit foncier, des Chemins de fer... À gauche, une porte sur laquelle on a fixé par quatre punaises l'avis traditionnel : *Entrez sans frapper.* Mais un plaisantin égaré en ce lieu rabat-joie a surchargé l'affichette au crayon de menuisier, et l'inscription devient joliment : *Entrez sans vous frapper.*

Voici Gil dans le bureau, ou ce qui en tient lieu. Une sorte de poulailler. Un espace de même largeur que le couloir sépare la cloison du guichet, surmonté jusqu'au plafond par un grillage de volière où tricotent les araignées. On aperçoit tout juste la tête du commis, penché sur ses écritures, de l'autre côté. Il donne un coup de tampon qui fait trembler la boiserie véreuse puis se lève, salue Gil d'un geste amical et lui montre une porte, grillagée aussi, qui permet en se tortillant un peu d'accéder au cagibi. Gil la pousse, entre. Une odeur de vieux papier, de poussière et de moisissure lui pique le nez. Il reprend son souffle. Yvon Bellot vient à sa rencontre et lui tend la main.

— On s'est vus, déjà, hein ? Je te félicite pour ton bac.

— Le premier seulement.

Yvon est un garçon trapu, un peu lourd et qui boite

bas. Gil se rappelle qu'il a eu la polio dans son enfance. Mais son visage plein rayonne de bonté et de bonne humeur. Gil serre d'une main tremblante la solide poigne du commis. Celui-ci le pousse dans un renfoncement. Là se trouve une autre porte, coincée entre deux piles de registres et de dossiers.

— C'est le cabinet du patron. T'affole pas. On a besoin de quelqu'un. M. Paussac veut te voir pour la forme. C'est comme si c'était réglé. J'ai marqué que tu commençais lundi. Ça te va ?

Cabinet... On pourrait dire édicule, tellement la pièce est minuscule et renfermée. La fenêtre, une lucarne de six petites vitres, dont une cassée et réparée au papier collant, les autres épaissies par une couche de poussière, s'ouvre sur une vue murée, où l'on croit deviner une porte de remise et une réclame d'apéritif aux trois quarts effacée. Dans le fond obscur du cagibi, le percepteur se tient devant une étagère où s'accumulent des chemises grises, ficelées et ventrues. Il salue Gil d'une voix de stentor.

— Alors, c'est vous le jeune homme ?

— Euh, oui, monsieur.

Ma foi, se dit Gil, je suis tombé dans un roman de Balzac. Ainsi, il est en pays connu et se sent un peu rassuré. Il respire une odeur de renfermé et un parfum de tabac qui lui piquent les narines, mais lui flattent l'âme. Il s'habitue à la pénombre et distingue enfin le gros homme à la grosse voix, vêtu d'une grosse veste, le chapeau sur la tête, une main dans la poche, l'autre serrant sa pipe plantée au coin de sa bouche, sous une grosse moustache poivre et sel. Courtaud, bedonnant, mais droit et raide, M. Paussac se campe au milieu de son réduit tel un capitaine au long cours sur la passerelle d'un transatlantique.

Il fait un pas en avant, appuie la hanche sur le coin d'un bureau presque aussi encombré que les étagères. Ainsi, moitié debout, moitié assis, il a l'air moins rogue et même presque aimable. Il tire une bouffée de sa pipe, montre à Gil, d'un signe, la chaise coincée entre la porte et la cloison...

— ... pouvez vous asseoir.

Gil se sent beaucoup plus misérable assis que debout. Il prend conscience qu'il vient de faire le premier pas dans un destin de gratte-papier. Oh, il sait que bien des poètes, des écrivains, même parmi les grands, ont débuté dans la vie comme ronds-de-cuir. « Hideux métier », a écrit l'un d'eux, il ne sait plus qui. C'était avant la Quatre-Chevaux Renault. On peut maintenant, en cinq ou dix ans d'économies, suivant son grade, partir au volant de cette merveille et rattraper la poésie à chaque tournant de la route. Ça rend le métier moins hideux, sans aucun doute.

Enfoui dans sa rêverie, il n'a écouté le discours du percepteur que d'une oreille.

— ... vous ai fait venir le jeudi... verrez le jour de la majoration... dix fois plus de monde qu'aujourd'hui... vous mettre au guichet... espère que vous chiffrez bien... apporterez votre diplôme... besoin pour la Trésorerie générale...

Gil dresse l'oreille au mot salaire.

— ... dix mille francs par mois, comme aide temporaire. Si vous restez, vous passerez auxiliaire, vous gagnerez quinze mille francs. Vous pourrez préparer le concours de contrôleur.

Gil calcule en sourdine. Supposons que j'économise deux ou trois mille francs par mois sur quinze mille. Ça met la Quatre-Chevaux à dix ou douze ans. De quoi user trois ou quatre vélos en attendant !

Le percepteur tète sa pipe.

— ... acceptez ces conditions ?

Bien sûr qu'il accepte. Il n'a pas le choix.

Il s'enfuit, sort de la cohue du marché, marche à grands pas sur la route. Il se récite le rêve de Verlaine, qui a toujours un effet apaisant sur son humeur.

Je fais souvent ce rêve étrange et pénétrant

Il se fiche bien de la voiture. Ce qui l'intéresse, ce sont les jeunes filles, les jeunes femmes, et ses amis de Chateaubriand lui ont mis en tête que l'auto était le passage obligé de l'amour, à moins de partir pour la grand-ville. Paris, de préférence, où l'on peut aimer gratis ou presque, grâce au métro et aux bus. Voilà la solution. Il passera un concours, il demandera Paris et...

d'une femme inconnue, et que j'aime, et qui m'aime.

Il respire à grandes gorgées l'air chargé de sueur animale et d'un relent de caca d'oie. Le parfum du marché paysan, une bonne odeur de vie qui chasse la hantise de l'éclair blanc. Sous la douceur infinie du ciel, en ces derniers jours de l'été, on croirait que la paix va durer mille ans. Une charrette passe, trimballant des cuveaux, des comportes, un fouloir. Les vendanges vont bientôt commencer. Des taches d'or ont éclos sur les feuilles des peupliers. Les herbes du fossé frissonnent et se couchent sous la main du vent.

Après avoir marché un moment sur la route de Lauzun pour se bercer les nerfs, Gil revient vers la ville un peu rasséréné et plus qu'à moitié résigné au long combat des jours.

Il voit soudain le percepteur déboucher du tournant de la route, armé de sa canne qui lui sert moins à s'appuyer qu'à battre l'air et les basses branches, à chasser les cailloux devant lui et à menacer le ciel. La pipe au bec, son grand chapeau de feutre en équilibre sur le sommet de son crâne, il avance d'un pas militaire quasiment au milieu de la chaussée. Une carriole de paysan, tirée par un cheval plutôt vif, le rattrape mais ne peut le dépasser, car l'espace manque à gauche comme à droite. M. Paussac ne s'écarte pas d'un centimètre. On croirait le seigneur de la ville. Le paysan tire sur les rênes et roule sagement derrière lui. Gil a observé la scène depuis l'accotement, bien près de courir se cacher dans le pré voisin.

L'auguste fonctionnaire promène sa suffisance au milieu du chemin, sans s'occuper de qui et de quoi. Il va sans doute marcher ainsi jusqu'au bourg voisin, la carriole le suivant à bonne distance, comme une voiture de grande maison. Il passe en balançant sa canne.

L'entrée de Saint-Veillant s'ouvre sur le passage à niveau, à deux cents mètres. Gil se hâte entre les villas à pignons rouges et les vieilles maisons cossues aux toits gris. Au fond, il n'aime pas cette ville, mais c'est la ville de Marie.

Trente pas devant lui, un homme rondouillard sonne à la porte d'un jardin que défend un chien à grosse voix. C'est Baladou, le garde champêtre-appariteur-tambourinaire, vêtu d'un semblant d'uniforme, assez ridicule, képi sur la tête, sacoche à l'épaule. On l'appelle Baladou parce qu'il marche d'un bout à l'autre du pays pour porter les avis de la mairie, chasser les chiens errants et battre son tam-tam.

Personne n'a répondu à son coup de sonnette. Il glisse un papier dans la boîte aux lettres, tandis que le chien, un corniaud rougeâtre et sans doute inoffensif, se jette avec fureur contre la grille du jardin. Gil, qui marche vite, se trouve le nez presque sous le képi de Baladou. Il s'excuse, amorce un crochet. Le garde le retient.

— Attends donc, toi. Tu es le fils Jallas, pas vrai ? Je croyais que tu travaillais à la perception ?

Dans les petites villes, les nouvelles vont plus vite qu'un trait d'arbalète. Il est vrai que le tambourinaire est l'homme de confiance de l'adjoint Lécuyer et bien placé pour savoir ce que son patron trame en coulisse. Le bonhomme soulève son képi pour essuyer la sueur qui luit sur son crâne. Son ceinturon marque la rondeur de sa taille et lui donne un air vraiment rigolo. C'est un homme d'une cinquantaine d'années, à la face lunaire et au teint couperosé. Il a les jambes courtes, un peu torses, et sa tête chauve culmine à un mètre soixante environ. Il n'est imposant que par son tour de ventre, et Gil se sent à l'aise avec les petits gros. Il répond d'un salut aimable.

— Oui, monsieur le garde, je suis embauché. Je débute la semaine prochaine : ça m'aidera pour le concours que je prépare.

Baladou s'essuie maintenant le front, les joues et le cou.

— Eh bé, mon drôle, tu devrais faire attention de pas donner les sous que tu gagneras à ton père, pour qu'il aille les boire au bistrot !

Depuis longtemps, Gil n'est plus blessé par les allusions aux penchants de son père, dont il se sent très loin et qui a le mérite à ses yeux d'être un personnage de roman, bien typé et peu encombrant. Il répond par un sourire d'excuse, les yeux baissés. Baladou se rengorge.

— Ha, ha ! le Fernand... Heureusement que ta mère est une bonne personne. Dis-moi, tu n'as pas vu un chien jaune ? Je l'avais cravaté pendant qu'il vidait les poubelles, et il s'est échappé de chez moi. J'aurais mieux fait de lui tordre le cou !

Gil approuve d'un signe. Sur l'ordre du maire, ou de l'adjoint, le garde poursuit les chiens errants, surtout les cabots des pauvres qui cherchent un surplus de bectance dans les épluchures des bourgeois. Gil ne s'est pas trop soucié de l'affaire, mais il aime les chiens. Et son voisin Norbert Alvarez, que les gens appellent le grand Nono, a, voici trois ou quatre jours, perdu un corniaud aussi répugnant que débordant d'affection nommé Tatou, mais de poil grisâtre, sous la crasse et les croûtes.

Un renseignement qui peut servir. Gil jure qu'il n'a pas vu de chien jaune depuis très, très longtemps. Il se promet *in petto* d'avertir le grand Nono que le garde retient peut-être son Tatou prisonnier dans une cage. On se sépare sur un salut poli, entre fonctionnaires.

Baladou porte même la main droite à son képi...

Midi sonne au clocher : l'heure de rentrer à la maison, après une matinée bien remplie. Gil arrive au quartier des jardins quand un chien jaune inconnu le rattrape et se colle à ses talons. Il essaie de le chasser en moulinant les bras et en tapant du pied. Il lui crie de s'en aller.

— Imbécile, tu veux que le garde te remette la main au collet !

Le cabot remue la queue, pointe les oreilles, s'assoit sur son derrière et regarde Gil, qui le menace encore.

— Stupide bête, tu n'as donc rien compris à la vie ?

Gil renonce et s'en va en tournant la question dans sa tête. Et toi, tu es sûr d'avoir tout compris, depuis les demoiselles « de » jusqu'aux chiens perdus sans collier ? Honnêtement, il n'est sûr de rien. Il se demande même s'il vivra assez longtemps pour comprendre un petit bout du monde.

6.

Le grand Nono supplie Gil.

— Tu viens avec moi ? Tu viens, hein ? Tu viens ! Le garde est pas chez lui. Il bat le tambour ce matin, le tambour, le tambour. Il en a au moins pour une heure.

Accoudé au bord de la lucarne qui lui sert de fenêtre, Gil regarde son camarade, piqué devant l'écurie du mulet, en bas, haletant, pieds nus, la chemise sortie du pantalon.

— Je ne sais pas où habite le garde, plaide Gil en bâillant. Je ne sais pas si les chiens sont chez lui. Je ne pourrai pas t'aider.

Le grand Nono se met à trépigner.

— Quand t'es arrivé à la petite école, tu savais pas te reculotter quand t'avais été aux cabinets, aux cabinets. Qui c'était qui te boutonnait, qui c'était ?

Gil doit en convenir. Le grand Nono a deux ans de plus que lui. Il savait déjà lire l'année où Gil était entré à la garderie. Dégourdi pour son âge, il était aussi bon zigue et serviable. Qui aurait cru qu'il deviendrait ce benêt sans cervelle, abruti par son ivrognesse de grand-mère ? Il est là qui secoue sa longue tête emmanchée d'un long cou, le tout monté sur un torse creux et des jambes d'échassier. Il se balance d'un pied sur l'autre, on croirait qu'il danse.

— Tu m'as dit, tu m'as dit, tu m'as dit que Tatou était chez le garde ? Houla ! houla !

Gil soupire et songe qu'il aurait mieux fait de se taire. Tu t'es trop avancé, mon vieux, tant pis pour toi !

Bon, et maintenant ? Le grand Nono frappe la porte de l'écurie, comme s'il voulait la forcer à coups de pied.

— Allez, tu viens ! Allez, tu viens !

Effrayé, Churchill répond de la même façon, ajoutant un cri de son cru, sorte de braiment étouffé, qui ressemble à une plainte d'agonisant. Le grand Nono recule en sautillant sur un seul pied. « Houla ! houla ! » Gil a très envie d'accompagner l'escogriffe chez Baladou. Une folie. Mais quand il sera fonctionnaire, et il le sera peut-être toute sa vie, il ne pourra plus jamais risquer ce genre de frasque. Alors, il se laisse tenter.

— Je descends.

Il enfile un pantalon sale et une vieille chemise de son père, les nippes qu'il prend quand il va donner un coup de main aux maraîchers, parmi lesquels il compte la mère Alvarez et son petit-fils. À la cuisine, il étale une noix de margarine sur un morceau de pain. Il mangera sa tartine en courant. Huit heures et demie un peu passées, on ne peut dire que ce soit l'aube. Il a reçu le programme du concours de contrôleur et un livre de droit administratif envoyés par le percepteur. Il s'y mettra dès son retour de l'échappée. Il décide qu'à dix heures il sera au travail. À midi, il aura déjà gagné un centimètre carré du caoutchouc des pneus de sa future Quatre-Chevaux !

Il se coiffe d'un chapeau de toile qui a dû appartenir à pépé Nadal, son grand-père maternel. En tirant sur les bords, il a des chances de cacher sa figure, au cas où quelqu'un les surprendrait en train de violer la propriété de Baladou, à commencer par le garde lui-même. En avant, Fanfan la Tulipe.

Les voilà au bord de la rivière. Le grand Nono explique à Gil que le garde habite une maison au fond d'une ruelle qui débouche sur le chemin des pêcheurs, près du Pont-Vieux.

— On va arriver par-derrière. Il a un pré et un jardin qu'on peut y entrer par le chemin. Les chiens sont sûrement là...

Ils avancent entre les hautes herbes, les arbrisseaux touffus. Pendant la guerre, des résistants ont fui par ce passage la ville encerclée. Les Allemands et les miliciens barraient toutes les sorties et patrouillaient de l'autre côté de la route nationale, du chemin de fer et de la rivière. Mais ils avaient oublié le chemin des pêcheurs. Le cœur de Gil bat la chamade. Si Baladou lui met la main au col, il ne risque pas d'être déporté ou fusillé. Non, il mourra de honte : c'est presque pire. Et, en cas de succès, nulle gloire ne l'attend au bout de l'équipée. On vit une époque misérable.

Après un espace découvert d'une dizaine de pas, le sentier disparaît entre les roseaux et les aulnes. Gil retient son souffle. Essaie d'imaginer la Milice et la Gestapo dans toute la ville et les patrouilles boches de l'autre côté de la rivière ! Il se voit plutôt le rouge au front devant le percepteur menaçant. « Jeune homme, vous vous êtes conduit comme un vaurien. Vous ne serez jamais fonctionnaire ! »

Ils remontent de la berge par une sorte de venelle, mi-sentier, mi-égout, bordée d'herbe à chats. Ils arrivent devant un petit pré, entouré par une clôture qui s'affale dans les herbes. Les trois quarts des piquets sont renversés et les fils de fer traînent par terre. Au bout du pré, derrière une corde à linge où flottent draps et chemises, s'étale une bicoque basse qui ressemble à un sous-marin, avec le tuyau du poêle jaillissant du toit comme un périscope.

— C'est la maison du garde ! s'écrie le grand Nono.

Gil le retient au moment où il va enjamber la clôture.

— Et sa femme ?

— Elle est chez son fils, qui fait bistrot à Bergerac.

Gil n'est pas complètement rassuré.

— Baladou n'a pas une fille ?

— Elle est bonniche chez l'adjoint. Elle a une bosse et un moignon. Elle travaille toute la journée comme une esclave !

Le grand Nono joue à mimer la fille de Baladou, en enfonçant la tête dans les épaules pour figurer la bosse. Gil se souvient d'avoir croisé dans la rue cette malheureuse, croulant sous le poids d'un gros cabas. Il donne un coup de poing dans le dos de son camarade.

— Arrête, imbécile !

Le grand Nono rigole.

— Le garde est méchant, c'est pour ça qu'il a eu une fille estropiée !

Gil serre les dents. Il s'en veut vraiment d'avoir accompagné, par jeu, par défi, ce dépendeur d'andouilles, andouille lui-même. Mais il suit le mouvement. Les voilà dans le pré. Les chiens aboient. Le grand Nono triomphe.

— Houla ! Tu les vois ?

Quatre ou cinq bestioles, maigres à leur compter les côtes, se démènent en jappant dans une cage à poules au bout de la maison. À l'approche des visiteurs, les cabots se sont mis à sauter contre le grillage, exposant des ventres creux et des flancs pelés. Un corniaud gris, qui a reconnu son maître, jappe furieusement. Le grand Nono l'appelle. « Tatou, mon Tatou... » On entend un bruit de porte qui s'ouvre. Une voix de femme crie aux chiens de se taire.

Les deux forceurs de blocus ont juste le temps de se jeter derrière une touffe de sureau, chargée de baies noires, exhalant une odeur forte. Gil se déchire le nez à une ronce, retient un grognement, de mauvaise humeur plus que de douleur. Il s'aperçoit qu'il a perdu sa tartine, dans laquelle il n'avait mordu qu'une fois.

Le grand Nono s'est aplati dans l'herbe comme un Indien. Il rampe pour attraper son béret qui est tombé. Tatou jappe de plus en plus fort. Ses collègues le soutiennent de leurs voix discordantes. Une femme sort de la maison en chantonnant, vêtue d'un robe grise, la tête couverte d'un fichu plus sombre : elle a l'air d'une nonne.

— C'est la fille, souffle le grand Nono. S'appelle Rélie...

Rélie ? Peut-être Aurélie. Petite, un peu difforme, elle tourne autour de la corde à linge, observe les environs. Gil la voit maintenant en face. Elle a un joli visage rond et doux. Des boucles claires s'échappent de sous son fichu. Elle tâte une chemise d'homme à gros carreaux qui pend au fil. Ça doit être son jour de congé, si elle en a un, elle est venue faire la lessive de son père.

Gil écoute sa chanson. Il reconnaît un air d'André Claveau.

— *On est sur la plage un matin*
Et puis voilà, c'est le destin...

Elle a une belle voix, profonde et douce, cette bonne femme, à peine grosse comme feu la môme Piaf. Presque plus émouvante que la voix de Marie Maignan... Les chiens se sont tus, mystérieusement. Gil se mord la lèvre pour ne pas chialer. Il n'aurait que peu de remords à espionner une jeune femme normale ; mais il éprouve pour la pauvre infirme une compassion infinie. Il voudrait se jeter à ses genoux et lui demander pardon. Il jure que si l'occasion lui est donnée un jour, il fera quelque chose pour aider Aurélie, la fille de Baladou. Puis il se dit aussitôt que l'occasion ne lui sera jamais donnée, et il ressent un affreux désespoir.

Il sait qu'il devrait tourner la tête ou fermer les yeux, par simple honnêteté. Mais il continue de guetter la jeune fille, c'est plus fort que lui. Et il continue d'écouter sa chanson. Il se souvient, c'est *Amour de vacances*. Il l'a entendu seriner aussi par Anny Flore.

— *Amour de vacances, plein de soleil, de fleurs et de ciel bleu...*

La jeune fille n'en finit pas de tâter le linge, elle a d'étranges façons. On dirait qu'elle pleure tout en chantant. Impossible d'en être sûr. Elle est un peu loin et se cache à moitié entre les draps qui sèchent. Déjetée comme elle est, la pauvre Rélie n'a pas dû avoir beaucoup de ciel bleu dans sa vie.

Elle joue maintenant avec un drap de grosse toile, plus gris que blanc. Elle a ôté les épingles à linge qui le retenaient et, tout en le pliant, se drape, se guipe, s'emmitonne, se blottit le visage, et danse, dansotte, roucoule.

— *Valse perdue, dans le vent d'automne,*
Qui tourbillonne...

Gil s'est agenouillé puis allongé, il s'enfouit la tête dans l'herbe du pré. Tu me brises le cœur, ô Rélie !

Il n'entend plus son chant, il se soulève sur les coudes.

Elle est partie. Il se sent tiré par le bras. C'est le grand Nono.

— J'y vas. Tu viens ?

Gil soupire, acquiesce.

— Je viens.

Nono l'a bien reculotté vingt fois, la première année d'école. Ce sont des services qui ne s'oublient pas. Ils courent tous les deux à la cabane des chiens. Les cabots se désopilent, un des cinq en pisse de joie. La porte du cagibi est fermée par un cadenas, mais le garde a oublié d'ôter la clé. Dix secondes plus tard, les prisonniers frétillent dans le pré. Gil entraîne son camarade.

— Filons, vite !

S'il était surpris par la Rélie, il en mourrait.

— Filons, filons, filons, répète le grand Nono.

Gil s'enfuit par le côté de la ville. Il se perd vite dans un entrelacs des ruelles sinueuses, étranglées, ruisselantes d'eaux grasses. Un des chiens traîne son arrière-train à moitié paralysé. Ce n'est pas Tatou, mais une pauvre bête pelée qui a dû recevoir un mauvais coup sur les reins. Un coup du garde ? Pourvu, se dit Gil, qu'il ne me suive pas à la maison. Il ramasse un caillou, le lance sur le chien et, sans l'avoir voulu, le touche à la tête. Le cabot geint et s'en va en boitant de deux pattes, si ce n'est trois. Gil se sent abject. Il marche en regardant ses pieds, il n'ose pas lever la tête pour se repérer. Il rentre chez lui, furtif autant qu'il le peut. Il se demande un instant si son aventure, bénigne au fond, vaut la honte et le remords qu'il s'inflige. N'empêche, il se déteste.

Il se lave à la pompe, monte à sa chambre par l'écurie, se change en hâte pour effacer ce mauvais moment, cette tache dans son curriculum vitae. Le sang coule encore d'une blessure qu'il s'est faite dans le gras de la paume. Une crampe lui tord l'estomac, il ne se sent pas la force de résister à l'envie d'une tranche de pain trempée dans un bol de lait brûlant. À condition que Marinette soit allée chercher le lait, lui n'y a pas pensé. Décidément, il ne vaut pas un trognon de chou. Il pousse la porte de la cuisine, le cœur écrasé par de sombres pensées. La porte grince de tous ses gonds, à l'unisson. Il entre. Aussitôt, un joli cri chasse les grincements d'âme et de charnière.

— Gil, enfin, te voilà. Où étais-tu passé ?

— Passé ? Passé ? Moi ?

C'est Marinette, sa petite sœur. Elle a treize ans, elle va entrer dans quelques jours en quatrième, au cours complémentaire. Elle est assise devant un bol fumant, elle bondit de sa chaise, se précipite vers Gil, l'embrasse à grand bruit sur les deux joues.

— Je te cherchais partout !

Elle est gentille, cette petite Marinette d'âge bête, et même jolie, ce qui ne gâte pas le tableau. Mais elle n'a pas, d'habitude, ces élans du cœur et de la bouche. Elle n'a pas léché la figure de son grand frère depuis les dernières cerises ; c'est vrai qu'il ne lui a pas apporté les pêches de vigne qu'elle adore. Elle recule de deux pas, pince le bas de sa jupe et esquisse une petite courbette mi-moqueuse, mi-tendre. Il reconnaît dans son regard et sur ses lèvres ce sourire qui flatte et prie : elle a quelque chose à lui demander.

Il l'observe, il l'admire, il se gave de douceur. Un parfum sucré lui monte à la tête. Son cœur est une boîte de bonbons. Les yeux bleus de Marinette s'étirent dans son visage étroit un peu pointu et lui donnent un charme félin, bien au-dessus de son âge.

Elle sera bientôt une adolescente ombrageuse et dégoûtée de tout. Quel dommage. Sa petite bouche aux lèvres ourlées, encadrée de fossettes, sourit en toute innocence. Elle fronce un nez délicat, retroussé d'un millimètre, comme il faut pour exprimer un défi câlin. D'ici à quelques années, elle ressemblera à l'actrice Cécile Aubry. Elle minaude, cajoleuse :

— Tu n'as pas déjeuné ? Je viens de chercher le lait, tu veux que je t'en mette à chauffer ?

— Oui, Ninette. J'ai compris, tu dois finir tes devoirs de vacances avant la rentrée et tu as besoin d'un coup de main.

Elle baisse ses cils candides sur ses yeux fripons, incline la tête, joint les mains. On lui donnerait le bon Dieu sans confession.

— J'ai encore la rédaction à faire. Je sais pas quoi dire.

— Montre-moi.

Elle lui tend le cahier, puis met à chauffer une casserole de lait sur la cuisinière. Gil se gratte la tête en lisant le sujet de la composition française.

— Oui, tu as raison, c'est pas très malin pour des élèves qui entrent en quatrième.

La voilà flattée. Il lève la main et déclame :

— Oyez, bonnes gens. C'est la veillée, dans une pièce chaude et intime. Crotte de bique, ça c'est envoyé ! Toute la famille est rassemblée. Ils ne disent pas s'il y a aussi la bonne et le chien. Mais tant pis. Les attitudes, les occupations de chacun expriment la détente, l'apaisement. Papa s'approche d'un petit meuble et tourne un bouton : la fée TSF fait entendre sa voix. Imaginez la suite...

— La fée de mes fesses, susurre Marinette, la mine coquine.

— Chut, ce n'est pas parce que les profs qui trouvent

les sujets sont cuculs la praline que tu as le droit de parler comme un charretier.

Elle vient s'appuyer sur le dossier de la chaise de son frère, effleure sa joue d'une natte châtain clair douce comme un duvet de poussin.

— Tu vas m'aider, dis, mon Gilou ?

Gil renie ses sombres pensées et le projet de se jeter sous un camion. La vie vaut la peine d'être vécue, en fin de compte, quand on a les méninges qui brûlent le pavé. Il rêve, il invente, il attire sa petite sœur, la serre tendrement, lui colle un bisou sur l'oreille.

— La fée, oui, la fée, ha, ha. J'ai trouvé !

Elle lui pose une main sur la tête, lui tapote le front.

— Y en a là-dedans. Dis-moi vite !

Gil se rengorge. Il a un peu honte de sa jubilation, mais il se laisse inonder par les délices du contentement de soi. Il boit du petit-lait... chaud et sucré. Marinette lui a mis deux sucres. Adorable enfant. Il repousse gentiment les menottes qui lui palpaient le crâne, se prend la tête dans les mains.

— Voilà, Ninette, ce qu'on pourrait imaginer. Le pater familias, donc, tourne le bouton de la TSF. Alors, paraît une fée. Une vraie fée, tu vois ? Avec son chapeau pointu, sa longue robe et sa baguette magique. Ce qu'elle fait ? On va chercher, on va bien s'amuser. Des trucs un peu fous, tu veux bien ?

Marinette bat des mains.

— Et si la rédaction est jolie, on la montrera à Marie ?

7.

Marie toise son amie en chantonnant *On l'appelle mademoiselle de Paris* et pouffe de rire.

— Tu as l'air d'une bonne sœur !

— De toute façon, je n'avais pas bien le choix. Il y a deux ans que je n'ai rien pu m'acheter.

— Ma pauvre doucette.

Marie pince sa robe de velours vert, soulève un côté au-dessus du genou, esquisse un entrechat.

— *Son royaume, c'est la rue d'Rivoli...* Celle-ci, c'est un cadeau de mon fiancé, à son retour de captivité. Il s'était évadé, tu te rappelles. Il avait eu la robe au marché noir. Après la guerre, j'ai grossi et je pouvais plus la mettre. Maintenant que j'ai un peu maigri, elle me va presque bien.

Elle enchaîne, toujours trottinant, la suite de sa chanson. Félicia doit presser le pas pour rester à son côté sur le trottoir encore glissant d'une pluie matinale. Marie Maignan ne marche jamais tranquillement, elle va, court, vole, la folie en tête et le diable au corps. Elle a toujours un bout de chanson au bord des lèvres, si elle ne lance à pleine voix la dernière rengaine du poste.

— *Elle chante un air de son faubourg*

Elle rêve à des serments d'amour...

L'adjoint les a convoquées à la mairie à onze heures et quart. Elles ont dit onze heures à Pépé le Moko pour se donner le temps de flâner dans les rues et de lécher les vitrines. « On est en service commandé pour le patron, a précisé Marie au contremaître, alors pas question de nous carotter une heure ! » Pépé a émis le son ventral et caverneux qu'il a dû apprendre d'un éléphant, en Afrique ou en Indochine. « Fichez le camp ! » Marie s'est changée dans un recoin du magasin, entre une pile de cartons et un tas de vieux chiffons, elle a enfilé une paire de souliers à talons hauts, un peu riquiqui, de son propre avis. « Mais ça fait madame et même pépée, tant pis pour les doigts de pied. Je vais lui en mettre plein les mirettes, à l'adjoint ! » Félicia n'a eu qu'à ôter sa blouse, poser un châle sur sa veste bleu marine et défroisser d'un revers de main sa jupe grise qui lui tombe à mi-mollet. Elles ont quitté l'usine à onze heures moins dix, gaies comme deux oiselles le premier jour du printemps. Le contremaître les observait derrière la vitre du bureau. Elles ont couru pour faire semblant d'être en retard, dans la rue de l'usine, devant les charrettes des paysans, puis sur leur élan jusqu'au centre-ville. Elles trottent toujours en arrivant place des Arcades, les talons de Marie claquent sur le pavé. Elle joue à mademoiselle de Paris et lâche ses refrains à la figure des passants. Tous la connaissent, les femmes lèvent les yeux au ciel, les hommes sourient et jettent un coup d'œil à ses gambettes. À chaque vitrine, elle cherche le meilleur angle de réflexion, ajuste son chapeau sur les boucles de son indéfrisable, se retourne vers son amie.

— Comment tu me trouves ?

— Tu es une fille pour les jours de fête.

— Mignonne à croquer ? Mais voilà, j'ai été assez croquée, je n'ai plus envie. *Je suis seule ce soir avec mes rêves...*

Félicia sourit, tout indulgence et amitié. Marie n'est pas si frivole, c'est un genre qu'elle se donne. Pour cacher son anxiété, elle jacasse, remue, joue des chevilles, dandine le popotin.

Elles s'en vont vers la mairie, elles sont en avance.

— On va s'asseoir cinq minutes au jardin public, propose Marie. *Dans le vent d'automne, qui tourbillonne...*

Félicia acquiesce.

— Va pour le vent d'automne.

Marie lui prend le bras.

— Tu sais que les gens sont bêtes, mais bêtes. Et ils se croient malins... À propos de la chanson d'André Claveau, tu sais, *Cerisiers roses et pommiers blancs*, ça fait bien dix fois que j'explique : « Non, il s'est pas trompé de couleurs. C'est que les fleurs se sont mélangées. » Enfin, le deuxième couplet le dit clairement, ils ont les portugaises ensablées, ou quoi ! Écoute.

Elle chante à mi-voix :

— *La branche d'un cerisier*
De son jardin caressait
La branche d'un vieux pommier
Qui dans le mien fleurissait.

Marie hoche la tête. Elle ne s'en fiche pas, il est important de savoir que les gens qui font les chansons, à Paris ou à Marseille, ne confondent pas les fleurs de cerisier et les fleurs de pommier. Mais tout de même, elle a d'autres soucis en ce moment. Elle ajoute rêveusement :

— Et les amoureux vont se mélanger aussi. C'est très fin, comme image.

Félicia remarque les yeux trop brillants de son amie. Une larme perle au bord de ses cils. La petite Marie tente de sautiller encore pour donner le change, mais elle se tord une cheville, geint doucement. Félicia la soutient jusqu'à un banc proche, où elles s'assoient côte à côte, leurs sacs à main entre elles. Une feuille jaune d'or pâle vient se poser sur les genoux de Marie qui la saisit, l'élève dans la lumière et l'examine par transparence.

— C'est presque la même couleur que mes cheveux.

— Mais non, tes cheveux ne sont pas jaunes. Ils tirent presque sur le roux...

— Tu crois ?

Marie soupire, renifle. Félicia lui caresse la main.

— N'aie pas peur, tout se passera bien.

Marie se tait. Les mots des chansons viennent danser dans ses yeux, on pourrait presque les lire sur ses lèvres, où ils s'éteignent en silence. Félicia passe la main derrière ses épaules et lui masse la nuque.

— Laisse-toi aller.

— Je suis sa locataire. Il peut me mettre à la rue, s'il veut !

— Sa locataire ? Ah non, tu es locataire de M. Mauvignier.

— C'est pareil, le gendre s'occupe de toutes ses affaires. Et tu sais que j'ai hébergé deux mois Adeline Lapouyade... Il va dire que j'avais pas le droit de sous-louer.

— Mais Adeline Lapouyade est partie. Elle vit chez les Alvarez.

— Je suis sûre qu'il m'en veut. Sous l'Occupation, j'ai travaillé pour les Lapouyade...

— Et alors ?

— L'Adrien a toujours été à couteaux tirés avec ces gens.

— C'est de l'histoire ancienne. Le père Lapouyade est mort...

— Il s'est suicidé à cause des profits illicites.

— On le raconte, mais ce n'est pas prouvé.

— Mais sa fille en est sûre. Et la mère, qui n'a même pas soixante ans, ne peut plus travailler, elle est à l'hospice avec les vieilles. La fille doit trimer pour payer les amendes de son père. Et elle croit que Lécuyer les a fait condamner, qu'il est responsable de tout. Elle a dit qu'elle le tuerait. Des paroles en l'air, c'est sûr, et puis il y a eu ces lettres de menaces qui ont tout réveillé. Je savais bien que je risquais de m'attirer des ennuis quand j'ai logé Adeline, mais je pouvais pas lui fermer la porte au nez, les Lapouyade m'ont rendu service pendant la guerre. Et le soir où elle est venue, elle était à moitié morte de froid, c'était l'hiver dernier, elle avait nulle part où aller. Je ne pensais pas qu'elle resterait si longtemps. Enfin, ça me plaisait d'avoir quelqu'un de mon âge, le soir, pour parler. Je me sens bien seule quelquefois, pardon, Doucette. Oui, j'ai ma petite, mais elle n'a que huit ans. Je chante souvent pour oublier. J'ai peur de l'avenir.

Félicia sort sa montre de la poche de sa robe, comme si elle cherchait à déchiffrer, au-delà de l'heure présente, cet avenir menaçant.

— Allez, on y va. Tu as tort d'avoir peur. Tu es jeune, jolie... Oui, oui, tu es très jolie, tu le sais bien. L'adjoint le sait aussi. Tu trouveras un homme quand tu voudras. Tiens, si tu mettais une annonce, il y aurait tellement de prétendants qu'ils ne tiendraient pas sur la place de l'église !

— Il faudrait que je divorce. Ça ne plairait pas du

tout à M. Mauvignier. Et j'ai pas envie de vivre à la colle, ça me dit rien. Il y a des moments, j'ai envie de rien.

— À ton âge !

— Oui, à mon âge.

Soudain, sans raison, la nature primesautière de Marie se réveille, et les élans de son cœur la font bondir comme une guêpe ivre dans la lumière du matin. Les deux amies s'élancent bras dessus, bras dessous, moitié marchant moitié dansant, sous les cèdres du jardin public. Depuis le bout de l'allée principale, elles peuvent apercevoir le grand escalier de la mairie. Elles approchent à vingt pas, puis Marie retient Félicia et dit tout bas :

— J'ai vraiment la trouille, tu sais.

Elles montent les dernières marches. Sur le seuil, Marie a ce geste de coquette qui lui va bien. Elle tourne le buste et le cou, tord un peu la jambe, d'un côté, de l'autre, plus vite que le vent, pour s'assurer que la couture de ses bas est droite. Félicia lui tape gentiment sur les doigts.

— Tu es très bien.

Elle songe : Il n'ira pas te regarder sous les jupes, ce n'est pas son genre. Tout pour l'argent et le pouvoir, il n'a pas le temps de s'occuper des femmes ! Eh, sait-on jamais ? Le démon de midi, ça existe.

Enfin, les voilà dans le bureau du maire, où l'adjoint s'est installé en l'absence de M. de La Jafferie. Occupant un coin de l'immeuble, la pièce est éclairée par quatre grandes fenêtres. Le mobilier luit de cire, le plancher aussi, du moins ce qu'on peut en voir sous les tapis. Ce luxe ! Les petites ouvrières en ont le caquet coupé. Mais Félicia se souvient que le baron de La Jafferie a tout apporté de son château, meubles, tapis, tapisseries et tableaux, la mairie ayant été mystérieusement vidée à la Libération. On se demande si toutes ces choses, trop belles pour la maison du peuple, retrouveront un jour le chemin du retour. M. de La Jafferie s'en fiche sûrement, il est vieux, malade et trop grand seigneur pour se soucier de babioles !

M. Lécuyer est assis avec dignité derrière un long bureau sans pieds, en forme de L majuscule. Le bois clair, peut-être du noyer, brille de mille feux sous la lumière du jour. L'adjoint tient dans la main gauche un coupe-papier en bronze, dont la poignée représente une tête de cheval qu'il caresse distraitement du pouce. Des enveloppes ouvertes, des lettres dépliées jonchent en désordre son sous-main de cuir.

Il lève les yeux, glisse l'autre pouce sous son gilet, observe un instant les visiteuses. Il a ce sourire qu'elles connaissent bien, mi-cul-de-poule, mi-babine de dogue. Quand il essaie d'être aimable, un fond de méchanceté lui force la bouche. Et quand il se laisse aller à la hargne qui aigrit son cœur, une touche comique change en roquet le loup de conte qu'il voudrait paraître. Mais, songe Félicia, il doit serrer la vis aux malheureux qu'il tient à sa merci, ruminer ses vengeances et envoyer au bon moment le coup de pied de l'âne.

Maintenant, il creuse les joues, fronce les sourcils, chausse son masque d'homme important, accablé de soucis, comme d'autres chaussent leurs lunettes.

— Eh bien, bon, asseyez-vous, mesdames, puisque vous êtes là.

Quatre chaises s'alignent devant le bureau. Félicia et Marie, sans se concerter, prennent les deux du milieu. Elles se sourient furtivement. Elles seront près l'une de l'autre pour se tenir chaud quand la bise soufflera. Marie guette l'adjoint sous ses cils, en mimant soumission et innocence. Félicia cherche à deviner ce que l'adjoint a en tête. Elle le soupçonne d'un plan plus tortueux, ce qui lui fait peur et excite sa curiosité.

Sous le haut plafond de la mairie, le beau M. Lécuyer semble moins grand, moins large d'épaules. Son visage plein devient presque poupin. C'est peut-être un effet de la lumière. Il a toujours les paupières bouffies, des poches sous les yeux. On dirait qu'il a fait la noce toute la nuit. Pourtant, à ce qu'on sait, il n'est pas bambocheur ni coureur le moins du monde. Les gens qui connaissent la politique prétendent qu'il serait mieux à sa place au MRP qu'au Parti radical. M. Mauvignier a été MRP à la Libération, il est intransigeant sur les commandements de Dieu et de l'Église. Comment cacher une liaison ou même quelques dévergondages dans une petite ville où l'on a toujours cent paires d'yeux braquées sur soi et où n'importe quel ragot touchant les puissants régale les sacristies et les bistrots ? L'Adrien sait qu'il n'a qu'à bien se tenir et qu'au moindre écho de fredaines, son beau-père, dont l'influence est grande, aurait vite fait d'écraser dans l'œuf ses plans et ses ambitions.

Félicia serre son sac entre ses genoux et se retient de mordre sa lèvre. Elle sait maintenant où le bât blesse l'adjoint. Il a envie de faire la fête et de trousser des jupons, mais ces jeux lui sont défendus, c'est ça qui le rend méchant. Ou du moins encore plus méchant qu'il n'est de nature !

On croirait qu'il l'a devinée. Il la fixe de ses yeux gris paille de fer. Elle soutient son regard et sourit. Alors, il lève la tête et observe le mur, la tapisserie, les tableaux ou n'importe quoi par-dessus la tête des femmes. Puis, lentement, il abaisse les yeux jusqu'à son sous-main, tripote son courrier, appuie la pointe de son coupe-papier sur sa paume.

— Savez-vous, mesdames, qu'on m'a tiré un coup de fusil au cours d'une partie de chasse, chez moi, à ma propriété de Lambeyrac ?

La propriété de Lambeyrac appartient à son beau-père, enfin c'est un détail.

— Non ? C'était hier en fin d'après-midi, la nouvelle n'a pas eu le temps de faire le tour de la ville. Je n'ai même pas demandé au garde Thoumeyragues, qui m'accompagnait comme rabatteur, de fermer son clapet. À quoi bon les cachotteries ? La population du canton doit savoir la vérité. Et la vérité, c'est que je gêne beaucoup de gens, que j'en inquiète quelques-uns. Je gêne les ambitieux sans scrupules et j'inquiète les combinards... qui n'ont pas tous disparu à la Libération. Bon, eh bien, je ne sais pas si on a tiré sur moi pour m'intimider ou pour me tuer. Les plombs étaient des numéros 2, les plus gros après les chevrotines. J'en ai récupéré un dans mon chapeau et un autre dans ma veste. Je pense que le tireur voulait me tuer, mais que les feuillages m'ont protégé. En tout cas, je ne me laisserai pas intimider. Vous pouvez le dire et même le crier. Et aussi, j'aimerais que vous répétiez à qui voudra vous entendre ce que je viens de vous dire. Vous, Marie Maignan, s'il vous plaît, dites-le. M. Lécuyer gêne...

Marie se trémousse vivement sur sa chaise.

— M. Lécuyer gêne les combinards et inquiète les ambitieux, euh, sans scrupules.

— C'est presque ça. M. Lécuyer gêne les ambitieux sans scrupules et inquiète les combinards... mettons les combinards de tout poil.

Félicia ne doute pas que Marie s'est trompée exprès,

par jeu, et maintenant elle minaude, la main devant sa bouche.

— Oui, oui, c'est ce que je voulais dire.

Félicia réfléchit à haute voix, pour montrer à l'adjoint qu'elle prend son affaire à cœur

— Ce n'est pas possible qu'une femme vous ait tiré dessus. Alors, c'est donc un homme.

— Beau raisonnement, apprécie M. Lécuyer. Mais qui ne prouve rien. Pourquoi pas une femme ? Qu'en pense Marie Maignan ?

En signe de surprise et d'ignorance, Marie ouvre la bouche, la tient bée plus longtemps que nécessaire, puis jette à son amie un sourire d'oie blanche.

— Je pense comme Félicia, monsieur. Ça n'a pas l'air d'être une bonne femme.

L'adjoint se frotte les mains. Il peine à cacher son plaisir de jouer au héros devant les visiteuses. Félicia regarde ses galoches. Elle n'a pas mis ses souliers, d'abord pour les économiser, elle n'en a qu'une paire, et aussi parce qu'elle ne voulait pas disputer à sa cadette le rôle de l'élégante. L'adjoint insiste.

— Non, rien ne permet de disculper les femmes que je soupçonne. D'abord, si c'est un homme qui a tiré, une femme pouvait lui tenir la main. Ce pourrait être, par exemple, le fils Alvarez, comment l'appelle-t-on déjà ? le grand Nono... poussé par sa grand-mère, la veuve Alvarez. Et la fille Lapouyade sait se servir d'un fusil, j'en suis sûr. N'a-t-elle pas participé à des chasses organisées par son père pour les Allemands, sous l'Occupation ? Marie Maignan, vous devez le savoir : vous avez travaillé à l'hôtel des Voyageurs pendant la guerre. Vous connaissez les crapuleries de la famille Lapouyade.

Marie se trémousse, mal à l'aise. Son embarras n'est pas feint. Elle craignait que l'adjoint ne mette le sujet sur le tapis, et voilà, c'est arrivé. Elle coule un regard de biais à Félicia pour l'appeler au secours. Félicia secoue la tête, envoie une moue défiante à M. Lécuyer.

— Vous croyez que la fille Lapouyade aurait eu le culot de se mêler à votre chasse pour vous tirer dessus ? Elle avait neuf chances sur dix de se faire surprendre par un de vos invités ou un rabatteur ou bien encore un paysan des environs.

— Elle est enragée, elle a pu prendre ce risque. Et elle sait s'habiller en homme, aussi bien qu'en pute. Elle a peut-être cru qu'en se déguisant elle passerait inaperçue.

L'adjoint quitte sa chaise, se dresse de toute sa hauteur, roule les épaules, respire la bouche grande ouverte. Puis il se met en marche autour du bureau, mais au lieu de se voûter comme à l'ordinaire, il croise les bras et se tient droit, prêt à la lutte. Il vient se planter à côté de Marie, près de la frôler. Il la toucherait bien s'il osait, songe Félicia. Mais c'est elle, Félicia, qu'il regarde d'un œil malin.

— Vous avez un peu raison, madame Jallas. Je le crois sincèrement. Il faut certes envisager toutes les hypothèses. Au fond, le coup de fusil était peut-être une simple menace pour me faire reculer. Premier avertissement... À mon avis, c'est un complot de mes ennemis, ceux que je vous ai nommés, ceux que je gêne ou que j'inquiète. Ceux qui redoutent le grand coup de torchon que je me prépare à donner dans cette ville et ce canton, en attendant le département !

Marie Maignan tire un joli petit mouchoir de son sac et se mouche sans trop de discrétion.

— Alors, Adeline Lapouyade n'y serait pour rien ?

L'adjoint reprend sa marche forcée et fait grincer à plaisir les lattes du plancher.

— Vous allez trop vite, Marie.

Il revient près d'elle, effleure son épaule de la main, glisse sur son bras, frôle ses cheveux, dérange son chapeau.

— La veuve Alvarez, d'abord. Elle s'est toujours prise pour une tricoteuse de la Révolution, si ce n'est pour la Pasionaria. Elle a pu se mêler au complot et monter le coup à son petit-fils, le grand Nono, pour qu'il me tire dessus. Et d'une. Quant à la demoiselle Lapouyade, c'est une fille à parties, n'est-ce pas, une prostituée, si vous voulez qu'on mette les points sur les i !

Eh oui, on raconte que la pauvre Adeline s'est mise à racoler les messieurs en manque pour payer les amendes de son père. Si elle se figure que l'adjoint est responsable de ses malheurs, pas étonnant qu'elle ait envie de lui régler son affaire !

Félicia essaie d'argumenter.

— Même si elle a de mauvaises mœurs, ça ne veut pas dire...

— Un complot ! coupe l'adjoint. Vous vous étonnez que mes ennemis se réunissent autour d'une bacchante, d'une pétroleuse, comme la veuve Alvarez, et d'une fille de joie, comme l'Adeline Lapouyade ? Moi, c'est ainsi que je vois les choses. Je vais mener une enquête serrée, et vous allez m'aider, vous deux.

Félicia remue la tête en tâchant d'esquisser un signe le plus vague possible.

— Vous avez porté plainte pour le coup de fusil, monsieur ?

Il se remet à marteler le plancher de son pas.

— Porté plainte ? Non. Ce serait obliger mes invités à répondre aux questions stupides des gendarmes, qui ne m'aiment pas. Personne...

Il a failli dire : Personne ne m'aime. Il se retient à temps.

— Vous me rapporterez tout ce que vous entendrez à droite et à gauche. Je connais les femmes. Vous savez toujours tout plus vite et bien mieux que les hommes. Et vous n'oublierez pas de répéter en toute occasion ce que je vous ai dit. Marie, vous vous rappelez ?

Cette fois, Marie récite sans se tromper : les ambitieux, les combinards... M. Lécuyer hoche la tête, comme un maître d'école satisfait d'une élève gentille mais étourdie.

— Bien, bien. En échange de votre aide, je peux vous donner du travail. Comme vous savez, l'usine est en période creuse pour plusieurs semaines. Les légumes sont finis et la viande n'est pas commencée. M. Philippard vous garde, à ma demande, mais il ne peut plus vous donner d'heures supplémentaires, vous l'avez constaté. Il se trouve que j'ai besoin de deux ouvrières adroites et consciencieuses. Je viens d'acheter un appartement à Bergerac, j'en ai un autre en vue. Ils ont tous les deux besoin d'être nettoyés et repeints. Cette tâche vous ira comme un gant et, étant ensemble, vous ne vous ennuierez pas. Vous travaillerez le matin à l'usine. Vous prendrez le car à midi, je vous rembourserai les frais chaque semaine. Vous aurez le même salaire qu'à l'usine, plus une prime de cinq cents francs par semaine. Vous déjeunerez au restaurant du Café bleu, à mon compte...

Félicia se mord la lèvre pour ne pas sourire. Le restaurant du Café bleu, le préféré des messieurs, on connaît. Ainsi, il veut Marie, il a trouvé ce moyen compliqué de l'amener dans ses filets sans trop attirer les soupçons. C'est plutôt fin. Et Marie sera peut-être consentante, s'il la traite bien, la flatte et l'égaie. Elle s'ennuie tellement. Et moi, songe Félicia, je servirai d'alibi. Aux yeux des gens, on ne se quittera pas, personne ne se doutera de cette combine-là, du moins si ça ne dure pas trop longtemps. Je n'aurai qu'à tenir la chandelle, ou plutôt manier le pinceau, quand Marie sera occupée à autre chose. Il ne va pas tarder à me proposer quatre sous pour jouer mon petit rôle. Mon vieux, je t'attends au tournant !

Marie lorgne son amie d'un air innocent, très bien imité. Félicia lit la réponse dans ses yeux et sur sa bouche : Chic, alors, on va s'amuser. Marie se contente d'un acquiescement timide et modeste.

— Ça a l'air bien, comme travail, Félicia. J'espère qu'on saura.

— Vous saurez, tranche l'adjoint. Je veux un travail soigné, vous mettrez le temps qu'il faudra.

Marie baisse les yeux et pique son fard, ça veut dire qu'elle a compris. L'adjoint est retourné s'asseoir, il a posé les coudes sur son bureau, il croise les mains, en laissant déborder ses poignets de chemise de sous sa veste. Il s'est nippé pour la circonstance. La chemise a l'air d'être en soie naturelle, le costume en laine peignée. Le moment n'est pas encore venu de montrer son caleçon. Félicia scrute le ciel par la fenêtre, observe un pigeon qui tourne au-dessus des toits. Heureux présage, sans doute. L'adjoint reprend son coupe-papier, en frappe un coup sur le bureau.

— J'espère que ça vous convient, mesdames.

Nous voilà redevenues des dames. En attendant de faire les grues. Marie acquiesce en minaudant, Félicia avec un haussement d'épaules.

— On peut bien essayer.

Il se lève pour donner congé à Marie, fait signe à Félicia de rester. Il pose la main sur le dos de sa belle pour la conduire à la porte. Elle ne se dérobe pas à cette légère privauté. Au contraire, elle se prête au jeu. Félicia attend, appuyée sur sa chaise, en ruminant l'affaire. Ce bon M. Lécuyer manque d'amour, c'est sûr. S'il couche avec Marie, ça l'adoucira, il aura moins envie de mener le monde à la baguette ou de chercher des têtes de Turc à persécuter. Ça sera tout bénéfice pour un tas de gens, à commencer par sa femme et sa servante. Et il oubliera peut-être de pressurer ses ouvriers et ses ouvrières. Voilà ce qu'on peut espérer.

L'adjoint revient à son fauteuil, mais ne s'assoit pas. Il guette Félicia d'un regard où elle devine embarras et anxiété.

— Beau brin de fille, Marie Maignan.

Nous y voilà. Elle se demande si elle doit lui ménager le passage aux aveux. C'est quand même un sale type, mais le vin est tiré, elle doit en boire au moins une gorgée.

— Oui, un beau brin de fille. Si elle pouvait divorcer, elle aurait vite retrouvé un bon parti. Mais le divorce n'est pas bien vu ici.

— À qui le dites-vous ? Félicia, je compte sur votre discrétion sur tout ce que... et tout ce qui pourrait...

— Oui, monsieur. Mais j'ai aussi quelque chose à vous demander. Je voudrais que vous engagiez mon mari aux Camions.

Il lève les bras au ciel, les laisse retomber en se claquant les cuisses.

— Enfin, je ne peux pas le prendre comme chauffeur sans permis de conduire !

— Il n'y a pas que des chauffeurs, dans vos transports. Il faut aussi des manœuvres pour charger et décharger. Je vois souvent passer les camions avec deux hommes dans la cabine et quelquefois un autre sur le plateau.

Fernand sait bien qu'il ne peut pas être chauffeur, mais une fois embauché par Lécuyer, il aura tout loisir de raconter à ses copains qu'il conduit les camions, et il n'en demande pas plus !

L'adjoint croise les bras, se rapproche de Félicia à petits pas.

— Bon, eh bien, faisons un marché. Je vais engager votre mari à l'essai. Si, euh, tout se passe bien avec Marie et s'il... s'il se conduit dignement, je le garderai. Ça vous va ?

Félicia acquiesce d'un battement de paupières. Elle se rengorge en secret. Aidée par Marie, elle va combler les vœux de deux hommes et abonnir ainsi, un petit peu, le monde. Et quelle aubaine pour Marie ! Le regard de l'adjoint devient si brillant qu'elle doit baisser les yeux pour échapper à une pluie d'étincelles. Hé, mon ami, ne commence pas à piler du poivre. Elle va t'apprendre la patience et les bonnes manières !

8.

Gil travaille depuis quinze jours à la perception. Dès la première heure, il s'est lié d'amitié avec Yvon Bellot. Un grand frère, de dix ans plus âgé, son rêve secret. Ils font bon ménage, s'entendent mieux que larrons en foire et accordent leurs violons en toute occasion, chacun y mettant du sien. Copains comme cochons et, en même temps, amis comme Montaigne et La Boétie. C'est la première vraie grande amitié dans la vie de Gil. Admiration et reconnaissance s'allient dans son cœur à la compassion qu'il éprouve pour l'infirmité de son camarade. Une complicité, tour à tour grave et gaie, les rallie face au patron, aux clients, aux gens et au monde. Gil se demande si un tissu de sentiments aussi fort peut naître dans l'amour d'une femme.

Yvon Bellot est marié. Une jeune femme a reconnu ses qualités, elle a oublié sa claudication, elle s'est éprise de son cœur, grand comme le ciel et la mer joints sur l'horizon. Lise vient de temps en temps au bureau, elle a bien du charme ; la gentillesse de son mari a déteint sur elle, ou peut-être est-ce sa nature. Ils roucoulent depuis trois ou quatre ans, ils sont unis depuis deux ans. Ils n'ont pas encore d'enfant. Dans ce bas monde plein de pièges et d'impostures, où la destinée ressemble à une course d'obstacles au fond d'un dédale ténébreux, c'est un miracle que deux êtres parfaitement bons et doués pour la vie aient pu se rencontrer, se plaire et attacher leur étoile au même char. Ce coup de théâtre va changer la philosophie de Gil.

Et d'abord il se résigne moins à voir la bombe atomique écraser en un seul éclair le bonheur de Lisette et d'Yvon. Les couples comme le leur se comptent peut-être par milliers, par millions. Il n'en sait rien, il a peine à le croire. Mais eux, il les connaît, il les aime. Il voudrait changer le monde pour eux, inventer la paix qu'il leur offrirait comme un bouquet de primevères le jour des Rois.

La paix, la paix, les communistes n'ont que ce mot à la bouche. Et s'ils avaient raison, après tout ?

Tout de suite, Yvon lui a raconté que plusieurs jeunes filles étaient venues pour la place d'auxiliaire.

— Le patron est un vieil ours qui n'aime pas trop les jupons autour de lui. Et puis sa femme lui aurait fait la vie... la mienne aussi, de fait !

La dernière jeune fille qui est venue a failli décrocher l'emploi. Elle a eu la maladresse de dire qu'elle savait taper à la machine. Le percepteur a grommelé :

— On n'a pas de machine à écrire ici, on se contente d'une plume Sergent-Major. Il vaut mieux que vous alliez voir les usines de conserves ou de couronnes mortuaires. Ils emploient des dactylos pour être modernes !

Et Yvon, appuyant sa remarque d'un clin d'œil et d'une bourrade amicale, conclut :

— Quoi qu'en pense M. Paussac, je suis sûr qu'il y aura bientôt des machines à écrire dans les perceptions, et peut-être même un jour des machines électriques. De fait...

Il abuse de ces deux mots. C'est un tic de langage qu'on lui pardonne parce que cette petite formule correspond bien à sa tournure d'esprit, à sa façon de creuser sous les apparences, de chercher toujours la cause et la conséquence, le dièse et le bémol, la « vérité vraie ».

— De fait, il y a toute une histoire à propos du patron et d'une machine à écrire. Je t'en parlerai une autre fois. Je ne crois pas que ce soit un secret, mais je préfère attendre qu'on se connaisse bien.

Patience, ce n'est qu'une histoire parmi d'autres. Il en tombe chaque jour, dru et menu, dans les oreilles de Gil, de drôles et de tristes, des bonnes et des amères, sur les clients, les gens, le travail, la ville. Le patron, on n'a guère besoin de le raconter, il met lui-même en scène ses marottes, phobies et turlutaines, en bon cabotin de tréteau.

Yvon salue tous ceux qui défilent dans le bureau d'un signe, d'un regard, d'un sourire. Il tend souvent la main à travers le guichet en forme de nichoir à poules. Il prétend connaître tout le monde jusqu'au bout du canton, qui ne compte pas moins de quinze communes. Gil a pris d'abord la formule pour une façon de parler. Ce n'était que l'expression d'une évidence. Yvon est un enfant du pays. Il a bonne oreille, un œil aux champs l'autre à la ville, et une mémoire de sage-femme. Rien ne lui échappe de ce qui se dit et de ce qui se trame. Il joint la curiosité d'un jeune homme à la sagesse d'un vétéran. Il dresse l'oreille à la vue d'une tête nouvelle, se renseigne habilement, n'a de cesse avant d'avoir situé les antécédents, origines et relations des inconnus. Il s'explique pour répondre à l'étonnement de Gil. « Connaître les gens est nécessaire à la perception, plus qu'ailleurs. Tu verras. » En effet, Gil ne tarde pas à voir, en pratique, l'universelle science du premier commis.

Le paiement des coupons est une des tâches confiées à Gil, après quelques heures d'initiation. M. Paussac a l'âme d'un banquier plus que d'un ramasseur d'impôts. Il ne cesse de prêcher les paysans économes, les bourgeois à l'aise et les braves gens précautionneux en faveur de sa religion, celle des emprunts de l'État et des sociétés et offices nationaux. Il en a convaincu beaucoup de souscrire aux émissions du Trésor, des Chemins de fer, du Crédit foncier ou national, des Mines, des villes... Les commissions pleuvent dru dans son escarcelle et, tout là-haut, dans celle du trésorier-payeur général. « Tu me croiras si tu veux, a raconté Yvon à Gil, j'ai vu plus d'une fois des gens venus payer leurs impôts repartir avec, en poche, un certificat de souscription de la dernière émission, et sans avoir réglé leurs dettes ! »

Le résultat, ce sont ces milliers de coupons multicolores, grands comme deux timbres-poste, que des centaines de clients apportent à l'échéance, qu'il faut vérifier, totaliser, emballer dans une pochette transparente, avant de remplir le bordereau de décompte nominatif. Et pour finir, bien sûr, on paie en bons billets de la République l'heureux crésus ou la probe rentière, gratifiés pour la circonstance d'un sourire sans bavure.

Gil chiffre juste, écrit lisiblement, remplit les bordereaux impeccablement et ne commet pas d'erreurs de caisse. La difficulté pour lui, c'est l'identité des clients. Il a appris tout de suite la règle d'or de la maison. Ici, on ne demande jamais leurs papiers aux gens, sauf exception rare : ça n'arrive même pas une fois par an.

Pour la plupart, les porteurs de coupons, voyant l'embarras du petit nouveau, indiquent leur nom, parfois leur adresse. Gil cherche du regard Yvon Bellot, qui est assis à un mètre ou bien vaque dans l'étroit bureau. Le premier commis répond d'un signe de tête : oui. Ce oui signifie deux choses. Sois tranquille, je connais le monsieur ou la dame. Deuxièmement, ne t'inquiète pas, s'il manque un détail, on complétera le bordereau ce soir.

Au milieu de la feuille, s'encadre une ligne redoutable : « Préciser la pièce d'identité produite par le porteur (ou inscrire "C" pour connu) ». Gil a compris. Il ne surveille même plus le coup d'œil d'Yvon à la personne tapie derrière le grillage du poulailler. Il trace d'autorité un joli C élégant et vif. Il a appris aussi le sourire spécial destiné aux souscripteurs d'emprunts. Qui a souscrit souscrira. Ces braves gens représentent l'espoir de commissions futures, et on ne doit pas les traiter comme de vulgaires contribuables.

Le soir, Yvon et Gil vérifient ensemble les bordereaux. Il manque souvent un prénom, une adresse. C'est un plaisir pour le plus jeune de voir l'ancien fouiller dans sa mémoire, les sourcils froncés, les yeux au coin du plafond, et de l'écouter réfléchir à haute voix.

— Durand, de Singleyrac... Voyons, ils sont deux frères et ils souscrivent tous les deux. C'est le plus jeune qu'on a vu aujourd'hui, autant que je me rappelle. Anicet, ou Anselme... non, Anicet. Tu vérifieras quand même dans le rôle de Singleyrac. Il paie aussi des impôts, heureusement.

Le rôle contient la liste des contribuables de la commune, impôt foncier et cote mobilière. Gil vérifie : Anicet Durand, à la Mazière. Yvon ne s'est pas trompé.

— Ah, la veuve Bardou. Elle habite Saint-Aubin, à

la limite de Saint-Julien. Ou l'inverse. Cherche dans les deux rôles. Son prénom, hum, hum. C'est Agathe. Ah, mais le rôle va te donner Marie. Mets Agathe Marie, si tu veux.

Yvon est impérial. Gil le verrait bien clerc d'avoué dans un roman de Balzac. Sa connaissance des habitants du canton, vie et mœurs comprises, va quelquefois très loin. Un jour, une belle femme de quarante ans, à l'opulente chevelure blond vénitien, nippée et chapeautée comme une théâtreuse, a présenté deux pleines poignées de coupons dans ses mains baguées. Yvon lui a décoché un sourire maison, d'une variété sensiblement apprêtée. Il a envoyé à Gil, une seconde plus tard, le signe secret de l'index gauche qui signifie : tu paies et tu ne demandes rien. Gil s'est exécuté et a compté à la dame une assez belle somme : sept billets de cinq mille « Empire français » et quelques menues coupures. Elle l'a remercié de deux ou trois battements de paupières, chargés de caresses et de promesses. Yvon lui a donné du « chère madame », elle a répliqué « cher monsieur ». Ils l'ont suivie du regard à sa sortie. Elle a arrangé son bas dans le jardin, devant la porte. Avant de monter dans sa grosse traction, luisante comme un monstre marin, elle s'est retournée lentement, quêtant un regard.

Après un aperçu satisfaisant des dessous de la dame, Gil a voulu savoir le fin mot de l'histoire. Yvon lui a donné un coup de poing dans les côtes.

— Elle s'est mise en frais pour toi, la belle caissière du Grand Café. Elle n'en fait pas tant d'habitude, même quand le patron est là. Tu as l'air de l'intéresser. Dommage que tu n'aies pas deux ans de plus. Oui, c'est une ancienne caissière de café de Bergerac, devenue châtelaine par son talent. Il ne fallait pas lui demander son nom, parce qu'elle vient toucher les coupons de son vieil amant, M. du Bost de Chabaud. Et il ne fallait pas lui demander son adresse, parce qu'elle habite le château de la Fillolie, un nom gênant pour elle qui y va, au lit, plus souvent qu'à son tour. Ah, tu en apprendras ici plus qu'à l'école, mon petit camarade !

Le patron ne s'occupe pas des clients, sauf lorsqu'il a repéré un éventuel souscripteur qu'il entraîne dans son cagibi pour lui faire l'article. Il passe de temps en temps une heure ou deux plongé dans ses mystérieux « comptes de gestion ». Parfois, il calligraphie sur papier ministre, à petits coups de sa plume sergent-major, de longues lettres qu'il porte vite à la poste, en courant presque. « On n'en finit pas d'écrire pour cette saleté de retraite ! » dit-il sur un ton d'excuse qui ne lui ressemble guère. La saleté de retraite, il l'a déjà prise aux trois quarts. Il retarde tant qu'il peut le moment de partir pour de bon. Yvon a expliqué à Gil la raison de ces fameuses lettres. « Il cherche à glaner quatre sous de plus, en jouant sur ses état de services à l'armée. » Le matin, il s'installe pour lire de la première à la dernière page *La Nouvelle République*, le journal que reçoit le premier commis. Celui-ci rigole en catimini. « Je me demande s'il viendra lire mon journal au bureau quand il sera à la retraite. En tout cas, ça m'étonnerait qu'il se paie un abonnement ! » Sa lecture finie, le percepteur rejette en désordre la pauvre gazette qui n'en peut mais. « C'est toujours pareil, il n'y a rien dans ce journal. Je ne vois pas pourquoi tu ne prends pas *Sud-Ouest* ! » Parfois, pour se distraire, et s'il ne trouve rien de mieux à goupiller, il va chercher le courrier à la poste, ouvre les enveloppes qui l'intéressent avec son coupe-papier en cuivre datant de l'autre guerre. Il marmonne quelques commentaires, toujours sur le mode ronchon, distribue deux ou trois consignes à Yvon, puis annonce qu'il va « jusque-là ». La variante la plus courante est « Je vais voir Chose ». Il fait mine de s'occuper deux minutes, grommelle n'importe quoi, farfouille dans les papiers, jette un regard par-dessus l'épaule de Gil, demande à Yvon si Untel ou Untel est passé. Le commis hausse les épaules. « Non, patron. » Yvon l'appelle « patron », sèchement, et ne prend pas de précautions oratoires pour l'envoyer sur les roses. « Pourquoi Untel ? Il ne nous doit rien. Et chaque fois qu'il passe, on lui casse les oreilles avec le dernier emprunt ! » Le patron bougonne dans sa moustache. « Vous êtes tous les mêmes. Faut que j'aille voir Truc. »

Il s'inquiète aussi de savoir si Mme la juge de paix est venue toucher son traitement, payé par chèque sur le Trésor public. Yvon rigole carrément.

— Elle l'a déjà touché il y a huit jours, patron.

Le percepteur essaie de dissimuler son embarras.

— Elle m'a dit qu'elle attendait un remboursement de frais. Si elle passe, tu lui diras... Je vais jusque-là.

Le voilà reparti. Yvon pousse du coude son jeune collègue.

— Il en pince pour Mme la juge. C'est vrai qu'elle est pas mal, pour trente-cinq ans. Elle est mariée à un pilote. Elle a rien à foutre des vieux cons.

C'est rare que le premier commis se montre grossier, mais quelquefois son patron le pousse à bout. Gil a payé, d'une main tremblante, le chèque de Mme la juge. C'était la première fois qu'il donnait des billets de dix mille francs. Type 1945, « Génie français ». Ils sont magnifiques. Gil en a aligné quatre, plus un billet de cinq mille, trois billets de mille... Mme Desbordes Claire, c'est son nom, gagne par mois quarante-huit mille francs et des poussières. Elle est plutôt jolie, brune, petite et accorte, toujours vêtue de tailleurs. S'il n'était pas amoureux de Marie Maignan, il la trouverait peut-être à son goût lui aussi.

Le percepteur rentre en général à midi moins cinq, pose deux ou trois questions, demande si on a placé quelques bons du Trésor. Les bons du Trésor rapportent une commission beaucoup plus faible que les obligations à coupons, mais enfin il n'y a pas de petits profits. Quand Yvon répond par la négative, il maronne un coup. « Vous êtes tous les mêmes ! » C'est une de ses formules préférées. Ayant dit, il va. L'après-midi, après avoir effectué plusieurs fois le tour de la ville et marché un kilomètre ou deux sur la route de Lauzun, il rentre vers quatre heures et quart ou quatre heures et demie, en forçant sa clé dans la serrure avec un bruit infernal, car le bureau est fermé. Il se pique sur le pas de la porte et hurle : « La caisse est juste ? » Si on lui avoue qu'on a une erreur et qu'on la cherche par terre et par mer, à pied et à cheval, il se souvient qu'il a oublié quelque chose chez lui et repart en toute hâte. Vingt ou trente minutes plus tard, même jeu : « Alors, cette erreur, vous l'avez trouvée ? » Sauf exception, l'erreur n'était qu'une bagatelle sans conséquence, le problème est résolu depuis longtemps. Le patron ne peut s'empêcher de récriminer que voilà bien du temps perdu pour une bêtise. « Hé, souffle Yvon à Gil, t'as vu, il en perd pas, du temps, lui ! » Et l'autre, en guise de compliment, lâche son sempiternel : « Vous êtes tous les mêmes ! »

C'est la vie de bureau.

Un grand événement s'annonce, qui mérite bien une majuscule : la Majoration. Le 15 octobre, les impôts non payés seront majorés de dix pour cent. Le dernier jour, c'est la ruée. S'il coïncide avec le marché du jeudi, on a quasiment l'Apocalypse. Mais Yvon a rassuré Gil. Cette année, le 15 octobre tombe un dimanche. L'afflux va se répartir sur la semaine précédente. Les gens viendront surtout le jeudi 12, ça sera un gros jeudi, sans plus. Et les retardataires auront encore le vendredi et le samedi pour payer.

En attendant, on leur adresse des avis de rappel de couleur blanche, qui deviendront rouges la date du 15 octobre passée. C'est un travail facile et fastidieux : pas besoin d'avoir le bac pour ça. Mais l'attention ne doit pas se relâcher. Aucune erreur n'est permise dans le libellé des adresses ni l'orthographe des noms, encore moins dans les chiffres, surtout quand des acomptes ont été versés ou qu'il faut ajouter des reliquats anciens aux impôts de l'année. Et puis c'est une occasion de découvertes. Les impôts mesurent les fortunes, des pans de vie se dévoilent, parfois de vrais secrets.

Certains cas sont très compliqués, par exemple celui de la veuve Lapouyade, qui a tout perdu sauf un petit jardin pour lequel elle doit l'impôt foncier. Mais elle vit chez les sœurs de Sainte-Marthe, qui exploitent le jardin et paient l'impôt. Par ailleurs, les femmes Lapouyade doivent toujours, cinq ans après la fin de la guerre, les « profits illicites » infligés après la Libération à leur mari et père, qui s'est tué de désespoir. La fille, Adeline, tenue pour responsable, vient environ tous les quinze jours verser une petite somme, simple goutte d'eau dans la mer d'une dette sans commune mesure avec ses ressources. Gil l'a déjà servie une fois. C'est une jeune femme brune, avenante, un joli nez franc sur une bouche large et généreuse. Assez grande, bien en chair, elle est toujours boudinée dans de vieux vêtements devenus trop étroits. Elle n'est pas belle, mais elle a du chien, comme on dit, et on ajoute quelquefois, tout bas, qu'elle sait s'en servir. Au guichet, elle ne joue pas de la prunelle, mais peine à cacher ses larmes. Gil a croisé son regard mouillé, il a vu trembler sa lèvre. Elle lui a tendu sans un mot deux billets de cinq cents francs, deux Chateaubriand tout froissés. Pour Gil, c'est le plus beau billet de la Banque de France, et il n'aime pas voir l'auteur des *Mémoires d'outre-tombe* ainsi maltraité. Il s'est mis à les lisser d'un geste machinal. Elle a tourné le dos, puis elle est sortie sans attendre son reçu.

— J'en n'ai pas besoin !

Yvon s'est penché vers la fenêtre et l'a regardée s'en aller, mâchoires et poings serrés, le regard noir de colère.

— Les Lapouyade ont peut-être pêché en eau trouble, sous l'Occupation, mais ils n'ont rien fait de pire que bien d'autres. J'en connais qui ont ramassé des millions et qu'on n'a jamais embêtés. Ces pauvres femmes n'ont plus rien, on les a acculées à la misère et on oblige la fille à putasser pour payer les dettes qu'on a collées sur le dos de son père. Bon Dieu ! quand j'aurai l'intérim, après le départ du patron, j'aurai vite fait de mettre tout ça en cotes irrécouvrables et on n'en parlera plus !

— Pourquoi M. Paussac ne le fait-il pas ?

— Parce qu'il a peur de l'adjoint. Tu le croirais ? Tu croirais que notre glorieux patron, qui se fout pas mal du receveur des finances et du trésorier-payeur général, tremble devant cette espèce de... Bon, je ne dis rien, les murs ont des oreilles.

— Et vous, quand vous aurez l'intérim, vous ne craignez pas des représailles de M. Lécuyer ?

Yvon Bellot s'est tu une seconde pour s'assurer que personne n'était à la porte ou dans le couloir. Il a baissé la voix :

— Non. J'en sais trop long sur lui, et il sait que je sais. Je ne l'embêterai pas, mais qu'il se tienne à carreau. Et, crois-moi, il ne bronchera pas !

Gil se retient d'applaudir. Le premier commis est l'homme qu'il voudrait être quand il aura dix ans de plus.

— Et, au fait, Gil Blas de Santillane, ajoute Yvon, tu peux me tutoyer.

Gil a révélé à son collègue le surnom que le baron Raf avait inventé pour lui. Yvon n'a pas beaucoup lu, son livre de chevet, c'est la vie toute nue. Mais il possède un recueil de morceaux choisis du cours moyen et supérieur, *Une semaine avec*, où figure un extrait du roman de Lesage. Il a lu et relu ces quelques pages, il a apporté le livre au bureau en se pourléchant. « Ce Gil Blas est un garçon pas très malin, mais franc et généreux, qui apprend la vie à travers toutes sortes de mésaventures. Ma foi, ça te va bien. » Gil est devenu Gil Blas, à la perception comme à Chateaubriand.

Dans le rôle de Saint-Veillant, un peu avant Mauvignier, Gil tombe en arrêt devant un nom familier : Pierre Maignan, place Henri-IV. Une petite cote mobilière de quelques centaines de francs. L'adresse coïncide. Bien sûr, l'époux de Marie est parti l'an dernier, l'impôt est toujours à son nom. Gil n'est pas censé connaître ces détails et, de toute façon, les Maignan ne sont pas des gens importants. Il peut se contenter de recopier le libellé du rôle, le facteur remettra la lettre à Marie. Mais, d'abord, il ne peut pas. L'émotion lui ôte la force d'écrire, son cœur bat, sa main tremble. Il sent ses joues s'échauffer. À coup sûr, il a rougi jusqu'au blanc des yeux. Purée ! Il doit reprendre son souffle et se calmer.

Mais rien n'échappe au premier commis. Il s'est levé pour prendre un registre sur une étagère, un coup d'œil lui a suffi, d'autant qu'il connaît le rôle par cœur. Mieux vaut jouer franc jeu. Gil se remet, tente d'avaler le peu de salive qui colle à sa bouche et montre l'avis, d'un air de ne pas trop s'en soucier.

— Ça concerne bien Marie Maignan ? C'est une amie de ma mère. Je...

Yvon répond d'une moue distraite. « Oui... » Gil pose l'avis sur la pile. « Bon. » Qu'est-ce qui l'empêche de mettre l'enveloppe de côté et de la récupérer ce soir ? Quelle belle occasion de rendre visite à Marie... du moins s'il l'osait ! Il a trop peur de se faire pincer. Ce n'est pas qu'il craigne les moqueries de l'ancien. Yvon n'est pas taquin, encore moins cruel. Gil a plutôt peur de déchoir à ses yeux.

Il renonce, honteux comme un renard qui aurait eu peur d'une plume. Deux jours plus tard, sa mère lui remet l'enveloppe bleue avec l'avis, deux billets et quelques pièces.

— Tiens, Marie Maignan m'a donné une commission pour toi. Tu peux payer sa cote mobilière ? Je lui ferai passer le reçu.

À la perception, des événements s'enchaînent, qui auront une certaine importance dans l'avenir.

Le jour de la majoration est passé. Le jeudi 12 octobre a été, comme prévu, une très grosse journée. À trois, c'eût été presque facile, mais le patron n'a pas consenti à sacrifier ses petites balades ni ses visites à Chose et Truc. Yvon et Gil ont fait face, seuls, sans incident majeur, à une affluence double ou triple d'un marché ordinaire. Ils ont eu une différence de caisse, qui cachait deux ou trois erreurs. Gil a appris à cette occasion une nouvelle règle, très importante : une erreur, comme un train, peut en cacher une autre. En fait, deux ou trois erreurs se superposaient, qu'ils ont toutes détectées, après une heure de recherche, sans trop se soucier des ronchonnements du patron ni de son sempiternel : « Vous êtes tous les mêmes ! » En fin de compte, il manquait une cinquantaine de francs. Ils ne l'ont pas avoué et ils ont puisé dans la caisse noire, qui est là pour ça. Gil a beaucoup apprécié cette complicité qui les a encore rapprochés.

Affaire classée. Une douzaine de clients importants et de notables à ménager ont oublié l'échéance. Ce n'est pas grave, on sait bien qu'ils paieront. Mais la majoration s'applique, automatiquement, à tout le monde. Les négligents devront écrire une lettre pour demander une remise gracieuse, en imaginant un prétexte meilleur que le fameux « c'est la faute à ma femme ». On ne peut pas infliger cet affront à de fidèles souscripteurs qu'on se prépare à taper à la première occasion, ni à des gros bonnets qui ont l'habitude de péter plus haut que leur cul. On fera les lettres. On leur demandera de les signer, au besoin on imitera la signature. Il faut, naturellement, que chaque lettre soit d'une écriture différente.

Le percepteur, en veine de générosité, a proposé d'en faire une lui-même. Yvon a rigolé.

— Merci, patron, mais on reconnaît trop bien vos pattes de mouche. Ils risqueraient de s'en apercevoir à la trésorerie.

C'est vrai, les petits vers à tête pointue et gros ventre que M. Paussac dessine au bout de sa plume ont un air bien à eux et on ne trouverait pas leurs pareils à vingt lieues.

— Gil Blas de Santillane va nous en écrire une ou deux, hein ?

La proposition d'Yvon enchante Gil. C'est un jeu qui les amuse tous les deux. Ils reprennent le modèle de l'an dernier, imaginent des variations, établissent toute une liste d'excuses et de prétextes, et Gil se lance dans sa première imitation, la demande d'un riche paysan de soixante-quinze ans. Sa main tremble un peu.

— Tu n'as qu'à trembler jusqu'au bout, lui conseille Yvon. Ça ressemblera tout à fait à l'écriture d'un vieux bonhomme !

Cette expérience est réussie. Gil en redemande.

— Une femme ? propose Yvon. Tiens, la veuve Rafin, la meunière de Bourniquel... Tu ne l'as jamais vue ? Son mari a été tué en juin 1940. Elle a fait fructifier leurs affaires pendant la guerre et mène joyeuse vie. Une bien belle personne... si on aime les femmes qui portent la culotte !

Gil relève le défi. Sans modèle, est-ce plus difficile ou plus facile ? Les avis sont partagés. Yvon décrit la dame, une grande brune, un peu forte, mais bien roulée. Gil tâche de se mettre dans sa peau, dans sa culotte, en somme. Il est très excité, il ne parvient pas à cacher son émoi. Il croit sentir la peau de la meunière sous sa main. L'écriture sera grosse, avec de longs jambages et un arrondi presque sans angles. Il songe à une chute de reins et à de longues cuisses. Il en perd le souffle. L'épreuve terminée, il s'écroule, le visage entre les bras, la chemise mouillée comme s'il avait chargé du foin tout le jour. Yvon et même le patron, qui passait par là, jugent l'essai bien venu.

— On continue ?

— On continue.

Gil confectionne ainsi sept ou huit lettres, variant l'encre et l'instrument, plume, stylo, crayon à bille... Yvon découvre alors que son ami, le garagiste Malacoste, est parmi les oublieux. Il s'arrache les cheveux.

— C'est ma faute, je devais lui remettre son avis, je l'ai encore dans ma poche !

Malacoste lui a vendu sa petite Simca 5 et la bichonne amoureusement.

— Je m'occupe de la lettre, dit-il.

Puis une idée lui vient.

— J'ai une facture de lui. Ça t'amuserait de faire une lettre avec un modèle d'écriture, pour voir ? Remarque, c'est celle de sa femme, mais n'importe.

Gil veut bien tenter le coup. Il n'ose pas demander si Mme Malacoste est jeune et jolie. Ça l'aiderait peut-être, mais tant pis, il se passera du renseignement. Oui, c'est plus difficile d'imiter une écriture et une signature que d'improviser et de laisser courir sa main et son imagination. Gil s'acharne sur son travail de faussaire, se laisse griser, gâche beaucoup de papier en essais manqués. Le résultat final épate Yvon.

— C'est bien. On dirait que tu as fait ça toute ta vie. J'ai presque envie de montrer la lettre à Dédé Malacoste pour voir s'il reconnaît l'écriture de sa femme !

Gil se rengorge, mais pas longtemps. Une épreuve beaucoup plus difficile l'attend. Un pointage fait apparaître un impayé au nom de M. Adrien Lécuyer. Oui, l'adjoint soi-même. Il s'agit d'une maison qu'il a achetée récemment dans une commune du canton et qu'on a oublié de rattacher au compte principal. C'est beaucoup plus grave que la petite affaire du garagiste.

— Merde, merde, merde ! s'écrie Yvon. Si le patron voit ça, je vais me faire traiter de manche à couilles !

Gil connaît la signature de l'adjoint : A. Lécuyer. Elle est difficile, surtout la liaison entre l'initiale, A, et le L majuscule, attachés par une boucle complexe.

— Vous n'avez pas un modèle de son écriture ?

Yvon cherche, fouille, remue des kilos de papier. Des exemplaires de la signature ne manquent pas, car l'adjoint signe la plupart des mandats de Saint-Veillant. Gil les étudie, pour le plaisir, réussit assez vite une imitation passable. Yvon finit par mettre la main sur deux notes jointes à des mandats pour travaux sur les chemins ruraux, une ligne manuscrite, une ligne et demie. Les deux compères s'amusent d'autant plus que le patron n'est pas dans la confidence. Mais deux ou trois ligne d'écriture, ce n'est pas assez pour tenter une imitation sérieuse. Yvon, d'abord, veut renoncer.

— Oh, baste ! On fait taper une lettre à la machine, ma femme peut s'en charger, elle est dactylo, elle ne travaille plus mais elle a gardé sa machine. Et on demande à l'Adrien de signer quand on le verra, à la mairie ou ici...

La déception se peint si fort sur le visage de Gil que le commis éclate de rire.

— Tu aimerais tenter le coup, hein ? Et moi, j'ai assez envie de voir le résultat. De fait, je connais une femme qui a reçu une lettre du père Lécuyer. J'espère qu'elle l'a encore... Mais tu la connais aussi, c'est Marie Maignan, l'amie de ta mère.

Il appuie sur les derniers mots. Gil Blas de Santillane sent une traînée d'écarlate courir sur sa face comme le feu dans l'herbe sèche. Yvon lui laisse deviner qu'il peut lire au fond de son cœur à livre ouvert, mais n'insiste pas.

— Tu t'en es déjà aperçu, dit-il sur un ton mi-grave, mi-badin, on voit passer les secrets dans cette maison comme les oies grasses au marché de Noël. Tu as déjà appris à tenir ta langue, c'est bien. Rien de ce qu'on se raconte ne doit sortir d'ici. Pas un mot à tes parents, hein, à ta mère, ni à personne. À propos de Marie Maignan, on la ferme tous les deux, hein ?

Le marché est clair. Tu tais ton bec, je ferme mon clapet. Si j'apprends que tu as lâché un mot de trop, toute la ville saura que tu en pinces pour une femme mariée qui a deux fois ton âge. Gil acquiesce d'un signe.

— Pourquoi l'adjoint a-t-il écrit à Marie Maignan ?

— Tu peux dire Marie. On saura laquelle. C'est une méchante histoire, mon petit gars. Tu dois savoir où tu mets les pieds, si jamais tu les y mets. Les pieds, les mains et le reste. Sous l'Occupation et à la Libération, l'Adrien avait deux fidèles à sa botte. Augustin Thoumeyragues, dit Baladou, le garde champêtre, qui était son garçon de courses, son espion, son faux témoin, tout ce qu'on voudra. Pourquoi ? Parce que l'Adrien lui avait promis d'aider sa fille, après la guerre. Aurélie Thoumeyragues a attrapé la polio la même année que moi, en 1932. Il y a eu une sale épidémie dans le pays, à cette époque-là. Aurélie était plus jeune que moi, elle a été plus touchée, même si ça ne paraît pas trop. Bref, l'Adrien a tenu parole à sa manière, il a pris la pauvre fille comme bonniche. Une façon de l'aider, certes oui. Et Baladou continue de se laisser mener par le nez et de filer doux. L'autre fidèle, c'était Pierre Maignan. Pas le même genre, lui. Plutôt l'homme de main. Comment dit-on dans les romans, tu en lis sûrement plus que moi ? L'exécuteur...

— L'exécuteur des basses œuvres ou quelque chose comme ça.

— Oui. C'était Pierre Maignan qui mettait la main à la pâte pour le compte de son chef. À la pâte ou à l'acier, s'il fallait. Lécuyer devait l'associer à sa carrière politique, qui est encore au ras des fraisiers cinq ans après la guerre. Pendant quelque temps, Pierre Maignan a dirigé les Camions Lécuyer, puis il s'est fâché avec son patron. Tu as dû le connaître quand il tenait un garage de vélos, vers 1946-1947. Il avait rêvé mieux que ça. Comme il connaissait toutes les affaires de l'Adrien, ses combines et ses mauvais coups de l'Occupation, il lui a réclamé de l'argent. L'adjoint a payé. Il a trouvé un truc pour s'enrichir : il emprunte sur la garantie de la fortune de son beau-père, M. Mauvignier, et il achète des maisons, des propriétés, de l'or, des titres aussi... c'est un de nos bons clients pour les obligations de l'État et des Chemins de fer. Il aime bien les obligations à lots. Il ne compte pas les sous. S'il lui en manque, il emprunte un peu plus. L'inflation paie les intérêts et au-delà. Entre 1947 et 1948, par exemple, il y a eu presque cinquante pour cent d'inflation. Il jongle, quoi.

— C'est dangereux ?

— Oh, là, oui. Si son beau-père lui serrait la vis, il serait cuit.

— Et Pierre Maignan le fait chanter ?

— C'est un grand mot. Il lui a soutiré pas mal d'argent, cinq cent mille ou un million, et comme il est brûlé à cinquante kilomètres à la ronde, il est parti monter une affaire dans un endroit où on ne le connaît pas. Un garage d'autos, d'après ce qu'on m'a dit, mais ça m'étonnerait qu'il ait envie de gagner sa vie honnêtement. Ça ne va pas assez vite et ce n'est pas son genre. Il avait une maîtresse, il l'a emmenée avec lui, puis elle l'a quitté. Maintenant, il est en manque de femme, ça ne m'étonnerait pas qu'on le revoie bientôt dans les environs. Il a annoncé qu'il viendrait casser la gueule à tous ceux qui se seraient permis de tourner autour de Marie en son absence. Donc, c'est quand il est parti que l'Adrien a écrit à Marie Maignan. Je vais voir si elle a encore la lettre et si elle peut nous la prêter.

Gil s'émerveille.

— C'est... c'est du culot. Et pourquoi te prêterait-elle cette lettre, qui doit être confidentielle ? Pour te faire plaisir ?

— Pour me faire plaisir, oui. Et puis je la renseigne. Je connais quelqu'un qui connaît bien son mari. Comme ça, je saurai si on l'a vu dans les parages et je préviendrai Marie. En fait, je l'ai déjà prévenue qu'il pourrait s'amener un de ces soirs, pour coucher avec elle. Ça ne l'enchante pas. Elle m'a juré qu'elle lui fermerait la porte au nez. Mais je n'y crois pas. Quand elle le verra, elle fondra et se jettera dans ses bras. Elle est comme ça, Marie, trop gentille. Elle aime trop les hommes. Et aussi je lui ai raconté des trucs sur Pépé le Moko, le contremaître de l'usine Mauvignier. Je t'en parlerai un autre jour. Comme ça, elle peut lui fermer le bec, et il ne l'emmerde pas. Il faut dire que... euh, on a été un peu fiancés, avant de se marier chacun de son côté. Elle voulait bien aller au lit avec moi, c'était très généreux, mais tu m'as vu, elle ne pouvait pas se charger d'un infirme pour la vie. Je l'intéressais parce que j'avais trois ans de moins qu'elle. Elle a toujours aimé les jeunes gars. Enfin, ça n'a été qu'une passade, mais on est restés en affaires.

Avec qui le camarade Yvon n'est-il pas en affaires ? La menace de voir le mari rentrer au bercail s'est plantée dans le cœur de Gil, où elle a rejoint la guerre de Corée et la bombe atomique. Elle lui laisse un goût pareil à celui des marrons d'Inde qui jonchent la terre en cette saison. Enfant, il avait voulu goûter un de ces fruits, si beaux, si bruns, si lisses. C'était d'une amertume à vomir. Mais il avait essayé encore, poussé par un espoir déraisonnable, ou la sottise, ou la rage. Il est ainsi, têtu, obtus, à faire pâlir une vieille mule. Les marrons d'Inde restaient immangeables.

Il décide que le retour du mari est un défi à relever et pas une menace devant laquelle trembler. Il se sent plus fort qu'avant.

Le lendemain matin, Yvon glisse dans le sous-main de son jeune camarade une feuille froissée et tachée, aux bords déchirés.

— Une page petit format, ça devrait te suffire ? Marie m'a avoué qu'elle l'avait tachée avec ses larmes.

— Tu lui as dit que c'était pour moi ?

— J'ai joué franc jeu avec elle. Elle nous confie la lettre et elle sait ce qu'on veut faire. On se tient par la barbichette... Remarque, ça ne serait pas désagréable de tenir Marie Maignan par la barbichette !

Gil lit enfin la fameuse lettre, les yeux embués par l'émotion, enamouré jusqu'au bout des dents. Il est bien près de vider aussi ses glandes lacrymales, ça soulage, c'est mieux que rien. Le morceau de papier n'a pas besoin de cette disgrâce supplémentaire. Alors il se retient.

M. Adrien Lécuyer
Boulevard National
Saint-Veillant
Dordogne

Le 14 juillet 1949

Chère Madame Maignan,

J'ai appris le départ de votre mari, il y a quelques jours. Je pensais que c'était une simple escapade, car il a toujours eu ce genre de comportement. Mais il m'a envoyé un mot pour me dire qu'il ne comptait pas rentrer à Saint-Veillant et qu'il allait faire sa vie ailleurs. C'est aussi ce qu'il vous a dit, je crois. J'en suis navré. Je pense qu'il a un peu perdu la tête à cause de ses difficultés professionnelles, mais il retrouvera ses esprits et reviendra très vite à son foyer. C'est en tout cas ce que je souhaite, soyez-en sûre.

En attendant, si vous avez des difficultés administratives ou financières, adressez-vous à moi sans hésiter, à la mairie ou à mon domicile. Votre mari devait six mois de loyer en retard. Il va sans dire qu'on ne vous les réclamera pas. On réglera cette question de loyer plus tard. Ne vous faites aucun souci.

Recevez, chère Madame Maignan, l'expression de mes sentiments distingués.

A. Lécuyer

Gil se met tout de suite au travail : il recopie l'en-tête, « Chère Madame Maignan », une fois, deux fois, dix fois. Il étudie les M majuscules, curieusement enluminés. Toutes les majuscules sont d'ailleurs surchargées, mais ce n'est pas une difficulté particulière. Le plus délicat est sans doute la façon dont les lettres sont attachées... Il emporte le modèle chez lui et s'acharne à son exercice de contrefaçon. Il couvre de ses essais les pages blanches de ses vieux cahiers. À condition qu'il survive à la prochaine guerre, ces gribouillis lui rappelleront de jolis souvenirs.

Une semaine plus tard, il est prêt. Il recopie le modèle griffonné par Yvon : une lettre dans laquelle l'Adrien explique que les papiers concernant sa nouvelle propriété de Doue-Belle avaient été classés à part et qu'il les a retrouvés seulement après la date de la majoration. Il se confond en excuses. Yvon en a un peu rajouté dans le registre du *mea culpa*. Si l'adjoint lisait ça, il en tomberait à la renverse.

La signature est impeccable. Yvon ne se lasse pas d'admirer le chef-d'œuvre de son jeune camarade. De la poste, car la perception n'a pas le téléphone, il appelle Mlle de Saint-Philippe, la secrétaire des Camions Lécuyer, et lui demande de passer d'urgence. L'Adrien a pour secrétaire une demoiselle noble que des revers de fortune ont vouée à la sténodactylo. Vieille fille, disent les méchants. Mais pas si vieille et pas si vilaine. Miss Underwood, pour Yvon. Elle tape sur sa machine à bride abattue, plus vite que la foudre. D'autres l'ont surnommée Mlle Larme-à-l'œil, car elle pleure à la moindre avanie. Elle arrive à la perception, les yeux rouges sous son bibi, en reniflant avec un clapotis peu aristocratique.

— Mon Dieu, M. Lécuyer va me disputer très fort quand il saura que j'ai oublié l'impôt de sa maison de Doue-Belle. Et la majoration ! Monsieur Yvon, je vous supplie de ne rien lui dire. S'il faut, je la paierai de ma poche !

Yvon fait la chattemite.

— Mademoiselle, vous n'y pensez pas ! On ne mettrait jamais la majoration à une personnalité comme M. Lécuyer, un futur député, peut-être un futur ministre !

Gil baisse la tête pour cacher son sourire. Quel menteur, Yvon ! Enfin, Mlle de Saint-Philippe paie le principal de l'impôt, l'affaire est réglée. Pas tout à fait, quand même. Oubliant sa prudence habituelle, Yvon ne peut résister à l'envie de montrer la lettre au patron. M. Paussac, fait rarissime, ôte son chapeau pour regarder de plus près. Il grogne un coup, s'en va chercher un mandat de la mairie, compare longuement les signatures et lâche un commentaire bien senti.

— Nom de Dieu !

Le patron travaille à ses comptes de gestion communaux de 1948 qu'il doit déposer à la Trésorerie générale avant son départ à la retraite. Aux écritures comptables s'ajoute la vérification des pièces, mandats, états de travaux, factures, etc. Il arrive que l'ordonnateur des dépenses communales, en général le maire, parfois le premier adjoint, pose son tampon et oublie de signer. Bien sûr, un mandat non signé devrait être refusé. Mais les gens des communes éloignées viennent de préférence se faire payer un jour de marché ou de foire ; l'affluence est telle qu'on se contente de vérifier le nom et la somme. Yvon reconnaît volontiers qu'il est quelquefois très occupé à discuter le bout de gras avec les paysans, dont la moitié sont des souscripteurs en puissance, et ne regarde pas trop les détails. Enfin, il n'est pas humain de dire à un brave homme qui vient de faire dix ou quinze kilomètres à vélo ou en carriole pour toucher ses sous : « Mon ami, je ne peux pas vous payer. » Humain, Dieu sait si on l'est, à la perception de Saint-Veillant, malgré l'éternelle mauvaise humeur du patron. On marque sur un bout de papier : faire signer un mandat au maire de telle commune quand il passera. Souvent, il vient le jour même, l'affaire se règle tout de suite. S'il ne passe pas, on pique le pense-bête à une épingle, où on l'oublie une fois sur deux.

Un maire distrait, Marsalès, de la commune de Saint-Avit, omettait régulièrement de signer ses mandats. À partir d'une certaine époque, il a cessé de venir au canton, parce qu'il était malade. Il est mort, laissant une demi-douzaine de pièces sans paraphe. En arrivant au compte de gestion de la commune de Saint-Avit, le patron pique une grosse colère. « Vous êtes tous les mêmes. Je vais jusque-là ! » Le voilà parti en claquant les portes.

— On ne le reverra pas de la journée, prophétise Yvon. Mais on n'a pas fini de l'entendre !

Puis il se frappe le front.

— Mais dis donc, Gil Blas de Santillane, tu vas nous régler la question en deux coups de cuiller à pot !

Au bout de cinq minutes d'exercice, Gil parvient à une imitation passable. Un quart d'heure de plus, il approche de la perfection. Yvon jubile, se frotte les mains.

— On va faire la surprise au patron.

L'action suit la décision à la vitesse de l'éclair. Le percepteur rentre à la fin de l'après-midi, encore plus bougon que d'habitude.

— La caisse est juste ?

— Oui, patron. Et M. Marsalès est passé, je lui ai fait signer les mandats...

— Quel Marsalès ?

— Voyez vous-même.

M. Paussac s'installe dans son cagibi, se penche sur

les mandats de Saint-Avit, compare longuement les fausses signatures aux vraies, émet des bruits appréciateurs et variés. On croirait une laie et ses marcassins en train de fouir un sous-bois. Enfin, il revient dans le bureau en sifflotant, il pose la main sur l'épaule de Gil.

— C'est vous, hein ? Nom de Dieu, vous avez la main et l'œil ! Je vous en donnerai d'autres à faire.

Il s'en va tout guilleret, pour disparaître jusqu'au lendemain.

Des signatures manquent dans presque toutes les communes. Gil multiplie ses imitations, toujours avec le même succès. Ce travail de faussaire le passionne plus que la préparation du concours, où malheureusement la contrefaçon ne figure pas. Il gagne ainsi l'estime du patron, qui lui demande d'imiter sa propre signature. Gil s'y était déjà exercé, c'est la plus facile de toutes, à condition d'avoir une plume sergent-major. Le percepteur avoue son admiration.

— Ah, si vous aviez été avec moi pendant la guerre... Quand je partirai, je vous ferai cadeau de mon porte-plume.

Dans son coin, Yvon se retient de pouffer. Le porte-plume du patron date du temps où Berthe filait. La rouille a incrusté la plume dans la virole, on ne peut plus la sortir pour la changer. Comme il ne s'en sert pas trop, elle tiendra sans doute jusqu'à sa retraite. Gil se force à paraître comblé. « Oh, monsieur, c'est trop ! » Désormais, le patron prendra cinq ou dix minutes tous les jours pour parler littérature avec l'auxiliaire bachelier.

— Quand je préparais le brevet, j'étais le meilleur en français !

Son auteur préféré, c'est Jules Romains, que Gil connaît mal, comme la plupart des auteurs contemporains qu'il n'a pas eu le temps de lire. Par chance, M. Paussac aime aussi Flaubert, Maupassant, Daudet, que Gil a un peu étudiés. Mais il se montre très critique sur ces auteurs. Sa moustache en frémit.

— La femme et les amis de Daudet lui ont écrit la moitié de ses livres, l'autre moitié ne vaut pas un pet de lapin. Les paysans et les hobereaux normands de Maupassant sont bien observés, mais ce n'était pas difficile à faire. Les nôtres leur ressemblent comme des frères. J'en connais... Ah, si j'avais voulu, avec le coup de plume que j'avais quand j'étais jeune ! Et Flaubert, *Madame Bovary*, parlons-en. Rien qu'à Saint-Veillant, j'en connais quatre ou cinq...

Il se met à compter sur ses doigts.

— Six ou sept. Et il y en a quelques-unes qui ne sont pas piquées des vers. Si j'avais voulu !

On ne saura jamais ce qu'il aurait fait, s'il avait voulu : écrit *Madame Bovary* ou seulement profité de la langueur amoureuse de ces dames ?

— On m'a dit que vous écriviez des poèmes, jeune homme ?

Gil avoue. Des poèmes, bien peu. Deux ou trois, moins qu'il n'y a de Bovary à Saint-Veillant. Des textes en prose, des petites nouvelles. Il a raconté à Yvon le concours de la Dame, la novice au foulard rouge et le prix que lui ont décerné les demoiselles « de ». Yvon a dû répéter toute l'histoire au patron. Celui-ci insiste.

— Vous écrirez sans doute des romans, d'ici à quelques années. Peut-être même l'an prochain...

— Oui, monsieur, peut-être. Pourquoi pas ?

Gil observe, à deux pas de là, les épaules d'Yvon secouées par un rire contenu. Comme on connaît ses saints, on les honore.

— Eh bien, conclut le percepteur, vous aurez besoin

d'une machine à écrire, n'est-ce pas ? Je vous vendrai la mienne, quand vous aurez des économies !

Ce n'était que ça. Yvon l'avait prévenu. « Il trouvera un prétexte pour te la proposer, quand tu auras des sous. Il a essayé de la fourguer à ma femme, mais elle en a déjà une. Remarque, c'est une bonne marque, une Olympia, et elle a peu servi. En 1940, il était officier payeur d'un régiment. À la débâcle, il est parti avec la secrétaire et la machine. Il a perdu la secrétaire, mais il a gardé la machine. Ça fait dix ans qu'il essaie de la vendre, il en veut beaucoup trop cher. Ne te presse pas. Si tu as vraiment besoin d'une machine à écrire, tu trouveras sûrement meilleur marché. »

De toute façon, Gil n'a pas encore économisé le quart des vingt mille francs que demande M. Paussac pour sa prise de guerre.

Le percepteur vient d'attaquer le compte de gestion du chef-lieu de canton. Il commence par vérifier les signatures. Coup de théâtre. Il met la main sur deux mandats que l'adjoint a oublié de signer. Il les brandit d'un air de triomphe, comme si c'était l'œuvre de sa vie.

Puis il les pose sur le sous-main de Gil.

— Vous allez... Ah, attendez donc.

Il reprend une feuille.

— Vous m'en faites une, je demanderai l'autre à M. Lécuyer. On les comparera.

On ne l'avait pas vu si joyeux depuis la mort du roi. Il va courir toute la semaine à la poursuite de l'adjoint, entre la mairie, les Camions Lécuyer, l'usine Mauvignier... Sans oublier la maison du boulevard, où il pourra rencontrer la belle Isabelle, une Emma Bovary en puissance, malgré son moustique dans la boîte à sel.

Yvon dit : son écrevisse dans la tourte. Il y a mille expressions pour annoncer les couleurs de la folie douce. Enfin, le patron tient un prétexte pour déserter le bureau, sitôt finie la lecture du journal, et s'absenter jusqu'à ce que les commis aient compté la caisse.

Trois jours plus tard, il rentre en brandissant le mandat signé. Il bouscule dans le couloir deux contribuables sidérés, se précipite vers Gil en se léchant les babines.

— Alors, jeune homme, cette signature, vous me l'avez faite ?

Tout cela avec la discrétion d'un taureau dans une laiterie (ça sent la vache et c'est plein de bidons). Yvon lance un coup d'œil à Gil. Les choses vont trop loin. Il y a deux personnes au guichet, une troisième au fond du couloir, et le percepteur, emporté par son impatience puérile, ne les voit pas. Il pose les deux mandats côte à côte, les considère, les change de place une fois, deux, trois. Il souffle comme un jars. Gil lève les yeux vers la fenêtre. Si la bombe atomique doit nous tomber dessus, que ce soit tout de suite !

Pas de bombe. C'est historique. Au bout d'un moment, le patron marmonne :

— Du diable si je peux reconnaître la vraie de la fausse !

Plus tard, le premier commis tape du poing sur le bureau.

— Il y a des moments où le patron perd la boussole. J'espère que notre affaire ne va pas courir dans toute la ville et revenir aux oreilles de l'adjoint. Bah ! on verra bien.

L'adjoint se plaint de recevoir des menaces de mort, par la poste et de diverses façons. Il ne s'en cache pas, il est même assez fier. Le résultat, c'est qu'une épidémie de lettres anonymes commence à se répandre dans la ville et aux environs depuis quelques semaines. Selon Yvon, les premières, signées « Quelqu'un qui te veut du bien », « le peuple », « le Comité de salut public », venaient presque sûrement de la veuve Alvarez. Pour les suivantes, on peut soupçonner de nombreuses personnes, dont Pierre Maignan et Adeline Lapouyade. Quant au coup de fusil maladroit, à la chasse de Lambeyrac...

— Impossible de deviner. Ça peut être Pierre Maignan. Il est très capable de se mêler aux chasseurs pour tirer sur l'Adrien, à titre d'avertissement. Il n'est pas le seul. Ça ne sert à rien de brasser des soupçons quand on n'a pas le moindre commencement de preuve.

Yvon a eu l'idée d'une farce homérique. Ensemble, ils ont composé une lettre que Gil recopiera, en imitant l'écriture et la signature du destinataire. Ils se trouvent très malins et rient tout seuls de leur invention.

Mon cher Adrien,

Me revoilà ! Oui, je suis Aimé, ton cher jumeau. Tu te croyais débarrassé de moi pour la vie, mais c'est long, la vie. Je suis de retour, après avoir vécu en Extrême-Orient et aux États-Unis.

J'ai eu des revers de fortune, je l'avoue. J'admire ta réussite. Tu as tout, je n'ai plus rien. Je suis revenu pour partager ta richesse et ta gloire. La gloire n'est pas encore là, j'en conviens. Mais je peux t'aider à la conquérir, si tu sais te montrer généreux... et docile. Si tu veux bien coopérer, nous serons vite maires, députés et même ministres. C'est bien ton ambition ? Mais je devrais écrire au singulier : maire, député, ministre. Les gens ignorent l'existence de ton frère jumeau, n'est-ce pas ? Nous nous partagerons le rôle. Il suffira qu'on ne nous voie jamais ensemble.

Bien sûr, il faudra que tu m'instruises de tes activités et de tes petits secrets. Je me débrouillerai très vite, puisque, tu en es toujours convenu, je suis beaucoup plus intelligent que toi. Je veux aussi de l'argent. Je me suis déjà installé à Saint-Veillant, sous un déguisement. Nous nous sommes croisés plusieurs fois. J'ai l'habitude de bien vivre, je dors dans les bons hôtels et déjeune dans les restaurants les plus chers. En calculant au plus serré, j'ai besoin de cent mille francs par mois. Je veux aussi commencer le plus tôt possible l'action et la propagande qui nous permettront de lancer notre carrière politique. Ce genre de choses coûte cher. Le chiffre de deux cent mille francs par mois ne me paraît pas excessif. Tu devras donc me remettre trois cent mille francs chaque mois. Tu puiseras dans la fortune de ton beau-père, et puis je t'aiderai à réaliser quelques bonnes affaires. Pas toujours légales, peut-être, mais je suis sûr que ce détail ne te chagrinera pas trop.

Après ton argent, je veux partager tes femmes. Tu te souviens de nos conventions ? Pour commencer, tu me prêteras donc ton épouse, la belle Isabelle. Je doute que tu aies une maîtresse, mais on éclaircira ce point plus tard. On prétend que ton Isabelle n'a pas toute sa tête. Il me semble que je pourrai arranger cela aussi. Je te dois d'abord un aveu : Isabelle, je l'ai déjà essayée. Elle a cru que c'était toi, naturellement. Nous nous ressemblons toujours autant. À mon avis, elle n'est pas si folle, la guêpe. Elle est plutôt agréable au lit, elle a seulement besoin d'être un peu initiée aux plaisirs de l'amour. Mais elle s'ennuie comme une croûte de pain derrière une malle. Tu ne t'occupes pas d'elle, je suppose que tu ne sais pas comment faire. Rassure-toi, c'est mon rayon...

À ce point du brouillon, Gil se prend la tête dans les mains.

— Tu ne crois pas qu'on va trop loin ?

Yvon bourre l'épaule de son jeune compagnon.

— Mais non. Il faut lui écrire une lettre qu'il n'ose pas montrer pour porter plainte. Et celle-là, je t'assure qu'il ne s'en vantera pas !

— Si on l'envoie, c'est plus qu'une farce. C'est...

— Ce type est un vrai salaud. Je ne crois pas qu'on puisse l'empêcher d'être élu maire. Mais député, on a des chances. Mets-toi à sa place. Quand il recevra ça, il sera démonté. Non, tu ne crois pas ? On va lui user les nerfs. S'il faut, on reprendra notre campagne au moment des élections. Les femmes Lapouyade seront vengées, Rélie, la fille de Baladou, aussi, et d'autres. Et puis c'est quand même une sacrée bonne blague ! On continue ?

Ah oui, il faut que je puisse entrer chez toi sans difficultés. Je veux un double de toutes tes clés, y compris celles de la mairie. Tu me les remettras avec l'argent. Ajoute quelques feuilles à en-tête de la commune. On devra donc se rencontrer. Parlons du rendez-vous. Minuit aux chiottes municipales, ça va ? S'il te plaît, tu les feras nettoyer d'abord. Elles sont dégoûtantes, elles font honte à la ville. Il était temps que je prenne tes affaires en main !

Comme tu l'as remarqué, nous avons la même écriture et la même signature. C'est courant chez les jumeaux. Je peux donc envoyer du courrier à ton nom, qui est aussi le mien. Je pourrai ainsi te rendre service... mais aussi te causer de graves embarras. Ne l'oublie pas.

J'ai hâte de te rencontrer. Je t'embrasse avec toute ma fraternelle affection.

A. Lécuyer

Gil entreprend de recopier le brouillon, tantôt s'appliquant, langue tirée, front plissé, tantôt se laissant porter par l'inspiration et envahir par le sentiment d'être pour de bon le jumeau Lécuyer. Enfin, la lettre est écrite, il la contemple et il voit que cela est bon.

Comme dit la Bible en parlant de l'œuvre de Dieu...

Il la relit et se délecte. Puis, la chose faite, il se sent fatigué et mélancolique. Jamais il n'inventera une histoire aussi pleine de promesses que celle-là, servie chaud par le hasard. Il n'a fait que touiller la réalité avec une cuiller de bois. Seule la vie est inventive : tu dois l'observer, polir ta cuiller, attendre une occasion propice...

Et maintenant, que va-t-il arriver ? Yvon s'impatiente.

— Elle est très bien, ta lettre. On la poste ?

Gil pressent une catastrophe. Il n'a pas tort. C'est une bêtise du patron, une de plus. Le percepteur a mis dans sa poche l'autre lettre, celle par laquelle M. Lécuyer est censé demander la remise gracieuse de la majoration pour ses impôts de Doue-Belle. On aimerait savoir pourquoi il est tellement ravi de cette pitrerie. Le voilà rajeuni de cinquante ans, un vrai collégien ! Il n'a pu s'empêcher de vendre la mèche à sa dulcinée, Mme Desbordes, la juge de paix. Il arrive au bureau tout faraud et raconte que la dame n'en croyait pas ses yeux.

— Elle connaît bien l'écriture de M. Lécuyer, j'ai

dû lui jurer qu'il n'avait pas écrit cette lettre lui-même ! Elle en est tombée sur le cul ! Ah, les femmes !

Le mot trahit la direction de ses pensées, il est tout émoustillé. Il ferait n'importe quoi pour intéresser la charmante Claire, qui a beaucoup vu, beaucoup vécu. Il commence à se persuader qu'il a soufflé l'idée aux commis et tenu la main de Gil. Yvon marmonne des injures dans son coin. Le patron ne l'entend pas. Il sifflote :

— *En revenant de la revue*
Gais et contents
Nous marchions triomphants...

— Mais quelle andouille !

Il est midi. Après avoir contenu sa rogne près d'une heure, Yvon éclate.

— Maintenant qu'il a trompeté l'affaire, et devant la juge de paix, en plus, on est grillés !

Gil est affreusement déçu. Ce canular, c'était pour lui un début dans la vie. Il avait cru, à défaut d'amour, se faire une place au soleil par la mystification. Raté, mon ami. Si seulement il avait pu pleurer dans le gilet de Marie, ou son corsage !

— On ne peut plus envoyer la lettre ? Trop risqué, c'est ça ?

— Non, on ne peut plus, convient Yvon. Ils tournent tous autour de Mme Desbordes. L'adjoint n'a pas confiance dans les gendarmes, il a demandé à la juge de paix d'enquêter sur les lettres de menaces...

— Comment le sais-tu ?

Yvon guigne son camarade, un rire dans les yeux.

— La Claire s'est aperçue que j'étais bien renseigné. Je lui donne de temps en temps quelques tuyaux pour son travail. Elle m'a questionné sur les lettres. L'adjoint pourrait lui montrer la nôtre...

— Malgré ce qu'on a écrit à propos de sa femme ?

Yvon hésite.

— Peut-être. D'autant qu'elle est maintenant sa locataire, enfin celle de son beau-père, à la maison Mauvignier, place Henri-IV. Même s'il n'y a qu'une chance sur dix, c'est trop. Imagine un peu. Mme Desbordes serait dans l'embarras et nous dans de beaux draps ! Qu'en penses-tu ?

— Je pense que tu as raison.

Ils se sont quand même bien amusés. Leur amitié sort assagie et renforcée de cette période de folie.

9.

Félicia et Marie ont tombé leur blouse et enfilé leur veste de laine. Elles installent leurs pliants sur la petite terrasse, pour jouir du grand soleil de l'après-midi. L'été de la Saint-Martin est arrivé en retard, on est déjà à la Sainte-Cécile. Marie déboutonne sa veste, ôte son écharpe, ouvre son col de corsage.

— C'est bon, depuis le temps qu'on était confinées dans cette baraque... Il est bizarre, l'Adrien, en ce moment, tu ne trouves pas ?

— Paraît qu'il a des ennuis.

— Il a peut-être peur que mon mari revienne.

— Ses ennuis, ce n'est pas ton mari, c'est ses affaires. Enfin, à ce qu'on dit.

Elles regardent les toits de Bergerac, roses ou gris, ou le plus souvent un mélange des deux, sale et dégoulinant. L'appartement qu'elles ont fini de repeindre n'est qu'au deuxième étage, mais l'immeuble se trouve en situation dominante, dans les hauteurs hérissées d'arbres au-dessus de la gare. Depuis la terrasse, les deux femmes peuvent guetter la vie des rues et des cours.

— Tiens, un camion Lécuyer qui monte à la gare.

— À cette distance, tu ne risques pas de reconnaître

les camions Lécuyer. Ils ne sont ni plus beaux ni plus moches que tous les autres.

— Je le disais pour te faire plaisir. À cause de ton mari... Il est content ?

— Oui, il est content. Mais je suis sûre que ça ne durera pas. Il va faire quelque bêtise et son patron le foutra dehors.

Marie relève sa jupe pour laisser le soleil baigner ses genoux. Félicia sourit. Leurs regards se croisent en même temps que leurs pensées. Marie s'étale un peu plus, fredonne une chansonnette :

— *Quand nous jouions à la marelle,*
Cerisier rose et pommier blanc
J'ai cru mourir...

Félicia lui coupe sèchement le caquet.

— Tout mais pas celle-là.

Marie renquille son refrain. Elles observent une enfilade de cours que la terrasse surplombe. Une vieille femme étend du linge, un homme scie du bois, des enfants jouent à la balle... Marie s'indigne.

— Ils devraient pas être à l'école, ceux-là ?

— Ils sont trop petits.

— J'en ai marre !

Le travail de peinture leur plaît assez, quoique pénible pour le dos, la gorge et les poumons. L'adjoint les paie bien et ne les embête guère. À l'usine, Pépé le Moko leur fiche la paix. Mais Marie espérait une aventure plus piquante, elle est déçue. La vie la déçoit et l'amuse en même temps. Parfois un sentiment l'emporte, parfois l'autre. Ce mercredi est un jour pareil à tous les jours, sauf qu'elles ont fini un chantier de peinture, que l'adjoint devait leur donner le suivant, et qu'il ne se montre pas. Et puis le soleil brille, ce qui les fait penser au printemps, aux cerisiers blancs et aux pommiers roses. Après un moment, Marie ne peut plus se retenir et lâche le refrain gémissant qui inonde les rues et les champs, depuis quelques mois.

— *Étoile des neiges*
Sèche tes beaux yeux
Le ciel protège
Les amoureux.

Félicia se bouche les oreilles. Marie éclate de rire. Elle relève sa jupe un peu plus haut, claque ses cuisses gainées de fin Nylon.

— Je mets mes dessous chics tous les matins, je les lave tous les soirs et je ne vois rien venir. Ça va me coûter les yeux de la tête, pour peau de balle !

— En ce moment, tu fais des économies. On mange gratis à midi et on nous remplit la gamelle pour le soir.

— J'avais envie de voir comment ce beau monsieur chausse son pied.

— Ça viendra.

— Je sais. La queue du chat...

Elle pouffe encore. Rire et chanter, voilà deux bonnes choses de la vie. Félicia lui caresse la tête. Elle a trente ans, mais c'est une gamine. Tant pis, tant mieux, on l'aime comme elle est. Les deux amies se taisent de nouveau, elles respirent, rêvent, fredonnent... Elles laissent voguer des pensées décousues, écoutent en elles les espérances de demain et les craintes d'aujourd'hui.

Marie bâille, s'ébroue. Elle baisse sa jupe, parce qu'il fait frais et parce que des yeux les guettent depuis les cours et les fenêtres.

— L'Adrien veut toujours qu'on lui rapporte ce qu'on a entendu sur lui ? Qu'est-ce qu'on va lui raconter s'il nous questionne ?

Félicia prend son air sérieux de ménagère en quête du meilleur au plus bas prix.

— J'ai noté des choses dans mon carnet de commissions.

— Dans ton carnet de commissions ? Dis donc, ma doucette, tu es drôlement organisée !

— Tu as entendu quelque chose de spécial ?

— Non, sauf que ça va pas si bien que ça pour lui, d'après les gens. Certains disent qu'il est fou d'acheter tout le temps des propriétés et des maisons et que son beau-père s'est fâché à cause des dettes. Enfin, c'est pas nouveau, il doit le savoir mieux que nous. Mme la juge de paix m'a posé des questions... Tu sais qu'elle est ma voisine, à la maison d'Henri-IV, depuis un mois. Elle loue l'appartement du rez-de-chaussée, il est beaucoup plus beau que le mien. Plus le jardin, pas bien grand mais assez joli, enfin tu le connais. Tu te demandes quel rapport avec l'adjoint ? Elle m'a questionnée sur mon mari. S'il m'a écrit, si je l'avais revu depuis son départ, si je comptais divorcer, etc. C'est sûrement l'Adrien qui lui a parlé de Pierre. Il s'est peut-être plaint que mon homme lui soutirait du pognon. Il y a même des sales bêtes qui prétendent que Pierrot fait chanter son ancien patron. Qu'est-ce que je peux répondre, moi ? Mon mari m'a toujours dit que l'Adrien lui devait une grosse somme, ça traîne depuis la Libération. Je sais pas comment ni pourquoi. M. Lécuyer le paie par petits morceaux et il y gagne, à cause de la hausse des prix, ça fait enrager Pierre. Où ils en sont de leurs comptes, je ne sais pas, et je te dirai que je m'en fiche. Mais j'ai bien compris que Mme la juge de paix soupçonne mon pauvre homme des pires saletés. Les lettres de menaces... au moins une ou deux, elle a l'air de croire que c'est lui, pour faire peur à l'adjoint et le forcer à casquer. J'ai pas osé lui dire qu'elle était complètement folle, mais enfin, ça tient pas debout. Pierre n'est vraiment pas doué pour tenir la plume. Alors, sa maîtresse ? Sûrement pas, je le connais. Il a sa dignité, hein. Il a beaucoup de défauts, ça c'est sûr, mais la dignité, c'est son point fort. Je le vois pas demander ce genre de service à sa poule. S'il voulait faire peur au père Lécuyer, il s'y prendrait autrement. Le coup de fusil à la chasse, ça lui ressemble pas non plus. D'abord, il n'aurait pas voulu se mêler à tout ce beau monde. Et puis tirer à tort et à travers, au risque de blesser ou même de tuer un innocent, non, il faut ne pas connaître mon Pierrot !

Marie se tait, glisse un regard d'excuse à son amie, l'air de chercher un trou de souris pour s'y cacher.

— J'ai trop parlé, hein ? J'ai la cervelle à l'envers !

Félicia pose la main sur son épaule, lui masse le cou sous ses cheveux.

— Je t'ai écoutée, ma chérie, tu as parlé très sagement. C'est normal que la conduite de ton mari te mette en boule, mais tu gardes la tête froide. C'est bien.

— Bon, et toi, qu'est-ce que tu as appris ?

— Pour les lettres, tout le monde croit que c'était la mère Alvarez, au moins au début. On reconnaît sa façon d'écrire, et Dieu sait si elle en a envoyé, des lettres anonymes, dans sa vie ! Ça ne tire pas à conséquence. Après, il y a sans doute des gens qui ont voulu l'imiter. C'est contagieux, ces façons. D'un autre côté, l'Adrien a plutôt bonne presse comme adjoint. Presque tout le monde pense qu'il s'occupe bien des affaires de la commune, sauf les communistes. Et presque tout le monde croit qu'il sera élu maire. On s'habitue à lui. Mais Baladou lui fait du tort en jouant au gendarme, en tuant les chats et en attrapant les chiens. Et Pépé le Moko encore plus.

— Tu vas lui dire ça, à propos de Pépé ? Et si Pépé l'apprend ?

— Le contremaître sait ce qu'on pense de lui, toutes. Et ça m'étonnerait que l'Adrien répète ces ragots. Tant pis. Je vais le dire, dans son intérêt et le nôtre.

— Tu es formidable ! Et le coup de fusil, tu as entendu des trucs ?

— Oh, rien qu'on n'ait pas déjà rabâché dix fois. C'est un accident, mais ça ne lui plairait pas, à l'Adrien, ce n'est pas assez glorieux.

Marie se renverse à demi sur son pliant, lève les jambes en l'air et éclate de rire.

— On a des trucs à raconter, alors. Qu'il vienne vite !

Elles se regardent au fond des yeux, Marie les cils un peu baissés, un pli de malice sur les lèvres, Félicia les paupières tirées et la bouche entrouverte, comme pour donner son âme à lire. Marie a les yeux d'un bleu presque vert, couleur qui attise le blond doré de ses boucles. Félicia a les prunelles sombres, sous les cheveux châtain foncé, mouchetés de fils blancs. On la dit brune. Elles font une jolie et tendre paire.

Marie porte la main gauche à son cœur puis, de la droite, prend celle de Félicia et l'attire sur sa poitrine.

— Touche comme il bat.

Félicia étend sa paume sur le corsage de son amie.

— Tu as peur ?

— Un peu. Je crois que c'est pour aujourd'hui. Je sens qu'il est prêt.

— Alors, bonne chance. Baisse tes cotillons, s'il te plaît, on voit tes jarretelles.

Marie obéit d'un geste vif.

— Ces saletés me trahissent tout le temps !

Elle rit, frissonne, murmure un bout de chanson.

Avec toi, je veux jusqu'au jour... Félicia l'arrête, un doigt sur les lèvres. Un moment de silence, chargé de rêves et de regrets, se pose entre elles. Mais Marie a toujours la langue qui lui démange.

— Doucette, tu m'as bien dit que ton fils était mal dans sa chambre, le soir, pour travailler à son concours ?

— Oui. Ce sont les arbres qui entretiennent l'humidité dans cette pièce. Surtout un frêne, qui n'arrête pas de grandir et d'épaissir. M. Chauvac, le proprio, nous a prêté un radiateur électrique, mais il fait sauter les plombs. Gil voudrait bien habiter en ville quand il gagnera un peu plus.

— J'ai une chambre à louer. Pas cher...

— Toi ?

— Celle où j'ai hébergé l'Adeline Lapouyade, et pour rien, encore. Je ne peux pas prendre un homme, mais ton fils, il a seize ans, hein, je crois que personne n'y trouverait à redire. À condition que ça lui plaise, bien sûr... C'est une pièce vétuste, comme toute la maison, mais pas trop sombre, et il y a un Mirus qui chauffe pas mal.

— Gil va avoir dix-sept ans.

— Dix-sept ans, c'est plus un gosse, mais pas tout à fait un adulte, quand même. Juste l'âge qui me convient. Pour ma Jeannette, ça serait bien aussi. Il pourrait peut-être la faire travailler un peu, s'il a le temps. En français, ça ne va pas trop. Elle commence la rédaction, au CE 2, et tout ce qu'elle sait faire, c'est pleurer sur son cahier de brouillon en demandant si son papa reviendra bientôt. Sa maîtresse, Mme Rousseau, est malade. La sœur qui la remplace ne vaut pas un pet de lapin, alors ma pauvre Nénette ne progresse pas du tout. En calcul, c'est un peu mieux, mais pas terrible.

Ton Gil me paierait son loyer en s'occupant d'elle, s'il veut. Je suis sûre que l'adjoint ne ferait pas d'histoires parce que je loue une chambre. Ça m'étonnerait qu'il soit jaloux d'un garçon de seize ans...

— Tu peux compter dix-sept.

— Dix-sept. Et puis c'est ton fils, hein. Mais est-ce qu'il voudra venir habiter chez moi ?

Félicia se gratte le cuir chevelu sous son mouchoir de tête, soupire.

— Tu ne connais pas les garçons de cet âge. Ils tiennent par-dessus tout à leur indépendance, ils refusent d'écouter les conseils des parents... Si je lui parle de ta proposition, il trouvera toutes sortes d'empêchements, même s'il a très envie d'aller chez toi, et il finira par dire non, pour de mauvaises raisons. Et si tu lui parles toi-même, il croira que ça vient de moi, et ça sera pareil.

La déception creuse le front de Marie, assombrit son visage d'enfant, tire vers le menton les coins de sa bouche. Voyant son amie si chagrine, Félicia pose une caresse sur le dos de sa main, lui serre les doigts.

— J'ai une idée. Il faudrait que la proposition vienne d'Yvon Bellot. Gil ne jure plus que par lui.

— Yvon ! Je suis sotte de ne pas y avoir pensé. Oui, oui... Laisse-moi réfléchir. Sa femme, Lisette, travaille à la ferme des Bellot. C'est même dommage, parce qu'elle était dactylo avant de se marier, enfin c'est elle qui l'a voulu. Elle vient au marché vendre des volailles et des œufs, ou je ne sais quoi. Je pourrais la voir facilement le jeudi matin et lui faire la commission pour son mari. L'embêtant, c'est qu'elle est un peu jalouse de moi et qu'elle va peut-être jaboter partout. Pas qu'elle soit méchante, au contraire, mais tu sais, la jalousie, ça se commande pas.

— C'est vrai que tu as fait la vie avec Yvon Bellot, il y a quelques années.

— Oh, dis donc ! Il était gentil, j'avais un peu pitié de lui, à cause de son infirmité. Non, c'est pas ça, j'avais pas du tout pitié de lui. C'était un beau garçon, malgré sa mauvaise jambe, et il m'intéressait pour de bon. Mais... Si on parlait d'autre chose ?

— Le plus simple serait de lui écrire chez lui.

— À la ferme de ses parents ?

— C'est là qu'il vit, n'est-ce pas ?

— Il habite une petite maison, à côté de la ferme. Je suppose que c'est la même adresse, le Maine-Haut...

— De toute façon, ça arrivera bien. Il te faut lui écrire une lettre.

— Une lettre ? Tu crois pas qu'un petit bout de billet suffirait, juste pour lui dire qu'on se rencontre ?

— Sotte, va ! Puisque sa femme est jalouse, tu ne dois pas lui donner un rendez-vous. Tu écris une lettre et tu lui dis que tu as une chambre, que tu aimerais bien la louer, de préférence à un jeune homme qui pourrait aider ta fille à ses devoirs. C'est pas bien difficile.

— J'ai peur de faire des fautes, qu'il se moque de moi.

— Parce qu'il croit que tu sais l'orthographe comme ton *Pater* ?

— Et ton fils, c'est pareil, il se moquera de moi s'il voit que je fais des fautes. Je demanderai à la juge de paix de me corriger.

— Ne sois pas trop chichiteuse. Si tu demandes à Gil de faire travailler ta Nénette, il saura bien que c'est parce que tu ne te sens pas capable de l'aider toi-même.

— Ça paraît simple, quand tu le dis.

— C'est simple, ma chérie. Je te le promets. Tout se passera bien.

Marie décoche une chiquenaude dans les côtes de son amie, guère plus qu'un coup d'aile de pigeon à sa pigeonne. Mais Félicia fait semblant d'avoir très mal et se plaint : « Hou là, là ! » Marie serre les poings, l'air très en colère, une moue boudeuse sur la bouche.

Elles se sourient, puis leurs regards s'évitent malgré elles. Marie hausse une épaule, se gratte le genou. Félicia respire, souffle un peu trop fort. On jurerait que Gil s'immisce déjà entre elles, sans le savoir, et peut-être ne le saura-t-il jamais. Chacune en son for intérieur songe. Leurs pensées se consument sous la cendre des regrets, trop fugitives et trop louches pour être partagées.

— Il ne viendra pas, dit enfin Marie.

— Qui ? Gil ?

— Mais non, l'adjoint. Il ne viendra pas aujourd'hui. Et ça va être l'heure d'aller prendre le car.

— On a encore le temps.

— S'il arrive au dernier moment, tant pis, ça lui servira de leçon. De toute façon, il commence à faire frais, on rentre.

Marie se lève d'un bond, tend la main à Félicia pour l'aider.

— Je vais envoyer un petit billet à Yvon Bellot : J'ai une chambre à louer, pas cher, peux-tu en parler à ton jeune camarade, ou collègue, ça pourrait l'intéresser... Je chercherai les mots dans le dictionnaire. Mais les accords m'embêtent. Comment tu écris « à louer » ?

— Louer, e, r. Et il faut un accent sur le « à ».

— Merci. Je ne parle pas du prix, ni de ma fille. On s'arrangera de vive voix. Oh, attends, c'est pas la bagnole de l'Adrien ?

Félicia rentre dans le logement, tandis que Marie se penche sur la balustrade pour guetter la voiture qui vient se ranger au pied de l'immeuble. Elle reconnaît sans peine la grosse Delage noire, le même genre que la traction, en plus cossu et chromé, plus pataud aussi, avec un mufle long comme un jour sans pain. Enfin, une auto de riche qui jette du jus. M. Lécuyer ne se refuse rien. Quand on pense que son beau-père a roulé pendant vingt ans ou presque dans sa vieille Rosalie-boîte-à-sucre !

Marie songe : Pierre aimait bien conduire la Delage de son patron à cent cinquante à l'heure, ça doit lui manquer... Elle se précipite vers le placard où elle a rangé son sac. Miroir, houppette, un peu de poudre. Pas de rouge à lèvres, surtout après une journée de travail, ça aurait trop l'air d'une fleur au fusil.

— On reprend les blouses, décide Félicia, comme si on était juste en train de finir la peinture.

Elles enfilent leurs vêtements de travail, coiffent leur bonnet, rient en s'observant. Elles sont prêtes à recevoir dignement leur patron. Marie se prend la tête dans les mains.

— J'ai oublié d'aller faire pipi.

— Vas-y vite.

Marie s'éclipse. M. Lécuyer monte l'escalier d'un pas alourdi, signe qu'il s'absorbe dans ses pensées. Peut-être va-t-il trébucher sur une des dernières marches... Voilà, c'est fait. Félicia remue ses outils et ustensiles à grand bruit. Elle se relève à l'entrée du patron, tournée vers lui, bouche bée, comme si elle était trop occupée pour l'entendre arriver.

— Ah, monsieur, on ne vous attendait pas si tôt. Mais on a presque fini.

Elle s'essuie le front d'un revers de sa manche.

— On n'a plus qu'à mettre en ordre. Marie...

Marie, justement, apparaît, peigne en main, rouge et mutine. Elle joue l'embarras.

— Oh, monsieur, vous me surprenez en train de m'arranger un peu. On a fini.

— Bon, eh bien, dit-il, je suis en avance.

Il la lorgne, son regard s'attarde, fuit, revient. Il n'est pas très à l'aise dans le rôle du loup qui va se régaler du Petit Chaperon rouge. Il doute soudain d'avoir assez d'estomac pour croquer une bécasse sur canapé premier choix, ou bien il a peur du méchant renard qui rôde peut-être alentour. Au lieu de se lécher les babines comme un gourmand devant un morceau à point, il souffle, se racle la gorge, tire sur sa cravate. Sa pomme d'Adam monte et descend, gonfle son cou épais. Enfin, ses yeux parlent pour sa bouche. Ils sont maintenant fixés sur le corsage de Marie et semblent incapables de se décoller. Félicia annonce qu'elle va mettre un peu d'ordre dans ses affaires et s'éclipse prestement.

Quand elle revient, les amoureux se sourient gentiment. Ils ont l'air d'avoir déblayé le terrain. L'Adrien a poussé sa pointe, à moins que Marie n'ait pris les devants. Maintenant, songe Félicia, la génisse et le taureau sont au pré, il va falloir que je me cache derrière la haie pendant qu'ils effeuillent la marguerite à leur guise. Une pensée gênante lui vient : Ce type n'est pas aussi mauvais qu'on le dit. Oh, non ! Elle se pince en douce. Tu rêves, ma vieille. Il nous a peut-être à la bonne, toutes les deux, ça ne l'empêche pas de se conduire comme un salaud avec d'autres, les Lapouyade, la fille de Baladou, sa femme, Isabelle... Espérons que Marie saura lui brider le nez !

L'adjoint paraît soudain très à l'aise, presque exubérant. Il rigole, marche en gesticulant, frappe du pied.

— Mesdames, je vous emmène à ma nouvelle propriété de Bonaly. Vous aurez un gros chantier.

Marie s'exclame, bat des mains.

— Encore une nouvelle propriété !

Elle pense : Il est fou. Il s'explique, volubile. C'est à la campagne, sur la route de Sainte-Foy, une grande maison au milieu des bois, mais le car passe à proximité. Oui, il y a pensé, ça sera plus commode pour elles, quoique, si nécessaire, il aurait pu les conduire en voiture.

Il se dandine, content comme un dindon qui s'entend glousser.

Un quart d'heure plus tard, la Delage ronfle à la sortie de la ville, s'engage entre champs et vignes. L'Adrien mène sa grosse machine comme un tombereau. Il tient les épaules hautes, se penche, se redresse, on dirait qu'il veut arracher le volant. Les femmes, à l'arrière, échangent des coups de coude complices. Marie tord la bouche pour ne pas pouffer. La maladresse de l'adjoint est proverbiale, mais depuis le départ de Pierre Maignan, il se passe de chauffeur, non par mesure d'économie, ce n'est pas son genre, mais parce qu'un candidat qui se fait conduire comme un pacha risque d'indigner les électeurs radicaux et MRP.

Il décrit la propriété de Bonaly. Une maison de maître, en mauvais état, une habitation pour les domestiques et les métayers, qu'on appelle ici « maison de colon », le tout au milieu d'une belle étendue de bois et de prés, parfaits pour la chasse. Les terres ont été vendues aux paysans des environs...

— Les terres, mesdames, je pense qu'elles doivent revenir aux agriculteurs méritants, n'hésitez pas à le répéter autour de vous. Telle est l'opinion de M. Lécuyer : l'agriculture d'abord. Quant aux vignes, c'est un problème qui me tracasse. Dans mes futurs mandats, je veux naturellement aider les viticulteurs. Mais je pense qu'il faut arracher toutes les vignes qui ne sont pas de première qualité. On ne peut rien contre le fait que les gens boivent de moins en moins. Bien sûr, on indemnisera les propriétaires. Il le faut. D'ailleurs, nous sommes en passe de vaincre l'alcoolisme, nos enfants ne connaîtront pas ce fléau. En revanche, la production de lait devra être augmentée, surtout dans nos régions, où elle est très insuffisante.

Enfin, il se tait. Puis change de registre, soupire.

— Si je vous disais que je suis somnambule, le croiriez-vous ? En tout cas, ma femme le prétend. Vous savez ce que ça signifie ?

Marie répond à l'étourdie :

— Ça veut dire que vous dormez debout ?

Il empoigne le volant, fait mine de le soulever, sans succès, éclate de rire. Mais c'est un rire jaune, on le sent bien. Il tourne la tête pour regarder Marie, mais il ne peut l'apercevoir, car elle est assise juste derrière lui. Il rattrape de justesse une embardée de la voiture.

— Non, je ne dors pas debout ! Je marche en dormant, enfin, peut-être. C'est ce que raconte ma femme. Mais elle... euh, elle n'est pas... Bon, eh bien, c'est quelqu'un qui a beaucoup d'imagination. Moi, je ne me suis rendu compte de rien. Elle raconte que je fais certaines choses la nuit et que je les ai oubliées le matin, outre aller et venir dans la maison. Elle jure même que j'ai failli sortir, une nuit, et qu'elle m'a retenu. Si c'est vrai, c'est assez ennuyeux. Supposez que... En fait, je suis sûr que je me serais réveillé sitôt dans le jardin ou au plus tard dans la rue. Comme nous avons le chauffage central, je porte un pyjama en soie, très léger.

Marie glousse discrètement.

— Vous gardez les yeux ouverts ? Ou vous marchez à tâtons ?

— Je ne sais pas. Euh, je suppose que les somnambules ont les yeux ouverts. Ils se déplacent très bien, descendent les escaliers, ouvrent les portes... Ma femme affirme même que je m'assois à mon bureau, que j'ouvre mes dossiers et que j'écris des choses.

Il freine sans douceur, vire dans un furieux crissement de pneus, engage la voiture sur un chemin étroit, entre deux haies d'ormeaux. Une pancarte fixée à un gros arbre annonce : *Bonaly.* Une troupe de corbeaux s'envole d'un pré en battant des ailes et en poussant des cris aigres. On distingue, à travers les branches à moitié dénudées de quelques grands arbres, un toit de tuiles et une façade aux volets clos. L'adjoint lève le bras pour montrer la maison au fond de l'allée.

— Voilà Bonaly. Bon, eh bien, c'est peut-être vrai que je m'installe à mon bureau pendant mon sommeil. Je suis un travailleur acharné, comme tout le monde le sait. En m'endormant, je pense à la commune, à mes entreprises, aux travailleurs, à la France. Il m'arrive de retrouver dans mes rêves les problèmes de la journée. Alors...

— Ces choses que vous écrivez, selon Mme Lécuyer, elles doivent être encore là le matin.

— Euh, oui.

— C'est bien la preuve que votre femme a raison ! s'exclame Marie.

Ce n'est pas poli, songe Félicia, de dire « votre femme » à un monsieur. Mais puisqu'elle va devenir sa maîtresse, tôt ou tard, elle a sans doute le droit. À Dieu vat !

La Delage entre dans une cour aux grilles ouvertes, rouillées et bancales, passe sous un semblant de porche, longe une façade grise et, sur un coup de frein trop tardif, s'arrête devant un double escalier menant à un perron orné de grands pots. L'ensemble est assez prétentieux, mais en pleine décrépitude. Terminus, tout le monde descend. L'adjoint se plante au pied du perron, les mains sur les hanches, la tête levée, et étudie sa nouvelle acquisition, une espèce de caserne à deux étages et quelques mansardes, dominant les alentours au milieu des ormeaux et des tilleuls. Puis il se retourne vers Félicia et Marie, qui frissonnent sous un courant d'air glacial.

— Il faut que j'en aie le cœur net, dit-il. Je dois absolument savoir si ma femme a raison ou si elle se laisse emporter par son imagination, comme cela lui arrive quelquefois. Il y a ici plusieurs chambres meublées, des poêles, des cheminées, tout ce qu'il faut pour coucher confortablement. Quand ce sera un peu nettoyé, les lits faits, et tout ce genre de choses, je me propose de venir y dormir chaque fois que je pourrai. Et, hum...

Il baisse la tête, se balance sur ses jambes, tâte sa cravate en regardant Marie.

— Vous êtes libre, vous, à part votre fille, mais vous pouvez vous arranger. Il faudrait que vous acceptiez de passer la nuit avec moi, euh, en tout bien tout honneur. Enfin, comme vous voudrez. Et vous verrez si j'ai ces accès de somnambulisme. Je disposerai un bureau à proximité de ma chambre, ou à l'intérieur, j'y travaillerai le soir avant d'aller au lit. Si je me lève pendant mon sommeil, pour écrire, étudier les dossiers, vous ne manquerez pas de vous en apercevoir. Vous me rendrez un grand service, chère Marie...

Chère Marie, songe Félicia. Cette fois, ça y est !

— ... et je saurai vous récompenser.

Marie fronce les sourcils, examine la maison.

— Est-ce qu'il y a l'électricité ? Vous savez, j'ai peur dans le noir ! Et un petit radiateur électrique pour se déshabiller, c'est bien agréable. Brr !

Elle mime vivement les gestes. L'Adrien observe son manège, les narines enflées et la pomme d'Adam qui déambule. Il se décide enfin à lâcher un rire de connivence.

— J'achèterai un radiateur, ou même deux. Et l'électricité, regardez...

Il lève la main et montre la ligne électrique qui s'envole par-dessus les prés et les champs. Des tasses brunes portent les fils et donnent aux poteaux de ciment l'allure d'insectes géants, attelés pour labourer l'espace. Félicia et Marie se regardent, rassurées.

— Sans compter, dit Félicia, que l'électricité nous aidera bien pour notre travail.

— Dès que possible, j'envoie quelqu'un vérifier l'installation. Et maintenant, allons voir votre chantier, mesdames. Vous en avez jusqu'aux petits pois, et en travaillant toute la journée. J'avertis Pépé dès ce soir !

10.

Ce matin, elles ont embarqué leur vélo dans le car. Elles pédalent entre l'arrêt et Bonaly, le long des prairies nappées de blanc par le givre. Elles se sont emmitouflées de manteaux, de fichus, de bas de laine, elles rient comme des gamines. Le brouillard s'effiloche, fond, le soleil s'allume sur la campagne.

Elles sont heureuses. Marie essaie de pousser un petit air. Le souffle lui manque et l'air froid lui brûle la gorge, elle ferme vite son bec rose. Leurs vêtements les embarrassent. À la première petite côte, elles descendent de bicyclette.

— Après tout, on a bien le temps.

Elles rient d'être libres, elles en ont si peu l'habitude. Marie essuie ses cils mouillés.

— Si le Moko nous voyait, il en pisserait des lames de rasoir en travers !

Marie a oublié ses gants, Félicia lui a prêté les siens, maintenant c'est elle qui a les mains gelées. Marie lui presse les doigts pour la réchauffer.

— Tu sais, j'ai commencé la lettre à Yvon Bellot pour ton fils. Je suis pas très douée pour tenir la plume. Il me faudra bien trois soirs, deux pour écrire la lettre et un pour la recopier.

— Tu fais ça bien.

— Je n'aimerais pas que les deux garçons se moquent de moi.

Les voilà reparties. Elles roulent côte à côte jusqu'au chemin de Bonaly, puis elles continuent à pied, en poussant les bicyclettes, à cause des nids-de-poule, des cailloux pointus, des creux et des bosses. Elles s'arrêtent devant la grille, font sonner les timbres de leurs vélos pour s'annoncer, au cas où quelqu'un serait là, ou simplement pour s'amuser. Elles considèrent la baraque, partagées entre le respect et l'envie de gouailler. Marie tape des pieds pour se réchauffer.

— C'est moche, mais c'est grand. Ça doit valoir des sous.

— On dit qu'il l'a eue pour une bouchée de pain.

— Une bouchée qui te nourrirait longtemps, et moi aussi.

— Tu sais, plus personne ne veut vivre à la campagne. Des maisons comme celle-ci, ça vaut moins qu'un logement en ville.

— Les réparations vont coûter cher. Et il a déjà des dettes jusqu'au cou, d'après ce qu'on entend dire.

— Tant qu'il nous paiera...

Félicia sort de son cabas le trousseau de clés que l'adjoint lui a remis. Sous le perron une porte basse et rongée, donne accès à une cave. Marie éclaire les lieux d'un coup de lampe de poche. C'est immense et ça sent encore le vin.

— Il faudra explorer ça, voir si on trouve une bouteille de bouché.

— Et qu'est-ce qu'on en fera ?

— On la boira tranquillement, nous toutes seules.

Elles rangent les bicyclettes à la cave, sortent leurs

affaires et leurs provisions des sacoches, et entrent dans la maison par la porte d'honneur.

— Comme si on était les dames du château ! commente Marie.

Ça pue un peu, et même fort, par endroits. Un escalier de pierre, aux marches poussiéreuses, conduit à l'étage, où une verrière fêlée diffuse chichement la lumière du jour. Marie, excitée par ses rêves de bouteille, fredonne *Ah, le petit vin blanc !*

Elle pousse la porte d'une chambre. Un remugle écœurant imprègne la pièce. Elle recule en se pinçant le nez.

— Merde !

Félicia renifle.

— Tu peux dire merde de chat. Je la reconnaîtrais entre cent.

— La pisse sent encore plus fort.

— Mais l'odeur reste moins longtemps.

Elles s'aperçoivent bien vite que les greffiers ont répandu leurs excréments dans toute la baraque, de préférence dans les lieux les plus cachés et les plus difficiles d'accès, surtout à l'étage.

— C'est logique, dit Marie. Ces petites bêtes ont leur pudeur.

À la cuisine, une pompe leur permet de se rafraîchir. Elles échangent des regards de dégoût, rient et pleurent en même temps. Marie finit par s'esclaffer, mais les larmes coulent sur ses joues et débordent par ses narines.

— Ce chantier-là, petite, c'est pas un cadeau !

Félicia sort son mouchoir, le met sous le nez de son amie.

— Souffle fort, ça ira mieux. Tu vas rester te reposer

ici, on ne sent rien. Je vais aller ouvrir toutes les fenêtres. Demain, on apportera de l'eau de Javel...

Marie la retient par le bras.

— Attends, j'ai du café dans ma Thermos, on va tâcher de trouver des tasses ou des verres. J'ai apporté aussi du parfum, au cas où l'Adrien aurait des envies quand il viendra. On va s'en mettre partout.

Sitôt dit, elles s'aspergent d'une essence de lilas bon marché et vident la moitié du flacon.

— Je te bénis ! s'écrie Marie en lançant une pluie de gouttes sur le visage, les cheveux et les épaules de son amie. L'Adrien paiera !

Elles ont découvert un salon que meublent une table en noyer pattue, un fauteuil crevé et un canapé boiteux. La pestilence épargne cette pièce, soit que les minets ne l'aient pas trouvée à leur goût, soit qu'elle ait été nettoyée à la mise en vente de la maison. Elles ont allumé un grand feu dans la cheminée, car bûches et fagots emplissent la resserre à bois. Le tirage remue l'air de la salle. Elles ont ouvert une fenêtre et transporté les sièges près du foyer. Elles sirotent leur café, l'une sagement assise dans le fauteuil dont les ressorts lui mordent les fesses, l'autre étalée à sa façon sur le canapé, les jupes remontées, les genoux levés. les jambes offertes aux flammes.

— On fume le jambon, c'est la saison ! dit-elle.

Félicia se frappe le front.

— J'ai une idée. Le vinaigre, c'est très efficace contre les mauvaises odeurs, en attendant l'eau de Javel. On va visiter la cave, on trouvera peut-être des fonds de vin tourné...

Elles se taisent, très occupées à jouir du moment, qui est délicieux. Si Fernand me voyait, songe Félicia.

Et Marie : Si Pierre me voyait. Toutes les deux : Si Pépé le Moko savait qu'on se chauffe les quilles aux frais de la maison Lécuyer !

Et si l'Adrien les surprend à l'improviste, elles diront : « Monsieur, c'est pas possible, il faut cinquante litres d'eau de Javel ! »

Marie gémit doucement. Ouille ! Elle met ses cuisses à l'abri et annonce qu'elle a envie de faire un somme. Elle bâille, ferme les yeux et, une minute plus tard, se met à réfléchir tout haut.

— C'est quand même bizarre, cette histoire de somnambulie !

— Somnambulisme.

— Comme tu voudras. Je me demande s'il a inventé ça pour me demander de passer la nuit avec lui... en tout bien tout honneur, comme il dit, ha, ha ! Et quand je serai dans sa chambre pour surveiller s'il cause pas en dormant, hop, il fout en l'air le bien, l'honneur et tout le tremblement, et il me dépucelle en deux coups de cuiller à pot !

— Je ne crois pas qu'il ait une cuiller à pot.

— Tant pis, ça sera avec une cuiller à œuf coque. De toute façon, je ne suis pas pucelle.

— C'est sûrement un salopard, mais je crois qu'il tâche de mentir le moins possible. Tu sais qu'il a été au séminaire ? Il a failli être curé. Maintenant, il a beau être au Parti radical, je crois qu'il est MRP dans l'âme. Comme son beau-père, mais pas de la même façon. M. Mauvignier a gardé le bon côté des curés, lui le mauvais.

— C'est pas un peu tiré par les cheveux, ça ? Tu vois, je pourrais presque comprendre qu'il persécute les femmes Lapouyade. Il y a une chicane entre eux. Une grosse chicane, je ne sais pas quoi et je m'en fiche.

Mais la pauvre Rélie, la fille de Baladou, qu'est-ce qu'elle lui a fait ? Le père est tout dévoué à son seigneur et maître, elle file doux et il la traite comme une esclave. Pis, peut-être, parce que les esclaves, on les ménage pour les garder en bonne santé. Il se moque de son infirmité, passe encore. Mais il l'oblige à faire des travaux qui lui sont presque impossibles à mener à bien, à cause de sa hanche, par exemple s'agenouiller devant les poêles pour attiser le feu, ou même se mettre à plat ventre pour nettoyer sous les meubles. C'est la nounou de sa femme qui l'a raconté à la boulangerie. Et elle, la pauvre Isabelle, elle en bave aussi. Il n'arrête pas de lui dire qu'elle est une cruche sans anse, qu'elle n'est pas cause que les grenouilles n'ont pas de queue, qu'il lui manque un clou, qu'elle a une case en moins... Dieu sait tout ce qu'il invente, et quelquefois devant le monde. C'est charitable, ça, c'est chrétien, c'est MRP ?

— Il y a toujours eu des curés méchants comme la gale, et des bons aussi. Il fait payer à sa femme de l'avoir épousée pour sa fortune. Ses parents étaient pauvres. C'étaient pas des crève-la-faim, mais presque. Ils avaient quatre enfants. Ils l'ont envoyé au petit séminaire pour qu'il étudie gratis, pas pour la vocation, enfin je crois. Il a dû souffrir de la pauvreté, c'est certain. Il a dû faire des rêves de grandeur, d'être évêque ou qui sait quoi. Mais au grand séminaire, ça n'a pas marché. Pourquoi ? Comment ? Va savoir. Et plus tard, il a voulu tout avoir, pour compenser, l'argent, les fonctions, les honneurs...

— Les femmes.

— Oui, peut-être. Et il n'a rien eu, ou pas grand-chose. Il a des affaires, il est riche, mais c'est son beau-père qui tient la caisse. Et il a dû épouser une fille qui avait au moins trente ans à l'époque et que personne ne voulait à cause de sa tête un peu fêlée. Et, d'après ce qu'on entend, elle se refuse à lui, elle ne veut pas d'homme dans son lit. Il a bien dû la forcer, mais il avait sûrement rêvé mieux. La mairie, il la tient à moitié, il finira sans doute par l'avoir, mais seulement parce que le baron de La Jafferie se retire pour raison de santé. Pendant la guerre, le baron avait ses deux fils ralliés à la France libre, il a été un chef de la Résistance, a été déporté et, à son retour, très malade, il a été accueilli en héros. L'Adrien a fait la Résistance, à sa façon, qui n'était peut-être pas la bonne. Et ton mari a pris tous les risques à sa place. C'est bien vrai ? Beaucoup de ceux qui voteront pour lui, parce qu'ils le croient malin et bien placé, le regardent comme un tricheur. Il envie son beau-père dont tout le monde reconnaît l'honnêteté, ton mari qui s'est vraiment battu, et même Pépé le Moko qui nous fait toutes trembler. Sans Pépé, l'usine Mauvignier serait allée à la ruine. Et les Camions Lécuyer sans Mlle de Saint-Philippe ? Tu imagines ! Il achète des propriétés à crédit en empruntant sur la fortune Mauvignier qu'il n'aura peut-être jamais... Par compensation, il persécute tous ceux qui sont à sa merci.

— Dis donc, qu'est-ce que tu lui mets ! Moi...

Marie saute du canapé, le pousse en arrière pour s'éloigner du feu qui crépite dans la cheminée. Elle se réinstalle en couvrant ses jambes, cherche longtemps une position confortable.

— Ce que tu dis me dégoûte pas de lui, tu sais. Au contraire, j'ai presque pitié. Et puis j'ai jamais couché avec un salaud, j'ai loupé le coche pendant l'Occupation, ça courait les rues, mais j'aimais Pierre. Je voudrais voir comment c'est...

Elles se prélassent encore un long moment à la chaleur

du foyer. Elles bâillent, se frottent les yeux. Enfin Félicia se lève, étire les bras, se pique devant son amie, les mains sur les hanches.

— Fini de rêver aux doux moment futurs, ma belle. Il est temps de se frotter à la merde de chat. On va voir à la cave si on trouve du vinaigre.

Marie mime le geste de repousser l'Adrien.

— On sent mauvais, monsieur, nous touchez pas !

Ils viennent de se retrouver tous les trois, patron et ouvrières, dans le vestibule du premier étage, où un gros poêle rougeoie par sa fenêtre de mica. L'Adrien recule, fait semblant de se boucher le nez.

Les femmes rient de bon cœur. Félicia lui tend un bout de papier.

— Il faudra qu'on achète au moins dix litres d'eau de Javel, que vous apporterez, s'il vous plaît. Et d'autres ingrédients, des outils, des ustensiles. J'ai tout marqué.

Marie secoue son tablier, remonte sa jupe à ses genoux.

— Vous pourrez nous aider à nous nettoyer, monsieur ?

L'Adrien ôte son pardessus et son chapeau, qu'il accroche à une patère. Son costume prince-de-galles est du dernier chic. Il ajuste sa cravate, caresse le nœud comme si c'était un animal familier.

Il renifle, mais sans afficher un air trop dégoûté.

— On a trouvé la salle de bains, là, à côté, dit Marie, et on a mis de l'eau à chauffer à la cuisine et dans la chaudière du cochon. Vous pourrez peut-être nous aider à transporter les seaux ?

Il fronce les sourcils, creuse les joues, se frotte les mains.

— Transporter les seaux ?

Il se demande s'il ne va pas déchoir en acceptant une corvée comme celles que lui infligeaient ses parents à douze ans. Puis une lueur s'allume dans ses yeux, entre les bouffissures habituelles. Il vient de découvrir les promesses de la situation. Il regarde ses mains, où chevalière et alliance en or affirment sa position d'homme marié et bien assis dans la vie.

— Je cours de ce pas me déguiser en femme de chambre !

Elles rient poliment toutes les deux. Puis Marie se tord les mains.

— Oh, monsieur, j'ai sali mes bas avec la crotte de chat. Ça sent mauvais, je m'excuse. Je les quitte tout de suite. Heureusement, j'en ai une paire de rechange.

— Vous me rassurez, dit l'Adrien, et son regard pétille pour la première fois.

Il hume à plein nez le parfum au lilas de Marie, qui empâte l'air d'un relent populacier. Elle dénoue son écharpe, ouvre son corsage, aère son jabot, respire par la bouche, tire un bout de langue, ferme les yeux.

— On a dû s'asperger. Il y a au moins une douzaine de greffiers qui ont fait leurs choux gras de cette ba... de cette maison, en l'absence des gens. Et quand je dis gras, ha, ha !

— Voilà qui est ennuyeux.

Marie ouvre les yeux, ôte sa veste de laine, déboutonne sa blouse.

— J'ai serré le nœud derrière, sans faire attention. Vous voulez bien m'aider à le dénouer ? Merci.

Adrien Lécuyer réussit sans coup férir cette épreuve initiatique, sa main ne s'égare pas d'un pouce. En jupe et corsage, Marie a une fraîcheur de trottin, de catherinette. Il faut savoir qu'elle a trente ans. Quand elle arrête de cabrioler et de battre des ailes comme un oiseau dans le vent, elle paraît plus petite, fluette et délicate. Son visage menu et pâle, sous les festons d'or de la chevelure, est une aquarelle dans les feux du couchant. L'artiste n'a tracé que le nez, les lèvres, et une touche pour le regard, perdu, éperdu. Le menton, les pommettes, les traits prennent vie dans le rire, la colère, le jeu.

Félicia, qui remonte, croise dans l'escalier le patron qui descend. Ils s'arrêtent tous les deux une seconde, échangent un signe, mi-content, mi-gêné, car la vie est compliquée. L'affaire n'est pas encore dans le sac, mais le cavalier a le pied à l'étrier et le cheval piaffe. Comme prétexte, la merde de chat l'emporte haut la main sur les frasques du somnambule.

Félicia rejoint son amie, en train de se déshabiller devant le poêle.

— Tu n'attends pas l'eau chaude ?

— Je change de combinaison pour le bain.

— Tu vas te baigner en combinaison ?

— C'est plus décent, n'est-ce pas ?

Elles pouffent ensemble.

— On va rire, dit Marie. Va voir si le poêle chauffe dans la chambre.

Elles échangent un bécot. Marie, dépoitraillée, serre son amie contre elle. Félicia court à la chambre qu'elles ont nettoyée, la seule de toute la maison à être complètement meublée, avec un lit à baldaquin, un calorifère en état de marche et des rideaux aux fenêtres. Les femmes l'ont déjà baptisée la « chambre des diligences », à cause du papier peint, pelucheux, où l'on voit un jeune couple vêtu à la mode du siècle dernier monter et descendre d'une diligence. Le regard du postillon paraît goguenard, mais c'est une idée qu'on se fait. « En voiture ! a dit Marie. On n'est pas sorties de l'auberge ! »

Félicia attise le feu, enfourne dans le poêle une des bûches qu'elles ont sciées. Elle tire les rideaux, ouvre le lit, repousse l'édredon, tâte les draps qui sont plutôt froids et rêches. Marie et elle n'ont pas pu mettre la main sur un moine ou une bouillotte pour tiédir la couche nuptiale. Tant pis. Les amoureux devront se réchauffer par leurs propres moyens. Elle referme, borde, puis, sur une impulsion, tombe ses galoches, s'allonge par-dessus les couvertures, les mains nouées derrière la tête, les yeux sur la tapisserie du baldaquin. Supposons, pour rire, que l'Adrien l'ait choisie, elle, au lieu de Marie, qu'est-ce qu'elle aurait fait ? Aller au lit avec le patron ne serait pas pis que de récurer la merde de chat dans une maison grande comme un couvent ! L'adjoint est plutôt bel homme et trop poli pour n'être pas un peu cochon... Le seul homme avec qui elle a eu envie de coucher, il y a longtemps, c'est Pierre Maignan. Elle l'aurait suivi au bout du département et même au quai du port le plus proche. Il ressemblait à Pierre Richard-Wilm dans ce film d'avant-guerre, comment déjà ? *Le Grand Jeu*, Françoise Rosay, l'absinthe, les mouches... L'époux de sa chérie, ça tombait mal ! Elle aime Marie, à peine moins que ses enfants, mais quand elle regarde tout au fond d'elle-même, elle voit bien la jalousie dans le plaisir qu'elle a pris à favoriser les plans du patron. Si celui-ci a des plans, elle se demande, maintenant... Félicia se cache la figure dans les mains. Marie, je souhaite que tout s'arrange pour toi, que cette aventure tourne à ton avantage... et que tu t'amuses bien, puisque c'est tout ce que tu veux ! Tu me raconteras ?

Elle se lève d'un bond, enfile le couloir, dévale

l'escalier. Pourvu que l'eau n'ait pas froidi dans la chaudière et les marmites !

Marie sort de la baignoire, décolle avec peine la combinaison qu'elle a eu la mauvaise idée d'enfiler pour son bain. Dommage, parce que c'était très coquin. Mais l'Adrien a disparu, après avoir vaillamment monté les seaux d'eau chaude. Elle n'a pas envie de se sécher toute seule, ce n'est pas le jeu. Le maître de maison a filé à l'anglaise. Elle se claque les cuisses pour les réchauffer.

— Où est-il passé, ce lâcheur ? Il fait son MRP, maintenant ?

Elle commence à se frotter les bras, les hanches, avec une serviette de table. Elles n'ont pas trouvé de linge de bain, même pas une serviette nid-d'abeilles. Elle frissonne, claque des dents, maugrée. Félicia la rejoint, tête basse mais une lueur un peu rieuse dans les yeux.

— Il est parti. Je ne sais pas ce qui lui est passé par la tête. Il a pris son pardessus. Il a fait plusieurs allées et venues aux alentours, à toute pompe, comme s'il avait les nerfs en pelote. Puis je ne l'ai plus entendu. Mais je pense qu'il n'est pas loin. Il va revenir. D'abord on a manqué le car, nous, il sera bien obligé de nous ramener !

— Tu crois qu'il y pensera ?

— Dis, tu ne vas pas l'attendre toute nue ? Habille-toi vite.

— Le poêle chauffe en diable. Je suis bien en asticot.

Des gouttelettes dévalent entre ses seins, glissent jusqu'à son ventre, se perdent sous la serviette qui lui ceint la taille comme un pagne. Pourtant, elle a beau dire, le froid couvre ses bras et ses cuisses de grains roses.

— Tu as la chair de poule, ma belle, tu te gèles les fesses pour des prunes.

— Je suis une poule, ma doucette. Ne ris pas.

Le hâle gante de brun ses avant-bras. Elle est très blanche au-dessus des coudes et des mollets, la gorge un peu rougie par la chaleur du bain. La chair pleine de ses bras s'ajuste par de secrètes commissures à sa poitrine dodue. Les veines enserrent d'un réseau bleu ses rondes mamelles, sous la peau transparente. Son ventre joufflu, mais sans graisse, bombe joliment autour du nombril, ouvert comme un sourire. Le creux de ses hanches a l'air dessiné pour la main. Des muscles râblés d'ouvrière jouent sur ses cuisses, jusqu'aux tendres fossettes des genoux.

Félicia fait mine d'applaudir.

— Tu es belle.

— Cet imbécile ne sait pas ce qu'il perd, hein ?

Marie, enfin vêtue, excitée par l'aventure, galope dans l'escalier, ses souliers à la main. À la cuisine, elle danse devant le feu, joue à jupon vole, improvise un air.

— Vilains dessus et jolis dessous... ça ferait une chanson. Même un film. Tu sais, je ne m'inquiète pas trop. J'ai prévenu ma Nénette que je ne rentrerais peut-être pas, un de ces soirs. Elle pourra se gaver de confiture. Si elle a peur, elle ira voir la juge de paix.

— Moi, j'ai fouillé un peu les placards, ici. On a des bocaux de viande et de haricots verts, un saucisson que les chats n'ont pas pu attraper, du vin bouché... On ira chercher du pain au village.

Marie, à son tour, bat des mains.

— On va faire une fête à tout casser. On a deux ou

trois endroits qui puent pas. Et si l'Adrien nous oublie, on couchera toutes les deux dans le lit du châtelain. On commence par quoi ?

— Par la bouteille que j'ai trouvée, si tu veux. Je vais casser le goulot sur la pierre du foyer.

La bouteille résiste un moment, puis abandonne son col sur le carreau. Le rouge, un peu trop vieilli, a des reflets ambrés, un coulis d'olive. Elles s'en fichent, il a le double mérite de la gratuité et de la vengeance. Elles lèvent leur verre, trinquent fort.

— À la tienne, Étienne !

— À la tienne, Marie mienne.

— Si on dansait ? Je vais chanter une valse, ça nous servira de musique.

Félicia devient tout pâle.

— Il y a vingt ans que je ne suis pas allée au bal...

— T'en fais pas, Félicette, on va passer la meilleure soirée de notre vie.

Le vin a un goût de madère, mais, bah ! elles ne boivent pas souvent du bouché et elles sont persuadées que les choses qui flattent le palais des riches doivent forcément fâcher celui des pauvres. Elles ont vite éclusé un verre et demi chacune.

— Je vais être pompette, se plaint Félicia.

Un bruit de moteur les dégrise aussi sec. Un moteur qui cache sa puissance, murmure au lieu de pétarader : ça ne peut être que la Delage du patron. Les pneus grincent, le gravier vole, un petit caillou vient frapper une vitre de la cuisine. Marie se jette dans les bras de Félicia.

— Finie la fête.

Elles ramassent en hâte les débris du goulot, épongent une tache de vin sur les tomettes, fourrent les verres dans le placard.

— Va l'attendre, toi. Je fais semblant de n'importe quoi !

Une minute plus tard, le patron pousse la porte de la cuisine, trébuche sur le seuil, sans chapeau ni pardessus. Il jure à mi-voix. « Bon sang de bon Dieu ! » Il boitille jusqu'au milieu de la cuisine. Ses richelieus box-calf, tartinés d'une couche brune, font à chacun de ses pas un clapotis de vase remuée. Il se laisse tomber sur la seule chaise, lâche, un ton plus haut :

— Putain de bordel !

Son beau costume froissé, poché, maculé, fendu d'accrocs, lui pend au corps comme une peau de bête sur un sauvage de cinéma. Il a perdu une chaussette. Le sang suinte de quelques égratignures, sur ses mains et sa figure, la sueur le dilue entre ses doigts et sur son cou. Marie l'essuie avec son mouchoir, à petits gestes doux, autour des yeux, du nez, de la bouche.

— Vous avez chaud. Vous avez couru ? Vous avez mal ?

Il grommelle, en guise de réponse : « Salopards ! » Marie recule d'un pas. Il la retient par la manche.

— Ce n'est pas à vous que j'en ai, ma pauvre Marie.

Il réclame à boire.

— Vous avez du vin ?

Félicia apporte la bouteille et un verre presque propre. Il boit une petite gorgée, une autre, et finit le verre. Il respire, se frotte la tête, réclame une aspirine. Félicia en a un tube dans son sac. Il avale deux comprimés, tandis que Marie lui lave le visage et les mains à l'eau chaude, avec un torchon de cuisine.

Il raconte, en regonflant peu à peu son souffle.

— J'ai pensé qu'il était urgent d'enlever les odeurs des chats. Je suis allé à l'épicerie du village pour acheter de l'eau de Javel.

Il crispe les pognes, les femmes le supplient de se calmer.

— Me calmer, ha, ha ! vous en avez de bonnes. L'épicière n'a voulu me donner que deux litres d'eau de Javel. C'était mieux que rien. Mais j'ai eu le tort d'arrêter ma voiture devant l'épicerie. La bonne femme m'a demandé si j'étais le nouveau châtelain de Bonaly. J'ai répondu que Bonaly n'était pas un château. Hein, qu'est-ce que vous en pensez ? Un château ! Une bicoque pourrie, que les paysans du voisinage ont pillée à qui mieux mieux. Elle m'a dit qu'elle était communiste, je lui ai répondu : Grand bien vous fasse. Elle m'a juré que tout le monde était communiste ici et qu'on ne voulait plus de châtelains. Bon, eh bien, moi, je ne suis pas un châtelain, je suis un homme du peuple, moi, comme... euh, Yvon Delbos, Léon Blum, Henri Queuille, euh, Georges Bidault, enfin bref. Elle s'est mise à crier : Ces gens-là sont tous des valets de l'Amérique, vous en êtes un autre, un profiteur, un affameur du peuple. Mais le peuple aura la peau des gens comme vous ! Je n'ai pas répondu, je voulais éviter un esclandre. Des gens commençaient à se rassembler devant la porte et même dans le magasin, et les gosses jetaient des pierres sur ma voiture. J'ai sorti mon carnet de chèques pour payer l'eau de Javel. Alors, elle s'est mise à hurler qu'elle ne prenait pas les chèques, que ce papier était une saloperie, que le Parti, quand il serait au pouvoir, supprimerait les banques, les chèques et toute cette fausse monnaie des riches !

« Ça ne sert à rien de discuter, dans ces cas-là. Je suis sorti en toute dignité. J'ai pensé aller acheter le produit à Bergerac, mais j'ai calculé que ça serait trop tard pour vous. Et puis j'étais trop énervé pour conduire sur la grand-route. Je suis revenu à Bonaly. J'ai garé ma voiture au bord de l'allée et j'ai décidé d'aller marcher cinq minutes sur mes terres pour me mettre du baume au cœur. Mal m'en a pris. Je suppose qu'un salopard de coco m'a suivi à bicyclette et qu'il m'a lancé son clebs aux trousses. Une espèce de gros mastiff, méchant comme la gale. Je ne me méfiais pas, il m'a pris par surprise. Je me suis défendu avec mon manteau, que j'ai dû lui abandonner. Il m'a poursuivi, je me suis jeté dans un roncier pour lui échapper. J'ai perdu mon chapeau, puis une chaussure, j'ai récupéré la chaussure, mais pas la chaussette... J'ai fini par semer le chien, ou son maître l'a rappelé. J'ai fait un grand tour pour revenir à ma voiture. Elle était là, elle a pris quelques pierres sur la carrosserie et les vitres, mais enfin elle n'a pas de mal. J'ai démarré sec. Et alors, qu'est-ce que j'ai vu devant moi ? Le bonhomme à vélo, avec son chien. La moutarde m'est montée au nez, j'ai pris le mors aux dents, quoi. C'était plus fort que moi. J'ai foncé sur ce quidam. Je reconnais que si je l'avais écrasé, je serais dans de beaux draps. Il avait essayé de me faire tuer par son sale clébard... oui, mesdames, j'ai frôlé la crise cardiaque, et encore, mon cœur... mais on ne m'aurait pas reconnu la légitime défense, les communistes ont tous les droits, dans ce pays !

Les femmes l'aident à marcher jusqu'au salon, à s'étendre sur le canapé. Il geint, puis reprend sa diatribe.

— Enfin, je l'ai manqué, ce salopard, ça vaut sans doute mieux. Le chien aussi, malheureusement, le bonhomme a sauté de vélo, il s'est jeté dans une haie, le clébard l'a suivi. Je veux que tous les chiens errants de la commune soient fusillés ou empoisonnés ! Les chats aussi ! S'il faut, j'amènerai Baladou. Et les paysans peuvent se fouiller pour que je leur vende les terres de Bon... Bo... Bonaly !

La rage le fait bégayer.

— C'est pas quatre maires communistes que le gouvernement aurait dû révoquer, mais tous... tous... tous, autant qu'ils sont !

Marie desserre sa cravate, lui frotte le cou et les épaules, par-dessus sa chemise. Il commence à trembler, à claquer des dents. La salive lui dégouline sur le menton, sa lèvre mordue s'orne d'un fil rouge. Félicia lui tamponne le front d'une serviette mouillée.

— On va vous préparer un bain, il y a de l'eau qui chauffe.

Il acquiesce d'un grognement. Marie l'enveloppe dans une couverture qui sent la naphtaline.

— Voulez-vous que j'appelle un docteur ? Je trouverai sûrement un téléphone au village.

Il éternue et lui retient la main.

— Non, juste un bain. Restez avec moi.

Félicia manie la pompe à grands coups.

— Je vais mettre une deuxième marmite sur le feu.

Marie ôte la cravate de l'adjoint, lui tâte longuement le cou. Il se met à haleter. Elle lui commande de souffler.

— C'est bon pour les poumons. Encore, encore...

Elle déboutonne son col de chemise, masse son cou et sa poitrine.

— Oh, monsieur Adrien, comme votre cœur bat !

11.

— Gil, tu rêves ? Gil Blas de Santillane, tu m'entends ou tu es ailleurs ?

Marie, qui n'a jamais lu Lesage et qui s'en fiche, répète à plaisir le surnom de son pensionnaire. Yvon Bellot n'a pas pu tenir sa langue. Gil lui-même aurait sans doute fini par se vanter de ce sobriquet, qui lui dessine en filigrane une destinée glorieuse.

Il avoue, sans oser regarder la jeune femme.

— Je crois que je suis ailleurs. Mon concours...

— Ce n'est pas gentil pour moi d'être ailleurs le dimanche.

Il repousse son bol à moitié plein, cligne les yeux, ébloui par la lumière qui baigne la place Henri-IV et se déverse dans la cuisine.

— Oh, Marie, si vous saviez !

Marie sourit, palpe d'une main sa chevelure ensauvagée, ferme de l'autre les pans de son peignoir. Une lueur de malice et de tendresse mêlées s'allume dans ses prunelles, dont la clarté du jour change le franc bleu en un vert dit céladon, pâle olive, gris très doux : la couleur des rubans du berger de *L'Astrée*, devenue celle des amours éthérées.

Si tu savais, Marie. Elle sait. Elle se tait, l'observe,

tend la main pour lui toucher le visage ou l'épaule, puis retient son geste. Décoiffée, elle a la mine pointue sous la brousse des mèches blondes. Elle a renoncé aux permanentes, ces cache-misère. Elle change de tête toutes les semaines. Tant pis si l'effet n'est pas toujours tapé à l'as, comme elle dit. Gil béait de convoitise aux boucles de l'indéfrisable, il aime moins le désordre factice qu'elle inflige à sa perruque.

Il connaissait déjà, par les livres, le désenchantement qui le guettait. Dès qu'on touche du doigt le bonheur, le doigt s'engourdit et le bonheur se fane ou, comme l'horizon, recule devant les pas. Maintenant, il vit près de Marie et de l'envahissante Nénette, dans la familiarité journalière, le partage des gestes et des moments, l'ordinaire et le réchauffé. Il trouve la belle un peu sotte, quelquefois, un peu vulgaire. Elle s'apprête trop et se néglige souvent, mélange qui rebute mais remue aussi le jeune rêveur. Il se demande si elle ne force pas la note, si elle ne prend pas plaisir à jouer les bêtasses pour paraître aux yeux du petit bachelier ombrageux plus peuple que nature. Elle lui corne aux oreilles ses refrains, son étoile des neiges, ses cerisiers roses, ses boléros, ses petites mains... Plus elle voit qu'elle l'agace, plus elle rit. Elle s'arrose de parfums lourds. « Tu aimes mon sent-bon, Gil Blas ? Il te rappelle pas l'Espagne ? » Gil n'a jamais vu les Pyrénées, ni la mer. Elle se maquille à la pelle à tarte. « Tu ne crois pas que j'en ai trop mis, cette fois ? » Il méprise cette pâtisserie, mais il la lécherait bien, pour trouver dessous la peau, velours de pêche mûre. Il moque le petit bal du samedi soir, mais il aimerait tant serrer contre lui une midinette, dans le vieux faubourg tout chargé d'amour.

— Je te disais, mon petit Gil...

— Je vous écoute, Marie.

Elle a une si tendre voix quand elle cesse de railler et d'érailler.

— On donne *Manon* à l'Éden-Cinéma. Jeannette va préparer la fête de Noël chez les sœurs. Tu veux m'accompagner, cet après-midi ?

— Ah, oui, *Manon*, de Clouzot. Une adaptation de *Manon Lescaut*, de l'abbé Prévost, transposée à l'époque contemporaine.

— D'après ce qu'on en dit, c'est sûrement pas un abbé qui a écrit cette histoire !

— Vous savez, au XVIIIe siècle, il y avait de drôles d'abbés.

— Tu m'en diras tant. Tu n'as pas peur de te montrer avec une vieille ?

— Vous n'êtes pas vieille.

— Oh, mais si, mon enfant. Un peu plus, j'aurais deux fois ton âge. Je suis assez vieille pour ne pas nuire à ta réputation !

Il imagine les sourires d'Yvon et de Lisette, qui ne manquent guère la séance de l'après-midi. Il ne va pas souvent au cinéma. Jeannette, le concours et ses tentatives littéraires dévorent tous ses loisirs. Espérons que les cinéastes n'ont pas trop tripoté l'histoire, qu'ils ont gardé le caractère de Manon Lescaut : le genre de femme, vénale et généreuse, aimante et infidèle, qui gorge ses rêves d'ingénu et que chante Verlaine. Il se verrait bien en des Grieux. Il y a Serge Reggiani. C'est un bon acteur, communiste de surcroît. Tout cela vaut le risque d'être aperçu par la moitié de la ville en compagnie de sa logeuse. Et puis, merde, elle a trente ans, mais elle est jolie, au moins aussi jolie que Cécile Aubry en Manon 44 : s'il est obligé de lui donner le bras, il ne sera pas déshonoré.

Et le mari de Marie ? On dit qu'il est de retour, qu'il

se cache pour une raison secrète autant qu'obscure. Tout le monde croit l'avoir vu, ici ou là, entre chien et loup, à des heures indues, tournant au coin d'une ruelle, pissant contre un mur, sautant d'une fenêtre, ou même en plein jour, achetant un paquet de cigarettes au bureau de tabac ou guettant la sortie de l'usine Mauvignier. Marie prononce parfois son nom, tantôt avec un reniflement de rancune, tantôt dans un soupir embéguiné qui lui berce la poitrine. Elle a encore des cloques à l'âme, mais elle peine à bouder contre son ventre. Autant qu'on sache, le chéri honni ne s'est pas montré place Henri-IV. Elle a dit avec un joli coup de menton, qui a tiré fort sur son soutien-gorge : « Qu'il vienne, je le recevrai ! » Elle a même averti la juge de paix, sa voisine, que Gil appelle la Valmore, à cause de la célèbre poétesse Desbordes-Valmore. Elle l'a suppliée, les mains jointes entre ses seins. « S'il essaie de forcer ma porte, je vous appellerai au secours, par la fenêtre, madame. Vous voulez bien ? » Mme la juge aime braver les chenapans et les brutes, mater les garnements, fustiger les gouapes. C'est une brunette bien plantée, toujours vêtue d'un tailleur, portant au col un jabot de dentelle, coiffée d'un chapeau de feutre et chaussée de bottines à hauts talons. Elle fait volontiers claquer son pas. L'ascendant qui rayonne de son regard, de ses traits, de sa voix, nuit à sa féminité mais jette dans les reins des hommes des frissons inavouables. Nul doute qu'elle arrêterait Pierre Maignan et, si nécessaire, le renverrait à son garage et à sa maîtresse d'une paire de claques.

— La juge vient au cinéma ! annonce Marie à Gil qui s'en va déjeuner chez ses parents, comme tous les dimanches. Tu es content ? Tâche de pas être en retard.

Un juge, ça aime la ponctualité, et on ne veut pas manquer le début du film !

Il est à l'heure. Il a mis le complet gris uni qu'il vient de s'offrir à crédit. Ce morceau de tissu lui donne le sentiment d'exister enfin. Pour un peu, il mordrait à la grappe du bonheur. Le hic et l'anicroche, c'est que les nouvelles de Corée sont les pires depuis longtemps. Les Chinois ont enfoncé les lignes des Nations unies. Le président Truman parle de leur balancer la bombe dans les gencives. Le printemps semble très loin. Qui sait si on verra refleurir les lilas et les roses, ô cher Aragon !

Marie gazouille une chansonnette de Lys Gauty, *Vous n'êtes pas venu dimanche, tant pis.*

— C'est en l'honneur de ma robe. Tu ne crois pas que j'ai du culot de mettre une robe blanche en plein mois de décembre, même avec un manteau par-dessus ?

Elle tourne trois fois ou quatre, les mains sur les hanches, fait voler haut sa jupe à plis, révélant un bout de jarretelle rose.

— *Il a trouvé ma robe blanche*

Jolie...

Tu n'es pas venu dimanche, Pierre. J'avais mis pour toi la robe blanche qui te plaît tant, mon petit pensionnaire est inoffensif, mais il l'a trouvée jolie. Et mes cuisses aussi. Tant pis pour toi.

La juge paraît beaucoup plus âgée que Marie. Elle l'est sans doute : pas loin de quarante ans. Sa beauté sévère donne à Marie, par contraste, des airs de gamine. Sa gravité en impose. Mais elle a des yeux noisette au regard très chaud.

— Parlez-moi de vos écrits.

Gil sent le carmin du feu sur ses joues. Il voudrait

pour la belle juge avoir écrit *Atala* et *René*, *La Chartreuse de Parme* et *Le Faucon maltais*. Mais il aura dix-sept ans le mois prochain et il prépare le concours de contrôleur du Trésor. Si l'on va par là, Stendhal et Balzac n'avaient pas fait beaucoup mieux à son âge. Il avoue qu'il est en train de finir une nouvelle inspirée par les deux nénettes, Marinette, sa sœur, et Jeannette, sa petite élève. Il les retrouve deux décennies plus tard. Elles ont trente ans, l'âge d'or de la femme. Lui est plus vieux que s'il était né l'année de Waterloo et fatigué d'avoir tout raté dans la vie. Mais il est heureux quand même. Les nénettes sont devenues les épouses adorables de gentils maris, elles ont des enfants blonds, et tout le monde se congratule parce que la bombe atomique, finalement, n'a pas pété !

La Valmore l'écoute comme si elle tenait audience à la justice de paix.

— C'est une histoire intéressante.

Marie prend un air de songer très fort qui lui plisse le front et lui pince le nez.

— Trente ans ? L'âge de quoi des femmes ?

— L'âge d'or, le plus beau.

C'est elle qu'il aime, même s'il l'aime moins qu'avant. La juge est trop vieille, les jouvencelles que l'on croise sont trop jeunettes. Elle, Marie, blonde comme un souci, est fleur, fruit, fée du logis. Pour affoler l'adjoint, elle porte les dessous les plus chou. Elle lève joliment les genoux. Elle est un peu Manon et beaucoup l'Agathe de Baudelaire.

Dis-moi, ton cœur parfois s'envole-t-il, Agathe ?

Les femmes parlent du film de Clouzot. On connaît l'aventure. Normandie, 1944. Un jeune FFI, que l'on affuble du nom fameux de Desgrieux, pour des Grieux, pique une Jeep aux Américains, et aux villageois une pépée qui n'a pas froid aux yeux. C'est elle, Manon de toujours. Les voilà à Paris. Serge Reggiani prête sa superbe belle gueule au frangin sans scrupules. Marché noir, gros billets par liasses entières. Manon découvre le plus vieux métier du monde. Il se greffe là-dessus une histoire de trafic de pénicilline qui blesse à mort le romanesque et le rêve. Manon et Desgrieux clamsent à la fin dans le sable chaud des légionnaires. Ça s'appelle le dénouement. On n'en croit pas un mot.

À l'entrée, Marie et Gil se disputent pour savoir qui paiera. La Valmore les met d'accord.

— Je suis l'aînée et je gagne plus que vous deux réunis.

Oui, presque cinquante mille francs par mois, quatre « Génie français », un « Terre et mer », trois ou quatre « Hercule et Minerve »... Voyez comme on rêve.

— Sans parler de l'argent que m'envoie mon mari pour se faire pardonner d'être toujours au bout du monde. Je vous offre le cinéma aujourd'hui. Pour fêter la robe blanche et le complet gris !

Yvon et Lisette garent leur Simca sous les yeux du trio. Gil voudrait se précipiter pour aider son ami à s'extraire de la bonbonnière. Mais il sait que le premier commis n'aime pas les gestes de pitié. La juge, elle, va lui tendre la main ; il sort de là comme un diable de sa boîte, salue la dame d'une inclinaison de tête.

Voici Lisette Bellot et Marie Maignan face à face. Elles échangent des sourires contrits et contraints. Lisette, non moins jolie que son ancienne rivale, plus jeune de quatre ou cinq ans, sans maquillage sauf une petite cerise à la bouche, la victoire au front, bon ton, bon aloi, paraît à côté de Marie un ange de vertu, un cœur à croquer, la crème des femmes. Trop idéale pour n'être pas un peu garce dans l'intimité ? Qu'importe, elle comble son Yvon, lui file de la bonne amour, donne à sa vie la chair et le velours, et pour cela, Gil la porte au pinacle.

Marie arbore un air fripon qui lui va plutôt bien. Jolie comme un Méphisto en jupon, même si le manteau gâche un peu son jeu de jambes, elle ne déparerait pas un roman de Chase ou de Gardner, dans le rôle de la fausse ingénue ou de la secrétaire novice. Ces trois femmes ont du chien, du chic, mille appas. À les admirer, Gil est pris de tournis, un air de cornemuse lui noue le nombril. Sera-t-il longtemps encore spectateur dans la vie comme au cinéma ?

D'une tape sur son épaule, Yvon vient suspendre ses remuements d'âme.

— Je voudrais te parler après le cinéma. Rendez-vous devant le café, Lisette occupera un moment la juge et Marie.

La juge, qui est myope, a annoncé qu'elle se mettait devant et les a quittés à l'entrée de la salle. Gil a perdu de vue le couple Bellot. Marie lui a pris le coude et l'a attiré vers le fond de la salle. Il l'a suivie docilement. Quand elle l'a lâché, ils se sont un peu cogné de la hanche. Elle lui a déboutonné sa veste neuve.

— Tu la froisseras moins.

Leurs mains se sont touchées. C'était déjà arrivé chez Marie, à l'occasion des travaux ménagers. Mais au cinéma, c'est le commencement d'une aventure, du moins Gil a joué un instant à le croire. Puis les doigts de Marie ont effleuré sa joue.

Maintenant, ils sont assis l'un près de l'autre. Le souffle de Gil devient pâteux. Une petite douleur sautille d'un bout à l'autre de son corps, comme une bête perdue dans un pays qu'elle ne reconnaît pas. Il lui commande de se fixer sur son cœur, ainsi que l'exigent mille ans de littérature. Cette chipie refuse les règles, elle tourne, elle tourne, s'arrête une seconde ou deux en des endroits peu glorieux, puis reprend son exploration. Gil s'habitue au parfum de Marie, qui se mêle à d'autres épars dans la salle. Ça doit être ce qu'on appelle un parfum musqué. Une odeur animale, d'ailleurs le musc est chipé à une quelconque bestiole, il ne sait plus laquelle. L'atmosphère du cinéma est assez entêtante, air confiné, chaleur, rumeur à nulle autre pareille, chuchotements, rires assourdis, piétinements, frôlements... Malgré l'interdiction de fumer, des effluves de tabac blond poissent l'air. Pour la première fois, Gil prête attention à cette espèce de trame qui tisse la réalité et nourrit les souvenirs. Il aimerait rimer un poème ou une chanson pour Marie, ce jour-là, lala, cinéma, chocolat, Maria bella... Il ne se sent pas trop doué pour ce genre de fadaise. Mais il n'oubliera pas ce jour-là, lala.

Il a mal. Il devrait être heureux, car il a souhaité mille fois ce moment. Il n'a jamais été aussi près d'elle. Pourtant, il a mal. Les vers de Baudelaire tressautent sur ses lèvres.

Pendant que des mortels la multitude vile...

Mais la douleur ne s'en va pas. Il sent papillonner dans sa tête quelque chose qui ressemble au désir, mais son corps est noué, ses nerfs passés à l'empois. Il évoque Marie nue dans un jardin, une chambre, un décor baudelairien, lit plein d'odeurs légères, divan profond, elle glisse, s'échappe, fuit, et s'il essaie de la déshabiller en rêve, les images trop crues s'envolent sous ses doigts.

Le film est enfin commencé. Les ombres et les lumières, les gens qui font sur l'écran un remue-ménage de tous les diables le distraient de son cafard, mais lui semblent infiniment étrangers... Il faudra que je lise mieux Camus, songe-t-il. Il a cent mille livres à lire, sans compter les manuels pour le concours. Ces monceaux de papier lui laisseront-ils le temps de coucher avec une belle ?

Marie a gémi quand Desgrieux, jouant les justiciers, a buté l'affreux Léon. Un salopard de moins sur la terre. Ah ! mais non, ce n'est que du cinéma. Tant pis. Elle a cherché la main de Gil, a noué ses doigts aux siens, comme si elle quêtait une mâle protection contre la méchanceté du monde. Gil n'a aucune illusion. Son Pierre lui manque, elle répète machinalement les gestes de leur complicité.

Maintenant, à chaque péripétie, elle lui plante les ongles dans la paume. Ses ongles qu'elle garde assez courts pour le travail, mais quand même un peu coupants... Ses mains sont lisses pour une ouvrière. Elle les protège de son mieux, c'était sans doute une exigence de Pierre.

Il se demande si son jeu est une avance ou une habitude devenue seconde nature. Comment savoir, marin d'eau douce qui n'a jamais vu la mer ? Quelqu'un a écrit : Les femmes sont une charade musicale. Avant de gagner leur tout, il faut les suivre longtemps de tierce en quarte et de prélude en fugue. Ou quelque chose de ce genre... Ça veut dire : sois patient, mon fils, ronge ton frein, n'aie pas peur d'en baver, fais comme si la bombe atomique n'était pas inventée et que tu aies tout ton temps !

Il répond par des soupirs étudiés aux chatouillements dans sa paume. Il regarde à peine les pauvres humains qui se démènent sur l'écran, il écoute à peine les paroles, cris, insultes qui jaillissent de leur bouche comme un bruit d'entrailles.

Il tient et retient la main de Marie. Il boit le parfum qui s'exhale de sa peau, de ses cheveux et de ses vêtements, et qui n'est plus tout à fait le même qu'au début de la séance. D'abord, la salle a fraîchi, on a sans doute arrêté le chauffage par mesure d'économie. La fumée sucrée des blondes est retombée. Il a maintenant toute son âme dans les narines. Il a fini par débusquer une odeur nouvelle, toute ténue : un filet, un effluve, un soupçon. Elle s'est affinée, elle a crû, et désormais il est sûr qu'elle vient de Marie et pas du Prisunic. Il ferme les yeux. Laissons Manon mourir dans les bras de Desgrieux. Ce qui se passe dans le corps à côté du tien est bien plus intéressant. Il referme la main sur celle de Marie. Elle lui abandonne ses doigts.

Soudain, elle lui échappe. Voilà, c'est fini. Les gens avertis mettent un point d'honneur à se lever avant que s'efface l'image. Gil, étourdi par le brouhaha et la lumière, s'appuie au dossier d'un fauteuil, retient son souffle pour garder en lui, une seconde de plus, le parfum secret. Dès qu'il respire, les remugles brassés par le courant d'air et le mouvement de la foule lui soulèvent le cœur. La tête lui tourne. Il sort de la salle parmi les derniers. Il a perdu Marie. Il est dehors, le soleil brille. Il l'aperçoit près de la Valmore. Des gens entourent la juge de paix. Marie s'éclipse. La foule se disperse. La vie continue, à sa façon mécanique et vide, désespérante. Gil attend au bord du trottoir. Une forte main se pose sur son épaule. « Tu viens ? » C'est Yvon.

Cinq minutes plus tard, ils sont assis au Café de Paris devant un verre de blanc. Ils font semblant de parler du film. Yvon sort de sa poche de veste un crayon et un bout de papier, trace deux lignes de sa grande écriture nette et claire : *Pierre Maignan est ici. Cette fois, c'est vrai. Préviens Marie sans faute.*

Gil ne peut pas dormir. Un avion à réaction est passé dans l'après-midi, en paraphant le ciel d'une longue traînée blanchâtre. Est-ce un mauvais signe ? Tout ce qui vole ou presque est devenu présage de mort. Aux dernières nouvelles, les Chinois et les Coréens du Nord foncent vers Séoul. Les Américains sont sur les nerfs. On sent bien que l'envie les démange de lâcher leur gros pet. Noël approche. On va le passer au balcon, pour guetter l'éclair et le champignon. Ceux qui survivront à Pâques s'assoiront en tremblant devant un tison refroidi.

Et Marie ? En arrivant, il lui a montré le message d'Yvon. Elle l'a lu, elle l'a tourné dans ses doigts, dix fois, comme si elle n'arrivait plus à déchiffrer l'écriture large et sûre du premier commis. Elle a répété : « Oui, oui, oui... » Puis elle a souri à Gil qui l'admirait et la trouvait, en cet instant, d'une beauté unique, les yeux agrandis, les cheveux défaits, son maquillage un peu coulé, et cette gravité sur ses traits, que la flamme de son regard rendait plus durs.

— Je savais qu'il était revenu. Enfin, je m'en doutais. Je suppose qu'il voudra voir sa fille, mais...

Elle s'est assurée d'un coup d'œil que l'enfant n'était pas là.

— Il voulait un garçon. Et maintenant, il ne veut pas payer pour elle, alors il prétend qu'elle n'est pas de lui !

Deux larmes ont roulé sur son fard. Gil triture ses regrets. Il aurait dû la serrer dans ses bras, lécher l'eau de ses yeux et la crème de sa peau. Il sent encore sur sa langue la saveur salée, sucrée, amère, du mélange qu'il n'a pas goûté. Marie a tâté ses poches, à la recherche d'un mouchoir.

— Prête-moi le tien.

Il lui a tendu la pochette de son costume. C'est le premier jour qu'il la met, elle a la douceur rêche du neuf, et sa mère l'a mouillée d'une goutte de parfum. Marie l'a humée, a souri encore, a essuyé ses larmes et son visage.

— Yvon ne t'a pas dit où était mon mari ? Oh, mais je m'en doute ! Il doit avoir installé ses pénates chez la veuve Alvarez. Il va peut-être partager le lit de l'Adeline Lapouyade, qui y est aussi !

Elle a été, pendant toute la soirée, d'une gentillesse qui lui donnait envie de se jeter à ses genoux. La petite Jeannette, elle, s'est montrée moins douce et docile qu'à l'habitude. Elle n'arrivait pas à fixer son attention, elle avait l'air de tendre l'oreille du côté de l'escalier, elle sursautait au moindre bruit. Sait-elle que son papa est revenu, qu'il est quelque part dans la ville ou aux environs, tout près ? Sa maman ne lui a rien dit, mais la rumeur court les rues depuis plusieurs jours et a peut-être gagné les cours d'école. Jeannette attend, elle désespère.

Gil presse la poire électrique. L'ampoule qui pend au milieu de la chambre exhale sa pâle lumière comme un soupir. Elle éclaire assez bien la table au milieu de la pièce, mais ne permet pas à Gil de lire dans son lit, du moins pas longtemps. N'importe. Dès qu'il se couche, d'ordinaire, il tombe dans un sommeil d'animal fourbu, lourd mais crépitant de rêves sans queue ni tête. Il n'a pas eu d'insomnie depuis le bac. Celle qui s'annonce le prend au dépourvu.

Il ouvre le bouquin posé sur sa table de chevet. Ce

n'est pas une Série noire mais le prix Goncourt de l'année, que lui a prêté la juge de paix : *Les Jeux sauvages*. Un gros livre de 460 francs, pas à la portée d'une bourse d'auxiliaire. Il trouve le titre beau. Il lit quelques lignes de la première page. *François ralluma sa pipe encore chaude et se tint un moment rejeté en arrière, à écouter les bruits de la nuit qui tombait, jamais silencieuse – même sans les grondements sourds de la ville, même sans les cris des bêtes dans la campagne – un fourmillement de sable fin qui coulerait entre les doigts. Il ne pensait à rien*... Il a bien de la chance, ce François, de ne penser à rien. Lui, Gil, a la cervelle qui triture, broie et grince, comme un moulin à café qu'une vieille sorcière tournerait sans fin.

Il écoute aussi les bruits de la nuit. C'est dimanche soir. Une musique de bal s'éparpille depuis la salle des fêtes jusqu'à la place Henri-IV. Qui sait si Pierre Maignan n'est pas en train de tourner une valse dans les bras de sa dernière conquête ? Plus tard, je demanderai à Marie de m'apprendre à danser, si son seigneur et maître ne lui remet pas le grappin dessus... et si les Américains gardent leur bombe pour en faire des confitures. Oui, avec des si, mon cheval irait de Londres à Paris en un jour et une nuit, s'il avait des nageoires et si la Manche était moins large ! Espère toujours.

On toque à la porte. Gil se dresse sur son lit, crie d'entrer. La porte s'ouvre, c'est Marie.

— Gil, j'ai vu un rayon de lumière. Je suis gelée. Je suis venue voir si ton poêle chauffait encore.

Gil ravale sa honte. Sa chambre est la seule du logement équipée d'un poêle. Le fourneau de la cuisine chauffe celle de Jeannette. La chambre conjugale, devenue celle de Marie, était munie d'un radiateur électrique. En s'en allant, Pierre se l'est mis sous un bras, et il a pris le tourne-disque sous l'autre. Marie a raconté cette vilenie à Gil, d'une voix claquante d'indignation. Elle a ajouté un commentaire bien senti : « Il lui fallait les deux, sa garce a froid aux fesses et des fourmis sous les pieds ! »

Elle referme la porte, s'avance entre le lit et la table.

— Il fait bon chez toi, dit-elle à voix basse. C'est normal, tu travailles le soir. Jeannette et moi, on se couche comme les poules.

En guise de robe de chambre, elle a passé un vieux manteau bleu, mité et fripé, par-dessus sa chemise de nuit blanche. Ses cheveux tombent sur ses épaules. On distingue encore sur ses joues le sillon des larmes. Ainsi, les yeux rouges, les paupières bouffies, les traits tirés, elle ressemble à une madone chassée du paradis par des anges en colère.

Elle va tisonner le Mirus, qui émet une pauvre lueur, pareille à un signal de détresse. Il reste deux bûches dans la caisse à bois, elle charge le foyer, revient près du lit.

— Je peux m'asseoir à côté de toi un moment ?

Quand elle pose ses fesses, le lit penche vers elle. Gil se retient de l'autre côté. Elle a une odeur de nuit qu'il aime pour son naturel, sa tiédeur complice. Il voudrait être un homme fait, et fort, pour la rassurer, la défendre.

— Tu sais, dit-elle, j'ai peur mais je souhaite qu'il vienne, pour Jeannette.

— Je comprends. Je suis sûr qu'elle l'attend.

— Elle a dû entendre quelque chose à l'école. Elle sait qu'il est là. Elle l'aime tant. Il m'en veut, il a ses raisons, tant pis si elles ne sont pas bonnes. Mais je ne supporte pas qu'il abandonne sa fille.

Il sent son souffle sur sa joue. Il se tait. Elle renifle

à petits coups, se mouche d'un revers de main Puis elle se relève, déboutonne son manteau.

— Dis, tu permets que je m'étende sous ton édredon, on sera plus près pour se parler à l'oreille ?

Elle trousse à demi le manteau et la chemise, se hisse sur le lit d'un bond, révélant la rondeur d'un genou et la blancheur d'une cuisse. Elle s'ébroue d'un frisson, s'appuie contre lui.

— Qu'on est bien ! Pierre...

Elle se crispe, roule sur le côté, malmène l'édredon.

— Ce salaud, je ne sais pas pourquoi je l'appelle encore par son prénom ! Il ose dire que ma Nénette n'est pas sa fille ! De qui il veut qu'elle soit ? Du Père Noël ? Je sais même le jour où on l'a faite. C'était un vrai conte de fées. Je l'avais dans la peau. Tu ne peux pas comprendre. Tu es trop jeune et tu vis dans tes livres. Un jour, tu connaîtras les femmes. Tu en aimeras une, j'espère qu'elle t'aimera aussi à la folie. Tu verras... C'est encore plus fort que dans les chansons. Mon Pierre, il était beau, aussi beau qu'un acteur de cinéma. Pierre Richard-Wilm, peut-être, ou celui du *Voleur de bicyclette*, je ne me souviens plus de son nom. Et les muscles qu'il avait sur la poitrine et sur le ventre ! Ils descendaient tout en bas, jusqu'aux cuisses, jusqu'au... Il était d'une force, il me mettait une main sous les épaules, une autre sous les genoux, je me pendais à son cou et hop ! Il me portait dans les escaliers en montant deux marches à la fois. Ou si c'était dans la rue ou dans les champs, il courait un cent mètres sans même souffler, comme si je ne pesais pas plus qu'une grenouille écorchée. À cette époque, j'étais un peu sotte, c'est vrai. Je ne serais jamais tombée amoureuse d'un homme qui n'aurait pas eu la force de me porter et de me manier aussi facilement qu'un berger le veau qui vient de naître. Pierre me hissait même sur ses épaules, comme si j'étais une gosse de six ans. Il me tenait par les genoux et moi je lui serrais le cou entre mes cuisses. Avec lui, je redevenais une petite fille et, en même temps, il me faisait femme chaque fois rien qu'en me touchant, même la main, ou la joue, ou la hanche. Et quand je regardais les autres, mariées ou filles, celles de mon âge ou les plus vieilles, je les trouvais empotées dans leur viande, pas à moitié vivantes.

« Tiens, une fois, il m'a emmenée faire un tour en barque sur la Dordogne. Moi, je ne savais pas nager, et même je ne sais toujours pas. Mais j'étais sûre que je ne risquais rien avec lui. Il s'est mis à gesticuler et à sauter dans la barque pour me faire peur. Je lui ai dit : "Je ne peux pas avoir peur tant que tu es avec moi !" Alors, il a répondu qu'il allait me laisser seule, pour voir. Il s'est déshabillé, il a plongé et il s'est mis à nager vers la berge. Il se retournait pour m'envoyer des signes. J'ai pris la rame et j'ai essayé de le suivre, mais je me débrouillais mal avec cet outil. Le courant entraînait la barque. J'ai perdu Pierre de vue un moment. Je ne pensais pas que quelque chose pouvait lui arriver. Je le croyais invincible. Juste comme je commençais à m'inquiéter un tout petit peu, il m'a rattrapée sans que je l'aie vu arriver. Il a fait semblant d'être fatigué, à bout de souffle. Il a manqué renverser la barque et moi dedans, c'était exprès, pour voir si j'allais crier. Maintenant que j'y songe, il aurait peut-être voulu que je crie : ça l'aurait amusé. Et je riais comme un peigne. Je disais toujours *amen* à tout. S'il m'avait emmenée à Paris et qu'il m'ait demandé de me jeter du haut de la tour Eiffel, j'aurais obéi, sûre qu'il allait me rattraper avant que j'arrive en bas. Tu peux pas savoir !

« Une autre fois, il m'a demandé de me pinter pour voir quelle tête j'avais quand j'étais soûle. Il avait apporté du vin bouché et de la gnôle et il avait amené ses copains. On a tous picolé pendant une heure ou deux, moi plus que les autres. Je me suis donnée en spectacle et j'ai été malade comme une chienne. Et, quand même, j'étais toute contente de lui faire plaisir... À cette époque, au début de la guerre, je travaillais chez Martineau et j'étais aussi concierge de l'usine. Alors, on nous logeait, et il y avait une grande cour pavée devant la maison. Je me suis réveillée au milieu de la nuit, à moitié nue sur les pavés, et trempée jusqu'aux os. Pour me dessoûler, ils m'avaient arrosée avec le tuyau de l'eau courante ! J'en ai attrapé une bronchite. On manquait de médicaments sous l'Occupation, la pénicilline n'existait pas encore. J'ai failli en claquer. Mais j'étais toujours aussi amoureuse. Les femmes sont comme ça, tu ne peux pas comprendre. Il me rendait folle au lit, tu t'en doutes bien. À une époque, après que Martineau nous ait fichés à la porte, on a habité en meublé, on avait des voisins de l'autre côté de la cloison, il était obligé de me fourrer un mouchoir dans le bec au bon moment pour m'empêcher de réveiller tout l'étage. Là, oui, je criais, mais ce n'était pas la pétoche, c'était le plaisir. Quoique... je me disais quelquefois : c'est trop, trop de délices, de bonheur, mon cœur va éclater comme une figue mûre. Je vais en mourir !

« Puis il y a eu le jour, ou plutôt la nuit de la tour. Pas la tour Eiffel, non, une tour branlante dans un château en ruine, à... C'était au printemps 1941. Pierre cherchait des endroits pour cacher des armes. Il pensait déjà à la Résistance, enfin, il le dit maintenant. Mais je crois qu'il se préparait aussi des planques pour le marché noir. Il a dit qu'on allait passer la nuit en haut de la tour, ou ce qu'il en restait, et qu'on ferait les fous comme jamais. Il avait apporté un vieux matelas, des couvertures... Et comme l'escalier s'était effondré à mi-hauteur ou un peu plus, il a installé une échelle pas mal pourrie qu'il avait trouvée dans les communs. J'ai peur des échelles encore plus que de l'eau, mais c'était l'aventure, et c'était lui. Je suis montée là-haut, en fermant les yeux. Il faisait beau, plutôt frais, mais j'avais mon Pierre pour me réchauffer. On a mangé nos provisions. J'avais un peu le vertige, je me cramponnais à lui. Enfin, j'étais contente quand la nuit est tombée. La lune nous éclairait par les trous du toit, c'était juste le croissant du premier quartier et on ne distinguait pas trop le vide. Alors, on s'est couchés. On n'avait pas beaucoup d'espace pour remuer, c'était excitant. Tout à coup, Pierre s'est levé, il a repoussé l'échelle et il l'a jetée en bas. J'ai demandé comment on allait faire pour redescendre. Il m'a répondu : “J'en sais rien, n'y pense pas !” Il s'est déchaîné. Il m'a fait chanter tout le corps et danser la gigue du loup. Et moi, pour oublier qu'on ne savait pas comment redescendre, qu'on allait peut-être se tuer en sautant, je me suis donnée terriblement fort. Je ne sais pas combien de fois, j'avais les doigts trop occupés pour compter. Oh, là, là, les étoiles en tremblaient dans le ciel. Quand j'avais le temps de respirer, je me disais : “Ce coup-là, si on n'a pas un enfant, je rends mon tablier !” Oui, mais il fallait descendre pour le ramener à la maison, le, ou peut-être la gosse. J'étais sûre que ça serait une petite fée, je ne me trompais pas. Après, on a lâché le fusil, on a baissé le chien et on a dormi comme une paire de sabots. Quand le froid m'a réveillée, j'avais roulé au bord et j'avais le bras qui pendait dans le vide. J'ai hurlé et j'ai reculé le plus que j'ai pu. Pierre a rigolé. Il était tout content, parce que c'était la première fois que j'avais vraiment peur avec lui. Il s'est mis à tourner autour de notre perchoir. "De toute façon, si on doit mourir là, on sera célèbres, les amoureux de la tour, ha, ha !" Puis il a avisé une branche de chêne qui s'avançait jusqu'à un trou du mur. Et en bas, à quinze mètres, c'est le chiffre qu'il a dit, on voyait un tas d'éboulis, le truc parfait pour se rompre le cou. Et il riait. "Qu'est-ce que tu en penses, ma belle ?" Je me disais : "S'il tombe et qu'il se tue, je me jetterai par le même trou pour mourir près de lui. On sera célèbres..."

« Ce souvenir ! Et maintenant, quand il prétend que Jeannette n'est pas de lui, je le tuerais. C'était en mai 1941, juste avant que Hitler attaque la Russie. Ma Nénette va avoir neuf ans en février prochain, tu peux calculer...

Gil songe : Un béguin comme ça, on n'en voit que dans les romans. Marie continue son récit.

— J'ai fermé les yeux quand il s'est lancé pour s'accrocher à la branche du chêne. Une minute plus tard, il était dans la cour, au milieu de la pierraille. L'échelle avait dégringolé tout en bas, enfin, il l'a relevée, mais je tremblais trop pour descendre toute seule. Il a grimpé en faisant le singe et il m'a prise dans ses bras. Arrivée en bas, j'ai été malade à en chialer. J'avais eu une hémorragie, tellement on s'en était donné. Je suis allée me laver à un bassin et j'ai failli tomber dans l'eau. Après, je ne pouvais pas tenir sur ma bicyclette. Je me suis remise à saigner... Pierre ne l'a pas oublié. Il raconte maintenant que je n'ai pas pu garder l'enfant parce que le sang a tout emporté. Salaud !

Elle a lâché les derniers mots dans l'oreille de Gil, puis elle a mordu le traversin pour ne pas crier. Elle se tait enfin, haletante. Elle pleure, ses larmes embuent la joue de Gil. Elle rit et son souffle lui chatouille les lèvres. Il attend un baiser qui vole au-dessus de sa bouche et ne se pose pas. Ah, s'il osait ! Mais il se voit en canard de basse-cour à côté de l'aigle Pierre Maignan. Pierre, l'aventurier sans peur, qui défie l'eau, l'espace et le feu... Un sentiment d'insignifiance bannit l'espoir de son âme, étourdit le désir que les gestes de Marie, la proximité de son corps raniment à chaque instant. Elle est venue pour raconter ses amours, son amour. Si lui, Gil, n'était pas là, elle parlerait au chat. Il a été remué par ses confidences, mais au summum de l'affaire, il ne l'entendait plus. Des images de chair et de soie dansaient dans sa tête, noyaient les mots.

Elle murmure son nom, elle roule contre lui. Il sent le poids de son corps, sa chaleur, ou il l'imagine. Elle effleure son cou, ses épaules, du bout des doigts. Sous l'éraflement des ongles, sa peau tressaille de la nuque au bas du dos. Elle pense sans doute à l'autre, l'aigle aux serres puissantes, aux cuisses d'hercule. Gil a des mains de gratte-papier, des gambettes de saute-ruisseau. Qu'importe ! Il se contenterait d'une étreinte par procuration. Il s'est à demi extrait des draps et des couvertures. La caresse de Marie s'insinue sous son pyjama, chemine sur sa poitrine, rase sa hanche. Leurs bustes se joignent, leurs souffles se mêlent, les cheveux de Marie balaient le visage de Gil, ses yeux, au-dessus de lui, sont grands comme le ciel d'août. Il cherche ses lèvres, les manque. Sa main avance par le col d'une chemise de nuit miséricordieusement ouvert. Une chose ronde, tiède, vivante, d'une douceur indicible, palpite sous sa paume. Un sein. La merveille du monde, le sens de la vie. Il le presse, Marie geint, s'écarte. Il essaie de la retenir. Elle le repousse d'un geste plus prompt que le vol de l'alouette et plus léger que le frôlement d'un pétale.

Elle se penche pour l'embrasser sur les yeux, il voit une seconde ses deux seins par la chemise déboutonnée, et le sillon de tous les secrets entre eux. Il respire leur odeur de peau et d'amour. Son cœur dodeline puis s'arrête un éternité ou deux.

Elle est partie. Vite, il ferme les yeux pour emmurer la vision jusqu'au jour de sa mort. La semaine prochaine peut-être...

Le matin, Marie a un sourire las, un peu mélancolique. Un sourire qui ne gomme pas les promesses, mais n'en ajoute pas de nouvelles.

Jeannette se plaint qu'elle a mal dormi.

— Est-ce que mon papa viendra bientôt ?

Marie masse la tête de sa fille, démêle ses cheveux.

— Dès qu'il aura fini ses affaires, il viendra nous voir.

— Tu me le jures, maman ?

— Je te le jure.

La voix de Marie éclate de sincérité, son visage rayonne. Jeannette ne s'y trompe pas. Elle rit, saute, bat des mains. Ô Marie, quelle confiance tu as en lui !

Et moi, quelle place me laisses-tu entre ton aigle et ton poussin ?

12.

Les deux commis de la perception arrivent tôt le matin, un quart d'heure ou vingt minutes avant huit heures, pour allumer le poêle. Gil tâche d'être le premier et de prendre un peu plus que sa part de la corvée.

Il se poste à un coin du jardin et guette son camarade au tournant du boulevard. Tout de suite apparaît la silhouette penchée, un peu lourde, qui fait corps avec la bicyclette. Yvon écrase à grands coups l'unique pédale de sa machine. Fixée, la seconde lui sert de repose-pied. Sa jambe infirme le porte assez bien quand il marche, en se déhanchant un peu, mais son genou ne lui permet pas de pédaler. Ainsi, poussant la roue en force, d'une seule jambe, il va très vite dans le plat et monte à bonne allure les petites côtes. La route en compte peu, heureusement, sur les deux ou trois kilomètres qui séparent le bourg de la ferme du Maine-Haut, où vivent les Bellot. Le relief est plutôt doux tant qu'on reste dans le vallon qui donne son nom à la petite ville : Saint-Veillant-la-Vallée. À l'entrée du bourg, Yvon s'arrête pour acheter son journal, *La Nouvelle République*, chez le dépositaire. Puis il pédale en hâte vers la perception, saluant d'un signe de tête les gens qu'il croise, dans la rue ou devant leur porte. Neuf fois sur dix, ce sont des amis. Tous admirent sa façon de rouler en tirant sur ses bras et en poussant de tout son corps, sans que sa proverbiale bonne humeur le quitte une minute. Il sourit à chacun et répond d'un mot aimable aux *adissias*, « salut », « bien le bonjour » ou parfois « vas-y Robic ! » qui scandent son passage.

Gil le voit débouler avec un sentiment de réconfort que l'habitude n'use pas. On dirait que sa boiterie, si bien domptée, lui donne un aplomb, un ressort que peu d'hommes possèdent. Il est beau comme un bœuf de labour dans ce mouvement combatif et généreux, qui lui ressemble tant. À l'envers de la règle, c'est un héros de roman qui donne plus d'épaisseur à la vie. Chaque matin, leurs retrouvailles se font dans l'entrain d'une camaraderie désormais affirmée. Ils se serrent la main sans effusion, retrouvent leur complicité un peu moqueuse. Comment tu vas ? Aussi bien que toi et même mieux ! C'est la formule d'Yvon, Gil l'a adoptée. « Pas de bombe, cette nuit ! » Celle-là, c'était Gil, Yvon l'a un peu transformée : « Pas la queue d'un atome ! » Ou bien, imitant la plainte d'un chien mordu qui geint : « Yalou ! Yalou ! » Ô fleuve lointain, presque inconnu et vite oublié, comme on a écorché ton nom, en ces jours d'angoisse !

Et puis la question rituelle : « Rien de nouveau ? » Au début, c'était Gil qui la posait. Maintenant, c'est l'un ou l'autre. Yvon n'ignore pas grand-chose des sentiments de son jeune camarade pour sa logeuse, et le nouveau qu'on attend là, ce sont les péripéties de leur cohabitation et de leurs relations. Il y a aussi les nouvelles de la guerre, pour le cas où l'un aurait entendu à la radio des informations qui auraient échappé à l'autre, les rumeurs concernant l'adjoint, ses affaires, ses caprices et ses combines. Et, depuis quelques jours, une espérance et une incertitude chez les Bellot : Lisette est-elle ou non enceinte ? Yvon tremble d'émoi, de fierté, de crainte à l'idée d'être père. « Tu crois que c'est le moment d'avoir un drôle, dans ce putain de monde ? »

Ils s'affairent au poêle. La tâche la plus noble, l'allumage, revient à Yvon. Rien ne trouble sa sûreté de main. Même quand le tirage est mauvais, il ne manque jamais son coup. Gil balaie autour du poêle, dans le couloir devant le guichet, il décroche en passant quelques toiles d'araignée dans le haut du grillage à poules. La flamme monte, le poêle lâche deux ou trois rots de fumée, on ouvre une minute la fenêtre pour les évacuer. Ces activités ménagères s'accomplissent suivant une pratique bien rodée. C'est, pour les deux garçons, une occasion toujours rafraîchie d'apprécier leur parfaite entente. Ils y prennent plaisir. Ils s'approprient par ce rite leur lieu de travail, leur espace commun. Le percepteur ne compte plus guère. Il leur fournit surtout des aubaines de franc rire. Il devait partir à la fin de l'année. Pour une raison inconnue, il garde sa fonction jusqu'au 31 janvier 1951. Il vient dix fois dans la journée, ressort, grommelle contre le peuple ou le bon Dieu, tournicote, travaille une heure à ses comptes de gestion, décampe deux heures, fait à l'improviste une entrée de théâtre, pompeuse ou incongrue et, naturellement, ne manque jamais l'heure de la caisse.

Le matin, il arrive entre huit heures et quart et huit heures et demie. Selon la température, il garde son pardessus ou l'ôte pour l'accrocher dans son cagibi privé. En guise de bonjour, il gueule : « Où est le journal ? » Le journal est toujours à la même place, sur le coin de sa table. Il salue les commis d'un signe de tête, il a l'air d'un vieux lion mité, la moustache rase et les dents rognées. Il prend le journal, se hisse sur le poêle en se servant comme marchepied d'une pile de vieux registres. Il s'installe, debout, bien droit, tourné vers le guichet, à l'abri du journal déployé. Il reste ainsi tant que le poêle ne lui brûle pas les pieds, souvent jusqu'à l'entrée des premiers clients, vers neuf heures.

Le tableau n'étonne pas les habitués, souvent comptables ou secrétaires des usines ou maisons de commerce. M. Paussac abaisse son journal de quelques centimètres, regarde par-dessus ses lunettes, s'assure qu'il n'a pas affaire à un éventuel souscripteur, puis reprend sa lecture, en manipulant rageusement les feuillets. Celui ou celle qui se risque à demander si les nouvelles sont bonnes s'attire au mieux un raclement de gorge bourru.

Sa lecture finie, il pose le journal n'importe où, en désordre, lance une réflexion désobligeante et s'esbigne. Les deux commis se regardent, soufflent, bâillent, soupirent. Les gens, s'il y en a, se détendent et rigolent.

— Il prend bientôt sa retraite, votre patron ?

— Le mois prochain.

— Vous allez en toucher un autre tout de suite ? Vous le connaissez ?

— Pas tout de suite. On en manque.

Des familiers demandent à Yvon s'il aura la place.

— Depuis que vous êtes ici, vous faites tout, on le voit bien. Et vous connaissez tout le monde...

Le premier commis rit franchement. Le diable même ne trouverait pas trace d'amertume dans sa jovialité.

— Il faudrait que je m'achète un kilo de diplômes. Le certificat d'études, de nos jours, ça ne vaut plus un pet de lapin. Et si je passais un concours, je serais obligé de commencer par une toute petite perception, au fond du Massif central. Ça ne me tente pas de quitter le pays.

— Sans compter que si vous partiez, on perdrait gros !

— Pierre Maignan ?

Le mari de Marie est à Saint-Veillant, mais il ne se montre guère. Il n'est pas passé chez sa femme. Il n'est pas venu voir sa fille... Gil déballe le premier ses informations.

— Je crois qu'il a couché une nuit chez la mère Alvarez, c'est le grand Nono qui me l'a dit, mais je ne suis pas sûr que ce soit vrai. Et on ne l'a pas vu dans la journée.

La veuve Alvarez a ouvert depuis un mois une espèce de boui-boui où la crasse colle aux toiles cirées et où les chiens rongent leur os à même le plancher de la salle. Enfin, elle sert la meilleure soupe de la ville, pour pas cher. Gil prend maintenant ses repas de midi chez elle, sur une table calée avec un bout de planche, tandis que les traîne-savates, les soiffards, Onésime Boisseau, dit Misus, Narcisse Pitessac, Gaston Donadieu et quelques autres vident leur bouteille de blanc en tapant bruyamment la carte devant l'unique fenêtre.

Yvon a l'air préoccupé. Il expédie les « clients » sans salamalecs.

— Il faut que je te parle. À midi, on fermera et on restera discuter un quart d'heure. Tant pis si tu es en retard chez la veuve Soupe.

Gil a obtenu une réduction de la mère Alvarez pourvu qu'il ait fini de manger vers midi et demi, une heure moins vingt, le moment de l'affluence. Alors, il s'installe sur un tabouret près du poêle pour potasser ses cours. Elle lui pardonnera bien une entorse à la règle.

La porte de la perception fermée à double tour, Yvon se campe le dos à la fenêtre, les bras croisés.

— J'aurais dû t'en toucher un mot plus tôt, mais j'arrive pas à me rappeler le nom de cette putain de maladie. Le Pierrot de la Marie a toujours eu des troubles de tempérament. Je cherche comment le Dr Filman appelait ça. Le Dr Filman est un toubib juif qu'on a caché pas mal de temps pendant la guerre. Il était psychatre... c'est comme ça qu'on dit ?

— Psychiatre.

— Oui, et il soignait les maux des nerfs et du cerveau, il nous en parlait, mais c'était il y a sept ou huit ans et ça m'est sorti de la tête. Alors, donc, je sais que Pierre Maignan est cyclonique, euh, ou quelque chose de ce genre. Je n'arrive pas à retrouver le mot exact. Il n'a pas d'attaque, il ne tombe pas, mais c'est presque pire. Attends... l'apathie maniaque, ça te dit quelque chose ?

— Rien. J'aurais étudié la psychologie cette année seulement, si j'avais continué. Je ne sais pas.

— Je dois me tromper un peu, mais je n'en suis pas loin. N'importe. Pierre Maignan a le caractère qui change complètement d'un jour à l'autre, peut-être même à la minute. À un moment, il a les nerfs qui pèlent, il se démène comme un diable dans un bénitier. Il n'a peur de rien, il prend des risques sans même s'en rendre compte, ce qu'il a fait pour s'évader, ou dans la Résistance. Il fonce à toute blinde en auto ou à moto, il fait le zouave... tout ce qui lui passe par la tête. La pauvre Marie en a bavé pendant ses crises. Remarque, je crois qu'elle aimait assez ça, au fond. Un jour, il lui a fait mettre un pantalon pour grimper au mât de cocagne, à une fête votive. Là, j'y étais. Je l'ai vue recommencer dix fois, les mains en sang. Elle en pleurait. Un peu plus tard, il a emprunté un cheval, il voulait qu'elle apprenne à monter, mais elle n'était pas très leste et le cheval avait peur. Elle a essayé de s'enfuir, il l'a attachée sur la selle. Ça aurait pu finir très mal...

« Et l'argent ! Dans ces moments-là, il dépense sans compter. Si quelqu'un lui fait remarquer qu'il faut penser au lendemain, il répond : "Si demain vient, qu'il apporte !" C'est son mot. Il aime avoir les poches pleines de billets froissés et les sortir en en laissant tomber quelques-uns. Il hausse les épaules et attend qu'on le prie pour les ramasser. Note bien, il en profite aussi pour lancer des affaires et ramasser l'oseille à pleines mains. Il a toujours dix fers au feu, il prend à peine le temps de dormir. Il est capable du meilleur comme du pire. L'Adrien avait appris à le manipuler, pendant la guerre. Il attendait de le voir très excité ou exalté, ou je ne sais pas quoi, et alors il le provoquait et le lançait sur des actions risquées. Pour la Résistance ou pour leur compte à tous les deux. Pas facile de pincer le Pierrot quand il était dans cet état, le mors aux dents et prêt à brûler... comment dit-on ? Oui, à brûler ses vaisseaux. Un soir, à Périgueux, l'hiver 1944, il a été poursuivi sur les toits par les Boches, la Milice et la Gestapo française... la bande à Villaplana, qui n'étaient pas des manches. Paraît qu'ils ont lâché sur lui des kilos de munitions, ils l'ont touché d'ailleurs, en deux ou trois endroits du corps, mais ils ne l'ont pas eu. Il leur a échappé. Enfin, c'est juste un exemple. Il a toujours tiré les marrons du feu pour l'adjoint. Grâce à quelques coups qu'il a réussis, des sabotages, des attentats, des exécutions de collabos, méritées ou pas, l'Adrien s'est fait sur le tard une réputation de grand résistant.

« Puis... tout soudain, le coup de barre, plus personne. Il faut l'avoir vu pour le croire. L'invincible Pierre Maignan qui se traîne comme un chat foireux, le goût à rien, au bord du suicide... L'adjoint avait très bien compris cette bascule de tempérament. Quand il voyait le bonhomme comme ça, au plus bas, dans le cirage, il le sortait du circuit, il le mettait en veilleuse et le cachait dans un endroit sûr. Et il attendait que ça passe. Ces périodes d'abattement peuvent durer un jour ou deux, ou un mois, ou six mois, et même plus. Pierre Maignan n'a toujours pas changé, autant qu'on puisse savoir. Il est ici, ou aux environs, c'est sûr. Il ne se montre pas, il n'est pas venu voir sa femme, ni sa fille. C'est sûrement qu'il est dans une période de neurasthénie. Il se terre peut-être dans sa chambre, chez la mère Alvarez ou n'importe où.

« Mais je vais te dire ce qui m'inquiète. Quand le balancier a trop penché d'un côté, il se rabat de l'autre en force. Tu piges ? Après une période démoralisée, Pierre Maignan a presque toujours une période déchaînée. Alors, il est capable de s'en prendre à n'importe qui. À Marie, bien sûr, s'il pense qu'elle l'a trompé. À l'adjoint, pour la même raison... et même à toi ou à moi, pour des raisons qu'il inventera. Je crois qu'il essaiera de soutirer encore de l'argent à l'Adrien, et ça ne m'étonnerait pas qu'il lui vienne l'idée d'emmener sa fille. Marie doit s'en douter, mais ne lui en parle pas. Ce ne sont que des suppositions. Le mieux qu'on puisse faire maintenant, c'est d'ouvrir les yeux et les oreilles et de fermer son bec !

13.

— Un Pernod ? Un Picon ? Un quinquina ?

L'Adeline Lapouyade est maintenant serveuse à la Boule d'or, la gargote que la veuve Alvarez vient d'ouvrir, rue Traversière. Le client, un grand type d'une quarantaine d'années, voûté, une barbe de trois ou quatre jours sur ses joues creuses et son menton en galoche, pose son chapeau, appuie les deux avant-bras au zinc, souffle longuement, s'essuie le front d'une main molle.

— Fait trop chaud dans cette baraque.

La fille brune lui décoche un clin d'œil, tire un mouchoir parfumé, tassé entre ses seins, et le lui tend.

— Vous avez bien raison, monsieur Pierre. C'est ce pauvre Nono qui a bourré le poêle comme un fou. Il fait attention à rien !

Une senteur de lilas s'épanouit au-dessus du comptoir et déloge un instant la mixture de tabac froid et de soupe aux choux qui languit entre le plancher et les murs. L'Adeline joue de la prunelle et gonfle son devant de gilet. Y a du monde au balcon.

— Vous devriez vous asseoir, monsieur Pierre. Vous avez l'air fatigué. Vous aimez toujours le Picon ?

Elle le prend par le bras pour le conduire à une table. Il choit sur la chaise qu'elle lui avance, dodeline de la tête, écrase un bâillement sous ses doigts maculés. Il observe le mouchoir de batiste dans sa main, le respire, cherchant d'où vient ce carré de dentelle qui fleure le printemps et la chair.

— L'amer Picon. Oh, là, là ! Plutôt une limonade pour la soif...

— Une limonade ? Et un soupçon de blanc sec dedans ?

Une lueur s'éclaire dans l'œil moins qu'à moitié ouvert du bonhomme.

— Tu es l'Adeline Lapouyade, je te reconnaissais pas. T'étais pas si bien fringuée, autrefois.

— Vous me trouvez bien habillée ? Merci du compliment.

Elle fait mine de se recoiffer, les coudes hauts. Geste de pure coquetterie. Ses rouleaux, ses frisettes et ses anglaises ont l'air encollés pour une réclame et prêts à résister au vent du large. Elle a les joues rose dragée, sous le fard qui a coulé, et la fatigue embue ses yeux faits. C'est une jeune femme brune, plutôt grande mais potelée, le nez tracé à la fine pointe et la bouche brossée large et badigeonnée au rouge gras. Elle penche la tête sur le côté, arrondit le bras et roule la hanche. Elle est vêtue d'une robe à grands carreaux blancs et roses, manches bouffantes, jupe évasée, très mode, et par-dessus, d'un tablier blanc mignon. Elle est presque jolie quand elle sourit, presque belle quand elle va et vient dans la salle, de son pas dansant.

C'est vers Gil qu'elle vient, maintenant, un litre de vin à la main. Elle l'a installé à demeure près de la fenêtre parce qu'il lit en mangeant. Elle est gentille avec lui, prévenante, questionneuse et gaie. Gaie à sa façon, toujours entre rire et larmes... Gil est le seul client déjà attablé devant son repas, tous les autres en sont à l'apéritif ou au coup de l'étrier de leur beuverie matinale. Il épluche le troisième et dernier œuf de son déjeuner, taille le bout de la pointe de son couteau, un peu de jaune et beaucoup de blanc. Pour parler d'un pauvre, sa grand-mère maternelle disait quelquefois : « Celui-là ne mange pas deux œufs après la soupe ! » Eh bien, chez la veuve Alvarez, les habitués ont droit à trois œufs après une assiettée, mi-potage, mi-pâtée, à étouffer un chanoine. Gil a assez crevé la dalle à Chateaubriand, il se goinfre avec le sentiment de dévorer enfin les fruits de la victoire.

L'Adeline remplit son verre, frôle son bras, déverse sur lui en se courbant une odeur d'humaine sueur fouettée au sent-bon. Gil hume sans déplaisir. Il décide d'écrire davantage, désormais, sur les choses simples de la vie. Adeline, quelle bonne fortune, s'il n'aimait Marie !

— J'ai peur que ces œufs durs, tous les jours, finissent par te faire mal. Demain, il y aura du salé. Je te garderai un bon morceau.

— Merci. Dites...

Sa main, sans qu'il l'ait voulu, effleure la hanche d'Adeline. De la cuisse, elle lui presse le bras contre le dossier de sa chaise. Il retient son souffle. Ses doigts caressent par hasard la soie du bas, sous le genou.

— Dites, c'est bien Pierre Maignan qui est là ?

Elle feint de ramasser un morceau de papier sous la table, lui souffle à l'oreille.

— Il a l'air malade, tu as vu ? La patronne lui avait proposé une chambre l'autre soir, il l'avait pas voulu. Je sais pas où il était passé.

Elle tapote le bras de Gil et court à son service. Ainsi donc, Pierre Maignan est tombé dans sa période de neurasthénie. Bien sûr, il a envie de retrouver sa femme et sa fille. Mais il se voit telle sa propre défroque, il remâche sa honte et attend le coup de fouet de la nature, puisqu'elle n'en est pas avare pour lui. Marie, au fond, ne s'étonne guère : elle a forcément l'habitude de le voir changer d'humeur du tout au tout, à tout moment. Elle rage pour la galerie, mais elle sait qu'il reviendra un de ces quatre matins. La petite Jeannette est moins philosophe que sa maman. L'envie de bondir dans les bras de ce père fort comme le jour lui pince l'âme sans cesse. Son regard s'envole au ciel, tandis qu'elle déglutit ses larmes. « Quand est-ce qu'il vient, mon papa ? »

L'Adeline apporte à Gil une double part de tarte aux pommes. Elle pose l'assiette et lui tâte l'estomac en catimini.

— Tu as le ventre creux, tu manges comme un oiseau. On va te remplumer, ici, tu verras !

Sa main est allée bien plus bas que l'estomac, le pelotage était une promesse. Il devra y songer, surtout si Marie se retrouve en puissance d'homme. La destinée, bonne fille, lui offre une nouvelle chance. S'il refuse, il pourrait le regretter le soir de la bombe. Le soir ou le matin. Il déteste l'heure blême des aurores. Ce serait vraiment moche que la fin du monde le rattrape avant le café au lait !

Que ferait Verlaine à sa place ? Dieu seul le sait. Il écrirait sans doute de beaux vers en attendant le jour J, celui de l'amour, celui de la guerre, au lieu de piaffer devant la porte ouverte du monde !

Gil dégage sa table car les clients, des ouvriers d'un chantier, viennent d'arriver et s'interpellent en espagnol. Il doit laisser la place, comme il l'a promis à la patronne. Il s'installe dans son coin de travail, un renfoncement éclairé par une lucarne, où le soleil de midi tombe à pic. Il a gardé une demi-part de tarte et l'a pliée dans une feuille de journal pour la donner au chien Tatou. Le cabot pose la tête sur le genou de Gil, quémande une caresse, ouvre la gueule de confiance et enfourne le morceau de tarte sans mâcher. Ce n'est pas que les desserts de la Boule d'or soient mauvais, mais Gil se trouve la panse déjà bien ronde, et il voudrait garder la silhouette de Théophile Gautier à la bataille d'*Hernani* pour séduire l'Adeline, à défaut de Marie.

Il se met au travail, le chien couché à ses pieds. Il essaie de lire son cours de droit administratif, son œil glisse sur les lignes sans se fixer. Le brouhaha de la salle ne le gêne pas, il aime assez l'agitation bruyante de la gargote. Il tâche de comprendre les jacasseries en espagnol des ouvriers. Son esprit s'envole vers Salamanque. Hé, Gil Blas, si tu attaquais les langues vivantes, tu étais plutôt bon en anglais et en espagnol, tu pourrais devenir journaliste, voyager, connaître enfin l'Espagne ! Non, l'Espagne est infréquentable tant que Franco n'aura pas tiré ses guêtres, et c'est pas dimanche après la grand-messe !

Il pêche *Les Jeux sauvages* dans son cartable. Il voudrait finir ce livre pour le rendre à la Valmore, mais il n'avance pas. Au lieu de lire sagement, page après page, il cherche çà et là de jolies phrases, des réflexions émouvantes, des pensées qu'il puisse s'appliquer à lui-même. Pourtant, Paul Colin sera peut-être un jour un auteur aussi fameux que Stendhal ou Flaubert, il doit le lire maintenant pour s'en vanter dans quarante ans, si le champignon atomique n'a pas torréfié à jamais la littérature terrestre, les auteurs et les lecteurs. *Mais il se laissa entraîner par le flot qui...* Voilà enfin du rêve et de l'espérance... *le flot qui, après avoir alimenté pour une bonne part le boulevard Saint-Germain, disposait encore d'assez de forces pour rouler sans hésitation vers son large estuaire. Paris roulait ainsi ses foules aux longs fleuves scintillants, grand cœur ouvert de la France...* Voici où éclate et bout la vie. À Paris, pas à Salamanque ou à Guadalajara ! Tant pis si on y est une belle cible pour les bombardiers.

Il passera donc son concours et demandera Paris. Après, on verra.

— Hé, Gil, t'es là, t'es là ?

Le grand Nono balance sa tête de grison, se dandine sur ses jambes étirées, chique sa lèvre avec une grimace de contentement. Il est heureux. Il a de quoi s'occuper à l'auberge de sa grand-mère, même s'il remue plus d'air qu'il n'abat de besogne.

— Je travaille, dit Gil. Qu'est-ce qu'il y a ?

— C'est juste ma grand-mère... grand-mère, qui veut te voir avant que tu ailles à la perception.

— Tout de suite ?

— Je sais pas, sais pas. Tout de suite ?

Gil s'y attendait. La veuve lui a dit l'autre jour : « Moi et toi, mon Gilbert, on a une convention à discuter. Y a toujours moyen de moyenner ! » Elle se gargarise de grands mots, jusqu'au ridicule. Yvon et Félicia sont sûrs qu'elle a écrit à l'adjoint la lettre de menaces *Arrête de foutre le diable dans la ville*. Et l'autre, signée *Le Comitté de salue publique*. Cette bonne femme ne se gêne pas pour l'interroger sur la perception, les impôts des gens, les pensions, les coupons... Il répond qu'il ne peut rien dire. « Secret professionnel. » Elle hoche la tête d'un air d'en savoir long, son air de tout le temps. « Moi aussi, j'ai des secrets, fiston. Si tu veux qu'on les échange... » Gil n'a aucune envie de « moyenner » avec la gargotière, mais sa bourse est plus plate qu'une page d'un mauvais auteur. Les cadeaux du premier de l'an, à sa mère, à sa sœur, à Marie, à Yvon... plus le crédit de son costume l'ont laissé sans un. Il espère que la veuve attendra la fin du mois pour réclamer sa pension. On raconte qu'elle a de l'argent, un magot, et on se demande d'où elle le sort.

Cinq minutes plus tard, Gil pousse la porte d'une espèce d'arrière-cuisine où elle se vautre et s'évente quand elle lâche ses fourneaux. C'est une énorme bonne femme, d'une soixantaine d'années, au visage rond, couperosé et bouffi de graisse. Sa poitrine déborde de son caraco et ses bras nus, sous les manches retroussées, feraient honneur, en guise de jambons, à un cochon de cent kilos. Des mèches grises pendent sous le mouchoir de tête qui la coiffe. Ses yeux, le plus vivant de sa personne, lancent par rafales des éclairs noirs, doux, malins, féroces, complices.

Elle se tient écrasée de tout son poids sur une chaise d'où déborde sa forte personne. Elle ne bouge que pour chercher une position plus confortable, des hanches et des fesses, et pointer vers le plafond un index en forme de saucisse, comme si elle tâtait le vent. Lorsque Gil se présente, elle abaisse vers lui ce doigt impérieux au bout d'un rondin de chair molle.

— Ah donc, jeune homme, te voilà mon pensionnaire de midi depuis huit bons jours. Et tu trouves la soupe à ton goût ?

La matrone porte sur elle les odeurs mêlées de toutes les nourritures qu'elle a préparées. On dirait le menu de la semaine.

— Siète-toi là, sur le tabouret.

Il ne peut nier que la pitance de la maison assouvit dans ses entrailles une fringale qui n'a jamais cessé de le démanger depuis les premières restrictions. D'un autre côté, il voudrait demander à la veuve une nouvelle faveur. Il ne sait de quelle flûte jouer.

— C'est copieux et même assez bon.

— Alors, tu es bien aise ? J'ai dit : Siète-toi. Alors, siète-toi.

Gil lâche un soupir de rechignement et pose une demi-fesse sur le tabouret. La veuve Soupe tourne la tête d'un millimètre vers la porte, restée entrouverte, et crie quelque chose dans un espagnol bizarre, peut-être pour rabaisser le caquet des ouvriers. Puis à Gil :

— Va barrer la lourde, fiston, et rassiète-toi.

Gil retient un grommellement, va fermer la porte et reprend sa place. De nouveau, l'index de la veuve jaillit d'une grappe de boudins roses et le vise au cœur.

— Et ma serveuse, elle est gentille ?

La pénombre de la pièce, éclairée par un vasistas crasseux et une minuscule ampoule conchiée par dix générations de mouches, n'est pas assez épaisse pour cacher sa rougeur, d'autant qu'il est assis sous l'ampoule. Il voit danser une lueur scélérate dans les petits yeux de la dame. Il baisse vite la tête.

— Mlle Lapouyade est bien aimable.

— Bien aimable, c'est sûr. Cette petite, si tu aurais dix-neuf ans, elle se prendrait bien de béguin pour toi. Ça se voit gros comme un cul de vache !

Pourquoi dix-neuf ans ? De toute façon, c'est l'âge qu'il voudrait avoir. Il se demande s'il aura la patience d'attendre deux ans. Et le président Truman semble encore plus pressé que lui !

La veuve gonfle sa poitrine pareille à une outre, renverse la tête en arrière et expose son triple menton et ses bajoues comme un trophée de chasse.

— Écoute la sagesse, mon fieu. Je t'ai pas fait venir

pour te causer des choses de l'amour, mais pour discuter de nos affaires.

Gil acquiesce d'un signe. Il aime mieux ça. Elle a l'air de se rengorger, et il n'est pas trop rassuré. Pourvu qu'elle ne lui réclame pas des sous tout de suite ! Elle laisse retomber son bras droit, change de main et de doigt pour l'apostropher.

— C'est que, tu vois, j'ai même pas ouvert ce restaurant depuis un mois que déjà les clients font la queue devant. C'est pas bien propre, un peu noir, petit et difficile à trouver entre la rue et la ruelle, tant pis, ça les gêne pas. Faut que je l'arrange, mais tout a été bien vite et j'ai pas eu le temps. Maintenant, je vais retourner à mes fourneaux et te laisser t'en aller à ta perception... Ah, pourquoi je t'ai fait passer me voir ? Si, si, je me rappelle. Je voulais te demander de remplir mes comptes une ou deux fois par semaine, puisque j'ai entendu dire que tu chiffrais bien. Je te défrayerai pour ton travail et je déduirai à la fin du mois ton avoir de ton doit. C'est bien comme ça qu'on dit dans votre jargon ?

Gil n'a pas la moindre notion de comptabilité commerciale. De plus, sa préparation, les leçons à la petite Jeannette et ses velléités littéraires ne lui laissent aucun loisir. Il songe, le cœur cafard, qu'il est obligé de refuser la belle aubaine et d'avouer qu'il s'entend aux écritures de commerce comme à ramer les choux.

— Qui vous a dit que je chiffrais bien ?

— Ma foi, l'Yvon et même ton patron, le percepteur, en causent de partout. Me fais pas croire que c'est des faussetés !

Gil se tâte la conscience. C'est juste le genre d'aventure qui guettait Gil Blas de Santillane. Le héros de Lesage n'était pas homme à mettre des si et des car dans une affaire : il aurait volontiers pris en charge les comptes de l'évêque et même ceux du roi d'Espagne !

Mon vieux, tu n'as pas une heure pour te décider.

— Je veux bien essayer, dit-il. Si vous n'êtes pas contente de mes services, on changera d'arrangement à la fin du mois.

La veuve Soupe rit dans ses bajoues.

— Le petit voyou qui fait sa coquette. Prout ! prout ! Sûre que je serai contente des offices de monsieur. Tu vas étrenner l'emploi pas plus tard que tout de suite !

Gil sent la bile lui monter aux dents. Il entame une excuse : « C'est que je... » L'aubergiste ne l'écoute pas. Elle plonge sa grosse patte luisante dans une sacoche suspendue au dossier de sa chaise et en retire un paquet plat, enveloppé dans une page de *Sud-Ouest*.

— Et voilà, mon fieu, des picaillons que tu vas porter chez not' bon notaire, Me Gardiency, pour les verser sur le nom de la veuve Alvarez, pour rembourser son emprunt. Pas besoin de te fatiguer à compter. Il y a juste cinq mille francs, en gros billets et en petits. Maintenant, si tu as pas confiance, tu peux vérifier. Tu m'apporteras le reçu ce soir. Eh donc, prends ce paquet, ça mord pas, ça brûle pas, ça chie pas !

Un gros rire lui secoue la panse.

— Une autre chose, tu n'oublieras pas de remercier ta mère de ma part. Elle saura pourquoi !

Gil sort par la porte de la ruelle, la lumière du soleil l'éblouit comme s'il s'évadait d'un cul-de-basse-fosse. Il manque glisser sur les eaux graisseuses du caniveau, se redresse, file ras la muraille, le paquet de billets serré sur sa poitrine.

Il a déjà transporté des sommes bien plus importantes, de la perception à la poste, les jours de grosse recette, le jeudi de la majoration, pour la foire de

Sainte-Catherine... Yvon lui a matelassé le corps de liasses et bourré de vieux journaux la serviette en cuir qu'il tenait à la main. On ne sait jamais. C'était un jeu excitant. Aujourd'hui, il se demande s'il a bien le droit de faire le commissionnaire pour la veuve Soupe. Et si c'était une entourloupe de la bonne femme ? Le naïf Gil Blas de Santillane avait été plus d'une fois victime d'aigrefins... Gil s'attend à recevoir un savon mémorable d'Yvon.

Il s'aperçoit qu'il court dans la rue et que les gens se retournent pour l'observer. Ah, c'est bien le moment de se faire remarquer ! Malgré le froid, la bise, il a le dos mouillé de sueur. Il se persuade que la veuve a envoyé des vauriens à sa poursuite, qu'ils vont lui tomber dessus d'une minute à l'autre, lui arracher le paquet de billets et s'enfuir. Il s'arrête, essoufflé, s'appuie à un mur, ferme les yeux. Non, la filouterie est bien plus simple. La veuve a profité de sa niaiserie. Sur ce point, il en remontrerait à son illustre homonyme. C'est peut-être une vengeance machinée avec l'Adeline contre le benêt de la perception. À cause des profits illicites réclamés par le Trésor aux femmes Lapouyade... et c'est lui, l'imbécile heureux, qui va payer ! Elle lui a tout simplement remis une enveloppe vide ou, plutôt, bourrée de vieux papiers. Elle lui réclamera le reçu de la somme qu'elle ne lui a jamais confiée ! Cinq mille francs. Et qu'est-ce qui l'empêchera de doubler la mise ? C'est dix mille francs que tu me dois, fiston. Signe là ! Il devra signer une reconnaissance de dettes et rembourser tant par mois. Il déjeunera d'un sandwich pendant une éternité.

Il sort le paquet de sous sa veste, le presse dans ses doigts tremblants. Pas de billets, des vieux papiers... Il longe à ce moment un jardin à moitié abandonné, le long d'une ruelle déserte. Qu'est-ce qu'il fout là ? Il n'en sait rien. Il fuit, il se cache. Il ébauche le geste de lancer le paquet par-dessus le grillage du petit clos. Non. Il doit vérifier, par acquit de conscience. S'il l'avait fait devant la veuve Alvarez, il ne serait pas là, maintenant, Gros-Jean, rincé, le cul par terre.

La porte du jardin abandonné est ouverte. Il entre, se cache derrière une touffe de laurier-sauce, pose sa serviette bourrée de livres et de feuillets. Elle lui paraît bien légère. Il l'ouvre. Ah, il a oublié le Goncourt à la Boule d'or. Un malheur n'arrive jamais seul. Il a peu de chance de retrouver le livre ce soir ou demain. Si la bombe atomique doit nous tomber sur le coin de la figure, qu'elle le fasse tout de suite, elle me rendra un grand service. À défaut, il peut toujours se jeter dans la rivière, sous un car ou un camion... Marie accompagnera sa mère au cimetière, elles auront chacune un bouquet, celui de Marie sera plus petit. Elles se regarderont, les larmes au fond des yeux, mais se retiendront de pleurer.

Il s'aperçoit qu'il a failli repartir sans ouvrir le paquet de la veuve. Il doit s'infliger ce supplice. Il l'a mérité. Il déchire le journal à coups d'ongle. Saleté. Et... Nom de Dieu ! Pas d'autre juron assez fort. Les billets sont dans une enveloppe cornée et salie. Les billets. Deux Minerve, un Chateaubriand, des tas de paysans blonds avec bêches et vaches... Au coup d'œil, la somme y est. Cinq mille.

Gil remet le paquet de billets dans sa poche. Maintenant, il lui faut se traîner au bureau, retrouver les heures poussives de l'après-midi. Il devra tout raconter à Yvon, demander la permission d'aller chez le notaire pour lui remettre l'argent. Ou bien, si Yvon le lui défend, rendre à la veuve son argent de malheur, la mine longue et l'oreille basse... Tout cela lui semble au-dessus de ses forces.

Il s'attendait à tout sauf à l'approbation du premier commis, confirmée par une tape sur l'épaule qui manque l'écrabouiller !

— Félicitations, mon vieux. Tu vas dégoter des nouvelles de fraîche date sur les affaires de la veuve Soupe. Si tu es malin, tu mettras vite la main sur le pot aux roses.

— Parce que tu crois qu'il y a un pot aux roses ?

— Et comment ! Au moment de la majoration, elle n'avait pas un sou vaillant. Elle venait de se faire foutre à la porte de chez Pardieu-Gouttard après avoir été remerciée par Martineau. Elle n'avait plus que son jardin et ses volailles pour vivre avec le Nono. L'Adeline Lapouyade n'avait plus de travail non plus, parce que Coursac ne garde que quatre ou cinq femmes l'hiver, et elle n'était pas du lot. La veuve a commencé à se rencarder sur la Boule d'or, qui était à vendre mais que personne ne voulait parce que ça a toujours été un boui-boui mal famé et très mal placé, en plus, au bas de la ville, humide l'hiver, étouffant l'été... tu verras. Elle a essayé d'acheter le fonds et de louer les murs, mais les propriétaires, les frères Chaupard, qui ont hérité le bien d'une tante, qui le tenait de son père, un drôle de pistolet, entre nous, il faut bien dire que c'était un bordel, avant l'autre guerre... bref, les frères étaient prêts à se débarrasser du tout pour pas très cher. Pas cher, mais quand même six cent mille, pour le bâtiment, le fonds de commerce, restaurant et bistrot, la licence, le mobilier plus qu'à moitié pourri... enfin. Pas donné. Et ils n'entendaient pas vendre ni louer le fonds à part. C'était tout ou rien.

— Quarante mois de mon salaire, calcule Gil.

— Et vingt-deux mois du mien. Elle a dû l'avoir, en fin de compte, pour quatre cent ou quatre cent cinquante mille. Les Chaupard exigeaient d'être payés comptant. Ça fait vingt fois plus d'argent que la veuve n'en a jamais possédé, même pendant la guerre quand elle était cuisinière chez Lapouyade et faisait sa gratte. D'où a-t-elle sorti toute cette galette ? C'est un mystère.

— Le notaire lui a prêté la somme.

— Je veux bien que Me Gardiency ait avancé une petite partie du magot, à condition qu'un autre ait mis la grosse part sur la table et cautionné le reste. Quelqu'un qui ait le culot de prêter deux ou trois cent mille francs, ou peut-être plus, à la veuve Alvarez, j'ai beau me creuser le ciboulot, je vois pas. Sauf...

Yvon se gratte le menton, fronce les sourcils et grimace.

— ... quelqu'un de Bergerac ou de Périgueux, pour faire un bordel ? Mais les bordels, c'est fini, avec la loi Marthe Richard. Paraît qu'il y en a des clandestins, comme les bals pendant la guerre. À Saint-Veillant, une ville de deux mille habitants, où tout le monde connaît tout le monde, tu imagines ! J'ai eu beau retourner la question dans tous les sens, je ne vois qu'un seul particulier qui ait pu oser le coup.

— Pierre Maignan ?

— J'y ai pensé. Mais s'il avait fait un mauvais coup et qu'il ait eu du pognon à se cacher derrière, il l'aurait claqué avec sa pépée ou d'autres, il serait venu parader au volant d'une grosse voiture... Tu l'as vu. Il est flapi, il traîne la savate, il a l'air d'une vache qui a eu dix-huit veaux. L'argent, je crois qu'il est venu en chercher, pas en distribuer. Tu es d'accord ?

On se croirait dans une histoire de *Mystère-Magazine*.

Gil approuve. Le raisonnement se tient. L'homme qu'il a vu à la Boule d'or ne peut être le commanditaire de la veuve. Mais alors ?

— Quelqu'un qui a l'habitude de jeter l'argent à pleines poignées, qui se lance dans la politique, qui est prêt à tout pour glaner des voix à gauche comme à droite... Ça te dit rien ?

— L'adjoint ? Mais la veuve Alvarez est sa pire ennemie, enfin, d'après ce que j'ai entendu. Tu as toujours pensé qu'elle avait écrit les lettres anonymes contre lui. Puis elle est communiste !

— Communiste, bah ! Elle a bon nez, elle sent de loin. À la Libération, se prétendre communiste était une façon de se garder à carreau, surtout quand on a fait la soupe dans un restaurant de marché noir pendant toute l'Occupation. Maintenant qu'elle a un commerce, elle est en train de retourner sa veste. C'est très malin, de la part de l'adjoint, de l'avoir mise dans sa manche. Je ne sais pas si elle peut l'aider à être élu, mais elle aurait pu le gêner beaucoup, aux municipales et aux cantonales. Il veut être député, seulement il n'y réussira que s'il est d'abord conseiller général ou maire, et de préférence les deux. Les lettres, c'était plutôt rigolo, mais elle peut faire mieux, ou pire. C'est une grande gueule, elle amuse les gens et ils l'écoutent, au moins d'une oreille. Si l'adjoint peut gagner sa neutralité, ça sera déjà bien pour lui.

— Si la veuve Alvarez ne peut pas le rembourser, ça lui coûtera une fortune.

— Une fortune pour toi, mon gars, de la crotte de bique pour lui !

Ils reprennent la discussion après la fermeture du bureau et le départ du patron.

— L'Adrien, dit Yvon, vient encore d'acheter deux maisons et une propriété, depuis Bonaly.

Gil acquiesce. Secret de polichinelle.

— Tout ça en empruntant. Tu vois le calcul ? Il joue sur l'inflation. Il prétend qu'une maison payée un million maintenant en vaudra cinq dans deux ou trois ans. Il remboursera le million et il en aura trois ou quatre de bénéfices. Enfin, c'est ce qu'il croit. Alors, les quelques sous qu'il a peut-être prêtés à la veuve Soupe ne pèsent pas lourd dans ses comptes. C'est une mise pour ses prochaines campagnes. Note bien que si l'inflation grimpe moins qu'il le croit, si son beau-père se fâche et ne garantit plus ses emprunts, il peut du jour au lendemain se retrouver le cul dans le ruisseau.

— Récapitulons, propose Gil. On commence par les cantonales. J'ai vu ça dans mon cours de droit. Ce sont les élections pour les conseillers généraux. Elles auront lieu cette année, à l'automne...

— Il y a d'abord les législatives en juin.

— Les élections pour les députés.

— Oui. L'Adrien ne sera pas dans la course, mais il fera la campagne des radicaux. C'est Yvon Delbos qui sera le candidat, sauf s'il est malade. Sa santé n'est pas brillante. C'est important aussi pour lui. Si les radicaux font un bon chiffre à Saint-Veillant, ils le soutiendront à l'automne pour les cantonales. Ce n'est pas le moment que les affaires de l'Occupation remontent à la surface. Et il vaut mieux que la veuve ferme sa gueule...

— Bon. Les municipales sont pour quand ?

— En 1953, au printemps. L'adjoint a juste le temps de se préparer. M. de La Jafferie ne se représentera ni aux cantonales ni aux municipales. Pour la mairie, le conseil actuel va se séparer, il y aura plusieurs listes, quatre ou cinq sans doute. Ça sera très disputé. L'adjoint espère conduire les radicaux. Son beau-père lui amènera les MRP, s'il n'y a pas de scandale dans l'air. Et les prochaines législatives sont dans cinq ans, donc en 1956. L'Adrien compte bien y être.

— Et d'après toi ?

— Il a ses chances. Si le gouvernement continue de changer aussi souvent, n'importe quel député peut espérer être ministre au moins quelques jours. Le rester, c'est une autre histoire. Enfin, il y a toujours eu des ministres en Dordogne. Ça lui donne un avantage.

— Et tu maintiens que c'est un salopard ?

— Je le maintiens. Il est prêt à tout pour réussir. Dans la politique et dans les affaires. Il se sert des gens comme d'une pelle. Exemple, Pierre Maignan, Baladou... Il est prudent avec le personnel, à l'usine Mauvignier et aux Camions, parce qu'il ne veut pas d'histoires, qu'il a peur de son beau-père et des communistes. Et, bien sûr, qu'il pense aux élections. Mais chez lui, d'après ce qu'on entend, il s'en passe de belles.

— Qui le dit ?

— D'abord la Fine, la nourrice d'Isabelle Mauvignier, Mme Lécuyer. Delphine Deschamps, c'est son nom... Mme Mauvignier mère a toujours eu une mauvaise santé, la Fine a commencé par allaiter le bébé Isabelle, puis elle est restée pour l'élever et, en fin de compte, elle ne l'a plus jamais quittée. L'Adrien a besoin de souffre-douleur : il en a deux à la maison, sa femme et sa bonne. La Fine protège sa maîtresse, le mari n'ose pas la toucher... enfin, la frapper. Et même il ne la touche pas du tout. D'après la Fine, elle n'a jamais voulu coucher avec lui. Il se venge sur la pauvre Rélie, la fille de Baladou. D'après la Fine, ce qu'il lui fait est absolument honteux. Enfin, tu le sais. On n'y revient pas. Il aime persécuter ceux qui n'ont rien pour se défendre, surtout les femmes. Ç'a été le cas avec l'Adeline Lapouyade et sa mère. Maintenant, je suppose qu'il veut faire la paix de ce côté, puisque l'Adeline et la veuve Alvarez sont ensemble. Il les a assez martyrisées, elles ne l'intéressent plus. Au prochain relevé des cotes irrécouvrables, je vais inscrire les profits illicites Lapouyade, et on n'en parlera plus.

Gil se souvient d'une réflexion de la veuve : « N'oublie pas de remercier ta mère, elle sait pourquoi... » Il rapporte ces mots à Yvon en avouant qu'il ne comprend pas. Son camarade le guigne, et son sourire moqueur danse sur sa ronde figure.

— Ça coule de source, mon vieux. Ta mère et Marie ont persuadé l'Adrien de faire la paix avec la veuve Alvarez. Elles ont profité de l'influence qu'elles ont sur lui pour essayer d'arranger les choses. Elles ont cru agir pour le bien de tout le monde.

— C'est une catastrophe.

— Pas du tout.

— Mais tu avais bien dit qu'on tenterait n'importe quoi pour l'empêcher d'être élu ? La lettre qu'on avait écrite, de son prétendu jumeau, c'était un truc pour lui mettre la cervelle à l'envers, lui taper sur les nerfs ?

— Oui.

— On l'a toujours. Elle n'est pas datée, on pourrait peut-être l'envoyer maintenant ?

Yvon marche les mains derrière le dos, la tête baissée, l'air soucieux. Quatre pas en avant, quatre pas en arrière. Il n'a guère plus d'espace dans ce poulailler qu'est la perception, mais ça suffit pour gamberger et ruminer un méchant cas. Il s'arrête, croise les bras, observe le ciel par la fenêtre et respire fort

— On n'envoie pas cette lettre, dit-il enfin sur un

ton de décision. Elle sent trop la farce et on risque toujours autant de se faire pincer. Mais on va garder l'idée du frère jumeau : elle vaut son pesant de bons au porteur. Ce serait bien de lancer la rumeur que l'Adrien a un frangin braque ou voyou, ou les deux... et de s'arranger pour qu'elle remonte jusqu'en haut lieu. Au turbin. Toi, tu t'occupes de l'Adeline...

— Moi ? De l'Adeline ?

— Oui. Je suis sûr qu'elle t'a à la bonne. Elle est gentille, à sa façon, pas trop vilaine. C'est pas ta Marie, d'accord, mais si tu dois la suivre au lit pour lui délier la langue, tu n'endureras pas le supplice de sainte Eulalie !

— Et il faudrait que je la questionne sur l'adjoint ?

— Débrouille-toi. Au fait, pour les livres de la veuve Soupe, ne te mets pas martel en tête. La comptabilité, y a rien de plus simple. J'avais commencé à préparer le CAP avant de passer mon concours d'agent de recouvrement. J'ai encore un livre. Je te le prêterai. Une demi-heure tous les soirs pendant une semaine, tu en sauras assez pour commencer !

14.

La lettre arrive le lendemain, au bureau. *M. Gil Blas, commis de perception.* Grande enveloppe, belle écriture à hampes et jambages étirés. L'encre bleue a un peu bavé. Le tampon de la poste est celui de Saint-Veillant, un parfum volatil qui évoque le chèvrefeuille s'envole du papier. Gil croit d'abord à une farce.

— Montre-moi, dit Yvon, qui examine la lettre par transparence, secoue la tête. Ça peut être une erreur de bonne foi. Regarde donc. Tu auras peut-être une agréable surprise.

Dans la main de Gil, le coupe-papier glisse, dérape, s'échappe. Yvon sort son Opinel, vient au secours de son camarade. La lettre est enfin dépliée. Gil caresse le beau papier bleu, filigrané comme un billet de banque. Le nom de l'expéditeur occupe tout le haut de la feuille. C'est une expéditrice.

Isabelle Mauvignier-Lécuyer, boulevard National...

— Mme Lécuyer ? La folle !

— Oh, elle déménage un peu par moments, faut en convenir. Mets-toi à sa place, suppose que tu sois marié à l'Adrien ! Mais elle n'est pas maboule à enfermer. Lis donc.

Ma foi, la lettre est élogieuse, si ce n'est pas une

blague, et assortie d'une invitation à une « soirée littéraire ». Rien de moins.

Cher Monsieur,

Votre directeur, M. Paussac, m'a dit le plus grand bien de vous. Quoique je ne partage pas beaucoup son avis sur les meilleurs écrivains de la littérature, j'ai de l'estime pour son jugement. Une fois par mois, environ, j'organise chez moi une soirée littéraire, où on lit des œuvres, publiées ou pas encore publiées, des poèmes, des nouvelles, contes, critiques, extraits de roman, etc. La prochaine fois, je lirai un poème de Théophile Gautier sur Corneille, que mon grand-père aimait beaucoup. Mme Rivière, l'épouse du vétérinaire, a écrit un roman : elle propose d'en lire le premier chapitre. J'espère que tout le monde appréciera. Si un jour ce roman est édité, et si, en plus, il gagne un prix littéraire, comme le Goncourt, les personnes présentes seront très fières d'avoir entendu cette lecture avant que le livre soit imprimé.

Vous-même, étant donné votre jeune âge, peut-être serez-vous très célèbre un jour, et peut-être aurez-vous le prix Goncourt (qui a couronné cette année Les Jeux sauvages, *de Paul Colin, l'avez-vous lu ?). Vous serez sans doute à Paris, porté par la gloire, déjà, et nous, à Saint-Veillant, nous nous souviendrons d'un beau jeune homme, mélancolique et romantique (c'est ainsi que l'on me dit que vous êtes !) et nous nous dirons : « Il fréquentait nos réunions qu'il n'avait pas encore dix-huit ans ! » Quel honneur pour notre petit cénacle ! Mais, voyez comme je suis, je me laisse emporter par l'enthousiasme et le rêve. Et si vous alliez refuser, considérant que nous sommes des gens sans importance (du point de vue littéraire), bien intentionnés mais peu influents ! Si vous vouliez débuter dans le monde sous de plus prestigieux auspices ! Peut-être auriez-vous raison, mais quel crève-cœur pour nous !*

Je viens donc vous supplier d'être des nôtres à la soirée du... (à partir de 8 h 30). Et, bien entendu, aux suivantes, si celle-là vous a plu. Mon éternelle reconnaissance vous est acquise. Je compte bien être votre plus fervente lectrice, dès que vous serez édité, et même avant !

Et si vous vouliez lire un de vos poèmes ou textes en prose, ou parler d'un livre ou d'un auteur que vous aimez, nous serions comblés. Soyez remercié, cher Gil Blas, vous qui avez la chance de porter un nom déjà illustre dans la littérature française.

Recevez les salutations gracieuses d'une future admiratrice.

Isabelle M. L.

À deux pas, Yvon fait mine de vérifier le P. 1, le registre général des comptes. Il se retourne vers Gil, le visage éclairé d'un sourire bienveillant, à peine un tout petit peu moqueur.

— Quelle bafouille, mon vieux ! Deux pleines pages !

— Tiens, lis ça. Je crois qu'elle se paie ma tête. J'ai dû le mériter. Je me suis vanté d'écrire devant le patron. Tant pis pour moi !

— C'est le patron qui a tout manigancé. Ça fait partie de sa propagande pour te convaincre de lui acheter sa machine à écrire et de la payer deux fois ce qu'elle vaut. La dame Lécuyer a gardé la tête d'une gamine de quinze ans. Mais tu peux être sûr qu'elle croit ce qu'elle dit. C'est dommage qu'elle ait quarante ans. Il y a des chances qu'elle ne ferait pas de manières si tu lui proposais de coucher avec elle !

Gil en reste comme un cheval tombé de la lune.

— Mais... mais tu m'as dit qu'elle ne voulait coucher avec aucun homme !

— C'est le bruit qui court. La nounou le jure. Raison de plus, elle a forcément des envies rentrées. Et des grosses !

Le même jour, dans l'après-midi, après s'être assuré que la caisse est juste, le patron cavale quatre ou cinq fois autour du bureau. Patron il reste pour une quinzaine encore et après, au bain ! aux pelotes ! du balai ! La patience des commis est usée jusqu'au vif. Il grommelle à voix basse, puis s'arrête près de Gil, tête nue. C'est seulement qu'il a ôté son chapeau pour se gratter la tête. Il tient entre deux doigts son porte-plume de bois, dont la plume s'est incrustée dans le fer rongé de la virole.

— Jeune homme...

Il observe ledit jeune homme en train d'écrire, se racle la gorge.

— Hum, hum, je croyais qu'on n'enseignait plus à tenir un porte-plume de nos jours. Je me trompais. C'est bien, c'est bien. Je vous avais promis de vous offrir le mien quand je partirais. Eh bien, je ne veux pas vous faire languir plus longtemps. J'ai décidé de vous le donner tout de suite, pour que vous en profitiez sans plus attendre. Ménagez la plume, elle a un bec plus usé que l'autre. Des Sergent-Major de cette qualité, on n'en trouve plus aujourd'hui. Essayez-la tout de suite, que je voie si vous avez le bon instinct.

Gil se lève, remercie. Il n'est pas sûr d'avoir le bon instinct, mais il a certains dons de comédien. Il prend d'un geste respectueux le morceau de bois qui emmanche un bout de fer complètement noirci par une couche d'encre de vingt ou trente ans, saisit une feuille de papier ministre.

— Asseyez-vous, dit le patron, trempez la plume doucement, sans toucher le fond de l'encrier. Il ne faut jamais toucher le fond de l'encrier, vous le savez, j'espère. Bien. Écrivez maintenant : « La jeunesse est le temps qu'on a devant soi. Jules Romains. »

Gil s'exécute sans rechigner. Ce n'est qu'un mauvais moment à passer. Il s'efforce de ne pas tourner la tête du côté d'Yvon, qui s'efforce, lui, d'étouffer un sanglot de rire et de rester impassible. La jeunesse... le temps qu'on a... Ça veut dire que si les Américains sont en train de charger leur bombe en catimini dans une forteresse volante, je viens d'avoir cent ans et ma carrière est finie !

Le patron se déclare satisfait de l'essai, ou presque.

— Serrez moins votre manche, laissez-le rouler dans vos doigts. Ne regardez pas la plume, mais la ligne d'écriture. Et n'oubliez pas de retrousser un peu vos poignets de chemise. Bien...

Il fait mine de s'éloigner, se retourne, revient.

— Pour la machine à écrire, je vous la céderai dès que vous aurez touché votre mois de janvier. Je vous ferai un crédit de douze mois et je vous donnerai un ruban que j'ai en réserve.

Yvon laisse échapper un bruit incongru : un éclat de rire qu'il n'a pas pu retenir jusqu'au bout. Le ruban date sûrement de la débâcle : il doit être un peu sec...

Le patron recommence son manège : quatre pas en avant, trois en arrière.

— J'allais oublier. Je peux vous faire inviter à la soirée littéraire de Mme Lécuyer, la semaine prochaine.

Vous lirez quelques pages de vos œuvres, si ça vous dit. En général, les gens qui écrivent proprement lisent sans écorcher la langue. Hum, hum. J'y serai et je commenterai quelques citations.

Gil a bien envie de répondre qu'il a déjà reçu une invitation par lettre. Mais ce ne serait pas diplomatique. Il s'empresse de se taire. D'ailleurs, le patron n'attend pas de réponse. Il coiffe son chapeau, prend la sortie pour de bon.

— Justement, il faut que j'aille voir Chose. En passant, je préviendrai Mme Lécuyer que vous viendrez. À demain.

Gil joue avec le porte-plume, le roule entre ses doigts, trempe la plume sans toucher le fond. Il cherche dans sa mémoire un vers où chante et pleure le mot « jeunesse ». Verlaine, bien sûr.

Il calligraphie, en ménageant le bec fatigué de la pauvre vieille plume :

Qu'as-tu fait, ô toi que voilà
Pleurant sans cesse,
Dis, qu'as-tu fait, toi que voilà,
De ta jeunesse ?

La troisième invitation, il la reçoit de l'adjoint soi-même. Ça se passe quelques minutes avant midi, deux jours plus tard. Une grosse voiture noire freine brusquement devant la perception, frotte le trottoir et s'arrête.

— Merde ! s'écrie Yvon. Une Delage... c'est l'Adrien en personne.

Une femme en bibi est au volant : Mlle de Saint-Philippe, la secrétaire des Camions Lécuyer. Elle s'extrait du carrosse d'un bond de cabri, rabat jupe et manteau, ajuste son galurin, saisit à l'arrière une grosse serviette de cuir. Son patron la rejoint devant la voiture, lui aussi en chapeau et pardessus.

Yvon balance un coup de coude à Gil.

— Dis donc, miss Underwood qui est promue chauffeur de maître. Remarque, une voiture comme ça, c'est pas déshonorant pour une demoiselle « de ». Et l'Adrien aime bien être en compagnie, c'est plus honorifique pour un futur ministre !

Le premier commis baisse la voix.

— Tout seul, il doit se sentir un pauvre type. Et la miss le pose un peu mieux que Baladou... Bon, on fait semblant de pas les avoir vus. Si le patron était là, il se précipiterait pour les recevoir à plat ventre. Mais ça, monsieur, les salamalecs et le tralala, à partir d'aujourd'hui, c'est plus le genre de la maison !

Le chapeau de la dame apparaît le premier, puis son manteau prune, ses doigts bagués. Elle tient la porte à ressort pour son seigneur et maître. Et voici l'adjoint dans l'antichambre du poulailler. Il se croit obligé de courber la tête à cause du plafond bas. Il soulève le rebord de son chapeau pour examiner les lieux.

— Dites-moi, monsieur Bellot...

— Monsieur l'adjoint ?

Yvon se lève et va ouvrir la porte du bureau en exagérant la lourdeur de sa démarche. L'adjoint pousse sa secrétaire devant lui.

La tête massive, le visage qui s'empâte et s'enfonce dans le cou épais, le nez fort, le regard un peu fuyant sous les paupières bouffies, il paraît la cinquantaine, soit presque dix ans de plus que son âge. Il a le sourire jovial et faux du marchand de bestiaux qui se prépare à acheter la vache d'un pauvre homme pour la moitié de son prix.

— On ne reste que cinq minutes, dit-il. Mlle de Saint-Philippe va vous laisser quelques bordereaux et quelques chèques pour les Camions et l'usine, la taxe sur les salaires et je ne sais quoi. Moi, j'ai deux ou trois points à voir avec vous. Mais ce sera très rapide.

Yvon lui avance la chaise du patron, munie d'un rond-de-cuir raide de cire et de crasse.

— Voulez-vous me donner votre pardessus ?

Lécuyer refuse d'un geste.

— Pas le temps. On s'assoira une autre fois. Dites-moi, à votre avis, est-ce que ça vaut la peine d'engager quelques travaux pour rendre ce local moins sinistre ? Compte tenu que j'achèterai une maison pour installer le percepteur et la perception dès que je serai maire ?

— Compte tenu que la commune n'est que locataire de cette baraque, répond Yvon sur le même ton, je ne crois pas qu'on puisse rien entreprendre d'important. Ce sera une affaire à régler entre le prochain maire et le nouveau percepteur.

L'adjoint respire en gonflant la poitrine, se frotte le front de la main. Les boutons de manchette en or brillent à son poignet.

— Le nouveau percepteur qui arrivera quand ?

— On ne sait pas encore. Je dois assurer l'intérim pour six mois, qui seront peut-être reconduits, répond Yvon.

— Très bien. Les élections municipales ont lieu dans deux ans, comme vous savez. On réglera la question à ce moment-là. Ce qui signifie que la perception restera encore trois ans au moins dans cette cage à chiens. C'est une honte pour la commune et la République. Mais chaque chose en son temps. Une autre question. Où en est-on des profits illicites ?

— Il ne reste plus qu'un compte, celui des dames Lapouyade.

— Il est tout à fait évident que ces femmes ne pourront jamais payer leur dette. Votre patron m'a toujours assuré qu'il était impossible de passer ce reliquat d'impôt par profits et pertes...

— M. Paussac vous a dit ça ? Vous m'étonnez. Il n'y a pas de comptes profits et pertes au Trésor, mais il y a un état des cotes irrécouvrables qu'on présente au trésorier-payeur général.

— Très bien. Faites-le dès que possible pour ces dames.

— Il me faut un certificat de la mairie attestant que ces personnes sont indigentes.

— Mademoiselle, donnez à M. Bellot une feuille tamponnée. Le petit format suffira, je pense. Rédigez ce certificat comme vous l'entendez, monsieur Bellot. Quant à la signature...

Il tourne la tête vers Gil, très occupé à sa place, le nez frôlant les pages d'un registre, comme s'il était devenu soudain très myope.

— J'ai entendu dire que ce jeune homme la fait aussi bien que moi, et peut-être mieux. Ha, ha, ha ! débrouillez-vous. C'est un détail.

Au moment de sortir, il se retourne, s'approche du guichet de Gil.

— Vous êtes bien Gilbert Jallas, le fils de Fernand et Félicia ? Et vous écrivez des poèmes, des nouvelles, et je ne sais quoi, quand vous n'êtes pas trop occupé à imiter les signatures des maires ? Ma femme s'intéresse beaucoup à ce genre de choses, la littérature, la culture, etc. Elle souhaite que vous assistiez à sa réunion, la semaine prochaine. Mademoiselle, vous avez tapé des invitations ? Donnez-en une à ce jeune homme, qui en fera le meilleur usage !

Ils s'en vont à grands pas, en bousculant un peu les portes. Mlle de Saint-Philippe cale deux fois le moteur de la Delage, qui d'un gros hoquet monte sur le trottoir en raclant le ciment. Enfin, la bagnole de milord pète trois ronds de fumée et s'enfuit le long du boulevard.

Au début de l'après-midi, le bureau ne désemplit pas. C'est seulement après avoir fait la caisse que les deux compères ont enfin le temps de lancer à haute voix quelques réflexions, longuement tournées. Yvon rigole un peu, mi-renfrogné, mi-triomphant.

— Ton avis sur notre cher adjoint, *jeune homme* ?

— J'y ai tellement pensé que je ne sais plus, avoue Gil. Je trouve qu'il fait son avantageux. Il veut épater la demoiselle...

— Il y a toujours beaucoup de chiqué dans ses façons. Comme les petits coqs, il aime lever la queue plus haut qu'il n'a la crête !

— Ouais. C'est bien dit. Est-ce que je rédige le certificat pour les femmes Lapouyade ?

— Surtout pas. Il a changé d'avis une fois, il peut changer une autre. Il manie trop bien le couteau de tripier, qui tranche des deux côtés. S'il contestait le papier, on serait sur la corde raide. Tu as remarqué sa façon de dire « quand je serai maire » et pas « si je suis maire » ? Et d'une. Le patron lui a expliqué qu'on pouvait inscrire les profits illicites Lapouyade en cote irrécouvrable. Il a refusé le certificat. Là, il renverse la médaille : j'en suis témoin. Et de deux. Ce type ment comme un putain de maquignon ! Voilà ce qu'on va faire. Ma femme tapera le certificat à la machine, tu le porteras à la mairie et tu le remettras à la secrétaire pour qu'elle le fasse signer à l'adjoint. Ça va ?

Gil a maintenant de quoi occuper ses soirées et une partie de ses nuits. Il a étudié en toute hâte le livre de comptabilité d'Yvon et commencé de tenir les livres de la veuve Soupe. Il fait répéter ses leçons à la petite Jeannette, l'aide à ses devoirs et, parfois, de guerre lasse, les finit pour elle. C'est mal, il se sent plus coupable qu'un voleur de pommes rouges, mais elle ressemble tellement à sa mère et elle sait si bien le câliner... Il a commencé la nouvelle qu'il lira à la soirée de Mme Lécuyer, après avoir remisé provisoirement l'histoire des nénettes. Il a choisi de conter l'aventure d'un homme déçu par la vie et trompé par sa femme, laquelle aime un bel étudiant, pensionnaire à la maison. L'homme s'égare un jour dans une forêt en cherchant un client (il est vendeur à domicile de n'importe quoi, on verra). Il rencontre une fée, ou bien est-ce un rêve ? La fée lui propose de réaliser un vœu. Il choisit de revivre un moment de son enfance. Quand il voudra redevenir adulte, il prononcera le nom de la fée et les mots « papillon de nuit » (c'est le titre de la nouvelle). Mais il est très déçu par son enfance, qui se révèle beaucoup moins heureuse que dans son souvenir. La vie d'adulte a tout de même des avantages, et il a hâte de retrouver sa femme au lit. Tant pis pour l'étudiant. Il prononce la formule magique : Papillon de nuit ! En vain. Une fois, dix fois. Rien ne se passe. Il n'est qu'un enfant pauvre et triste qui court dans les prés ou les rues en criant désespérément : Papillon de nuit ! papillon de nuit !

Gil est un peu étonné, un peu inquiet, d'avoir laissé la folle du logis gâter cette sauce bizarre. Enfin, il espère que la dame du cénacle aimera son petit essai. Il lui a répondu platement, sans littérature, une lettre de remerciement bien ordinaire que n'importe quel gentil jeune homme de dix-sept ou dix-huit ans pourrait signer. Il est fatigué. Si fatigué qu'il a à peine la force de plisser les lèvres pour rendre à Marie ses sourires insistants.

À la Boule d'or, il croise tous les jours Pierre Maignan, qui semble tout aussi épuisé. Ils échangent parfois un regard las et incertain.

Au bureau, Yvon affiche des rides de souci au front, une moue d'embarras et, plus rarement, un sourire rêveur, barbouillé de mystère. Bien sûr, il va être père, voilà sans doute l'explication. Il a envie d'un gars qui pourra accomplir tout ce que son infirmité lui interdit. Mais autre chose le tracasse. Il marmonne des bouts de phrase où un nom revient comme un crachat sur la langue : l'Adrien. Gil attend qu'il s'explique. Et s'il ne veut rien dire, c'est son droit. Gil a assez à faire avec la veuve, Jeannette et le papillon. Sans compter la préparation du concours qu'il délaisse un peu.

Le premier commis se décide enfin.

— Il y a un truc...

Dans sa bouche, cette formule signale presque toujours un scrupule, un cas coton, une grosse hésitation. Il s'assoit, pose un coude sur sa table et la joue sur sa main.

— Je t'ai déjà parlé du Dr Filman, le médecin juif que mes parents ont hébergé pendant la guerre. Un sacré bonhomme. Il est parti en Amérique, on n'a plus de ses nouvelles depuis quelque temps. J'espérais qu'il enverrait une carte de bonne année, avec son adresse actuelle, il en change souvent. Dans sa dernière lettre, il y a deux ou trois ans, il annonçait son départ pour une ville du Far West. Mais on n'a rien reçu et la fin janvier est là... J'aurais voulu lui demander la permission de lire un carnet qu'il nous a laissé à la Libération. Il avait enjoint de ne pas l'ouvrir avant dix ans. Enfin, c'est ce que je crois me rappeler. Mon père prétend que c'est six ans. Il y a jeté un coup d'œil l'an dernier et il l'a refermé aussitôt, l'élastique encore plus serré qu'avant, et il a dit que c'était un brûlot qui méritait bien d'être gardé au frais quelques années de plus.

— Le Dr Filman se cachait seulement ou il aidait la Résistance ?

— Il aidait la Résistance, et comment ! C'était un type extraordinaire. On aurait cru qu'il lisait dans la tête des gens, et même des animaux. Je n'ai jamais vu un chien essayer de le mordre, ni lui aboyer après plus de dix secondes. Les voisins avaient à l'époque une espèce de sale bouledogue féroce, qui ne connaissait pas les amis et à peine ses maîtres. Je l'ai vu ramper aux pieds du toubib en faisant son joli. Le Dr Filman amadouait les gens pareil. Des chefs importants sont venus le chercher plus d'une fois pour interroger des collabos, des miliciens, des suspects. Il paraît qu'une fois un type, un fana de Darnand, un dur de dur, s'est mis à chialer simplement parce que le Dr Filman lui avait dit : « Mon ami, mon ami, pensez à votre âme ! » Enfin, des trucs comme ça. Et puis il arrêtait les hémorragies, y compris les grosses. Tu me diras : un médecin... Mais lui les arrêtait à sa façon, en parlant aux gens, en leur causant, et en leur mettant la main sur la tête. Et les animaux, itou. Je l'ai vu soigner un cochon échappé qui s'était jeté contre une lame de faucheuse. Il l'a calmé d'abord, on n'avait plus besoin de le tenir. Il a arrêté le sang en deux mots, trois gestes, puis il a recousu la bestiole, qui s'est à peine débattue. Il l'avait quasiment endormie. Il disait : « Les animaux valent mieux que les hommes. Alors, il faut les traiter au moins aussi bien. » Note qu'il n'était pas chirurgien...

— Je sais. Il était psychiatre.

— Les gens aimaient lui raconter leur vie, à commencer par moi. C'est la seule personne à qui j'ai pu parler franchement de mon infirmité... non, il y a eu Marie aussi. Bref, je l'admirais comme je n'ai jamais admiré personne. Il se doutait bien qu'il y aurait des règlements de comptes terribles à la Libération. Il savait tout de tout le monde. Il avait repéré ceux qui dénonçaient les juifs... Mais il ne voulait pas jeter de l'huile sur le feu au mauvais moment. Il pensait que le temps adoucirait les plaies, et c'est bien ce qui est arrivé. Il avait confiance en nous, il nous a laissé son carnet parce qu'il savait qu'on respecterait la consigne. Ça fait déjà six ou sept ans et, merde ! j'ai bien envie de savoir ce qu'il raconte sur l'Adrien. C'est un cas de conscience, ça fait plusieurs nuits que j'en dors pas. Lisette est furieuse. Qu'est-ce que tu ferais à ma place ?

Gil réfléchit une minute entière avant de répondre. C'est la question la plus grave et la plus difficile qu'on lui ait jamais posée. Pour la première fois, il se mesure à une affaire d'adultes.

— Puisque tu veux mon avis, dit-il enfin, je crois qu'il faut se demander ce que ferait le Dr Filman. S'il savait quelque chose de vraiment méchant sur l'adjoint, il ne le laisserait pas devenir un homme politique influent sans réagir. D'un autre côté, si la guerre éclate, tout ça n'aura plus beaucoup d'importance... ni le carnet du docteur ni la carrière de l'Adrien. Et puis, ce que le Dr Filman ne voulait pas, c'est que vous rendiez public le contenu du carnet. Il se doutait bien que vous le liriez sans attendre dix ans. Comme ton père l'a fait... À ta place, j'y jetterais un coup d'œil. Si tu trouves quelque chose sur Adrien Lécuyer, tu m'en parleras ou tu le garderas pour toi, je ne te poserai pas de questions.

Yvon hoche la tête plusieurs fois, d'un geste décidé, serre les poings, puis frappe un grand coup sur l'épaule de Gil.

— Rendez-vous demain à sept heures et quart. Une demi-heure d'avance, ça n'est pas trop !

À une heure du matin, Gil n'a pas essayé de dormir. Il griffonne son *Papillon de nuit* au crayon, sur un cahier à petits carreaux, serrant de plus en plus les lignes et les mots. C'est instinctif. De temps en temps, il essaie d'écrire plus gros, mais au bout d'une minute il revient aux pattes de mouche. En même temps, il pense à la lettre qu'il pourrait écrire à l'adjoint, au cas où Yvon trouverait de quoi la nourrir dans le carnet du toubib. Une idée meilleure que celle du frère jumeau. Mais en écrivant cette lettre, il se dénoncera. La réaction de l'adjoint pourrait être violente. Ses parents et Marie, employés tous les trois des entreprises Lécuyer, risquent de le payer cher. Pourtant, son devoir est de se battre au côté d'Yvon pour barrer la route à l'adjoint. N'importe quel grand écrivain en conviendrait, de Chateaubriand à Jean-Paul Sartre. Même Verlaine...

Il est vraiment dans une situation épouvantable.

Il finit par s'endormir. Il se lève pas très frais. Marie se moque de lui, gentiment, il se force à rire. Elle lui répond et s'esclaffe si fort que son peignoir se dénoue et s'ouvre. Elle a de beaux seins, même au petit matin. Le regard de Gil s'éveille. Marie joue des cils, fait mine de s'offusquer.

— Oh, mais qu'est-ce que tu regardes !

Eh bien, il n'a pas le cœur à la fleurette. Il va essayer de changer le monde. Un monde déjà peut-être condamné, est-ce que ça en vaut la peine ? Mais s'il survit, s'il vieillit, il ne veut pas être obligé de se traiter de lâche et de pauvre type devant sa glace !

Il guette son camarade depuis le seuil de la perception. Yvon paraît, alourdi, perdu dans ses pensées, de sorte qu'il manque un coup de pédale sur trois ou quatre. C'est vrai qu'il a grossi. Les soucis lui pèsent : son intérim qui commence officiellement à la fin du mois, mais dure de fait depuis un bon trimestre, la paternité qui est pour lui un grand bonheur, peut-être inespéré, mais aussi une source nouvelle de tourment... Et l'affaire Lécuyer en prime. La vie serait simple si on ne se mêlait pas de la régenter. Mais serait-ce la vie ?

— Alors ?

Gil a retenu la question jusqu'à l'allumage du poêle, un moment de répit et de bonne humeur, propice tant aux amusettes qu'aux graves confidences. Yvon répond à mi-voix, lentement, comme s'il déchiffrait un texte à demi effacé.

— Oui, j'ai regardé le carnet. J'ai trouvé quelques lignes sur notre homme, pas grand-chose mais très grave. Le toubib reconnaît qu'il n'a pas de preuves, seulement des soupçons assez forts. Il désigne l'Adrien par ses initiales A. L., dit P. Tu sais qu'en Dordogne plusieurs chefs de la Résistance avaient pris des prénoms féminins pour noms de guerre : le plus connu était le colonel Gisèle. Lécuyer a voulu les imiter. Pendant quelque temps, il s'est fait appeler Pauline. Ça suffit donc pour le reconnaître à coup sûr, mais ce n'est pas aussi bien que s'il avait écrit Adrien Lécuyer en toutes lettres. Donc, il le soupçonnait de trafiquer avec un type de la Gestapo française de Périgueux. Ça se serait passé chez les Lapouyade, à l'hôtel des Voyageurs. A. L. aurait échangé des renseignements contre des armes et de l'essence. Il voulait son groupe à lui. Pour être quelqu'un de reconnu, il lui fallait rouler en voiture et brandir un peu de quincaillerie. Il s'est procuré comme ça trois ou quatre pistolets, une mitraillette, quelques bidons d'essence. C'était un minable. N'empêche qu'il a donné des tuyaux à la police boche, peut-être livré des maquis, des parachutistes, sûrement dénoncé des juifs et des communistes... Mais le Dr Filman est parti pour Lyon, il a dû quitter la région avant de rassembler des preuves. Voilà où on en est. Avec ça, on peut faire beaucoup... ou peut-être rien du tout.

— J'ai pensé à une lettre que je pourrais écrire, en imitant son écriture et sa signature. Mieux que l'idée du jumeau. « Mon cher Adrien, je suis ta conscience. Je pense à ce que tu as fait sous l'Occupation, j'y pense tout le temps, ça m'empêche de dormir... »

Yvon souffle dans le poêle, la flamme s'anime, monte, enrobe le petit bois, cherche le tuyau, lâche un ronflement. Le premier commis se relève avec effort. Il tient à cette tâche parce qu'elle est un défi pour lui. Il avait proposé à Gil de se partager la corvée, chacun sa semaine. Mais ils aiment tous les deux se retrouver avant le travail, ils ont tant à se dire. Ils continuent de s'occuper ensemble de l'allumage. Gil appréhende le retour des beaux jours. Ce quart d'heure de partage va lui manquer.

— Chouette idée, convient Yvon. Ta conscience, ha, ha ! Oui, ça pourrait lui miner le train-train, mais ça ne l'arrêterait sans doute pas. Et la farce serait cousue de fil blanc. Signé Gil et Yvon, les deux lurons. Il n'oserait peut-être pas se venger sur tes parents tout de suite, mais il n'oublierait pas.

— C'est décourageant.

— Pas de preuves, pas de témoins... Les Lapouyade étaient sans doute au courant, ils l'ont payé. Le père est mort, la mère gâteuse, la fille perdue de réputation... La mère Alvarez sait aussi, probablement : il l'a achetée pour qu'elle ferme sa grande gueule. On n'a qu'une seule arme, c'est le calepin du Dr Filman, pourtant je me demande si on a le droit de s'en servir avant l'échéance, mettons 1953. Il faudrait essayer de trouver l'adresse du toubib en Amérique. Merde, ça va pas être facile !

Les deux commis poursuivent la discussion toute la journée. Gil revient à son idée de lettre, du genre « je suis ta conscience ». Yvon propose une idée un peu différente et moins risquée, à son avis.

— On écrit au nom de l'adjoint, tu signes pour lui : une lettre à Yvon Delbos, le ministre, ou à un autre ponte du RGR...

— Le RGR, qu'est-ce que c'est, au juste ?

— Le Rassemblement des gauches républicaines. Les radicaux, quoi. On rédige comme si c'était une confession. Moi, Adrien Lécuyer, je dois avouer que j'ai commis pendant l'Occupation des actes dont je ne suis pas très fier. Là, on cite le trafic avec la Gestapo française, les dénonciations, sans insister. On continue en disant à peu près : il est possible que ces choses honteuses soient révélées un jour. Comme je ne veux pas faire de tort au parti, je décide d'arrêter ma carrière politique, je ne me présenterai pas aux élections cantonales, ni municipales. Malgré mon désir d'être utile, je ne pourrai pas participer à la campagne pour les législatives, veuillez m'en excuser par avance. Il vaut mieux qu'on m'oublie... Enfin, tu vois, quelque chose comme ça. Et on termine : Je vous demande de brûler cette lettre et de ne pas vous en servir contre moi.

Qu'est-ce qui se passe après ? Je n'en sais fichtre rien. Mais la machine sera amorcée. Si le destinataire de la lettre la brûle tout de suite, il y a des chances que l'Adrien ne comprenne pas que le coup vient de nous. Et s'il s'en aperçoit et qu'il veuille se venger, on a un moyen de lui faire peur...

— Le carnet du toubib ?

— Oui. Ce qu'on peut espérer, c'est qu'il se fâche avec les radicaux et rejoigne le MRP, appuyé par son beau-père. Alors, les radicaux se foutent en rogne et cassent le morceau... Fameux, mais un peu chanceux. Tu vois, la lettre, selon la manière dont tu la tournes, c'est une fourchette à dessert pour arrêter un taureau furieux. Je crois qu'il faut la mettre en réserve pour une deuxième étape.

— Et que proposes-tu en guise de première étape ?

— Voilà le hic. Pour le moment, je ne sais pas. Je vais y réfléchir la nuit prochaine. Je vois plus clair la nuit, ne rigole pas. Je suis sûr de trouver quelque chose.

Le lendemain, Gil guette, une fois de plus, son arrivée. Yvon pédale à grands coups, dans le matin gris, projetant à chaque tour la tête et les épaules en avant, l'air d'un homme qui n'ira pas par quatre chemins. Il est grave, il paraît fort comme jamais, par son sourire retenu, la fermeté de ses gestes, son silence. Il se tait, pas un mot. Mais son regard est assuré, bienveillant. Gil ne pose pas de questions et dissimule de son mieux l'impatience qui lui met les nerfs en tire-bouchon. Il retrouve l'espoir. Allumé en un temps record, le poêle flambe. Yvon se redresse et, tranquille comme un chat sur le toit, annonce la couleur.

— Il faut chier rondement.

Voilà qui est dit. Il ajoute aussitôt ce commentaire, plus séant mais à peine moins sibyllin :

— Pas la peine de graisser ses souliers quand on a déjà un cheval sellé !

— Tu vas te servir du carnet ?

Gil marche dans le bureau, s'approche de la fenêtre. Il pleut. Cette journée de la fin janvier s'annonce à la fois morose et formidable. C'est la guerre. Yvon s'assoit, se prend le visage dans les mains. Il donne le dernier coup de rabot à une décision qu'il a mûrie la veille. Il baisse les bras, s'appuie sur un coude, se tourne vers son jeune camarade.

— Je vais prendre le calepin et aller voir un bonhomme. J'hésite encore entre deux. Tu vas m'aider à choisir.

Gil emplit ses poumons d'un air qui sent la fumée et la poudre.

— Je t'écoute.

— M. Mauvignier ou M. de La Jafferie. Ils sont tous les deux vieux et fatigués. Le baron est très malade, mais ils ont encore les moyens de descendre l'adjoint en flammes. Et je crois qu'ils le feraient s'ils connaissaient la vérité sur sa conduite sous l'Occupation. Alors, à ton avis, lequel ?

Gil sait très bien qu'Yvon pourrait décider seul. Peut-être a-t-il déjà tranché en son for intérieur.

— À mon avis... Enfin, merci de me le demander. Je connais un peu M. Mauvignier, pas du tout M. de La Jafferie. M. Mauvignier a beaucoup aidé mes parents et m'a fait entrer à Chateaubriand avec des conditions de faveur pour la pension. C'est un homme bon, mais très sévère, tu le sais mieux que moi. Et s'il apprenait les mauvais coups de son gendre, je crois qu'il lui serrerait la vis. Il trouverait un moyen. Il ne le laisserait pas devenir maire ou conseiller général, s'il en a le pouvoir.

— Il l'a, de plusieurs façons. Par l'argent, pour commencer. L'Adrien emprunte comme un fou pour acheter ses propriétés. Prétendant que l'argent ne vaudra plus rien d'ici à quelques années, comme en Allemagne après l'autre guerre. Son beau-père peut le menacer de lui couper les crédits s'il ne lâche pas la politique. D'un autre côté, il peut lui lancer le MRP dans les pattes. Le notaire ne demanderait pas mieux que d'être le candidat des curés si Mauvignier le soutenait. Le Dr Compérac serait celui de la gauche.

— Mais je trouve que ça serait terrible pour lui de lire le carnet du docteur. Il pourrait en avoir une crise cardiaque.

— Tu as raison. Il est malade, n'y a qu'à voir sa tête. Je ne sais pas si c'est le cœur ou autre chose.

— Le baron de La Jafferie, je ne le connais pas, mais je me rappelle la fête qui a été organisée lors de son retour de déportation. C'était un héros. Les gens n'ont pas pu oublier, en six ans.

— Sa mauvaise santé est due à sa détention en camp de concentration, tout le monde le sait.

— S'il déclarait publiquement : Adrien Lécuyer n'est pas digne d'être maire, encore moins député, ça ferait du bruit.

— Si on le choisit, on a une excuse pour ne pas attendre 1953 : il ne sera peut-être plus vivant dans deux ans.

— Et après son intervention, on pourrait envoyer la lettre signée A. Lécuyer au ministre ou aux dirigeants du RGR.

— Non. Parce qu'on n'aura plus d'arme contre lui, à ce moment. Le pistolet sera vide... Je vais écrire au baron. Pour une affaire aussi grave, je crois qu'il sortira de son terrier. Il n'aime pas son adjoint. Ça ne m'étonnerait pas qu'il l'oblige à démissionner et qu'il reprenne sa place à la mairie jusqu'aux élections.

— Formidable !

Les deux commis se regardent. Ils ont besoin de croire à ce beau dénouement. Gil tend la main à son camarade. Ils s'en serrent cinq. Perrette et le pot au lait, bah, on va veiller au pot !

Gil retrouve le sommeil. Il en avait besoin. Il n'a plus la force ni le courage de travailler à ses cours. Les comptes de la veuve Soupe lui prennent plus de temps et d'effort que prévu. Jeannette n'a toujours pas vu son papa, le chagrin lui moud le cœur. Elle inflige chaque soir son humeur de chien à sa mère et au répétiteur épuisé. À la Boule d'or, Gil dépense beaucoup d'énergie à esquiver les questions de la veuve sur les secrets de la perception. De guerre lasse, elle lui accorde un satisfecit teinté de rancune : « On peut pas dire que tu causes de tes affaires, mon fieu. Peut-être que tu causeras des miennes à personne... »

Elle trouve mainte occasion de louer l'adjoint aux oreilles du populo. On a compris, c'est lui le bailleur de fonds de la dame. Mais que pèsera dans l'opinion cette alliée porc et bœuf quand le baron tonnera sur les nuées ?

L'Adeline ne perd pas une occasion de peloter en catimini le benjamin des pensionnaires. Gil se tord l'âme comme une serpillière pour essorer la tentation. Il sort épuisé de sa lutte contre le démon. La vertu te tue, mon fieu ! dirait la veuve.

Il a fini de lire *Les Jeux sauvages*, en sautant presque trois pages sur quatre. Quelques-unes, parfois, brillent de cent feux, beaucoup charrient les fétus de l'ennui.

L'intrigue finit par se nouer, mais la corde est molle. À peine vient-il de rendre le Goncourt à la juge de paix que Mme Lécuyer lui fait porter à la perception, et par le garde champêtre Baladou, s'il vous plaît, un petit livre dans une grande enveloppe. C'est *Les Orgues de l'enfer*, de Pierre Molaine, le prix Théophraste-Renaudot, récompense qu'affiche une bande rouge. Elle a joint un mot.

Mon cher ami,

Pouvez-vous lire ce livre tout de suite ? Il a été choisi au dernier moment pour le débat de la soirée. J'aimerais avoir votre avis. À bientôt le plaisir de faire votre connaissance.

Isabelle M.-L.

Gil ôte la bande pour lire le nom de l'éditeur. Corrêa... Rien à voir avec le fleuve Yalou, mais c'est tout de même un méchant clin d'œil. Le livre est petit et plutôt mince, exactement le format et l'épaisseur d'un roman de la Série blême qu'il vient de commencer. Il note une phrase à la première page. *Méfions-nous des femmes, des livres, des bijoux, des parfums, des constellations et des roses.* Tout ce qu'il aime, sauf les bijoux, et encore.

Comment vivre si on se méfie de toutes ces choses belles et bonnes ? C'est une provocation, bien sûr. D'ailleurs, il s'aperçoit vite que l'histoire se passe presque entièrement chez les fous, dans un hôpital psychiatrique, pour employer le mot technique.

La couverture, assez pareille à celle de la NRF, mais ornée d'une victoire de Samothrace ou quelque chose comme ça, donne à rêver à des lendemains enivrés, du côté de la place Gaillon.

15.

Samedi soir. Il pleut. La grille de la villa Lécuyer est ouverte.

Huit fenêtres éclairées au rez-de-chaussée, quatre ou cinq à l'étage. Belle baraque sur le boulevard. Gil hésite encore en traversant le jardin. Il espérait venir en compagnie de la juge de paix, mais elle fait du ski dans les Pyrénées avec son mari tombé du ciel. Le voilà seul dans la gueule du loup. Il s'arrête à l'abri d'un tilleul. Il peut encore s'esquiver, il trouvera bien une excuse plus tard. En outre la gueule du loup n'est pas une bonne image : il est l'invité de la femme de l'ogre. Les femmes d'ogre sont en général des personnes douces, protectrices, maternelles, parfois même des fées cachées.

Il médite sous une averse gluante, mi-gouttes, mi-flocons. On parle de neige fondue. Un hiver de guerre. Il tire sa casquette sur son front pour se protéger les yeux, serre sous le revers de son imperméable le livre de Pierre Molaine et quelques feuillets manuscrits : le début de son *Papillon de nuit*. Il contemple la double porte de façade, à laquelle on accède par un escalier de quatre ou cinq marches. Une lanterne éclaire le porche. Il n'a qu'à s'avancer, appuyer le doigt sur la sonnette, à moins qu'il n'y ait une chaînette à tirer, mais il hésite. Renoncer est si tentant.

Il est sur le point de baisser papillon... euh, pavillon, de tirer un trait sur la gloire qui l'attend. Il regarde la porte du jardin, ouverte au vaste monde. Il va déloger sans trompette. Chier du poivre, dirait Yvon. Sitôt rentré à la maison de Marie, il brûlera dans le poêle tous ses manuscrits ! Un couple entre à ce moment, abrité sous un seul parapluie, se précipite vers le perron. Il suit machinalement. Le destin a choisi pour lui entre les deux portes. Sale bête !

Un quart de minute plus tard, il entre dans une salle brillamment éclairée qu'enlacent deux escaliers tournants. Il cligne des paupières. La timidité lui coupe le caquet. Des mains se serrent autour de lui, des têtes se hochent. Le couple qui le précédait s'est éloigné et mêlé à des semblables. Mais Gil n'a pas de semblable sur cette terre, en ce lieu moins encore. Quelqu'un enfin qui lui tend une main de velours, secourable quoiqu'un peu molle.

— Gil Jallas ? Je suis Isabelle Mauvignier-Lécuyer.

Petit Poucet devant la légitime du croque-mitaine ne mène pas haut, ni large, ses pieds pèsent une tonne, comment danser ? La dame l'environne, elle sait son vrai nom, voilà une consolation. Elle lâche sa main droite pour prendre la gauche.

— Je m'inquiétais déjà. Non, vous n'êtes pas en retard, mais je suis ainsi, je prévois toujours le pire ! Oh, mais vous êtes trempé. Rélie ! Nounou !

On lui ôte son imper mouillé. Le livre et le manuscrit tombent, les feuilles s'éparpillent. Aussitôt, Isabelle M.-L. s'accroupit pour les récupérer. Elle a le genou dodu, la cuisse opulente, la poitrine qui bombe sous la dentelle tirée du corsage. Charnue et charnelle, mais comme elle est grande, roulée à la paysanne, cette abondance de formes s'accorde à sa grâce junonienne. Elle se relève vivement, comme si elle voulait démontrer qu'elle a plus de muscle que de couenne sous sa robe qui la boudine. Elle remet à Gil le livre et les pages, lui prend sa casquette, la met un instant sur son chignon, pour jouer, lui frotte longuement les cheveux.

— Vous avez la tête mouillée aussi. J'espère que vous n'allez pas attraper un rhume. Je ne me le pardonnerais jamais !

Les gens arrivent, se bousculent, s'installent contre les murs ou s'assoient s'ils peuvent. Quelqu'un crie qu'on va manquer de chaises, qu'il faut aller en chercher à l'étage. Gil va se proposer pour la corvée, mais une voix le retient.

— Hé, jeune homme !

Le patron est là, un livre à la main. Il défend contre la servante son pardessus et son chapeau, puis baisse les yeux sur les feuilles manuscrites que tient Gil au bout des doigts, embarrassé de ces pages nues. Il secoue la tête en grommelant.

— Vous avez besoin d'une machine à écrire. Ma femme a nettoyé la mienne, elle marche comme une montre, et on a trouvé un autre ruban, presque neuf. Dès que vous aurez touché votre mois, vous me verserez trois mille francs, et pour le reliquat mille francs par mois pendant quatorze mois. Je vous remets donc trois mille francs, sur les vingt mille qu'elle vaut, sans compter le crédit gratuit. Nous sommes bien d'accord ?

Gil se sent piteux, ses pages au bout des doigts. La première ressemble à une aquarelle, où le ciel bleu a déteint sur la terre neigeuse. La pluie a coulé sous son imper et délayé l'encre. La deuxième page est collée à la première. Comment lire ce torchon détrempé devant un auditoire sûrement tout prêt à rire d'un prétentieux gamin ? C'est vrai, il lui faut une machine pour finir le *Papillon* avant la prochaine soirée, si Mme M.-L. veut bien lui donner une seconde chance. Il répond oui monsieur au percepteur, dont la moustache frémit d'aise. Il reçoit une tape sur l'épaule, en guise de satisfecit. Ainsi, jeune pisseur de copie, tu pisseras peut-être, la prochaine fois, une copie moins pisseuse !

— Bon, bon, jubile le patron, voilà une affaire réglée au mieux.

Les invités mouillés continuent de truffer la salle qui s'enfume de vapeur. Ça piaille comme les oiseaux dans les haies un matin de printemps. Gil reconnaît le pasteur en compagnie d'un jeune abbé. Les frères ennemis réconciliés par l'amour des lettres, c'est beau à chanter laudes. Professeurs, commerçants en couples presque toujours mal assortis, même une tête de gendarme sans képi, le vétérinaire et son épouse, tous deux bas de fond, elle ronde, lui carré. La petite dame sort d'un sac à franges un gros livre qui... Nom de Dieu, un manuscrit relié ! Il a ouï dire d'une rombière qui plumitive, quelque part en ville : c'est elle. Et, tiens, celle-là, n'est-ce pas l'ancienne caissière du Grand Café, devenue châtelaine de la Fillolie ? Celle qui jette sur le guichet de la perception les coupons à pleines poignées... Ses cheveux blond pâle moussent sous un galure à la parigote. À propos de blonde, Gil repère aussi une jeune fille en caban, entre ses parents, tous les trois tête nue. Il ne les voit que de dos. La jeune fille se retourne une seconde et, par un somptueux hasard, elle regarde de son côté. Les deux ailes de sa chevelure d'or drapent ses épaules et se réunissent sur sa poitrine, encadrant le plus fin visage que jamais peintre n'ait vu en ses rêves. Une seconde... mais le temps s'arrête. Gil a une heure et cent ans pour s'emplir les yeux d'une révélation tombée de l'éden, et pas du cinéma. Dire qu'elle est belle, faute d'un autre mot, c'est se vouer à vomir pour jamais une langue sans âme. Dire qu'elle est divine... merde. Il vaut mieux poser sa chique et briser sa Sergent-Major dans l'encrier.

La séance va commencer. La maîtresse de maison réclame trois fois le silence, les conversations baissent d'un ton sans s'arrêter tout à fait. Ceux qui n'ont pas de place en cherchent sans hâte. Isabelle M.-L. demande à Gil de s'asseoir près d'elle dans l'escalier.

— S'il vous plaît, pas plus bas, à moins que vous ne vouliez vous rincer l'œil chaque fois que vous vous retournerez. Il faut laisser la place à un vieux monsieur, comme votre...

Elle pouffe, retient le mot patron au bord de ses lèvres. Elle glisse un coussin sous les fesses de Gil, sa main s'attarde, s'attarde. Elle laisse filer des petits bouts de rire.

— Là, là, vous serez confort.

L'abbé, qui n'est pas, et de loin, un vieux monsieur, s'installe deux marches au-dessous. Il n'a pas droit à un coussin, mais l'hôtesse élargit pour lui l'échancrure du panorama. On ne peut pas tout avoir. Mme Rivière, la femme du vétérinaire, assise devant un guéridon où elle a posé son manuscrit, commence à le feuilleter, déclare tout de suite qu'elle a enfin terminé le roman que tout le monde attendait : *Un amour de pierre*. Elle précise que « pierre » désigne à la fois le prénom masculin et le minéral bien connu : le titre est un jeu de mots. Si l'assistance l'y invite, elle en lira quelques pages à la fin de la soirée. En guise d'applaudissements, quelques paumes mollement claquées font un bruit de vent dans les lauriers.

Isabelle M.-L. se lève sur son podium, vacille, souffle à Gil :

— Tenez-moi, s'il vous plaît, je crois que j'ai un petit vertige !

Il lui serre le mollet pendant qu'elle remercie les aimables personnes qui ont bien voulu honorer cette modeste rencontre de leur généreuse participation. Trop d'adjectifs, mais ça se défend.

— Mon mari s'excuse de n'avoir pu rentrer de Paris assez tôt pour être des nôtres, dit-elle, mains jointes, front baissé. Il devait assister à une réunion au ministère et s'arrêter chez le préfet au retour, pour lui en donner le compte rendu.

L'adjoint est toujours par ministères et préfectures quand sa femme reçoit la crème lettrée de sa circonscription. Ce qu'il veut, c'est les voix du peuple, et le peuple, guère confit en littérature, ne se risque pas, sauf exception, dans cette sauterie de précieuses. Un impertinent petit bonhomme, qui doit être un professeur du cours complémentaire, demande alors quel ministère. Isabelle M.-L. émet un bruit de bouche derrière ses doigts, quelque chose entre le gloussement et le pépiement.

— Je les confonds tous, l'Agriculture, la Guerre, la Police... Qu'est-ce qu'il y a encore ? La Marine, l'Instruction ? Ma foi, vous lui demanderez quand vous le rencontrerez !

Elle joue les dindes, avec un certain talent, à moins qu'elle ne laisse aller son primesaut la bride sur le cou. Elle annonce le programme, se trompe, bégaie, mange ses mots, lance de petits rires chatouillés, puis renonce.

— Vous verrez bien. Qui veut commencer ?

Personne n'a envie donner le branle, chacun voudrait avoir le mot de la fin. Gil se tord le col et se tire les yeux hors de la tête pour essayer d'apercevoir l'inconnue au caban. Il a tout juste la force d'avaler sa salive, dure comme un gésier de coq. Le percepteur s'annonce et grommelle une citation de son cher Jules. « Les hommes sont comme les abeilles. Leurs produits valent mieux qu'eux ! » Hé, hé, pas si bête. Puis l'hôtesse propose qu'on passe au plat de résistance : la discussion sur le prix Renaudot. Le pasteur a beaucoup aimé *Les Orgues de l'enfer*. Ce Pierre Molaine a quelque chose dans les tripes, aucun doute. Mme Rivière est contre.

— Ça se passe dans un asile de fous.

— Mais bien sûr. Rien n'est plus difficile à peindre que la folie. L'auteur y réussit admirablement.

Isabelle M.-L. pince la cuisse de Gil.

— Moi, je voudrais savoir ce qu'en pense un futur jeune écrivain, je nomme, euh, Gil Blas.

Gil se désankylose, elle le pousse au fondement pour l'aider à se lever. La pinçure lui a fait mal, il réussit à chasser la blonde de sa tête, bredouille, cafouille, s'élance d'un débit poussif.

— Mon avis, dit-il, c'est que, eh bien, il faut quand même remarquer que le héros, Hubert, est en réalité le Dr Blétry, un militant révolutionnaire qui se cache dans cet hôpital psychiatrique où la police finit par le rejoindre, c'est donc un simulateur, et...

Le pasteur se lève, triomphant.

— ... et voilà ! Un simulateur ? Peut-être. En tout cas, c'est la question que pose ce superbe roman. Louis Blétry, à force de simuler la folie, n'a-t-il pas perdu l'esprit pour de bon ?

Gil aperçoit de temps en temps l'inconnue, au gré des mouvements qui agitent l'assistance. De profil, elle semble un peu moins belle, peut-être par un effet d'ombres qui rompt la perfection de ses traits. Elle en paraît plus humaine.

Son tour de lecture est arrivé. Comment, sous une lumière incertaine, déchiffrer ces lignes plus qu'à moitié effacées par la pluie ? Alors, il improvise. Il réinvente son histoire, celle d'un petit garçon qui se souvient de l'homme qu'il a été ou sera et s'en va criant : Papillon de nuit ! papillon de nuit ! Mais la fée ne l'entend pas. Elle n'a jamais existé. C'est un mauvais tour que joue à l'enfant sa mémoire, ou le Temps.

Il déclame pour la gloire et les murs. Le feu en lui charbonne, la magie meurt. Ces gens s'en torchent, claustrés dans leur dédain. À quoi bon continuer ? Il fait mine d'arriver au bas de la dernière page, se tait, incline la tête. La maîtresse de maison l'applaudit très fort. Une claque polie répond, tiédit et expire en trois secondes. Isabelle M.-L. lui caresse la nuque d'un main brûlante.

— Vous serez célèbre, Gil Blas !

— Vous voulez dire : Si les petits cochons...

Elle se penche vers lui, ses cheveux lui chatouillent le visage, elle sent la fleur de haie, l'herbe folle.

— Les petits cochons, c'est nous qui les mangerons, ensemble si vous voulez. J'adore la charcuterie !

Voilà une avance à peine déguisée. Dommage qu'elle soit un peu vieille et qu'il existe sur la terre des blondes. D'ailleurs, il ne finira pas cette histoire, ni aucune autre. Il va se faire moine, ermite, il passera le reste de ses jours sur une montagne, il mangera des baies et des racines en attendant l'oubli, ou la bombe.

Mme M.-L., c'est son tour, parle maintenant de son grand-père qui admirait Théophile Gautier.

— Il portait au pinacle l'auteur du *Capitaine Fracasse*, mais il préférait ses vers à ses romans. Comme beaucoup d'entre vous le savent, il était notaire, mais il avait toujours écrit des poèmes... pas aussi bons qu'il l'aurait voulu. Il attendait sa retraite avec impatience pour se consacrer à une biographie de Théophile Gautier. Toute sa vie, il avait accumulé des notes et des documents. Hélas, la maladie l'a empêché de réaliser son rêve. Les derniers mois de sa vie, il était très diminué, mais chaque fois que j'allais le voir, il me disait des vers de Gautier. À la fin, il ne savait plus que *Le Chant du grillon* et *Le Soulier de Corneille*. Connaissez-vous *Le Soulier de Corneille* ?

Quelques murmures bruissent dans les feuillages. Elle doit barber le monde avec son grand-papa notaire et la godasse de Corneille, à chaque soirée ou presque.

— On est à la fin du XVIIe siècle. L'auteur du *Cid* est maintenant presque oublié, vieux, seul et pauvre. Il va chez un savetier pour faire réparer son soulier percé. Mais il ne possède qu'une paire de souliers, et il est obligé d'attendre, un pied chaussé, l'autre nu, que la réparation soit faite. Et pendant ce temps, Louis XIV, le Roi-Soleil, est au sommet de la fortune et de la gloire... Je ne sais pas le poème par cœur, je me souviens d'un vers, non, de deux...

Les yeux au plafond, elle fouille sa mémoire qui n'a pas l'air très sûre, elle serre le bras de Gil d'une poigne de charretier.

— J'en retrouve trois, en fait. Théophile Gautier dit à Louis : *Ce soulier recousu me gâte tout ton règne*. Et plus loin : *Je ne pardonne pas Corneille malheureux*. Et encore après : *Sur l'or de ton soleil, c'est une tache noire*. Le vers du soulier recousu, c'est, je crois bien, les derniers mots clairement prononcés par mon grand-père. Plus tard, il souffrait trop, il ne pouvait plus que bredouiller. Les notaires n'ont pas bonne presse parmi les jeunes gens et les écrivains d'aujourd'hui. On les croit égoïstes et sans cœur, et fermés à tout ce qui n'est pas affaires et argent. Ce n'était certes pas le cas de mon pauvre bon-papa. Je n'oublierai jamais que, peu de jours avant sa mort, il a versé des larmes non sur lui-même, son sort, sa souffrance, mais sur Molière sans tombeau et Corneille sans souliers. Et j'aurais aimé que sa petite-fille devienne une grande poétesse, en guise de revanche pour lui... Mais je n'ai aucun talent. Hi, hi, hi !

Elle pleure, elle sanglote même. Une larme tombe sur la main de Gil. Elle est touchante, cette bonne femme. Tout de même, ceux qui la jugent un peu piquée ne se trompent pas complètement.

— Je vais maintenant vous lire le poème entier.

L'assistance soupire, sent l'écurie mais se retient de hennir. Isabelle M.-L. s'étouffe dans ses sanglots. La voix noyée de larmes, elle abandonne la lecture du poème et cède le crachoir à la femme du véto.

Gil écoute la grassouillette personne déclamer son *Amour de pierre*. Les deux ou trois premières pages du roman tombent assez joliment. Mme Rivière évoque sans maladresse ni sécheresse son amour des vieilles demeures familiales. Merde, elle va être publiée, et quand le tour de Gil viendra, si la bombe ne pète pas avant, il ne sera que le second au village !

La maîtresse de maison pleure sur son épaule. On ne sait trop ce qui nous vaut tant d'eau, le poème de Théophile ou le roman de la voisine. Gil a envie de jeter la débordante personne en bas de l'escalier. Mais elle est trop lourde. Et puis... et puis... n'est-elle pas en train de lui chuchoter qu'elle préfère la folie de son papillon à la trop sage passion de l'amoureux des pierres ? Pour cela, il lui sera beaucoup pardonné, jamais on ne l'appellera vilaine avec ses gros sabots !

Voilà, la farce est jouée, fin finale. Mme Rivière a gagné aux points, mais elle est vieille comme Hélène le soir à la chandelle. Gil se battra pour la surpasser, il renonce à renoncer, il a la jeunesse pour lui. À condition que Truman ne fasse pas l'imbécile !

La vie continue.

— Alors ?

Yvon badine sans sourire. Il guette Gil, l'œil allumé et la lèvre en avant, deux signes de sa perpétuelle soif de savoir.

Gil baisse l'épaule, se voûte sous le poids de l'embarras.

— Tu me raconteras plus tard. Le baron de La Jafferie m'a répondu par retour du courrier. Il accepte de me recevoir dimanche prochain. J'irai au rendez-vous avec le carnet du Dr Filman. L'adjoint risque de se faire secouer les puces. Sa femme...

— Elle n'est pour rien dans ses combines et ses saletés.

— Justement. J'espère qu'elle se fiche de la carrière de son mari et qu'elle rigolera de ses malheurs.

— Elle a la larme facile. Le rire moins, je crois. Je me demande si elle ne fait pas la folingue pour se protéger de son mari et peut-être aussi des braves gens du village... Elle s'est mariée vieille, à trente ans passés ?

— Trente-cinq. Mais on ne sait pas au juste si personne ne voulait d'elle ou si elle ne voulait de personne... avant l'Adrien. Déjà, à l'école, chez les sœurs, elle passait pour un peu dérangée. Bref, elle n'était pas comme tout le monde.

— Elle rêvait au prince charmant. Elle n'avait pas envie d'épouser un homme ordinaire.

— À vingt-cinq ans, elle refusait encore d'en démordre. Elle a attendu dix ans de plus pour céder à son père qui s'acharnait à lui trouver un mari. Elle a peut-être exigé un mariage blanc, va savoir.

— Et l'Adrien n'en voulait qu'à sa fortune ?

— Il espérait aussi s'appuyer sur la position de son beau-père, au MRP. Il a réussi... à moitié. Là encore, il reste une question sans réponse. On ne sait pas s'il a décidé de jouer le Parti radical au lieu du MRP, ou si les MRP n'ont pas voulu de lui. Au MRP, les gens bien renseignés doivent se douter qu'il n'est pas blanc comme le mariage en question. Je crois que cette hypothèse est la bonne, mais je n'ai pas de preuve.

— Ça existe, le mariage blanc ? Je veux dire : en droit.

— Hé, dis donc, je ne suis qu'agent de recouvrement : mon grade officiel. Le droit et moi... T'as qu'à potasser tes cours. Enfin, ça m'étonnerait.

— Alors, l'Adrien pouvait exiger de coucher avec sa femme, même s'il avait promis le contraire ?

— Il a dû y aller mollo, à cause du père. Il faudra que je trouve le moyen de questionner la nounou Fine.

Yvon a trouvé la lettre dans le paquet de courrier, un matin.

— Voilà pour toi. Je parie que c'est une femme ou une jeune fille !

Jolie écriture, adresse surprenante : *M. Gil, deuxième commis au bureau de la perception...* Gil est agacé, mais il a le cœur qui valse un doux boston. On n'sait jamais, p'tit papillon. Une enveloppe bleue, quatre pages sur deux feuillets, à l'encre bleu foncé sur un papier bleu clair. Une jeune fille, on dirait. Elle n'a écrit qu'un prénom en haut et à gauche : *Héloïs(e).*

Pardonnez-moi, cher auteur, ce pseudonyme pris dans le célèbre poème de Villon : Ballade des dames du temps jadis. *Héloïse est un personnage historique (je crois ?). Villon l'écrit sans e. Vous rappelez-vous ces vers ?*

Où est la très sage Héloïs,
Pour qui fut châtié et puis moine
Pierre Abélard à Saint-Denis ?

Châtié n'est pas le bon mot, mais c'est celui que notre professeur de français à la Compassion de Bergerac avait écrit de sa main, par-dessus l'autre, dans notre livre de morceaux choisis. Heureusement, un volume avait échappé à la censure et nous, les filles, avons pu lire le vrai mot de Villon. Il a paru terrible aux unes, dégoûtant à d'autres, rigolo pour certaines (vous savez comment sont les adolescentes !). Étant la « très sage Héloïs », je ne sais toujours pas ce que signifie au juste « châtré » (mais j'ai ma petite idée).

Enfin, je ne vous écris pas pour vous parler de ces choses. Plus tard, peut-être... J'ai dix-huit ans, j'écris des poèmes et des nouvelles (enfin j'essaie !), je suis blonde, les cheveux longs, de taille moyenne et on me dit jolie. (J'ai de longues jambes, mais j'imagine que vous vous en fichez !) J'ai eu mon premier bachot avec la mention assez bien, grâce au français, je prépare le deuxième. Hélas, la philosophie m'intéresse moins que les lettres. Vous vous en doutez, nous nous sommes vus (je n'ose pas dire rencontrés) à la soirée littéraire de Mme Isabelle Lécuyer. J'ai été très frustrée (oh, ce mot, presque aussi vilain que ch... !) de ne pas entendre la fin de votre si joli conte, Le Papillon de nuit. *Vous l'écrirez, n'est-ce pas ? Pour moi ? Oui. Promettez-le-moi. Je ne suis pas sûre de pouvoir venir à la prochaine séance chez Mme Lécuyer, car j'habite Bergerac. Accepteriez-vous de m'envoyer votre nouvelle à l'adresse suivante :* Mlle Héloïse Villon *(joli nom de plume, n'est-ce pas ?)* poste restante à Bergerac ? *Merci d'avance, cher auteur. Bien sûr, si vous avez une machine à écrire, vous pouvez m'envoyer un double au papier carbone. Soyez sûr que, manuscrit ou tapé, je vous renverrai votre texte (après avoir posé, si vous le permettez, un baiser à chaque coin de page... non, je rigole !!). Et si vous voulez répondre à cette lettre, vous pouvez utiliser aussi la poste restante. Je ne sais pas encore si j'oserai vous envoyer un de mes écrits. Je dois avouer, honnêtement, que ma prose manque encore de maturité et que la plupart de mes poèmes sont un peu cucul la praline. Vous, au même âge à peu près, hein, vous semblez très mûr, très homme sûr de vous et de votre talent. Je vous envie... et je vous admire aussi, naturellement. Et puis (je me demande si je vais oser l'avouer !) je vous trouve assez beau garçon. Vous avez quelque chose de très romantique avec votre regard brillant et vos cheveux fous. J'aurais aimé vous reluquer de plus près, mais notre chère hôtesse vous a monopolisé. Oh, qu'est-ce que je raconte, je suis folle, vous allez me prendre pour une petite dévergondée ! Enfin, vous êtes un auteur, même si vous n'avez pas écrit beaucoup encore. Vous comprenez sûrement l'âme des jeunes filles !*

Nous serons obligés de correspondre (si vous voulez) à l'insu de mes parents. Ça ne vous ennuie pas ?

Je passerai à la poste tous les jours, à partir d'après-demain. Je vous en supplie, cher Gil Blas de Santillane (puisque c'est votre nom de plume...), répondez-moi, même si c'est pour me dire que vous ne voulez pas poursuivre cette correspondance.

Voilà, cher Gil Blas, je ne sais pas finir les lettres. Alors, je vais citer quelques vers de Victor Hugo (qui n'est pas mon poète préféré, mais pour une fois !) :

Qui peut en ce moment où Dieu peut-être échoue,
Deviner
Si c'est du côté sombre ou joyeux que la roue
Va tourner ?

Bien sûr, vous le devinez, je souhaite de tout mon cœur qu'elle tourne du côté joyeux.

Votre Héloïse V.

Gil a survolé plutôt que lu ces quatre pages d'une grosse écriture sensuelle, un peu écrasée. Il tend la lettre à Yvon.

— Dis-moi ce que tu en penses.

Après cinq minutes d'une lecture minutieuse, les sourcils froncés, Yvon relève la tête, fait mine de renifler.

— Presque pas de parfum, c'est curieux. Quoique... les jeunes filles de bonne famille ne se barbouillent pas de sent-bon ! Alors, tu l'as vue, à la soirée ? Elle est jolie ?

— Charmante, sans rien d'extraordinaire. Une blonde mignonne, de jolis yeux, le nez bien dessiné...

— C'est important, le nez. Et la poitrine ?

— Sous son caban, je n'ai pas distingué grand-chose.

— Tu pourrais être amoureux d'elle ?

— Je ne sais pas. Elle me fait un peu peur.

— Une chose m'intrigue. Elle te dit de lui écrire à son pseudonyme, Héloïse Villon... c'est ça ? Mais la poste va lui demander une carte d'identité ou un livret de famille, ou quelque chose de ce genre, pour lui donner la lettre. En plus, elle est mineure. Je me demande comment elle va se débrouiller.

— Je vais lui écrire tout de suite un petit mot, juste un accusé de réception, pour voir si ça marche.

Trois jours plus tard, le percepteur par intérim brandit la lettre, cette fois adressée à *Gil Jallas, au bureau de la perception.*

— Ça a marché. Cette fille est vraiment très maligne !

— Trop maligne, tu veux dire ? Et si elle s'appelait vraiment Villon ?

La lettre d'Héloïse Villon est, plus encore que la précédente, farcie de citations et de réflexions littéraires. Vient tout de suite une proposition :

Si nous écrivions une nouvelle ensemble, quand vous aurez fini votre Papillon de nuit *? Nous pourrions travailler par courrier, avant de nous rencontrer quand on aura fini. Mes parents possèdent une machine à écrire et j'ai la permission de m'en servir de temps en temps. N'est-ce pas merveilleux ? Vous choisirez le sujet, moi je voudrais écrire une histoire d'amour, mais c'est vous qui décidez. Répondez-moi vite, vite, je suis encore plus impatiente que la première fois !*

— Pas de doute, s'écrie Yvon, elle a un béguin pour toi !

Gil se rengorge un peu. Une douce chaleur lui remue le cœur. Le précédent du prix que lui ont décerné les demoiselles nobles le rassure un peu : ses histoires plaisent aux jeunes filles.

Il accepte tout de suite la proposition de sa correspondante. *Choisissez vous-même le sujet, chère Héloïse (vous permettez que je vous appelle Héloïse ?). Envoyez-moi quelques lignes, je rédigerai un canevas, puis nous écrirons tour à tour...*

Ce travail à deux ne paraît pas une si bonne idée, mais ça sera une façon de brasser la vie dans l'écriture. À force d'extases poétiques, la fille de Villon et le neveu de Lesage ont de bonnes chances de nouer, sous les feux du prochain printemps, des relations moins platoniques. Coucher le caban bleu (sans caban) sur le vert vif d'un pré, à défaut des draps d'une chambre d'hôtel inaccessible, serait une aubaine à marquer d'un cœur sur un saule. Ici commence la vie. Et une flèche bien pointue par-dessus !

Quelque chose, pourtant, le gêne, il ne sait quoi. On lit ça dans les romans policiers. Le détective a relevé inconsciemment un indice, un menu fait, qu'il ne retrouve plus. Il l'a au bout de la langue, au bord de la cervelle, il y songe, il cherche, il est agacé, mais ce détail, peut-être essentiel, reste enfoui dans un recoin de sa mémoire et n'en sortira qu'au dénouement.

Gil a aussi le mot perdu sur les lèvres, au creux des méninges, où Dieu sait où. C'est une impression ténue, fluide, fugace et désagréable qui lui a traversé la tête trop vite pour qu'il puisse la retenir. Et peut-être n'avait-il pas envie de savoir...

16.

Aujourd'hui, la mère Alvarez a cuisiné du bœuf en daube. Qu'est-ce qu'on fête ? Le mardi gras, bien sûr. L'Adeline sert à Gil une portion gargantuesque.

— Tu aimes la daube, au moins ? Mange bien. Tu es maigre comme un coucou, mon pauvre drôle !

La fatigue lui moud le corps, lui embrouille la tête. Il ne veut ou ne peut lâcher aucune de ses occupations. Les comptes de la Boule d'or, les leçons de Jeannette, l'écriture du *Papillon*, qu'il a finalement poursuivie, le courrier avec la belle Héloïse, le concours... Et l'attente angoissée des événements lui pèse aussi sur l'estomac. Les Sino-Coréens ont pris Séoul, les Américains expérimentent de nouvelles superbombes dans le Nevada. Dimanche prochain, Yvon va rencontrer le baron de La Jafferie pour lui remettre le carnet du Dr Filman. Minuscule affaire à côté de la guerre mondiale qui pointe à l'horizon, mais tout se mêle dans son cœur, où le souci et l'espoir s'entrechoquent comme la vaisselle dans l'évier de la mère Alvarez !

Cependant, il n'en perd pas l'appétit, et il aime la daube. Il enfourne une bouchée, et une autre, et une autre.

Pierre Maignan entre dans salle à ce moment. Gil

garde une seconde sa fourchette en l'air avant de la replonger dans son assiette. Depuis quelques jours, le mari de Marie est sorti de son trou de marmotte. Il commence à se réveiller, il se tient droit, parle haut, boit sec. Dix fois par jour, il saute sur sa moto et enfume la ruelle. La vieille Terrot pétarade du matin au soir à travers la ville. Il en est encore à caracoler sans but, mais tout le monde se demande ce qu'il va inventer quand il aura retrouvé sa verdeur, sa fantaisie, sa hargne. De toute façon, ça ne saurait tarder, et ça va péter comme au Nevada ! Ou presque...

Il se plante à la porte de la cuisine, interpelle l'Adeline d'une voix bonasse, encore adoucie par l'accent du Midi.

— Ho, l'Adeline ! Je crois que je vais profiter du premier service. Tu me mets une assiette à côté du gamin ?

Gil ramasse en hâte les feuillets de cours qu'il a éparpillés sur la table. Le gamin ! Il a son premier bac, un emploi, de lourdes tâches, des projets pour la vie, il n'est plus un gamin, bon Dieu ! Mais comment tenir tête à ce type qui a le diable au corps ?

Pierre Maignan tire une chaise, ôte son blouson et le dispose sur le dossier, puis s'assoit en face de Gil.

— Bon appétit, mon gars. On se connaît, pas vrai ? Tu loues une chambre à ma femme et tu fais travailler ma fille. C'est ça ?

— C'est ça.

Il tend par-dessus la table une main puissante, fine et guère marquée par le travail de garagiste, censé lui fournir son gagne-pain. Gil s'attend à avoir les doigts broyés, mais la poignée de main est plutôt molle. Le contraste entre la force apparente de l'homme et ce geste paresseux donne à Gil un recul, presque un hautle-cœur. Ça signifie peut-être que le bonhomme a le nez dehors mais encore les pattes au fond du trou ! C'est un peu rassurant.

À moins qu'il ne veuille ainsi marquer sa froideur, son dédain. Gil Blas de Santillane, si tu avais couché avec Marie, tu serais dans de jolis draps, sans jeu de mots !

Pierre Maignan sort une Gauloise d'un paquet aux trois quarts vide, l'allume à la flamme d'un briquet en or. Il tire une bouffée, observe Gil à travers la fumée, repose la cigarette.

— Dépêche-toi de manger ta barbaque, fiston. Je suppose que tu embauches de bonne heure dans l'administration, hein. Tu feras le bonjour à mon ami Bellot. Ah, l'Yvon, un type, pas vrai ! Faut le voir pédaler avec sa patte folle, nom de Dieu. Et maintenant, le voilà percepteur en titre !

— Pas en titre, rectifie Gil. À cause des diplômes. Il a seulement l'intérim pour six mois ou un an.

Pierre Maignan donne un coup de poing sur la table, l'assiette de Gil saute en l'air, il rattrape de justesse son verre de vin.

— M'attends pas pour finir, l'Adeline de mes deux va peut-être se décider à m'apporter un couvert. Ah, celle-là, toujours à traîner la savate. Quand elle était la fille des patrons, à l'hôtel des Voyageurs, fallait voir, elle en foutait pas une rame. Tiens, la voilà.

L'Adeline apporte à Gil une tranche de tarte et à Pierre Maignan sa daube et sa bouteille de vin.

— Garnissez-vous bien la panse, mes agneaux, dit-elle en avançant son décolleté entre les deux convives. C'est tout mignon de vous voir ensemble, là, les deux amoureux de la Marie !

Gil baisse les yeux sur sa tarte. Sale garce, elle se

venge parce qu'il a dédaigné ses essais de flirt et ses pelotages à peine déguisés ! Pierre Maignan rigole si fort que les soiffards, au fond de la salle, cessent de taper la carte et tournent la tête. Il tente d'attraper l'Adeline par le bras ou le poignet, mais elle lui échappe d'un coup de reins. Il se claque la cuisse.

— Je suis pas l'amoureux de la Marie, ma salope. Je suis son homme, jusqu'à preuve du contraire. Elle, elle est la mère de ma fille. C'est une bonne petite femme, à sa façon, mais j'en ai soupé de m'entendre corner aux oreilles, tous les jours que le bon Dieu fait, la chanson la plus conne de l'année. À part ça, ouais, comme je disais, c'est une brave petite, et je suis content que le fiston, là, me la garde au chaud, pas vrai ? À son âge, s'il en était pas un peu amoureux, je me ferais du souci pour sa santé !

Pierre Maignan se retourne.

— Faut qu'on cause un peu, nous deux. T'as bien une minute ? Laisse-moi finir cette putain de viandasse à chien, j'en ai pour trois bouchées !

Gil retient son souffle pendant que l'autre pioche dans son assiette à grands coups, entonne son bœuf à pleine gueule et avale sans presque mâcher. La sauce trace deux filets noirâtres aux commissures de ses lèvres. Ses yeux bleus pétillent, sa forte mâchoire tourne à vide, il écrase sa belle denture, et la mangeaille file par un raccourci dans les profondeurs de sa panse. Un spectacle qui vaut le coup d'œil.

Il pousse enfin, d'un grand verre de rouge, la dernière bouchée de daube. Il lève les bras, renverse la tête, observe une seconde le plafond, prend la salle à témoin.

— Putain ! à la perception, ils savent toujours tout. L'Yvon Bellot, c'est un as du Deuxième Bureau. Rien lui échappe, pas vrai ? Et Marie, elle doit bien te faire des confidences, caquet bon bec, et patati et patata. Si je lui en veux ? Non, non, c'est sa nature, elle a été vaccinée avec une aiguille de phono, ha, ha ! Hé, reste là, fiston. Crois pas que je vais te poser de questions gênantes. Je suis un type discret, moi. Vivre et laisser vivre, voilà ma devise. La Marie fait ce qu'elle veut, pourvu qu'elle mêle pas ma fille à ses histoires. Je lui jette pas la pierre, si elle a envie de manger de l'andouille après souper ! Je veux veiller qu'on les embête pas, toutes les deux. Tu vas me dire, fiston... Tu vas me parler un peu de l'adjoint. À la perception, vous êtes au courant de tout, pas vrai ? Ce type se croit le maître de la ville. Il profite que j'ai tiré mes guêtres pour faire marcher tout le monde à la baguette : Baladou et sa fille, Pépé le Moko, Mlle de la Larme-à-l'œil et les conseillers municipaux, tous tant qu'ils sont... Ah, les conseillers, faut les voir ramper à ses pieds comme les vers qui cherchent du pourri ! Et Baladou, le pauvre type, un putain d'esclave qu'il en a fait, l'Adrien ! Alors, j'espère qu'il cherche pas des poux à la Marie pour le loyer, parce que là je me fâcherais pour de bon. Si tu sais quelque chose à ce sujet, petit gars, faut pas hésiter à me le dire. Je t'écoute. Je lui ai dit, à la Marie...

Ce flot de paroles qui se déverse comme l'eau sous pression d'un tuyau percé, c'est un symptôme de névrose et ça porte un nom. Logo quelque chose, Gil ne retrouve pas le mot. D'après Yvon, le Dr Filman appelait la maladie de Pierre Maignan l'apathie maniaque ou un truc de ce genre. Le bonhomme sort tout à coup de sa caverne d'ours mal léché et il a un besoin de jaser, brailler, gesticuler qu'il ne peut pas contenir. Sitôt remis de son coup de barre, il passe à une phase de remue-ménage et de branle-bas. Le chat qui dort devient diable de bénitier. Après, ça tourne souvent mal. La pauvre Marie l'a senti passer plus d'une fois.

Gil se tait et tâche de masquer son inquiétude. Pierre Maignan mène la discussion par les deux bouts et continue de déclamer, tandis que sa cigarette à peine entamée s'éteint doucement.

— ... je lui ai dit, à la Marie : « Pas question que tu paies le loyer, avec tout le pognon que me doit l'Adrien ! » Alors, je viens faire un tour au pays, et qu'est-ce que j'apprends ? Que môssieur Lécuyer achète maison sur maison, propriété sur propriété, et qu'il fait tout récurer par ma femme pour un salaire de misère, que ça rembourse même pas les intérêts des intérêts des deux briques qu'il me doit ! Oui, fiston, deux briques. Je t'en cause à toi, vu que tu tiens la caisse de la perception, tu sais ce que c'est que le flouze ! L'Adrien me doit deux millions ! Et encore, en arrondissant par le bas ! D'après ce qu'il cause, bientôt les fafiots vaudront nib de nib, peau de zébi, rapport à l'inflation qui bouffe tout. Alors, tu prendras un beau billet de dix mille pour te payer ton journal, si t'es assez con pour lire encore le journal, et le marchand te rendra trente-trois francs cinquante ! Peut-être qu'à ce moment l'Adrien vendra un carré de choux et quatre tuiles pour me rembourser, pas vrai ? Ah, mais faut pas qu'il y compte ! J'ai l'air de quelqu'un qui se laisse manger la laine sur le dos, moi, Pierre Maignan ? Qui c'est qui croit ça ? Deux briques ? Combien tu gagnes, toi, dans ton boulot à la noix ? Dix mille, vingt mille par mois ? Mettons quinze mille. Ce salopard me doit cent et quelques fois ton salaire. T'as bien entendu, cent fois. Ça veut dire que tu pourrais bosser dix ans pour gagner la somme. Et y en a peut-être ici, j'ai dit ici, dans ce troquet de mes deux, de mes deux briques... qui croient que je vais me laisser plumer comme une canette de l'année et juste dire merci m'sieurs-dames ? Ah, y en a qui le croient, ici ou du côté de la cuisine ? Peut-être que les bonnes femmes ont dit à l'adjoint, comme ça : « M'sieur l'adjoint, le Pierre Maignan, c'est qu'un pauvre type, juste bon à mener les poules pisser. Allez-y franco, ramassez la monnaie ! Il lèvera pas seulement les cornes, il baisera le babouin, ha, ha ! » Ben, elles se trompent, les dames, petit. Et toi aussi, si tu penses la même chose !

La salle commence à se remplir, d'abord parce que c'est l'heure du repas et aussi parce que les éclats de voix, qui portent sans doute plus loin que la ruelle, jusqu'à la place et la grand-rue, attirent les curieux du voisinage, commères, traîne-savates et ouvriers des chantiers sortis du Grand Café. L'Adeline est allée demander du secours à sa patronne. La mère Alvarez se tient devant la porte de la cuisine, elle s'essuie les mains à son tablier, une fois, deux fois, dix fois, signe chez elle de la colère qui monte. Pierre Maignan lui envoie un signe de connivence ou de moquerie, Dieu sait, et continue sa diatribe en brandissant sa fourchette en l'air d'une main et en frappant le coin de la table de l'autre poing.

— Alors, les amis, je suis venu chercher mes sous. Qu'on se le dise ! Môssieur Lécuyer n'a qu'à préparer son carnet de chèques ou un plein carnier de fafiots. Avec ces sacrés billets de dix mille qu'on a depuis l'été dernier, ça tient dans un sac de dame, une brique. Combien vous pariez ? Attendez, je dis une brique, en guise d'acompte. J'accepte d'attendre un mois pour la seconde, mais pas plus !

La veuve Alvarez est venue se planter, les mains sur les hanches, devant la table de Pierre et Gil. Elle gonfle le jabot, son menton et ses bajoues tremblent. Elle pointe un doigt sur le bonimenteur.

— Sans te commander, pose cette fourchette, mon gars. Tu vas finir par éborgner ton petit camarade !

Pierre Maignan se lève d'un saut de grenouille, renverse sa chaise et jette sa fourchette à l'autre bout de la salle.

— Quoi ? Vous me commandez, la mère, je voudrais voir ça !

— Prout, prout ! J'ai dit « sans te commander ». Maintenant, rassiète-toi et pose ta chique. Ou alors, si tu veux continuer à faire du foin, va-t'en donc dans la rue, à causer du scandale sur la voie publique. Tant pis pour toi si tu finis la journée au trou !

— Holà ! C'est bon, c'est dit ! Je vais justement régler mes comptes avec l'Adrien. Puisqu'on n'a pas le droit de tailler une bavette dans cette putain de turne ! Je vais à la mairie de ce pas ! Et que l'adjoint m'empêche pas d'entrer ou ça va camphrer ! Vous pouvez lui faire savoir, la mère, puisque vous êtes du dernier bien avec lui, qu'on raconte !

Il fouille ses poches de pantalon, en sort deux poignées de billets froissés, des mille francs bleu pâle et des cinq mille bistre et or.

— Je vous paie votre pâtée à cochons et votre carrée puante et on se dit à la revoyure ! Combien ?

La veuve Alvarez ôte lentement son tablier, sans doute pour avoir plus de liberté dans ses mouvements, passe la bretelle par-dessus sa tête, et abandonne le vêtement à l'Adeline qui la suit de près. Puis elle contourne la table à petits pas, s'avance face à Pierre Maignan, se balance sur ses grosses hanches et lui expédie deux belles baffes, à droite, à gauche.

— Hé, va te chier, bonhomme ! Que je te revoie pas

dans ma maison tant que t'es pas calmé ! Je sais pas où t'as pris ces fafiots, mais tu peux les garder pour te payer des sucettes, si t'aimes le sucré !

Le bec cloué, Pierre Maignan se frotte les joues, l'une après l'autre. Il baisse la tête, recule, s'embarrasse dans les pieds de sa chaise tombée, se retourne en silence, marche vers la porte, se heurte à de nouveaux arrivants qui s'écartent devant lui.

Il a repris l'attitude voûtée, accablée, misérable, du Pierre Maignan qui se traînait sous l'effet de la neurasthénie. « Comme un chat foireux », a dit Yvon. Le chat foireux s'en va trébuchant dans la ruelle et disparaît. On entend sa moto tousser, puis démarrer après plusieurs essais. Il est parti. Bon débarras.

La Boule d'or se confine un instant dans le silence du feu qui couve. Puis la veuve Alvarez frappe des mains.

— À table, tout le monde ! C'est l'heure !

Les clients s'installent, le brouhaha habituel éclate, blagues, rires, bruits de chaises tirées, de verres choqués, la salle s'égaie en deux secondes. On respire les bonnes odeurs venues de la cuisine. Deux ou trois nouveaux hésitent sur le pas de la porte. Gil fait signe à l'Adeline qu'il se passera de dessert, pour une fois. Il n'a pas touché à sa portion de tarte.

— T'as même pas fini ta daube.

— Toutes mes excuses. Je n'ai plus faim.

La semaine passe sans qu'on revoie Pierre Maignan. Il n'a pas repris ses affaires à la Boule d'or. Son absence inquiète plus que ses cris, ses menaces et ses gesticulations. Il va revenir, c'est sûr. Mais dans quel état ?

Le dimanche suivant, Gil accompagne Marie et la

juge de paix au cinéma. Le trio a repris ses habitudes après les quinze jours d'absence de la Valmore, qui rentre d'un long voyage. L'Éden-Cinéma donne *Occupe-toi d'Amélie*, avec Danielle Darrieux. Gil se fiche d'Amélie et même de la belle Darrieux. Il guette Yvon et sa femme... Yvon a dû rencontrer le baron de La Jafferie ce matin. Gil est pressé de connaître les résultats de l'entrevue. L'impatience lui affûte les nerfs, lui brouille la tête. Les voilà. Yvon, fier comme un étalon de trois millions, donne le bras à son épouse à peine grossette. On croirait qu'il la porte à moitié. Elle se retourne et rit. Yvon et Gil échangent un signe, de loin. Gil devine que son camarade est soucieux, sombre. Il voit les images du film défiler devant ses yeux, il essaie en vain de suivre l'histoire. C'est à peine s'il reconnaît les personnages.

Cette séance de cinéma est la plus longue dont il se souvienne. Les secondes collent aux minutes. Marie, roulée dans son manteau, frissonne près de lui. Elle est enrhumée, fiévreuse, inquiète au sujet de son mari, dont elle craint plus que jamais les frasques et les faux pas. Elle a enfoncé les deux mains dans les manches de son manteau. Elle feint d'ignorer son voisin de fauteuil. Depuis trois jours, elle n'a pas fredonné une chanson. Même si Pierre Maignan ne s'est pas encore montré place Henri-IV, elle est retombée en son pouvoir. Gil cherche dans sa mémoire encombrée par le droit administratif un poème pour chanter la fin des temps et l'hiver qui s'éternise. Baudelaire ? Sans doute. Dans ce monde où l'équivoque et l'ambiguïté règnent en maîtresses capricieuses, une certitude le réconforte : Baudelaire est plus grand que Verlaine. Il avait toujours refusé cette évidence. Il l'admet, il souffre, il est adulte. La vie peut commencer.

C'est la mort qui console, hélas ! et qui fait vivre,
C'est le but de la vie, et c'est le seul espoir
Qui, comme un élixir, nous monte et nous enivre,
Et nous donne le cœur de marcher jusqu'au soir.

À la sortie, il retrouve Yvon devant le Café de Paris. Les femmes s'en vont au Tortoni, à quelques rues de là. Au moment d'entrer, Yvon retient son camarade.

— Marchons un peu, on sera plus tranquilles pour parler.

Il boite bas, se déhanche comme pour essayer de courir. Le fardeau de la fatalité pèse sur ses épaules, alourdit sa démarche. Un vent mouillé leur cingle le visage. Ils prennent une rue abritée, soufflent au coin d'un mur. Gil lâche la question.

— Tu as vu le baron ?

— Oui, je l'ai vu.

L'amertume tire ses traits, voile son regard. Il serre le bras de Gil.

— Je crois qu'on s'est un peu monté la tête, tous les deux, sur cette affaire. Moi, surtout. Le baron a passé une heure à feuilleter le carnet du Dr Filman. Il n'a rien trouvé de concluant. Il y a une chose que je suis impardonnable de n'avoir pas remarquée : le nom du docteur ne figure nulle part. Son écriture est particulière, très petite, très nette, on la reconnaît facilement, mais le baron ne s'en souvient pas, il ne l'a peut-être jamais vue. Et puis il est malade, sa mémoire est affaiblie. Il a soixante-cinq ans et il a passé presque dix-huit mois au camp de Mauthausen... En plus, le docteur emploie beaucoup d'initiales et d'abréviations.

— A. L., dit P. ?

— Entre autres. Quand le baron a été pris par la Gestapo, l'Adrien n'avait pas encore choisi de s'appeler

Pauline. Par ailleurs, le Dr Filman note plusieurs fois qu'il n'a pas de preuves. Une fois, il écrit entre parenthèses : *Il faudrait empêcher de nuire certains individus, même sans être absolument sûr de leur trahison. Je crois que je pourrais convaincre les chefs du maquis... mais je n'ai pas le courage.*

— Le baron ne peut rien faire ?

— Pas pour le moment. Mais il va payer, de sa poche, une agence de renseignements, pour retrouver le Dr Filman aux États-Unis.

— Ça risque d'être trop tard.

Yvon lève les bras en un geste fataliste.

— On a été naïfs.

— On abandonne ?

Ils reviennent à petits pas vers le Café de Paris. Au coin du boulevard, la gifle froide du vent finit de les dégriser. Yvon sort un mouchoir à carreaux, de la taille d'un torchon, et se mouche bruyamment.

— Qu'est-ce que tu en penses ?

— On continue, on trouvera autre chose. On le lâche pas !

Yvon tend la main à son camarade, lui broie la pogne.

— Merci. J'ai une autre mauvaise nouvelle. À propos de M. Mauvignier... Une mauvaise nouvelle pour lui, mais aussi pour nous. Et une bonne pour son gendre. Tu n'as rien entendu ?

— Non.

— M. Mauvignier a un cancer. Il paraît que les médecins de Bergerac l'ont renvoyé à Bordeaux. Ils ne lui donnent pas plus de quelques mois à vivre. Côté famille, l'adjoint aura les mains libres !

17.

Félicia trempe les mains dans un seau et les essuie à un torchon gras, puis elle verse quelques gouttes d'eau de Cologne sur son mouchoir et se tamponne le nez.

— Quelle pourriture !

Marie se pince les narines.

— Pire qu'à Bonaly. Enfin, c'est dehors et jusqu'à maintenant ça rentre pas dans la maison.

— L'ennui, c'est qu'on n'y peut rien.

— Ouais, tu te vois tirer une vache morte jusque dans les bois ?

— S'il n'y avait qu'une vache... À l'estime, je parierais pour quatre ou cinq carcasses, plusieurs veaux, peut-être des moutons, de la volaille et je ne sais quoi encore. La maison est restée inhabitée et la propriété en friche pendant plusieurs années. C'était devenu le dépotoir de la commune. Le patron a tort de penser que les paysans font ça contre lui. Ils le font parce que c'est commode, et depuis longtemps.

— Il a dit qu'il allait s'en occuper.

— Les gens vont être obligés de creuser des trous pour leurs bêtes mortes et ils n'aimeront pas ça !

La propriété de la Lucette est la dernière acquisition de l'adjoint. Une métairie d'une trentaine d'hectares avec une maison de maître et une maison de métayer. Des lézardes fendillent la maison de maître du soupirail de la cave à la girouette. Le toit menace de s'effondrer. L'Adrien a interdit à ses ouvrières d'y pénétrer tant que la consolidation ne serait pas assurée. On attend les maçons et les couvreurs.

La chaumière du métayer, qu'on appelle ici « maison de colon », est beaucoup trop basse pour risquer de s'écrouler. Elle se tapit au milieu du verger, comme un animal en chasse, les épaules au ras des pommiers et le museau si bas que les branches des cerisiers cachent aux trois quarts la crête faîtière. La grange lui fait une bosse dans le dos, les étables enserrent les deux pièces d'habitation, le tout en assez bon état, mais imbibé par l'humidité du sol et fourré d'une crasse plus que centenaire. Les tomettes de la cuisine, brisées en mille morceaux, disparaissent sous une carapace d'argile et de fumier. Une couche de suie, d'un noir de goudron, enrobe les poutres, les lattes et les traverses du plafond, les murs, les montants des portes et des fenêtres et même les rideaux.

Les femmes viennent tout juste de rendre un semblant de transparence aux quelques misérables vitres qui laissent enfin passer trois gouttes de lumière. Elles se tiennent en contemplation devant l'espèce d'alcôve où dormaient les derniers habitants. Ces braves gens secouaient leurs sabots devant le lit. Ils n'ôtaient jamais la terre, qui s'est accumulée en un monticule de cinquante à soixante-quinze centimètres de hauteur : un marchepied commode pour se hisser dans le lit surélevé. Mais le bois pourri par les infiltrations s'est peu à peu affaissé, et il ne reste du plumard, pieds, paillasse, couette, draps qu'un immonde fouillis, grouillant de vermine. Marie se claque les cuisses.

— C'est trop beau. On le garde pour la fin.

— On pourrait prendre cent sous pour faire visiter. On attaque le plafond ?

— C'est idiot de se démantibuler tout le corps pour blanchir des poutres. Les paysans ont l'habitude de la suie, ça les gêne pas.

— Mais tu sais ce qu'a dit l'Adrien ?

— Oh, je l'écoute d'une oreille, sauf quand il me parle d'amour !

— Oui, ça doit être bien doux de l'entendre roucouler. Son idée, c'est d'amener ici des gens de la ville, juste au moment où les gens de la campagne fichent le camp en ville !

— On a compris, il veut arrêter l'exode rural. C'est son dada.

— Changer le monde à sa guise, quoi.

— Entre deux papouilles, il m'a dit qu'il voulait laisser un nom dans la géographie !

— C'est pas plutôt dans l'histoire, qu'il t'a dit ?

— Histoire ou géographie, il va falloir mettre de l'huile de bras.

— Pour la partie haute, on prendra l'échelle. Pour la partie basse, on mettra une chaise sur la brouette.

Félicia jette dans le foyer deux ceps de vigne noueux et durs, elle attise les flammes au soufflet. Un hoquet de fumée lui revient à la figure. La cheminée tire mal, ce qui explique la noirceur du plafond et des murs. Elle s'essuie les yeux au coin de son tablier.

— Il me semble que cet hiver ne finira jamais, Marie.

— Moi aussi. J'ai tellement envie d'une robe légère !

Marie s'assoit sur la pierre du foyer.

— Tu sais depuis longtemps que M. Mauvignier a un cancer ?

— J'ai dû en entendre parler il y a un mois, à peu près.

— L'Adrien biche comme un pou. La semaine dernière, il comptait en mois pour être débarrassé de son beau-père. Depuis deux ou trois jours, il compte en semaines !

— Le beau-père mort, il va se dépêcher de divorcer, c'est ça ?

— Tout juste, Auguste.

— Et t'épouser ?

Marie s'esclaffe, avale une gorgée de fumée, se met à tousser en tenant sa poitrine à deux mains.

— Il me sert des boniments à la graisse d'oie. S'il compte vraiment devenir maire, député ou je n'sais quoi, tu penses qu'il va épouser une pauvre fille comme moi, qui n'a pas l'instruction ni les bonnes manières !

Félicia prend place sur un tabouret bas, relève sa jupe pour se chauffer les jambes, tend les mains vers la flamme.

— Moi, je te verrais bien femme de député. Les bonnes manières, ça s'apprend. Bien habillée, un peu mieux lavée...

— Ah bon, tu trouves que je me lave pas assez !

— Les riches ont des salles de bains pour se laver, l'eau chaude qui coule des robinets, et ils ne tripotent pas toute la journée des choses puantes. Voilà ce que je veux dire.

— L'instruction me manquera toujours. Je m'en fiche. Je suis peuple, moi, et je veux le rester !

— De toute façon, s'il divorçait, les MRP ne le voudraient plus. Il aurait peu de chances de devenir député et même maire.

— Il faut que je te dise un autre truc. L'Adrien, c'est sûr que je lui plais, je l'ai vu comme je te vois, ça sautait aux yeux. Il me fait tout, en vitesse, parce qu'il a jamais le temps. Tout, ma chère, sauf monter la bête ! Il dit qu'il peut tirer qu'avec les putes, à cause de sa femme, que si j'avais accepté ses cadeaux, ça aurait tout changé et qu'il l'aurait fait aussi avec moi. Au début, j'étais prête à me laisser chouchouter. Je me disais que ça valait bien un bijou ou deux et quelques picaillons. Puis la honte m'est venue de penser que ton Gil pourrait apprendre que je faisais commerce de mes fesses. Oui, ça te fait rire, tant pis, c'est vrai. Déjà que mon prénom a mauvaise réputation, Pierre me l'a assez seriné !

— Ton prénom ?

— Marie-couche-toi-là. Tu l'as déjà entendue, celle-là, même si tu sors pas souvent ! Alors, j'ai dit non, pas question de passer à la caisse. J'ai pris juste quelques babioles, mais vraiment des riens, pour pas le vexer. Du rouge à lèvres, il adore, si je l'écoutais, je m'en mettrais jusqu'où tu penses. Un flacon de shampooing à cinquante francs, un crayon pour les yeux, rien que des bricoles, je te dis. L'eau de Javel, c'est autre chose, je l'ai carottée, comme toi ! J'ai refusé même une boîte de crayons de couleur pour Jeannette. Pas touche à ma Nénette, l'adjoint ! Et puis je me suis rendu compte que j'avais envie de coucher avec lui pour me venger de Pierre. Je me voyais déjà pavoiser, au plus fort de l'embrassade : « Une pour toi, mon Pierre ! Et celle-ci aussi, mon chéri ! Et celle-là encore, Pierrot ! Et celle-ci, et celle-là ! Tu as bien mérité d'être cocu, salopard ! » Alors, je suis fâchée que l'Adrien aille pas jusqu'au bout. Voilà.

— Voilà où tu en es, ma pauvre Marie.

— Oui, et il me dit que si j'accepte de l'épouser, il pourra tout faire avec moi, il n'aura plus besoin de fréquenter les putes. En plus, il trouve que j'ai juste l'âge qui convient. Il me promet que ma Jeannette pourra aller aux écoles tant qu'elle voudra. Ça, c'est un truc à considérer. Mais je crois pas au Père Noël. Et il oublie une chose, c'est que je suis mariée, moi aussi, et que pour divorcer, ça se passera pas au petit galop les mains basses. Même s'il vit à une sacrée trotte d'ici, avec une mousmé de dix ans plus jeune que moi, mon mari me lâchera pas comme un pet ! Même que je préfère, au fond, être séparée que divorcée. Pas envie de convoler avec un type, à moins d'être très amoureuse, mais ça risque pas d'arriver demain ! Je suis peut-être moins libre de faire ce que je veux, d'accord, mais je suis pas obligée de faire ce que je veux pas !

— Par exemple, d'épouser un type sans être amoureuse ?

— L'Adrien fait n'importe quoi, il raconte n'importe quoi, à mon avis, parce qu'il est aux abus !

— Aux abus ? Ah, aux abois !

— Comme tu voudras. Il est sur la corde raide, la déconfiture lui pend au nez comme un sifflet de deux sous !

— Et depuis quand en es-tu si sûre ?

— Depuis maintenant. Tout de suite. Je viens d'y penser. Je crois que je vais poser la pelle et le balai et courir m'embaucher n'importe où, chez Bonnefon, Pardieu ou Martineau !

— La pelle et le balai, tu les tiens pas très serrés en ce moment.

— Façon de parler. Alors, ton avis, madame Je-sais-tout ?

— Je suppose que M. Mauvignier va prendre des

précautions devant notaire pour protéger sa fille, ça risque de gêner l'Adrien mais pas assez pour le mettre en déconfiture. Ses affaires marchent plutôt bien, en ce moment. Fernand m'a dit qu'ils avaient acheté deux nouveaux camions, dont un de déménagement. Ils en ont une vingtaine, maintenant, petits ou gros, et selon mon mari, ils ont plus de clients qu'ils peuvent en servir...

— Moi, je pense qu'il court trop de lièvres à la fois et que c'est la meilleure façon de se casser le nez.

— Beaucoup de gens font ça, aujourd'hui. Les riches trouvent qu'ils ne sont jamais assez riches ni assez puissants. Et sûrement l'Adrien veut essayer de dépasser son beau-père pour lui tenir la dragée haute. C'est quelqu'un qui est toujours retombé sur ses pieds, pendant la guerre, à la Libération et après. Alors, à mon avis, il continuera, maire, conseiller général, peut-être député... Il finira par être un des patrons les plus riches de la ville. Moi, je souhaite qu'il continue à acheter des maisons et à nous employer pour les nettoyer. On est assez bien payées et on a pas mal de temps pour fainéanter, c'est bien agréable.

— Tout à l'heure, il faudra prendre l'échelle et frotter comme des damnées !

— Tu es jeune, et moi je ne suis pas si vieille. Il y a plus terrible, dans le genre méchant turbin. En tout cas, même si ça pue, je préfère ça aux brûlures qu'on attrape toute la journée à la conserve. Et si tu me disais un peu où tu en es avec ton mari ?

Marie renverse la tête, ferme les yeux, pose les mains sur ses côtes, gonfle la poitrine et, la bouche grande ouverte, lance quelques trémolos d'une chanson au sirop de prune. *Dans la douceur du soir... Boléro.*

— Mon mari, il est plutôt calme en ce moment, et

gentil avec ma Nénette. Il lui dit tout le temps : « Ah, tu me ressembles, tu es bien ma fille ! » Elle boit du petit-lait, la chérie. Moi, ces bonnes façons me disent rien qui vaille. Je me demande par quel miracle il s'est sorti ses mauvaises idées de la tête. C'est trop beau pour durer. Il va l'attendre à l'école, tous les jours à quatre heures et demie, il lui paie un gâteau et de la limonade, et il la ramène jusque devant la porte. Il lui a même acheté un manteau, qui lui va si bien qu'elle voulait pas le quitter dans la maison !

— Mais il ne rentre toujours pas ?

— Non, il a inventé un nouveau truc pour m'embêter. Quand Jeannette lui demande d'entrer, il lui répond : « Ta maman l'interdit ! » Alors, elle m'en veut beaucoup. Enfin, pas tant que ça, elle se rend compte qu'il essaie de nous faire tourner en bourriques, toutes les deux. Elle n'est pas bête, pour son âge. À moi, il me dit : « Je monterai si tu me supplies à genoux. » Je croyais que c'était une façon de parler. J'ai répondu que je le suppliais à deux genoux. C'était pour la petite, bien sûr. « Ah non, ça serait trop facile. Des mots ! Je veux que tu te mettes à genoux pour de bon, sans tes bas, que tu sentes le dur sous les rotules. » Et il rigole comme un cochon. Que tu sentes le dur, ha, ha ! Et il exige que je le fasse devant témoins. Quels témoins ? Mes voisins, bien sûr. « La jugette et ton mignon petit pensionnaire. Que ces deux-là voient que tu tiens à ton homme et que tu es prête à tout pour l'avoir dans ton lit ! » Il a toujours inventé des gages, comme il dit, pour m'humilier. Quand j'étais jeunette, j'aimais bien, c'est vrai. Maintenant, j'ai passé l'âge, et avec ma Jeannette qui me regarde, je veux plus y jouer. Si seulement l'autre babouin me lançait pour de bon, je serais vengée d'avance, je crois que je céderais à mon mari !

Quoique... devant ton fils, ça me gênerait à mourir. Et la juge ne le supporterait peut-être pas. Elle m'empêcherait de me baisser et lui enverrait une belle baffe. Il l'aurait pas volée, mais il se vengerait sur nous. Alors, qu'est-ce que tu ferais à ma place ?

Félicia bâille, s'excuse, réfléchit la tête dans ses mains. Marie tousse pour s'éclaircir la voix, noue les mains derrière sa nuque et fredonne :

— *Elle chante un air de son faubourg*

Elle rêve à des serments d'amour...

Félicia se lève pour attiser le feu, puis se retourne vers son amie.

— Voilà ce que tu devrais faire, à mon avis. Tu vas persuader ton mari qu'il n'a pas intérêt à mêler la juge à vos histoires, que ça pourrait lui retomber sur le nez.

— Oh, ça, oui.

— Tu essaieras de l'amadouer pour qu'il se contente d'un seul témoin. Qui ? Celui que tu as sous la main : Gil. C'est un bon garçon, tu sais. Et il a une dévotion pour toi. Tout ce que tu fais, il le trouve bien. Tu n'as qu'à lui raconter franchement l'affaire, lui dire que tu supportes la honte pour le bonheur de ta Jeannette. Il l'aime beaucoup aussi, j'en suis sûre. Il acceptera de t'aider, il sera ton témoin. Il te faudra trouver un endroit discret...

— Oh, je vois très bien où : dans la petite cour, derrière la maison. Mais Gil me verra à genoux devant Pierre, je ne saurai plus où me mettre après, quand il me regardera. Et puis Pierre voudra coucher avec moi...

— C'est ton mari.

— Mais Gil va nous guigner, forcément, il n'a pas les yeux dans sa poche. Pierre n'est pas trop discret pour ces choses. En tout cas, la nuit, il perdra pas une miette du potin, à moins qu'il soit sourd ou qu'il dorme comme un sac de patates.

— Et alors ? C'est un garçon de presque dix-huit ans. Il est capable d'imaginer qu'un homme et une femme qui se retrouvent après plus d'un an ne vont pas s'endormir sans un gros câlin.

— Ça me gêne.

— Tu n'auras qu'à dire à Pierre de faire attention pour ne pas réveiller la petite.

— C'est justement ce qu'il ne supportait pas, de se retenir pour pas réveiller la petite !

— Tant pis. C'est surtout toi qui devras te retenir de pousser des cris de merluche.

— Pierre veut que je crie quelquefois. Sinon, moi je gémirais juste un peu.

— Débrouille-toi, ma belle. Mais ne te fais aucun souci pour mon fils. Au cas où il vous entendrait remuer les casseroles, ça l'instruirait pour son bien !

— Ma doucette...

Marie se lève, enlace Félicia, fredonne *Boléro*, sa rengaine préférée du moment, entraîne son amie dans un pas de danse.

— *Sous le ciel rouge et noir*

Boléro...

Ton idée me sauve la vie !

Félicia se dégage à petits gestes doux, s'écarte, noue son mouchoir de tête.

— Tu vois bien que je ne sais plus danser. Ne fais pas trop la folle, quand même. Pense au cancer de ce pauvre M. Mauvignier...

— Merde, le cancer de M. Mauvignier, c'est vrai !

— Bon, ça fait bientôt une heure qu'on jappe. Il est temps de reprendre le collier. On commence par le tas de terre ?

18.

Pierre Maignan plonge les mains tout au fond des poches de sa canadienne, enfonce le menton dans son col fourré, fait semblant de frissonner.

— Avec ce vent, on aimerait brûler l'herbe folle dans les champs. Par exemple, à la nouvelle propriété de l'adjoint... Je t'assure que ça flamberait. J'ai toujours aimé ça, allumer des grands feux quand il vente fort !

Marie le tire par la manche dans le couloir.

— Entre vite au lieu de raconter des folies.

— J'ai toujours aimé raconter des folies !

Il se campe sur le seuil et découvre alors Gil qui s'avance sur la pointe des pieds dans la pénombre du couloir.

— Ah, tu es là, toi, le locataire.

Il se tourne vers Marie.

— On se voit presque tous les jours, lui et moi, chez la veuve Soupe. Il m'a tout l'air d'un bon gars, hein ?

— Pierre, ce sera le témoin que tu voulais. La juge n'est pas ici.

— Je sais, elle court après son mari comme toi après le tien. Ah, les femmes, elles sont toutes les mêmes ! Je parie que la juge supplie son pilote à genoux : Chéri, emmène-moi au septième ciel dans ton grand avion !

Il rejoint Gil en deux pas immenses, lui frappe l'épaule d'un coup à assommer un mouton.

— Tu pourras témoigner devant le monde que ma petite femme donnerait dix ans de sa vie pour une nuit dans les bras de son chéri !

Marie grelotte sous son mince imperméable à capuche. Un courant d'air chargé de crachin force le couloir, claque la porte de la rue, rabat la capuche, décoiffe Marie, fouille son imper qu'elle essaie de plaquer sur ses genoux.

— Ne restons pas là. Quelqu'un pourrait passer.

Elle dispute au vent la porte de la petite cour. Pierre la pousse devant lui, Gil suit le mouvement. Le soleil d'hiver luit pauvrement derrière les murs. Une clarté terreuse coule des toits dans la courette et se reflète sur le ciment gras. Ce sera donc le lieu du sacrifice : le dépotoir de la maison Mauvignier. Marie se retourne vers Gil, qui croise son regard transi de chagrin.

Pierre Maignan se campe, les poings sur les hanches, renifle, racle le sol de la pointe de son soulier.

— Dis donc, Marie, ça cocotte et ça caille ! T'as bien choisi ce putain d'endroit ! Et toi, le fils de Fernand, t'oublieras pas la petite femme qui irait à Saint-Pépin à quatre pattes pour gagner son pardon !

Gil a le sang gelé et la bouche sèche. Il fourre les mains dans ses poches pour cacher son tremblement. Qui donc fermera pour de bon, un jour, la gueule de ce salopard ? La veuve Alvarez lui a tout de même rivé son clou : une paire de calottes et il a disparu une semaine. Il n'est pas le roi de la montagne. Mais Gil a promis à Marie de se tenir coi. Et s'il voulait braver Pierre Maignan, il se ferait aplatir comme un mulot sous le sabot d'un pur-sang... Il gémit dans son cœur d'impuissance et d'humiliation. Il voit Marie la douce,

Marie la folle, cette nuit, au lit, contre le poitrail de son marlou, donnée, ouverte, et il l'entend vagir de bonheur. L'espoir de raconter sa mésaventure pour le prix Renaudot 1960 ne le console qu'à moitié.

Marie fixe le ciment rugueux à ses pieds. Pierre lui prend le poignet sous la manche de son imper, lui pince les jointures, fait rouler la peau entre ses doigts. Elle grimace, geint, commence à plier le genou. Il la relève d'un coup.

— Dis-le d'abord. Comme convenu !

Elle marmonne du bout des lèvres. Il gronde.

— Plus haut !

Elle lâche les quatre ou cinq premiers mots un à un, avec effort, puis la fin dans un cri.

— Je... te... supplie... de rentrer à la maison, mon Pierre !

Elle se pend à son bras pour s'agenouiller, il la remet debout d'une secousse.

— Pas besoin de démonstration, ma pauvre chérie. Embrasse-moi, on sera quittes.

Elle se dresse sur la pointe des pieds, colle sa bouche à la lippe du bougre. Gil détourne la tête, mais le sifflement du vent ne l'empêche pas de surprendre un bruit de succion qui lui retrousse l'âme. Enfin, le pire lui a été épargné. Ce soir, il prendra son pyjama et ses cahiers et il ira demander l'hospitalité à la Boule d'or. Il échappera aux froufrous et aux gargouillis, au pouic et au crac. Tant pis pour le Renaudot ! Marie court vers l'escalier en frottant ses mains gelées. Gil hésite. Pierre Maignan lui bourre l'épaule.

— Allez, monte, faut fêter ça.

Puis, plus bas :

— Je suis content de rentrer au nid. Ma petite Marie

ne peut pas se passer de moi, il fallait qu'elle le reconnaisse devant le monde !

Pierre Maignan parcourt le logement à grandes enjambées. Les lattes du plancher fléchissent en gémissant sous son poids, les verres tintent dans le buffet. Il ouvre toutes les portes, s'arrête devant la chambre de Gil.

— C'est là que tu crèches, fiston ? On peut jeter un coup d'œil ? Tu as un bon poêle, à défaut d'une fille pour te réchauffer, ha, ha !

Il serre brusquement sa femme contre sa poitrine, lui écrase la figure sur sa canadienne.

— Sens moi ce cuir neuf ! Je suis sûr que t'as pas souvent reniflé une pelure de presque cinquante mille balles. Tu es toujours toquée de belles frusques, hein ? J'ai acheté ce paletot hier à Bergerac, pour nos retrouvailles. Tu es contente ?

Il tourne la tête vers Gil.

— L'odeur du cuir, ça excite les souris. Ça leur rappelle le cheval, la guerre... Elles aiment ça !

Il déboucle sa ceinture, ôte sans se presser le paletot à cinquante sacs. « Tiens ! » Au moment où Marie va pour le débarrasser du vêtement, il le lui jette par-dessus la tête, la piège à l'intérieur, fait mine de l'étouffer.

— Hume ça, chérie. Je l'ai porté toute la nuit, sur la peau, pour que la doublure sente l'homme. Y a pas que le cheval, dans la vie !

Gil tente de s'éclipser. Marie surgit sous la canadienne, s'ébroue et le rappelle.

— Gil, reste, s'il te plaît. Pierre a fait porter des bouteilles par le commis de La Ruche. On va boire...

— À la santé de l'adjoint Lécuyer, qui arrose... et un peu à la nôtre aussi. On va se taper le chou, faire la bombe... comme les Américains, ha, ha !

— Chéri, on va trinquer, mais il est trop tôt pour manger. Jeannette aurait le cœur gros si on se mettait à table sans elle.

— Tu as raison, poison. Buvons !

Pendant que Marie sort les bouteilles du carton d'épicerie, Pierre se campe devant un portrait de Jeannette, une photo agrandie qui trône sur une étagère du buffet.

— Ah, ma gosse, ma mignonne, ma bambine, ma drôlette... Tu vas voir, Gil Blas, quand elle va rentrer et qu'elle trouvera son petit papa en train de mitonner un bon dîner ! Parce que, maintenant, il y aura de la viande à tous les repas, dans cette turne. Et comme la jolie blonde que voilà n'a jamais su fricoter la bidoche, qui c'est qui va prendre la queue de la poêle ? C'est Pierrot !

Il pêche par le col la bouteille que Marie vient de tirer du carton, la fait sauter dans sa main.

— Putain, La Ruche, ces épiciers de pauvres ! Ils avaient pas de champagne et ils m'ont foutu une saloperie de mousseux à deux cents balles !

Il brandit la bouteille comme s'il voulait la fracasser contre la pierre du foyer. Marie retient sa main, s'accroche à son bras.

— Chéri, chéri, tu sais que j'adore le mousseux. Et Gil aussi, je suis sûre qu'il va se régaler.

— Oui, bon, merde. C'est quand même dommage, ouvrez-la, si vous voulez. Je me salis pas les mains avec la pisse de rat !

Marie et Gil s'escriment tour à tour, puis ensemble, sur le bouchon. Leurs doigts qui tremblent se frôlent, se touchent. Pierre est occupé à ouvrir une bouteille de bordeaux.

— À partir d'aujourd'hui, on boira du bouché à tous

les repas. Faudra voir à changer le matériel, et d'abord les verres !

Ils trinquent dans des verres à moutarde, Pierre au vin rouge, Marie et Gil au mousseux. Pierre se frappe le crâne, plonge la main dans sa poche de pantalon et, de ce geste théâtral que Gil a pu observer déjà à la Boule d'or, secoue une poignée de billets et les jette sur la table.

— Voilà l'argent du ménage. Ça suffira pour une semaine ?

Marie va pour saisir les billets chiffonnés, en vrac, puis retire sa main. Elle recule, le nez pincé, une moue inquiète sur les lèvres.

— Tout cet argent...

Pierre vide son verre de rouge et s'esclaffe.

— On est riches. L'adjoint a casqué. Ouais, il me rend le pognon qu'il me doit : mes deux briques, pas un sou de moins. En quatre fois cinq cent mille, un pactole, hein ! J'ai touché un premier acompte hier, non, avant-hier.

Il pointe la main sur la canadienne que Marie a accrochée à une patère.

— C'est dans la poche !

Marie ouvre des yeux d'enfant devant une vitrine de Noël.

— Cinq cent mille francs ?

— Non, juste le quart du quart, un peu plus de cent mille.

Sur le visage de la jeune femme, dans son regard, la méfiance le dispute à l'enchantement. Elle voudrait croire au miracle, mais ne peut s'empêcher de douter. Gil se souvient de la poignée de billets de mille et de cinq mille que Pierre Maignan a tirée de sa poche à la Boule d'or : une jolie flopée de Minerve, de Pomone et de Mercure... À ce moment, l'adjoint n'était pas censé avoir banqué.

Marie se tord les mains, baisse les cils, fuit le regard de son mari. Elle guigne Gil en coin, elle se demande peut-être s'il partage ses soupçons. Ah, non, il ne veut plus mettre sa goutte de vinaigre dans leurs salades ménagères ! Il bâille et se secoue le poil comme un chiot qui a piqué une grosse sieste au coin du feu.

— Merci pour le mousseux. Je ne pense pas que Jeannette ait envie de travailler avec moi ce soir. Je vais dîner à la Boule d'or et après... j'irai peut-être danser. Bonne soirée !

En guise de bal, il a appris par cœur des pages de droit. Il n'a aucune envie d'être contrôleur, ni inspecteur, ni percepteur. Il se sent une âme de légume racorni par le gel, cœur de citrouille et sang de navet. Si on lui offrait la gloire en 1960, ou même en 1955, à la seule condition de cracher en l'air, il ne trouverait pas assez de salive sous sa langue. Il a essayé, sans plaisir, de répondre à la dernière lettre d'Héloïse Villon. Leur projet d'écriture à quatre mains cafouille un peu. La blonde au caban joue les oies blanches. Enfin, il est presque sûr qu'elle joue. Est-elle rouée ? Truqueuse, peut-être ? Va savoir. Il a pris la plume pour exiger une rencontre, mais il a vite renoncé. Elle inventera un nouveau prétexte pour refuser. Il préfère couver ensemble le doute et l'espoir. Quelque chose finira par sortir de l'œuf. On verra bien.

Il a lu le journal. On se bat toujours à Séoul. Les Sud-Coréens semblent sur le point de reprendre la ville. Il se fiche de cette guerre, mais il calcule : si les Américains foutent une avoinée à mains nues aux Nord-Coréens, ils laisseront peut-être leur bombe au garde-meubles et on continuera d'avoir des prix littéraires pendant vingt ans, et peut-être plus !

C'est la première fois qu'il couche dans un lit à deux places. Il imaginait amours, délices et orgues, mais ce fichu plumard est raide sur les bords et défoncé au milieu. Il se tourne et roule sans trouver une bonne position. Un ressort de sommier lui cherche les côtes. L'odeur du bouillon gras monte de la cuisine. La vieille auberge est hachée de craquèlement et de fissures, les bruits et les odeurs s'y répandent de la cave au grenier en se posant dans les chambres au passage. Enfin, ce n'est pas pire que d'écouter miauler le paddock des époux Maignan.

On toque à sa porte, trois petits coups, et l'huis frotte le plancher. L'Adeline ? Il attendait sa visite. Il retient la permission d'entrer sur ses lèvres, ravale le mot. Façon de tricher avec le destin. Il pourra toujours raconter dans son futur prix littéraire qu'il s'est laissé forcer la main et le reste. Et en persuader sa conscience, que le cafard aveulit... Adeline s'avance en chemise de nuit, les cheveux sur la figure, poussant devant elle un nuage de parfum, où Gil reconnaît la rose et le lilas mêlés.

Ses pas menus tirent du plancher une plainte crissante. Elle se penche et murmure, la voix soucieuse :

— J'ai vu la lumière, je suis entrée. La patronne m'envoie...

Elle s'assoit au bord du lit, son parfum combatif chasse les relents de soupe, de bois moisi, de linge rance. Gil l'aurait aimée plus près de la nature, mais il ne va pas ergoter pour quelques centilitres de sent-bon en trop. Il tend une main, cherche la sienne, rencontre sa cuisse. Adeline lui serre le bras.

— Il se passe quelque chose de grave, Gil !

La radio, pense Gil. On vient d'apprendre que la

guerre mondiale a éclaté. Les premières bombes atomiques vont pleuvoir avant une heure. Adeline est venue me donner ma dernière chance de connaître l'amour avant de mourir ! Elle se laisse aller contre lui, l'enfouit dans sa chevelure dénouée, chuchote à son oreille.

— Mon pauvre Gil, on va t'embêter. On a besoin de ton aide, mais tu auras une récompense... si tu veux.

Elle lui pose un baiser sur la tempe.

— Tu as bien une clé du logement de Pierre et de Marie ?

Bon Dieu ! Il tombe de l'Apocalypse dans une affaire de ménage ! La chute lui tord l'estomac.

— Une clé ? Oui... mais je ne sais pas si je l'ai prise hier soir. Non, je suis presque sûr que je l'ai oubliée.

Adeline se relève à moitié, cherche une position plus stable sur le lit. Sa chemise en profite coquinement pour remonter sur son genou. Gil, sans la bombe, n'est pas sûr d'avoir le cœur à l'amourette. Adeline explique en retenant son souffle :

— Pierre est rentré chez lui, mais il a gardé sa chambre ici. On pense... on croit... on a peur qu'il ait de l'argent caché sous son matelas. Quelqu'un a prévenu la patronne que les gendarmes risquaient de venir fouiller demain matin de bonne heure. Il faudrait le prévenir qu'il vienne nous débarrasser de son sale fric. La mère Alvarez a peur d'être accusée de recel si les cognes trouvaient le magot !

Gil se réveille à petits coups. Il commence à comprendre, mais plaide encore pour la bonne foi de Pierre Maignan.

— Son sale fric ! Enfin, c'est de l'argent que l'ad... que M. Lécuyer lui devait et qu'il vient de lui rendre. N'est-ce pas ?

— Tu crois ça, mon mignon !

La voix de l'Adeline s'aigrit brusquement.

— Je ne sais pas si l'adjoint lui doit tout ce qu'il raconte. Enfin, ça m'étonnerait. Mais tous ces fafiots qu'il trimballe, c'est du vol. Oui, du vol ! On a dit à la patronne, sous le sceau du secret, qu'il avait fait plusieurs mauvais coups un peu partout, avec une bande de complices. Ça dure depuis six mois, ou peut-être plus. Demain, ça sera plus un secret. Un des complices a parlé. Si les gendarmes mettent la main sur ce flouze, Pierrot est cuit, il ira en taule tout droit. Mais s'ils le trouvent pas, il pourra se défendre, je sais pas, moi, filer, s'en tirer d'une façon ou d'une autre, ou en tout cas s'arranger pour qu'on l'arrête pas chez lui, devant sa femme et sa fille. La patronne dit qu'il faut le prévenir tout de suite. Tu es le seul qui puisse s'en charger sans te faire remarquer.

— Je n'ai pas ma clé. Et puis...

Et puis, si Pierre Maignan est devenu un bandit de grand chemin, qu'il aille au gnouf ! Gil n'a pas envie d'être complice d'un voleur. Oui, mais pense à Marie et à la petite. Pour elles, tu n'as pas le droit de jouer les Ponce Pilate.

— Je pourrais me débrouiller pour rentrer dans la maison par la cave, j'aurai l'air d'un ramoneur, mais tant pis. Puis je frapperai à la porte de Marie et...

Qui sait ? Les deux tourtereaux n'auront pas pensé à donner un tour de clé. Il repousse Adeline et se lève.

— C'est bon, j'y vais.

Elle ouvre sa veste de pyjama, lui touche la poitrine.

— Je vais te faire une friction au baume pour que tu n'aies pas froid. Il est presque minuit et ça caille dehors.

Il est maintenant tout nu devant la belle, qui n'est

pas si vilaine, qui a des doigts de fée et connaît l'art du badigeon. Il ferme les yeux et imagine Marie sans chemise. La main d'Adeline attise le songe. Le baume lui brûle la peau, l'envie lui chauffe les entrailles. Par chance, la pommade ne pue pas trop. Cajoleries et compliments changent la corvée en une aventure digne du *Grand Meaulnes*.

Il bondit dans la ruelle, il a des ailes au cœur et au bas du ventre. Vers Marie la frivole, il s'envole. Il file au-dessus des toits, reconnaît les étoiles au passage. Il admire Orion, la plus belle constellation de l'hémisphère Nord. Un jour il connaîtra celles de l'hémisphère Sud. Quelle croisière ce sera, la gloire et l'amour pour tout bagage ! *Sail on, sail on*, dit-on en anglais. Navigue, navigue. Et l'écho répond en français : Si blonde, si blonde... Dans la hiérarchie de la création, Orion vient tout de suite après une belle aux cheveux d'or et mille blondes nues qui courent la vie et les pages des livres. Marie, à cette heure-ci, et depuis longtemps, n'a plus un fil sur le dos, ni un poil de sec. À coup sûr. Détail gênant, elle batifole entre les bras de son époux légitime, *bella ragazzina* dans la nuit divine. Et lui, freluquet blanc-bec, galope au secours de l'heureux mâtin...

Il redescend sur terre, se glisse dans la ruelle qui donne accès à la cour arrière. Un chat perché sur un toit le nargue de son cri d'amour et de combat. Il secoue la porte, rongée et vermoulue. Elle ferme par un crochet qu'on peut soulever de l'extérieur, à condition de savoir par quel trou passer la main pour l'atteindre. Voilà qui est fait. Il monte l'escalier à tâtons, les doigts glissant sur la rampe rouillée. Ses poumons lui écrasent le cœur. Il s'arrête sur le palier du premier étage, la tête grondante d'un roulement de canonnade. La lumière de la nuit pâle et sans lune s'étale sur le plancher par une fenêtre aux volets mi-clos. Juste de quoi distinguer ses pieds et les portes des logements. Ce lieu qui semblait à Gil un refuge doux n'est plus, soudain, que l'antichambre du désespoir.

Il s'approche de la fenêtre, essaie d'apercevoir le ciel. Une chanson que Marie et Félicia chantent quelquefois ensemble lui vient en mémoire, ça doit être du Scotto.

Tant qu'il y aura des étoiles sous la voûte des cieux,
Il aura dans la nuit sans voiles
Du bonheur pour les gueux.

Quelle connerie ! Enfin, qui sait ? Quand les nuées atomiques auront bourré l'espace, on n'aura plus d'étoiles. Mais les gueux seront morts, les premiers, comme toujours. S'il n'était pas un homme, apte au service des armes et des femmes, il en chialerait.

Il va se piquer devant la porte des Maignan. Il colle l'oreille au bois, sur lequel la peinture s'écaille. Il écoute. Bruits de sommier ? Non. Rires de femme chatouillée au bon endroit ? Non. Gémissements et beuglements de plaisir ? Non. Les cloisons ne laissent rien passer. Ils font attention à cause de la Nénette. Ou bien ils ont fini la séance et dorment comme des bienheureux.

Il frappe deux ou trois coups de phalange contre l'huis. Ça ne fait pas beaucoup de bruit. Il appuie sur le loquet, la porte s'ouvre. Ils ont oublié de fermer en se couchant, tant les gencives leur démangeaient. Il entre, s'annonce à mi-voix, avance dans le vestibule jusqu'à la chambre nuptiale.

— C'est moi, Gil...

Il toque comme le Petit Chaperon rouge chez la mère-grand.

— Monsieur Pierre ? Il faut que je vous parle.

Il les entend chuchoter, cogner le bois du lit. Le sommier lâche une plainte. Ils n'étaient encore qu'à l'entracte. Ils ne dormaient pas.

Pierre ouvre grande la porte, apparaît en caleçon, torse nu, le poil en bataille.

— C'est toi ? Entre. Tu vas réveiller la Nénette et on gèle dans cette saloperie de couloir.

Il tire Gil par l'épaule, referme la porte. La lumière électrique éblouit le visiteur venu du fond de la nuit. Ces fripons-là ont mis une ampoule de cinquante watts ou peut-être de soixante-quinze pour se rincer les quinquets de leurs amusettes. Marie se couvre la poitrine jusqu'au menton, mais une jolie jambe s'étire hors du drap. Encore heureux que la cuisse soit un peu courte, elle serait la plus belle du monde, et Gil en aurait le cœur à jamais enchaîné.

Pierre Maignan s'esclaffe et s'exclame :

— Et alors, quoi ? D'où t'arrives donc, fiston ? Qu'est-ce qui se passe à Saint-Pompont ?

D'un effort cyclopéen, Gil détourne l'œil de la cuisse de Marie.

— À Saint-Pompont ?

— Eh, je rigole, farceur. Qu'est-ce qu'il y a ? T'es pas un peu fou de débarquer comme un chaton qui a perdu sa mère ?

Gil avale trois gorgées de salive pour se dénouer la gorge.

— C'est la mère Alvarez qui m'envoie. Elle... je...

Comment raconter cette histoire devant Marie ? Il bafouille, s'embrouille, se mord la langue.

— Les gendarmes... elle pense qu'ils vont fouiller votre chambre à la Boule d'or demain matin... enfin tout à l'heure. L'argent...

Pierre Maignan jette un rire à casser les vitres.

— La veuve Soupe a perdu la boule... la boule d'or, ha, ha ! Tu peux dormir sur tes deux oreilles, camarade. Et toi aussi, Marie chérie, en commençant par renquiller ta cuisse !

— Oh, mon Dieu ! s'écrie Marie, et elle s'enfouit tout entière sous l'édredon.

Pierre pose les deux mains sur les épaules de Gil, et un beau sourire de confiance et d'amitié éclaire son visage.

— Tu es un chic type d'être venu. Je sais que tu aurais fait la même chose pendant la guerre, si on avait eu la Gestapo au train. Tu as fait ce que tu croyais bien, je te remercie. Mais, dans cette affaire, je suis innocent comme l'agneau d'un jour, ha, ha !

Il lève ses paumes ouvertes, renverse la tête pour fixer l'ampoule électrique, théâtral et rigolard.

— J'ai le nez propre et les mains blanches, y a pas à tortiller. Les pandores peuvent s'amener !

Il baisse les yeux, Gil croise son regard, où il lit une prière : Tais-toi, va-t'en, laisse-nous. Pierre Maignan crâne devant sa femme. Il feint la sérénité pour sauver ce qui reste de leur nuit de retrouvailles, un moment de bonheur, peut-être le dernier de toute sa vie. Il sait qu'il est pris, qu'il a peu de chances d'échapper à la justice. Soit il n'a plus envie de fuir, soit il refuse de sacrifier quelques heures de paix à une cavale hasardeuse.

À moins qu'il n'ait encore l'espoir de se tirer des pieds avant le jour, quand Marie dormira...

Gil lui rend son regard. Il ne peut s'empêcher d'envier cet homme, d'admirer sa force et sa folie. À sa place, il serait prêt aussi à risquer la prison pour une seule nuit avec Marie. Même une nuit écourtée...

Elle se cache, mais les guette de sous le coin de la couverture. Il lui sourit, tend la main à Pierre Maignan. Il cherche un mot historique pour son autobiographie. Il ne trouve rien qui vaille.

— Bonne nuit.

— Bonne nuit, fiston.

Le chemin du retour est trois fois plus long. Les étoiles ont pâli. Un souffle glacé s'embusque au coin des rues. Un chien errant le suit. Gil le menace d'un geste en tapant du pied.

— À la niche, idiot. Enfin, si t'en as une... Tu vas te faire cravater par le garde, adieu la vie, adieu l'amour, Médor.

Adeline guette Gil à la porte de la ruelle. Engoncée dans un manteau à capuche, elle paraît sortir d'une veille édition des *Misérables*. Elle pousse Gil à l'intérieur. Il se met à trembler, sous le choc en retour de l'émotion. Elle le soutient jusqu'à l'arrière-cuisine, l'assoit dans le fauteuil de la veuve Soupe.

— Chut, elle dort. Tu as vu M. Pierre ?

— Oui, je l'ai vu. Il a juré qu'il n'avait rien à se reprocher, qu'il ne craignait pas les gendarmes...

— Marie était là ?

— Oui.

— Alors, tu crois pas qu'il allait dire le contraire devant elle ! Je suis sûre qu'il est en train de lui faire une petite façon, pour finir. Et sitôt qu'elle pioncera, il va chier du poivre !

Ficher le camp, oui. Elle a raison, l'Adeline, elle connaît la vie comme sa poche. Elle lui verse un petit verre de rhum. L'odeur de l'alcool l'écœure un peu, mais il a besoin d'une médecine de cheval. Il boit quelques gorgées, arrête de trembler.

— Marie doit se douter que son mari est un voleur, n'est-ce pas ?

— Pas sûr. Va savoir. Pour elle, son Pierre, c'est la fleur des pois. Quand il est là, elle croit tout ce qu'il dit. Mais quand il est loin... À mon avis, dès qu'il se sera tiré des flûtes, le plomb lui reviendra à la cervelle !

Elle l'embrasse sur la bouche. Il lui rend son coup de langue comme il peut. Le goût est celui de la pêche au sirop, ça ne vaut pas les cerises de mai, tant pis. C'est ce qu'on appelle les moyens du bord. On dit aussi qu'il faut savoir laisser tomber son pain dans la sauce au bon moment. Elle le prend par la main.

— Viens te réchauffer, mon chou, dit-elle. Tu en as besoin.

Mon chou. Un légume, il s'y attendait. C'est toujours mieux que si elle l'avait appelé mon poussin. Elle prend une serviette qu'elle a mise à chauffer.

— Viens dans ma chambre. La tienne est toute froide.

Elle n'est pas vilaine, cette fille, ni trop vieille. Elle sent bon, elle a la main. Elle a vite fait de le déshabiller. Il est en caleçon, elle lui frotte le dos avec la serviette chaude. Il perd un instant la respiration. Elle lui demande si c'est bon, il en convient. Il s'abandonne à ses mains. On entend un chat miauler de l'autre côté des volets, tout près sans doute. L'Adeline rit en le tirant vers le lit.

— C'est mon chat, il est jaloux de toi ! Je l'ai mis à la porte pour qu'il nous fiche la paix. D'habitude, il dort avec moi.

La place du chat ? Encore mieux, car le minet n'a sûrement pas le droit d'entrer sous les draps. Gil y est maintenant et, pour un moment, c'est le meilleur endroit du monde. Il se rappelle la *Chanson du grillon* qu'il récitait à huit ans.

Le pré sera bientôt fleuri,
La source à mes côtés gazouille.
L'herbe monte et me sert d'abri,
Et si mon manteau brun s'y mouille,
J'en ris... Guéri, je suis guéri !

Il est content de n'avoir plus huit ans. L'herbe est douce, la source gazouille, il s'y mouille un peu, il en rit. Il est guéri de l'innocence. Ouf, la vie peut commencer demain, et même aujourd'hui. Le pré sera bientôt fleuri. Il trouvera cent bouquets à cueillir... Il a sommeil, maintenant. Mais l'Adeline l'attire contre lui de nouveau, murmure près de son oreille :

— Je vais te dire un gros secret.

— Un gros ?

— Pierre... Pierre Maignan... Tu m'entends ?

Bien sûr qu'il l'entend. Il voudrait rire, s'en ficher, mais la curiosité court le long de ses nerfs et le ravigote en deux secondes. Tout ce qui regarde Pierre touche Marie et lui froisse le cœur.

L'Adeline marmonne, soupire.

— Oh, mais tu le sais peut-être déjà ? Dis mon Gil, tu le sais, que Pierre Maignan a une maîtresse qui le cache pas loin d'ici ? Non, tu le savais pas ? Oh, elle le cache quelquefois, mais pas longtemps. Alors, il s'enferme dans sa maison pendant le jour et il ne peut sortir que la nuit. Je pense qu'il va filer chez elle cette nuit et qu'il restera planqué jusqu'à la nuit prochaine. Les gendarmes n'auront jamais l'idée d'aller fouiller la maison d'une « de ». Et quand ils ne le chercheront plus, il se fera la paire !

Cette histoire sonne si vrai que Gil ne peut douter un instant. Pierre Maignan a une compagne à la ville où il vit et des maîtresses un peu partout. Ce serait bien surprenant qu'il n'en ait pas gardé une à Saint-Veillant !

— Une madame « de » ?

— Mademoiselle « de ». Tu ne devines pas ? Mais si, Mlle de Saint-Philippe, la secrétaire des Camions Lécuyer ! Miss Larme-à-l'œil ! Tiens, elle va encore pleurer cette nuit, et demain, et tous les jours. Pauvre fille, elle est folle de lui, elle n'a jamais eu d'homme avant de le connaître. Je crois qu'elle lui donnait de l'argent. Tous ces paquets de billets qu'il manipulait, ici et un peu partout, je pense qu'ils venaient d'elle... ou de la caisse des Camions Lécuyer !

— Elle puise dans la caisse pour son amant, selon vous ?

— Dis-moi tu, maintenant tu peux. Oui. J'en suis presque sûre. Mais Pierre Maignan avait besoin de plus d'argent encore. Il est allé faire de la cambriole avec des petits voleurs de rien du tout, qui n'ont rien eu de plus pressé que de le vendre. Pauvre Mlle de Saint-Philippe !

Ah non, la Saint-Philippe n'a que ce qu'elle mérite. C'est Marie qu'il faut plaindre. Pauvre, pauvre Marie ! L'Adeline insiste.

— Tu comprends, il va lui réclamer encore de l'argent avant de filer. Et le comptable va finir par s'en apercevoir, peut-être qu'il a déjà la puce à l'oreille. Et l'Adrien !

— Mlle de Saint-Philippe va être arrêtée, aller en prison...

— Oui, une demoiselle « de » ! Ça s'est jamais vu ! Mais l'Adrien prend aussi de l'argent dans le coffre quand il en a besoin. Tous les patrons le font, sauf

M. Mauvignier. C'est leur argent, mais je ne suis pas sûre qu'ils aient le droit de se servir sans rien marquer dans les livres.

— Pour ce que je sais de droit, c'est interdit. Sauf s'ils remettent tout, tout de suite.

— Tu as sûrement raison. Enfin, la Philippine va se retrouver en taule comme une voleuse de linge ou une putain sans carte ! Oh : là, là ! Et je pense à un truc. Les gardiennes de prison vont la forcer à se déshabiller complètement, même la culotte, pour la fouiller à corps. Tu sais ça ? Elles vont lui mettre les doigts dans les endroits incognitos, ici, là... une « de »... hi, hi ! Rien que d'y penser, ça me donne encore envie. Viens, mon chéri, viens contre moi. Donne-moi tes mains.

Sept heures et quart. Il arrive devant la maison Mauvignier comme trois gendarmes en sortent, le chef Rivaux et deux hommes. D'ordinaire, ils ne sont que deux, ils ont pris du renfort pour agrafer Pierre Maignan. Trop tard, l'homme s'est tiré des flûtes et a sauvé son lard ! Dans le gris du petit matin, Gil aperçoit Marie, les bras en l'air, non pour se rendre, mais clamer son impuissance. Ou plutôt un seul bras, car elle serre de l'autre la ceinture de son manteau mal fermé. Un des gendarmes, tenant la visière de son képi entre deux doigts, renverse la tête et jette un coup d'œil sur le blême panorama des toits. Le fugitif n'a pas l'air d'être là-haut. Marie a dû leur expliquer qu'il avait filé à l'anglaise pendant qu'elle dormait.

Gil sent son cœur, attendri par les plaisirs de la nuit, remuer dans sa poitrine pleine à éclater d'air vif et de douces espérances. Il a réussi. Pierre Maignan l'a cru et s'est échappé à temps.

Les gendarmes piétinent, tournent en rond, ne se

décident pas à partir. Les voilà qui rentrent dans la cour en repoussant Marie. Gil est trop loin pour entendre la conversation. Il préfère garder ses distances et guetter sans se montrer. Passer par-derrière, comme hier soir ? Il risque de croiser les pandores au fond de la cour ou dans l'escalier. Il n'a pas envie de répondre à leurs questions.

Pourquoi ont-ils soudain changé d'idée et repris la fouille de la maison ? Gil s'éloigne, fait le tour du quartier par les ruelles, ressort à l'autre bout de la place. La maréchaussée, cette fois, s'en va pour de bon, à grands pas, le gradé devant et les hommes derrière, tête baissée contre le vent qui secoue leur képi.

Cinq minutes plus tard, Gil rejoint Marie dans sa cuisine. La jeune femme est assise les coudes sur la table, le visage dans ses mains, toujours en manteau. Elle demande sans lever la tête, d'une toute petite voix :

— C'est toi, Gil ?

Il répond que c'est bien lui. Elle répète tout bas les mots de son mari :

— Dans cette affaire, je suis innocent comme l'agneau d'un jour... Hein, c'est bien ce qu'il a dit ? Moi, je l'ai cru. Tu n'as pas vu les cognes ? Ils étaient là il y a cinq minutes. La place de Pierre dans le lit était froide et la porte ouverte. Mais je suis tellement sotte... il m'a fallu un moment pour comprendre qu'il avait mis les voiles. Grâce à toi !

Gil ne sait trop s'il a été un héros ou un traître.

— Je vous demande pardon, Marie. Je pensais à Jeannette. Si Pierre est arrêté, mieux vaut que ce soit loin d'ici. J'ai eu tort ?

Marie se lève, noue encore une fois la ceinture de son manteau, tourne le dos, fait quelques pas vers la fenêtre.

— Tu as eu raison. Je ne te remercierai jamais assez pour être venu en pleine nuit l'avertir. Tu savais qu'il volait ?

Gil se tait. Il revoit Pierre Maignan sortir de ses poches de pleines poignées de billets. Hier encore, ce paquet de mille et de cinq cents francs... Il est sûr que Marie a la même image en tête.

— À la Boule d'or aussi, je l'avais vu les poches pleines de billets, et des gros qu'il ne prenait pas la peine de compter. Je me posais des questions. Comme vous !

Marie revient vers le milieu de la pièce, le visage défait, les traits tirés, le teint blême, les cheveux dans les yeux, vieillie de dix ans, et rendue plus belle, plus attirante, par l'accablement et le chagrin. Il aimerait la serrer dans ses bras pour la réconforter, mais il n'ose l'approcher de peur qu'elle ne respire sur lui le parfum de l'Adeline. Il a envie d'accabler Pierre Maignan, le rival jalousé, et envie de le défendre parce qu'il l'admire encore et qu'il se sent moins que rien, la poitrine soudain vidée d'air et d'espoir. Le petit bonheur de la nuit s'est éteint comme un mégot dans un cendrier. Pardon, Marie.

Elle vient vers lui, le regarde dans les yeux, les prunelles agrandies et brillantes, les lèvres entrouvertes, laissant filer son souffle.

— Tu en as parlé avec Yvon, bien sûr ? Ne mens pas. Il t'a dit : Pierre Maignan est un gangster, hein, il te l'a dit ? Ne mens pas, je t'en supplie.

— Pas ce mot, Marie. Yvon m'a dit qu'il croyait Pierre capable de faire un mauvais coup quand il était à bout de nerfs. Voilà.

— Ah oui, les nerfs...

Elle relève la tête, respire la bouche grande ouverte. Ses mains tremblent, son regard chavire.

— Tu as raison. Autrefois, quand il avait ses crises, il ne savait plus quoi inventer pour me faire tourner en bourrique. Et maintenant, où va-t-il s'en aller ? Et nous, ma Nénette et moi, qu'est-ce qu'on va devenir ?

Elle a l'air de le questionner, mais il voit bien qu'elle parle à la vitre du buffet, au papier peint, au ciel de l'autre côté des rideaux. Il répond quand même.

— Je crois qu'il va partir loin, en ville, peut-être à Bordeaux ou Paris...

— À Paris ?

— C'est dans les grandes villes qu'on se cache le plus facilement.

— Tu as peut-être raison. Ça vaut mieux qu'il soit parti. Et si M. Mauvignier casse sa pipe, je demanderai le divorce et je me remarierai !

La réflexion, impulsive, féroce, laisse Gil bouche bée. Il se dit aussitôt qu'entre le divorce et le remariage, elle aura peut-être quelques jours et quelques nuits pour lui.

Elle joint les mains, le regarde gentiment, se rapproche.

— Pardon, je ne sais plus où j'ai la tête, je bats la campagne. Mon Pierrot me rendra folle ! Qu'il parte au diable, bon débarras ! Dis-moi, Gil, à ton avis, comment la mère Alvarez a-t-elle su que les cognes se préparaient à le choper ce matin ?

— Elle a une servante, la Josette, qui fait des ménages le jour à la gendarmerie et vient aider le soir à la Boule d'or. Et elle a peut-être un gendarme dans sa manche...

— Un gendarme qui la renseignerait ? En échange de quoi ?

— Peut-être de viande. Elle fait tuer des bêtes, des agneaux, des moutons, des veaux... Elle revend ce qu'elle ne sert pas à l'auberge.

— Quand même, un gendarme !

— Vous avez raison. Je crois que ça c'est passé autrement.

La révélation frappe Gil par surprise, comme un coup de savate au coin d'une rue. Les gendarmes ont l'habitude d'informer le maire des affaires qui touchent les notables de la ville ou les anciens de la Résistance, qui concernent la politique locale ou présentent un risque de scandale. Ils ont donc prévenu l'adjoint de l'arrestation imminente de Pierre Maignan. Peut-être espéraient-ils que l'avertissement serait transmis au principal intéressé, qui filerait aussitôt. Ils seraient ainsi débarrassés d'une sale corvée. C'est bien ce qui est arrivé. L'adjoint a demandé conseil à sa secrétaire, Mlle de Saint-Philippe. Il ne sait rien faire sans elle. La demoiselle « de » croyait son amant à la Boule d'or : il ne lui avait pas dit qu'il retournait s'installer chez sa femme. Après quelques tergiversations et débats de conscience, elle a alerté la mère Alvarez. Les hésitations du patron ou de la secrétaire, ou des deux, expliquent que la nouvelle soit parvenue très tard à la veuve.

— Ce n'est qu'une supposition, dit-il à Marie.

La formule chère à son ancien patron, le percepteur, lui vient naturellement à la bouche.

— Je n'en sais rien, mais j'en suis sûr.

Il essaie d'infuser dans son sourire un grain de baume et deux gouttes de révulsif. Marie l'appelle d'un signe.

— Viens que je t'embrasse.

Son manteau s'ouvre tandis qu'elle le serre contre lui. Elle pose deux lèvres tièdes au coin de sa bouche.

Elle sent la chair, la nuit, l'amour... Il caresse au passage, pas tout à fait par distraction, un sein à peine couvert. Elle retient son poignet.

— Dommage que je ne sois pas là à midi, on aurait pu se voir. Mais j'espère qu'on aura plein de nouvelles ce soir.

Gil garde au creux de sa paume la chaleur, la douceur, le frémissement du sein qu'il a tenu quelque secondes comme un oiseau nu dans sa main. Il observe ses doigts, s'étonne de les voir inchangés. Il lève la tête, contemple Marie.

— Je suis en retard. Je...

Elle rit.

— Et moi alors. J'aurais dû réveiller Jeannette il y a presque une demi-heure ! Va.

Tout en travaillant, profitant de chaque instant disponible entre deux clients, Gil raconte à Yvon, par bribes et dans le désordre, les événements de la nuit et du petit matin. Il avait l'intention de passer sous silence ses quelques heures de noviciat dans le lit de l'Adeline, mais l'air rassasié et penaud qui lui nimbe la trombine ne pouvait pas tromper un témoin aux aguets. Yvon, d'un clin d'œil appuyé d'une moue, lui laisse entendre qu'il a tout deviné. Gil a un peu chaud aux oreilles. Il aurait voulu exhiber devant son camarade un brevet d'intronisation plus glorieux. Il se sent l'âme d'un épagneul qui aurait levé un lapin dans un champ plein de lièvres...

À midi, le bureau bouclé, Yvon pose une enveloppe fermée devant Gil.

— C'était au courrier, tout à l'heure. Cette écriture... tu aurais pu l'imiter. Tu la reconnais ?

Gil hésite, secoue la tête.

— Non...

La lettre est adressée à *M. Y. Bellot, perception de Saint-Veillant.*

— Le baron de La Jafferie. J'espère qu'il nous annonce une bonne nouvelle.

Yvon reprend l'enveloppe, l'ouvre avec le couteau de paysan qui lui sert de coupe-papier, en tire une feuille petit format qu'il lit d'un coup d'œil. Il s'exclame, tend la feuille à Gil et se frappe les cuisses.

— Oui, pour une nouvelle, c'en est une !

M. de La Jafferie n'a écrit qu'une douzaine de lignes, mais ce sont les plus surprenantes, les plus réjouissantes que Gil ait jamais lues.

Cher monsieur Bellot,

L'enquêteur que j'ai lancé sur la piste du Dr F. à votre instigation l'a retrouvé beaucoup plus vite que je n'espérais. Par une heureuse coïncidence, notre homme est à Paris pour six mois. Déçu par l'Amérique, il envisage même de rester en France. Il compte venir en Dordogne prochainement pour s'occuper de l'affaire qui nous intéresse.

Bien entendu, je lui offrirai mon aide et mon appui, dans la mesure où ma santé me le permettra.

Je considère que votre responsabilité est maintenant dégagée. Mais les informations que vous détenez seront précieuses pour le Dr F. Je vous félicite du souci que vous avez montré de l'avenir politique de notre ville et de notre canton et vous prie d'agréer, cher monsieur, mes salutations distinguées.

R. de La Jafferie

Yvon et Gil se regardent longtemps, en souriant, puis se serrent la main. Yvon regarde le ciel par la fenêtre.

— On a réussi.

— Tu as réussi.

— Non, pas moi, nous deux. Je n'aurais rien tenté seul, d'autant que ma femme n'aime pas que je me mêle de politique. Ou, en tout cas, j'aurais vite abandonné.

Ils se tiennent maintenant côte à côte et observent le ciel ensemble, comme s'ils cherchaient une lueur d'espérance sous les grises nuées du mois de mars. Yvon pose la main sur l'épaule de Gil.

— Les Sud-Coréens ont repris Séoul. C'est une autre bonne nouvelle.

— Pas pour les communistes. Enfin, ça diminue le risque de voir les Américains lancer leur bombe en Corée.

— Mais les Russes l'ont aussi, cette saloperie de bombe. Un jour ou l'autre, ça risque de péter en Europe.

— Je sais. J'y pense. Peut-être trop. La plupart des gens, surtout les femmes, ont l'air de s'en ficher.

— Elles ont raison. Il faut vivre comme si de rien n'était. Je me dis quelquefois que mon petit a tout juste une chance sur deux de devenir adulte dans un monde en paix. Au fond, je préférerais avoir une fille. Si la bombe nous pète à la figure, on mourra tous, hommes, femmes et enfants. Mais les filles ont une chance, une petite chance de plus. Elles n'iront pas sur le champ de bataille. Il vaut mieux oublier tout ça. Ou alors, on n'a plus qu'à s'arrêter de vivre... et laisser l'adjoint devenir ministre !

Gil se laisse tomber sur sa chaise, se prend la tête dans les mains.

— Tu n'es pas un peu déçu, finalement ?

— À propos de l'adjoint ? Oui, on va passer la main au Dr Filman. Je suis soulagé et en même temps un peu triste... je ne sais pas comment le dire.

— On se sent dégrisé.
— Mais je suis très content.
— Moi aussi.
— On pourra penser à autre chose.
— Toi, à ton enfant.
— Toi, aux femmes...

Yvon s'assoit à son tour, loin de la fenêtre, à la place du patron, qui est désormais la sienne. Ils attendent, les yeux baissés, les coudes sur la table qui sert de bureau. Yvon tourne la tête, légèrement, sans regarder son camarade.

— Ça va ?
— Oui, et toi ?

Les deux garçons ne peuvent se décider à s'en aller. Un temps de leur amitié s'achève. Grâce à la lutte qu'ils avaient entamée contre l'adjoint, ils ont vécu plusieurs mois dans un mirage guerrier, ils se sont haussés au-dessus de leur condition de petits employés. Ils ont joué aux gendarmes et aux voleurs, à la Résistance et à la Gestapo. Ils ont oublié la médiocrité quotidienne. Ils ressentent le contrecoup d'une tension brusquement tombée. Ils ont un peu peur du vide qui va s'infiltrer dans leur vie. Yvon se lève, empoche la lettre du baron.

— On a passé le relais, quoi. C'est ce qu'on voulait.
— Oui.
— On n'aura plus qu'à regarder le baron de La Jafferie et le Dr Filman régler le cas Lécuyer. Et compter les coups !

19.

Félicia et Marie suivent pas à pas l'Adrien pour un tour du propriétaire qui n'en finit pas. La maison du métayer est maintenant propre et prend un air coquet, avec la floraison des narcisses et des jacinthes qui la cernent d'un parterre jaune et bleu.

— On a tout nettoyé, répète Marie, tout raclé, tout passé à la chaux ou à la Javel. On a trimballé au moins cinquante brouettes de saloperies !

— Quarante-huit, dit Félicia, je les ai comptées.

— On est bien contentes, poursuit Marie, mais on a sacrément mal aux reins !

L'adjoint se retourne à demi, hoche son chapeau, frappe sa botte de cuir d'un coup de badine.

— J'aurais dû vous envoyer un homme.

— Ah non ! s'exclame Marie. Un type qui n'aurait fait que nous embêter... On préfère encore avoir mal aux reins pour la bonne cause. Si ça puait pas tant !

— Je m'occupe de ces carcasses. J'ai amené M. Thoumeyragues pour qu'il fasse la chasse aux paysans des environs qui ont transformé la Lucette en dépôt de bétail mort. Il me semblait nécessaire de régler cette question avant d'enlever les cadavres. Sinon, on sera obligé de recommencer toutes les semaines !

Marie renifle, campée les mains sur les hanches, face aux champs et aux bois, l'air batailleur sous son imper ouvert qui claque au vent.

— Franchement, monsieur Adrien, vous croyez que Baladou est assez malin pour régler cette histoire avec les paysans ?

— Si nécessaire, j'enverrai les gendarmes. Mais je ne veux pas brusquer les paysans, ils sont communistes à quatre-vingts pour cent, dans cette commune.

— Faut croire que tous les paysans sont communistes, dans ce pays. Qui c'est qui va se faire sacquer aux élections du mois de mai ? C'est les radicaux et les z'MRP ! Et Baladou, il a le droit de faire le garde-champêtre dans une commune qui est pas la sienne ?

— Ne vous inquiétez pas, chère Marie. Je lui ai donné quelques jours de congé à la mairie. Il a certes son fusil, mais il a un permis de chasse et pas d'uniforme. Tout est régulier. Et je le paie de mes deniers, bien entendu. Sous ma garde, l'argent de Saint-Veillant est plus en sûreté que la cassette d'Harpagon !

L'adjoint écarte des branches mouillées, bourgeonnantes, pour ouvrir le passage à ses ouvrières. Déguisé en gentilhomme fermier, veste de cuir, pantalon de velours, chapeau tyrolien, il s'amuse à jouer au galant. C'est une petite attention que les deux femmes apprécient sans se l'avouer. Le patron des Camions Lécuyer s'entraîne à la politique. Un jour, il saura complimenter les mamans et embrasser les petits enfants.

Le vent a tourné, dissipant la puanteur. Dans quelques jours, lorsque le printemps éclatera pour de bon, la Lucette sera le plus bel endroit du monde. Félicia s'agenouille au bord du sentier pour cueillir des violettes blanches. Elle a trop mal au dos pour simplement s'accroupir. Le patron et Marie continuent vers la maison principale, la « maison de maître », où une demi-douzaine d'ouvriers, maçons et couvreurs, s'affairent à la charpente, à moitié dénudée. Un homme de haute taille, très brun, un Italien peut-être, se tient debout, en équilibre sur le faîte du toit. Il balance les bras mais n'avance pas. Dans le contre-jour, on distingue mal ses gestes, on croirait qu'il salue le soleil. Mon Dieu, il va tomber ! Félicia se relève en s'appuyant à un arbuste, elle écrase les violettes dans sa paume. Elle connaît cet homme, elle l'a croisé plusieurs fois et ils ont échangé un sourire. Hier, il vidait sa gamelle à l'écart de ses compagnons. Il paraît une trentaine d'années, il doit être italien ou espagnol et parler difficilement le français. Marie l'a remarqué aussi, son regard a flambé un instant. Il a l'air de sortir d'une chanson de Tino. En voilà un avec qui elle oublierait volontiers son mari en fuite !

Tout en respirant son bouquet, Félicia songe qu'elle-même, si elle avait dix ans de moins, aimerait bien que cette espèce de Ramuntcho la serre dans ses bras, puis la prenne par la main pour l'emmener au bord de la mer... La mer qu'elle n'a jamais vue !

Les violettes blanches ont moins de parfum que les violettes. L'odeur de pourriture est partie pour un moment, Félicia glisse les fleurs dans la poche de son tablier. Elle se rapproche de Marie, qui traîne quatre ou cinq pas derrière l'adjoint. Ils ont dû avoir une bisbille. Depuis la fuite de Pierre, Marie change d'humeur comme de chemise. Tantôt elle rit, chante, moque gentiment son amie et provoque le patron. Tantôt elle a sa chique, elle est sur les nerfs et fait à tout le monde des querelles sur la pointe d'une aiguille. Elle n'échappera jamais au malheur d'avoir épousé ce type... le seul homme que Marie ait jamais désiré, aimé peut-être.

Qu'est-ce qui vaut mieux, être mariée à un beau gosse un peu canaille et un peu fou, ou à un pauvre couillon, un mal bâti, un crâne de piaf qui boit la moitié de son salaire et refuse de passer son permis de conduire parce qu'il se croit plus malin que ses copains chauffeurs ?

Quand même, la Marie en a pris du plaisir avec son beau mâle. Ce qui est gagné est gagné, personne ne lui enlèvera jamais ça. D'un autre côté, Félicia est fière de ses enfants, heureuse de les voir pas trop mal fichus, pour être modeste, et tous les deux sur le chemin de la réussite.

Elle lève la tête vers la grande maison. Le beau brun s'est mêlé à ses camarades sur la pente du toit. Elle ne le distingue plus des autres. Elle rattrape Marie en quelques enjambées.

— Chante-moi *Ramuntcho*, tu veux ?

Marie éclate de rire, lève la main, pointe un doigt sur la toiture où s'activent les couvreurs.

— *Comme un aigle, tout là-haut,*
Habite Ramuntcho...
Il partage tous ses jours
Entre la chasse et l'amour !

Elle tire doucement l'oreille de son amie.

— La chasse, je ne sais pas, mais ce type a tout ce qu'il faut pour l'amour. Tu devrais t'occuper de lui.

— Tu es folle !

— Bien sûr que je suis folle, autant que tu es sage, ma belle, tout le monde le sait. Tu as un mari qui te comble, tout le monde le sait, tu te fiches bien des hommes, hein ? Allez, tais-toi, tu me fais rire, tu me fais pleurer !

Elle prend son amie par la taille.

— Pardonne-moi. Tu crois peut-être que je ne l'ai

pas remarqué, le beau brun. J'en ferais bien mon samedi, je te jure, mais c'est toi qui lui plais...

— Tu me feras jamais croire ça, qu'il t'ait vue cinq secondes et qu'il puisse encore s'intéresser à moi. Non.

Marie lâche Félicia et compte sur ses doigts.

— Ton Ramuntcho, faut pas le prendre pour un idiot. D'abord et d'une, il a bien vu que je flirte avec le patron. Puis il s'est dit : Cette petite dinde est du genre collant, à fuir comme le rhume. Et de deux. Alors, il t'a regardée un peu mieux. Celle-là n'est pas si mal. À trente ans, elle devait être aussi belle que Dolorès del Rio... tu te souviens de *Maria Candelaria* ? Encore bonne à croquer, ha, ha !

L'Adrien revient à petits pas vers ses ouvrières, montre d'un geste la grande maison.

— Eh bien, ça prend tournure, hein, mesdames ? D'ici à deux ou trois jours, vous pourrez pénétrer en toute sécurité dans la partie gauche du bâtiment et commencer votre travail. Ce sera moins sale que la petite maison, mais il y aura beaucoup de gravats et de débris de toutes sortes, et donc de brouettes à emporter. Voulez-vous que je vous envoie un homme ?

Marie joint les mains sur sa poitrine, lève la tête, roule les yeux, l'air de questionner le ciel.

— Un homme ? Un homme... On les aime tant, m'sieur, les hommes !

Le patron sourit à Félicia, l'air gai et content, comme s'il revenait de la revue. Il prend la blague du bon côté.

Maintenant, Félicia en est sûre, ils couchent ensemble, à fond et pour de bon, si on peut dire. La blonde ne s'en vante pas trop, elle a un peu honte, mais elle n'est pas du genre à garder longtemps un secret dans sa poche. En quatre ou cinq allusions, mi-badines, mi-chagrines, elle a laissé filer l'aveu. Entortillé dans ses façons et fausses hontes, l'Adrien y a mis le temps, puis c'est arrivé. Félicia est soulagée. Une bonne chose de faite. Les tourtereaux ont sans doute passé une nuit entière au Café bleu. L'Adrien en pète de bonne humeur !

— Je ne veux pas que vous commenciez avant que les travaux de maçonnerie et de couverture soient un peu plus avancés. En attendant, je vais vous conduire à la propriété que je viens d'acheter sur la route de Sainte-Foy. Vous pourrez voir ce que vous aurez à faire et me donner la liste des matériaux et ingrédients à acheter. Ce sera beaucoup plus facile qu'ici, quelques raccords de peinture, les vitres, la moquette...

Marie fait mine d'applaudir.

— Vous en avez encore acheté une ? Vous n'avez peur de rien !

— De quoi aurais-je peur, ma jolie ? L'argent, chauffé par la finance internationale, fond comme le beurre dans la poêle. La pierre est une valeur française par excellence : c'est la vérité et la sécurité. Ne craignez rien pour moi... ni pour vous. Je ne suis pas près de vous rendre à Pépé le Moko, mesdames !

Félicia s'efforce de pousser sur ses lèvres un sourire timide et un peu niais.

— Vos affaires vont donc très bien, monsieur ?

L'Adrien se raidit, crispe la bouche, fronce les sourcils.

— Vous avez entendu dire le contraire, peut-être ?

— Oh non ! Enfin... il y a toujours des jaloux et des bonnes femmes qui cancanent sans savoir.

— Je vous rassure, ma bonne Félicia. Mes affaires vont très, très bien. Votre mari a dû vous dire que nous avions maintenant vingt-trois camions et quatre cars. Je compte acheter un camion de déménagement supplémentaire. Les gens bougent beaucoup à notre époque... Et également quelques camionnettes et fourgons, ainsi que deux ou trois cars. Ma carrière politique ne part pas aussi vite, mais elle avance sûrement. C'est tout ce que vous vouliez savoir ?

Félicia n'est pas rassurée pour autant. L'adjoint a la folie des grandeurs, elle n'en doute plus.

— Et encore, je ne t'ai pas tout dit, ma douce...

— Je croyais que tu ne me cachais rien, ma blonde.

— Mais c'est difficile. Je ne sais pas sur quel pied danser.

— Hou, pas sur les miens, tu seras gentille.

Elles sont retournées à la petite maison, où elles font brûler des herbes odorantes pour chasser la puanteur venue des bêtes mortes, qui s'infiltre de temps en temps.

Tandis que Félicia enfile une blouse propre, Marie s'est assise à califourchon sur l'unique banc de la maison pour changer ses bas. Elle balance haut les jambes, joue avec ses doigts de pied, les cuisses en l'air, puis tourne la tête vers Félicia et prend la pose.

— Comment tu trouves mes gambettes ?

— À damner saint Antoine, petite fille. Tu es contente ?

— Lequel saint Antoine ? Celui qui avait un cochon ?

— Celui des tentations, je suppose. Et qu'en pense l'Adrien ?

— Il préfère quand je suis toute sage et que je serre les genoux. Ça lui donne l'onglée aux dents. Gil, lui, aime bien se rincer l'œil un peu plus haut que les genoux. Ah, si c'était pas ton fils !

— Arrête de blaguer et raconte-moi ce que tu m'as caché. Vite, avant que l'Adrien vienne nous chercher.

Elles attendent le patron pour la visite à la nouvelle maison sur la route de Sainte-Foy. Malgré l'habitude, la curiosité les pique de découvrir un nouveau chantier, plus facile, une aventure sans caca ni vaches mortes. Chaque fois que l'adjoint leur propose une maison, c'est encore des jours de liberté gagnés, loin de Pépé le Moko. Elles rient, elles sont presque heureuses. Lui, le patron, est parti à la rencontre de Baladou, qui bat la campagne aux environs pour faire peur aux paysans. Qu'on se le dise : il y a un bonhomme avec une casquette et un fusil qui tourne autour de la Lucette !

Félicia s'examine en fronçant le nez dans son miroir de poche. Trop vieille pour Ramuntcho. Tant pis, il fallait y penser plus tôt.

— Je t'écoute, Marie.

— Oh, c'est vrai. Tu sais qu'il veut divorcer ? Oui, je te l'ai déjà dit. Il a fixé les délais. Deux ans après la mort de son beau-père, qui ne va pas tarder selon lui. C'est le temps qu'il faut, paraît-il, pour les formalités...

Elle vire sur la pointe des pieds, danse autour de son amie. Bien lavées et récurées, les tomettes de la petite maison rutilent, malgré cent brisures. Les premiers rayons du printemps s'aiguisent sur le bleu du ciel. L'horizon se coiffe de pompons blancs.

— Et alors, il veut que je divorce aussi. Selon lui, ça ira plus vite pour moi, avec un mari qui s'est carapaté et qui a la maréchaussée aux trousses. Le plus fort, c'est qu'il en a parlé à Pierre, qui serait d'accord pour me rendre ma liberté. Me rendre ma liberté, ha, ha ! c'est l'adjoint qui parle comme ça. Moi, je me trouve bien plus libre maintenant. Il veut un million, et il a même encaissé un acompte. L'argent qu'il m'a laissé, c'est bien les Camions Lécuyer qui l'ont payé, je ne suis pas obligée de le rendre. C'est chouette !

— Pierre veut un million pour te rendre ta liberté ? Mais tu n'as pas besoin de son accord pour divorcer, avec toutes les bêtises qu'il a faites...

— Mais s'il disait non, ma vieille, personne, pas même l'adjoint, n'oserait épouser la petite Marie... Pauvre petite. Laisse-moi rire, tout ça, c'est du roman. Je divorcerai peut-être un jour, pour être encore plus libre, si j'en ai envie. Mais je n'épouserai pas le père Lécuyer, même pour un autre million, en billets de mille et de cinq mille. Je n'aime pas les dix mille, c'est trop gros. Tu te rends compte, si tu en perds un... Et je n'aime pas non plus les pets de l'Adrien. Il bouffe trop de cassoulets à ses dîners de politique ! C'est vachement romanesque, tout ça, tu trouves pas ? Et puis, merde, ce type est un sacré salaud. Tirer des plans sur le cimetière, c'est pas des mœurs, ça. Et profiter de la mort de son beau-père pour quitter sa pauvre idiote de femme ! Oh, je me doute bien que le vieux a pris des précautions pour sa fille, il la laisse pas dans la misère, mais ça excuse pas M. des Trente-Camions ! Qu'est-ce que je disais, déjà ?

— Et puis merde.

— Oui, c'est ça. Donc, il veut que je l'épouse d'ici environ deux ans, deux ans et demi. Comme fille du peuple et divorcée, il croit que je lui apporterai les voix communistes. Un patron, un proprio, les voix communistes, faut être couillon, quand même ! Enfin, ça me laisse le temps de me retourner. En attendant, le chat peut renverser la casserole et le lait éteindre le réchaud. Tu sais que Bonnefon embauche, ils agrandissent l'usine et ils font de la réclame, ça serait bien pour toi.

Mais moi, ils diront : Cette petite pute va mettre tout sens dessus dessous dans la maison. En plus, la femme d'un voyou ! Hé, qu'est-ce que c'est que ça ?

Elle laisse retomber sa jupe à fleurs sur ses bas de soie.

— Tu n'as pas entendu comme des coups de fusil ?

— Si. Deux coups de fusil, il me semble.

— Tu crois pas que c'est Baladou qui canarde les paysans ? Oh, la, la, il va exterminer tous les communistes du département et, comme ça, M. des Camions sera sûrement élu !

Elles sortent dans le jardin. Marie cueille une tulipe rouge et la pique à son corsage.

— Hé, dis donc, si Baladou avait tiré sur son patron par erreur ? Et qu'il l'ait occis ? On serait un peu dans la panade !

— Tu veux dire si le chat avait renversé la casserole plus tôt que prévu ? Ça m'étonnerait. Baladou a fait la moitié de l'autre guerre, plus celle de quarante, et il a tiré son épingle du jeu dans la Résistance. Il sait se servir d'un fusil et il est calme comme un bœuf de labour.

Marie sort son mouchoir pour se boucher le nez.

— Le vent a tourné dans l'autre sens, ça recommence à puer. Dis donc, si tu t'envoies Ramuntcho, vous ferez bien de trouver un endroit à l'abri. Ou de vous mettre une épingle à linge au pif !

— Laisse Ramuntcho.

Elles tournent trois ou quatre fois autour de la maison, cueillent des fleurs au hasard, commencent un bouquet sans cesser de guetter les environs, de l'œil et de l'oreille. Félicia se hisse sur le muret du verger, observe un moment le paysage du côté des bois.

— Les voilà ! Oh, oh, Baladou a l'air de boiter...

Le patron le soutient. Ils marchent tout doucement. C'est l'Adrien qui porte le fusil, le canon en bas. M'est avis que Baladou s'est fait tabasser par les vilains. Est-ce qu'on a du baume ?

— Non, mais on a de l'eau-de-vie.

— Qui est-ce qui va lui frotter le bas du dos ?

— Je veux bien lui frotter le haut, pas le bas.

— Si c'était Ramuntcho, tu ferais pas tant de manières !

Le pauvre homme avance tout voûté, tête nue, trébuchant sur ses courtes jambes. Il a perdu son ceinturon en même temps que son couvre-chef, sa bedaine rondelette déborde de son pantalon et gonfle sa veste déchirée. Il paraît dix ans de plus que sa cinquantaine, même bien sonnée. L'adjoint, en le soutenant par le bras, le bouscule plus qu'il ne l'aide. La sueur coule à grosses gouttes sur son visage congestionné.

Félicia se précipite sous un appentis, au bout de la petite maison, et apporte un fauteuil de jardin en rotin que Marie a trouvé et qu'elles ont rafistolé pour elles. Elle le pose sur le seuil, le dossier appuyé au mur, car sa solidité est un peu douteuse.

— Asseyez-vous là. Vous avez mal aux reins ?

Baladou gémit.

— Ces salopards m'ont tapé sur le dos tant qu'ils ont pu avec mon fusil. Ils étaient trois...

L'adjoint jette le fusil par terre et le repousse d'un coup de pied.

— Je me demande comment vous avez pu vous laisser surprendre, bon Dieu ! Et vous avez failli leur tirer dessus ! Si vous en aviez blessé un, nous serions dans de beaux draps, vous et moi. Vous ne valez pas tripette. J'espère que vous n'avez pas chié dans votre froc. Manquerait plus que ça !

Le garde se rebiffe, les poings serrés, le souffle court.

— J'ai pas chié et j'ai pas tiré, monsieur Adrien, je vous ai bien dit.

— Vous braquiez votre fusil. Vous les avez menacés, mais ils ont été plus vifs que vous. Il faut croire que vous avez plus vite fait un tour que deux ! Pour ce qui est d'avoir chié, ça pue tellement dans ce coin pourri qu'on ne le sentirait pas !

Les femmes aident le garde à s'asseoir. Baladou continue ses lamentations, tout en s'épongeant le front avec son mouchoir.

— Y en a un qui était un putain de macaroni qui arrêtait pas de crier *Dio can, Dio can* !

— Soyez poli, dites un Italien. Ce type est peut-être naturalisé. Alors, c'est un électeur !

— Je m'en fous qu'il soit électeur, putain ! Après, il a tiré en l'air avec mon fusil pour le décharger. Il l'a pris par le canon et l'a cassé contre un arbre. Voilà ce qui s'est passé. La crosse est fendue, il est foutu. Un Robust de trente mille francs !

L'adjoint donne un coup de pied au fusil, jette son chapeau dans les pots de fleurs, desserre son col et brandit son poing contre le ciel.

— Imbécile ! Imbécile heureux ! Jean-foutre ! Ne comptez pas sur moi pour vous payer un fusil neuf !

Les femmes ôtent la veste du garde et son gilet. Marie relève sa chemise. Des marques rouges zèbrent le râble dodu de Baladou. Quelques-unes commencent à virer au bleu-noir. Félicia vide un demi-verre d'eau-de-vie sur un chiffon.

— Ça va cuire.

Le patron tourne autour du malheureux, frappe tout ce qu'il trouve à portée de ses bottes, hurle toujours des insultes.

— Vous n'êtes qu'un bon à rien, un zéro en chiffre, une patate... Comme votre femme et votre fille. Quelle famille !

Marie relève la tête, fronce les sourcils, guigne l'adjoint d'un regard sévère.

— Motus, la cane pond. Vous pouvez fermer votre clapet cinq minutes, m'sieur Adrien ? Vous me tapez sur l'haricot !

Félicia pouffe en sourdine, le garde geint. Le patron s'éloigne en grommelant, revient deux minutes plus tard.

— Très bien. On arrête tout !

Marie, à son tour, tamponne les écorchures de Baladou avec un bout de coton imbibé d'alcool. Elle demande sur le ton le plus calme du monde :

— Qu'est-ce qu'on arrête, m'sieur ?

Le patron ramasse son chapeau, se coiffe lentement, se dresse de toute sa taille, l'air vengeur et triomphant.

— Les travaux de la Lucette. Réparations, nettoyage... Au diable ! Je ne veux pas d'une propriété nichée dans un repaire de macaronis et de moscoutaires ! On s'en va. Allez ! Mesdames, ramassez votre fourniment, on fiche le camp tout de suite. Direction Sainte-Foy... avec un crochet par Saint-Veillant, le temps de déposer cette andouille chez sa grognasse. Dépêchez-vous ! Ne comptez pas que je change d'idée. Plutôt...

Le garde enfourne sa chemise dans son pantalon. Les femmes musardent en soupirant. Félicia scrute le toit de la grande maison, qui est nu comme la main. Midi vient de sonner, les ouvriers sont descendus casser la croûte... Marie pousse le coude de son amie.

— T'inquiète pas, ça lui passera.

20.

Gil sort du sommeil comme un loir d'un long hiver. Déjà le printemps ? Il ouvre la bouche pour bâiller, n'y réussit pas. Impossible même d'ouvrir les yeux. Mais ses oreilles fonctionnent et captent un bruit énorme. Qu'est-ce qui cogne entre la cime et l'abîme ? Il se réveille pour de bon.

On frappe à sa porte. C'est Marie, elle l'appelle, il n'a pas le temps de répondre, elle se précipite dans la chambre, à demi nue selon ses habitudes du petit matin.

— Gil, Gil, il y a une nouvelle terrible ! Je peux éclairer ?

Il saute du lit, ouvre les bras.

— Marie, Marie...

Elle s'abandonne, la tête sur son épaule, prodigue sa chaleur, son odeur, la soie de ses cheveux, le satin de sa peau, la tendre musique de sa voix.

— Mon petit Gil.

Et lui répète : « Marie, Marie, Marie... » Il ajoute, si bas qu'elle ne l'entend peut-être pas : « Je vous aime. » Mais elle a forcément deviné. Il écoute, guette le grondement des avions, l'écho des bombes. Il n'entend qu'un chat qui miaule.

Marie lui caresse la joue. Il voudrait retenir sa main,

il n'ose pas. Elle prend une longue inspiration, gonfle sa poitrine, que la chemise ouverte découvre plus qu'à moitié.

— Mon pauvre Gil, le patron, M. Lécuyer, s'est suicidé hier soir.

— L'adjoint ?

Gil songe d'une moitié de son cerveau : Alors, ce n'est pas la guerre, pas cette fois... Et de l'autre : Quelle coïncidence, l'adjoint se suicide au moment où le Dr Filman réapparaît ! Et si ce n'était pas une coïncidence ? Marie referme le col de sa chemise, ses seins se soulèvent et paraissent plus offerts encore d'être voilés.

— Il s'est tiré une balle, hier soir ou à la fin de l'après-midi. Il a laissé une lettre d'adieu, disant que ses affaires allaient à la ruine, qu'il était au bord de la faillite, et je sais quoi encore. Enfin, bon, qu'il préférait se tuer. Et il l'a fait, avec son pistolet. Il s'est pas manqué. C'est la nourrice de sa femme, la Fine, qui l'a trouvé, baignant dans son sang... Enfin, j'en sais rien, mais je suppose qu'il y avait du sang partout.

Elle recule vers la porte, s'arrête à mi-chemin, cache son visage dans ses mains.

— Quand je pense qu'on était avec lui, ta maman et moi, il y a deux jours, et qu'il avait des tas de projets !

Elle baisse les mains, pose sur Gil un regard qui flotte et fuit.

— Je vais m'habiller. Je pense que du monde va venir. Ça ne m'étonnerait pas que la juge soit là dans cinq minutes. Elle saura peut-être des détails.

Gil s'assoit sur son lit. La tête lui tourne. Il a envie de se glisser entre les draps et de dormir jusqu'à la Saint-Médard. Impossible, il doit rejoindre Yvon pour débattre de la nouvelle. Yvon qui habite la campagne ne sait peut-être pas que l'adjoint est mort !

L'adjoint est mort.

L'adjoint est mort... Une envie de vomir presque métaphysique lui crispe le corps tout entier, l'estomac, le cœur, la peau, la tête... Il se sent tel un personnage de Sartre. Il se rappelle le héros de la nouvelle « Le mur », interrogé par les policiers de Franco qui cherchent son chef. Pour se foutre d'eux, il les a envoyés au cimetière. Le fugitif s'y cachait vraiment. Les franquistes l'ont tué.

Quel rapport avec l'adjoint ? S'il ne s'était pas suicidé à cause de ses finances à vau-l'eau, mais parce que ses mauvais coups de l'Occupation remontaient soudain à la surface ? Le Dr Filman lui a peut-être écrit ou téléphoné. Ou bien est-il venu le voir en secret pour lui demander des comptes !

Et nous ? Gil ferme les yeux, lutte contre la nausée. Yvon et moi, on a joué avec la vie d'un homme, alors qu'on voulait seulement lui faire un croche-pied pour qu'il s'étale dans sa chiure !

On voulait sa démission de la mairie, la fin de sa carrière politique, une espèce d'abdication. Pas sa mort. Pourtant, quel triomphe, si on ose regarder la vérité dans les trous de nez ! Il s'est jugé lui-même, plus sévèrement que ses ennemis ne l'auraient osé. En 1951, on ne condamne plus à mort pour faits de collaboration, dénonciations, trahisons dans la Résistance... On acquitte à tour de bras ceux qui ont échappé au peloton en 1944 ou 1945 !

Il s'est fait sauter le caisson.

Bon Dieu, Lapouyade, le père d'Adeline, s'est suicidé aussi il y a quelques années. Il s'est jeté à l'eau, on a dit que c'était un accident, mais il avait écrit aussi une lettre d'adieu à sa femme et à sa fille. Les Lapouyade sont vengés. Un sacré retour de manivelle.

Gil doit s'appuyer au bois du lit pour se tenir debout. Ses doigts glissent sur les boutons de sa chemise. Il ne peut tout de même pas appeler Marie au secours. Il s'habille tant bien que mal, se passe un coup de gant sur la figure.

Jeannette surgit, les yeux bouffis et les boucles emmêlées.

— M'sieur Lécuyer s'est tué. Y a la juge avec maman. Tu crois que mon papa va revenir ?

Gil entend Marie et Mme Desbordes chuchoter à la cuisine. Il s'arrête sur le pas de la porte, résiste à l'envie de s'enfuir l'estomac vide. La pensée d'un bol de café au lait fumant lui tire la bile jusqu'aux dents.

Marie a passé une blouse propre sur sa chemise, mais elle a toujours les cheveux dans la figure, les yeux rouges, la lèvre lourde et le souffle qui s'échappe comme l'air d'un pneu percé.

Elle gémit, forçant à la fois son talent et son chagrin.

— Oh, vous l'auriez vu, il était si vivant, plein d'idées, de projets ! La dernière maison qu'il a achetée, vers Sainte-Foy, est jolie et propre... Il y a... il y avait du travail, mais juste briquer, cirer, repeindre, pas seulement de la merde à racler. Et maintenant, on n'a plus de patron, qu'est-ce qu'on va faire, madame ?

La juge marche vers la fenêtre, et le bruit de ses talons pointus frappant les carreaux de la cuisine donne la chair de poule à Gil. Elle est déjà sur son trente et un, à sept heures du matin, tailleur sombre, chapeau de velours, nœud au corsage. Elle a l'air d'être à demi veuve du défunt. Gil se sent lui-même un tout petit peu orphelin. Tous ceux qui savent, dans la ville et aux environs, doivent éprouver quelque chose de ce genre.

Comme si, le diable s'étant pendu, tous les petits démons de l'enfer se voyaient promus et grandis.

La juge se retourne, fait un signe à Gil, revient au milieu de la pièce, pose la main sur le bras de Marie.

— Calmez-vous, ne changez rien à votre emploi du temps aujourd'hui. Vous deviez aller à la Lucette avec Félicia ?

— Oui.

— Vous avez du travail ?

Marie souffle sur le foyer de la cuisinière, tourne la tête pour reprendre son souffle.

— Oh, là, là, on a à peine commencé la grande maison. On en a au moins pour quinze jours.

— Bien. Cette maison sera sans doute vendue. Elle doit être remise en état. Allez-y. Je préviendrai moi-même Mlle de Saint-Philippe dans la journée. Qui vous payait ?

— C'était compliqué. Tantôt l'A... M. Lécuyer, tantôt Mlle de Saint-Philippe, tantôt le comptable de l'usine Mauvignier...

— Je vois. Par chance, M. Mauvignier va mieux depuis quelques jours. Il pourra s'occuper de vos affaires... et de beaucoup d'autres.

Gil ose enfin s'avancer près des femmes.

— Je suis content d'apprendre que M. Mauvignier va mieux.

— Il n'est pas guéri, dit la juge de sa voix sèche de magistrat proférant une sentence. Personne ne croit qu'il guérira. Il a une rémission de sa maladie : c'est le mot des médecins. J'espère qu'il aura la force de régler avant sa mort une situation qui s'annonce difficile. Un suicide...

Elle scrute de nouveau Gil. Son regard le fouille, le semonce, à moins qu'il ne l'adjure de vider son sac.

Elle en sait, à coup sûr, bien plus qu'elle ne l'avoue. Gil baisse les yeux. Elle fait un pas vers lui, enfonce la main dans la poche de sa veste.

— Une enquête est en cours, comme dans tous les cas de mort violente. Les gendarmes en sont chargés. Il n'y a aucune raison de mettre en doute le suicide. Enfin, jusqu'à preuve du contraire. Si c'était le cas, le procureur enverrait des policiers de Périgueux.

Marie se frappe les joues.

— Oh, mon Dieu !

— Toutes les personnes qui ont eu affaire à la victime seront interrogées. C'est la règle. Je vous avertis pour que vous ne soyez pas surpris, le cas échéant. Hier soir, le suicide semblait avéré. La lettre de M. Lécuyer l'atteste, et l'arme est bien la sienne. Mme Lécuyer a reconnu l'écriture de son mari, Mlle de Saint-Philippe aussi, je crois.

L'écriture !

Voilà pourquoi la juge le toise d'un œil méfiant, presque accusateur. Si la lettre de l'adjoint est un faux, quelqu'un, assassin ou complice, a imité son écriture.

Gil en a froid dans le dos. Il aurait pu écrire cette lettre pour le compte de quelqu'un... Qui ? Il essaie de se mettre à la place d'un policier. Des noms filent dans sa tête. Mme Lécuyer, Pierre Maignan, Adeline Lapouyade, Marie, Marie... C'est fou.

Il entend la juge murmurer, tout bas, très loin, d'une voix qu'il reconnaît à peine :

— J'espère que les gendarmes auront une preuve claire du suicide et que l'enquête n'ira pas plus loin.

Il pleut. Les parapluies vont et viennent sans s'attarder. Gil n'observe aucun attroupement, on croirait que les gens fuient, s'évitent. Sur la place, à l'abri des arcades, les rares passants se croisent en hâte, sans s'arrêter. La nouvelle n'est peut-être pas encore connue... Gil se pique devant la boutique du marchand de journaux, qui est aussi librairie et épicerie. Il joue avec les pièces de monnaie dans le fond de sa poche. Il a envie d'acheter *Sud-Ouest*, mais l'information n'a sans doute pas eu le temps d'arriver à Bordeaux pour être imprimée dans la nuit. De toute façon, il n'ose pas entrer dans le magasin.

Il a maintenant des frissons de fièvre. Il remonte vers la perception. Le vent repousse le capuchon de son imper. Il ne prend pas la peine de le remettre. Il marche tête nue. L'averse lui rafraîchit le visage. Il se sent mieux.

Il a l'esprit plus clair pour réfléchir. Qui aurait pu assassiner l'adjoint ? Pierre Maignan comptait bien lui soutirer de l'argent, d'une façon ou d'une autre. L'Adeline ? Ils avaient fait la paix...

Il arrive au bureau pour voir Yvon s'extraire péniblement de sa petite Simca. Ils se serrent la main en silence. Yvon plie son journal un peu chiffonné et le fourre dans sa poche de veste.

— Tu es au courant ? Rien dans *La Nouvelle République*. Ni dans *Sud-Ouest*, paraît-il.

— La juge de paix est venue voir Marie. Elle nous a donné quelques détails.

Ils entrent, se cognent dans le couloir. L'ampoule est grillée. Une autre aussi dans le bureau, sans doute un court-circuit. Il en reste une pour éclairer la cage à poules, où Gil se sent déjà enfermé, presque prisonnier. En préparant le papier et le petit bois pour le poêle, il répète à Yvon la conversation de Marie et de Mme Desbordes et les explications de la juge.

— Mais quand je suis entré à la cuisine, elle était

là depuis un moment. Elle a peut-être donné des détails que je n'ai pas entendus. En plus, j'ai mal à la tête, je me demande si je couve la grippe.

— Attraper la grippe quand tout le monde est guéri, ça te ressemble. Te balader tête nue sous la pluie, c'est bien de toi, aussi !

— Sait-on à quelle heure le... le suicide a eu lieu ?

— La Fine est venue sonner chez le Dr Compérac au moment où il rentrait de ses visites et allait se mettre à table. Les trois femmes, Mme Lécuyer, la nounou et la Rélie de Baladou, étaient complètement affolées. L'adjoint n'est peut-être pas mort tout de suite. Le docteur ne s'attendait pas à trouver un cadavre, d'après ce que lui avait dit nounou Fine. C'est lui qui a appelé les gendarmes un moment plus tard.

— L'adjoint se serait tiré une balle dans la tête ?

— Quand j'ai pris le journal, le père Meynieux m'a dit : une balle dans le cœur. Mais il a pu se tromper. Ça paraît curieux. Toi qui lis des romans policiers, tu crois possible de se suicider en se tirant dans la poitrine ?

Gil se force à réfléchir et à se souvenir, malgré son mal de tête.

— Des gens se suicident quelquefois avec un fusil. Ça ne doit pas être facile non plus. Attends, je me rappelle une histoire où un type s'était tiré une balle dans le cœur, justement : il était gaucher.

Yvon fronce les sourcils, hoche la tête.

— L'adjoint n'était pas gaucher, que je sache.

— Non. S'il l'était, je pense que je n'aurais jamais pu imiter son écriture. En tout cas, ç'aurait été beaucoup plus difficile.

Yvon éclate de rire.

— Et à cause de la lettre, la juge de paix te soupçonne

d'avoir fait le coup pour te débarrasser d'un rival. Avec la complicité de Marie, d'Isabelle Lécuyer, de nounou Delphine, de la Rélie, de Mlle de Saint-Philippe... et de qui encore ? L'Adeline... moi ! Eh ben, oui, elle doit penser qu'on a organisé le coup tous les deux. Et n'oublions pas Pierre Maignan pour tenir le pétard, parce qu'elle doit bien se douter que tu ne connais pas grand-chose aux armes à feu ! C'est encore plus simple de supposer que l'Adrien s'est tordu un peu le coude pour se tirer un pruneau dans le buffet et emmerder le monde jusqu'au bout !

Dès neuf heures moins une, les clients. La plupart n'ont rien dans les mains, fouillent leurs poches sans conviction et font mine de se demander où est passé ce sacré papier.

On voit bien qu'ils sont venus aux nouvelles. La cage à poules se change en forum. Personne ne sait rien de précis. Même l'heure du suicide n'est pas connue exactement. On échange des pronostics sur l'avenir, on tire des plans. Personne ne lance l'hypothèse d'un crime déguisé. La dactylo de la mairie, Mme Griset, s'amène à neuf heures et quart, vêtue d'une jaquette noire, un foulard violet sombre sur la tête, les yeux rouges et l'air d'avoir perdu toute sa famille dans l'incendie de sa maison. Elle se fraie un passage au milieu des badauds, demande pardon d'une voix qui tremblote.

Yvon fait un signe à Gil. L'adjoint la traitait comme une gamine demeurée et ne lui ménageait pas les crasses. Parce qu'elle est de la boutique, elle se croit obligée de montrer plus de chagrin que le vulgaire. Elle se tord les mains au guichet.

— Monsieur Bellot, j'ai quatre ou cinq mandats signés de M. Lécuyer. Est-ce qu'ils sont encore bons ?

Yvon consulte Gil du regard. Mais Gil ne se souvient

pas d'avoir rencontré ce cas de figure dans ses cours de droit. Yvon se renverse sur sa chaise et observe les araignées du plafond.

— De quand sont-ils datés ?

— D'hier et d'avant-hier.

— Donnez-les aux bénéficiaires, on les paiera.

Un bonhomme rigole au bord du couloir.

— Ils auront qu'à les garder en souvenir, ça fera des économies pour la commune !

La dactylo se retourne, les mains sur le visage.

— Oh, monsieur, on ne se moque pas d'un homme comme M. Lécuyer. C'est une grande perte pour tout le monde !

Vers la demie, la porte extérieure claque fort, un bruit de déménagement se fait entendre dans le couloir, suivi de quelques « nom de Dieu », à cause d'un parapluie oublié sur lequel a trébuché le nouvel arrivant. C'est le patron, du moins l'ancien patron, M. Paussac. Il bouscule un client qui en profite pour vider les lieux, entre dans le bureau sans bonjour ni bonsoir, va pour s'asseoir à son ancienne place, mais sa chaise est prise par le premier commis. Il ramasse le journal, s'avance vers le poêle, le mesure d'un coup d'œil, prêt à monter dessus comme au bon vieux temps. Mais il renonce, se retourne, ramasse le timbre dateur sur la table de Gil.

— Qu'est-ce que tu en penses, Yvon ?

— Je pense comme vous, patron, que c'est une triste affaire.

— Il y a une chose que je ne comprends pas...

Il manipule le dateur devant son gilet, puis à hauteur de son nez, l'éloigne, le rapproche. On dirait qu'il va s'imprimer le cachet « payé » sur le coin de la binette. Il se contorsionne en grimaçant.

— Nom de Dieu, c'est quand même plus difficile

de se tirer dans la poitrine que dans la tête ! Tu vois une raison de faire ça, toi ?

Yvon pose un coude sur le coin de sa table, appuie le front sur sa main.

— Oui, patron, j'en vois une : pour pas s'abîmer la figure. L'adjoint était un type assez coquet. Il aimait plaire aux femmes.

Le percepteur reste figé quelques secondes, les sourcils froncés.

— Hé, hé, tu pourrais bien avoir raison. J'ai vu une fois un type qui s'était tiré une balle entre les deux yeux. C'était pas beau !

Il branle du chef un moment, puis s'élance vers la porte. Dans la rue, il se retient à peine de courir, tout en s'escrimant avec son parapluie. Yvon se pince le menton.

— Il va se balader à travers la ville en répétant qu'il sait de source sûre que l'adjoint s'est tiré dans la poitrine pour pas s'abîmer le portrait. Tu paries ?

— Je n'y avais pas pensé, mais tu as raison, c'est une bonne explication. Je suppose qu'on doit trouver, en cherchant un peu, une position de la main pour se tirer une balle au cœur. La question, ce n'est pas comment mais pourquoi. Tu as répondu.

— Peut-être. Les gendarmes manquent d'imagination, mais les juges et le procureur vont sûrement se faire cette réflexion.

— Un cas de ce genre, ce n'est pas du ressort du juge de paix ?

— Non, évidemment. Mais la mère Desbordes est assez fouineuse... Je crois qu'elle est bien avec le procureur ou le substitut de Bergerac, je ne sais pas au juste. Ils sont allés à la faculté ensemble ou quelque chose comme ça. S'il a un doute, avant d'envoyer les policiers, il pourrait bien charger la petite dame de chiner un peu en ville. C'est ce que je ferais à sa place. Tout de suite. Franchement, j'ai de la peine à croire à un suicide. S'envoyer une balle dans le caisson pour pas s'esquinter la poire, c'est bien joli en théorie, mais un type qui en est à se flinguer doit se ficher complètement de la tête qu'il aura après.

— On ne peut pas savoir. Un suicide, d'après ce que j'ai lu, c'est toujours un peu une vengeance contre quelqu'un. En général contre les proches... Alors plus c'est moche, plus belle est la vengeance *post mortem.*

— C'est encore mieux quand tu le dis en latin. Un point pour toi. Je suis d'accord. En plus, cette façon de mourir, comme ça, chez soi, presque tranquillement, si on peut dire, ça ne ressemble pas à l'Adrien. Je le vois plutôt prendre sa grosse bagnole et foncer sur un arbre, sur une autre voiture... sur le camion d'un concurrent, ou même un des siens, ou au pire sur un autocar pour faire encore plus de dégâts. Ou encore se réfugier dans une de ses propriétés, Lambeyrac, Bonaly, la Lucette... s'enfermer dans la maison et se faire sauter avec de l'essence, du plastic, n'importe quoi. Tu me diras : on peut se tromper sur les gens.

— Oui. Et il y a la lettre.

— Il y a la lettre. On dit que sa femme, la nounou et les servantes ont reconnu l'écriture.

— Et même Mlle de Saint-Philippe, d'après la juge de paix.

— Il y a aussi ce qu'elles ont vu et entendu. Il est possible que la belle Isabelle ait été dans sa chambre, bourrée de cachets. Mais la Fine est très maligne, ça m'étonnerait qu'il se soit passé quelque chose dans la maison sans qu'elle s'en aperçoive. Ça sera le témoin numéro un. J'espère qu'on en saura un peu plus dans la journée.

Le souhait d'Yvon est exaucé quelques minutes plus tard.

— Hé, Gil Blas, tu vois qui je vois dans la rue ?

Devant le jardin de la perception, l'Adeline Lapouyade, enveloppée du cou aux chevilles dans une cape sans manches, dispute aux vents contraires un parapluie de berger assez large pour abriter trente brebis, le maître et son chien. Un capuchon pendant découvre ses cheveux de Gitane et son minois chiffonné.

Elle ne réussit pas à fermer son parapluie et finit par l'abandonner dans le jardinet. Elle entre, balance sur le côté ses cheveux mouillés. Elle s'est mis la tête sous l'averse à dessein, c'est quasiment certain, pour préparer son effet. Elle tord en soupirant sa crinière brune, d'où jaillissent des éclats de cuivre. Effet de la pluie ou petites touches de teinture ? Bon, la nouvelle coiffeuse de la rue du Temple est passée par là, et l'accorte servante de la Boule d'or est devenue presque jolie.

— Vous savez ? dit-elle en guise de bonjour.

Elle pose son porte-monnaie, le secoue un peu pour en tirer un bruit de pièces.

— Je me rappelle pas où j'en suis avec mes profits...

Tout le monde a compris que c'était un prétexte. Elle ne paie plus les amendes de son père depuis l'intérim. Affaire classée. Yvon esquisse un geste de refus, les deux mains ouvertes.

— On ne prend plus d'argent. Sauf aux gens très riches, et à condition qu'ils nous supplient à genoux.

Il se croit malin. Son péché mignon, c'est de s'exagérer la finesse de son humour. L'Adeline rempoche son porte-monnaie.

— Je comprends, c'est les Américains qui paient !

Gil rit en douce dans son coin. Bien envoyé. Elle lui glisse un clin d'œil. Il se lève, secoue ses épaules raidies par l'ankylose.

— Bonjour, mademoiselle Adeline.

— Bonjour, monsieur Gil Blas. C'est dur, la paperasse, hein ? Je vous verrais plutôt dans la marine, c'est meilleur pour la santé. Comme Pierre Loti... J'aime bien ses livres. Vous pourriez écrire des choses comme *Pêcheur d'Islande*. Le poisson... le poisson...

Elle répète trois fois le mot, les larmes coulent une à une sur ses joues. Elle étouffe un hoquet, se retourne pour s'assurer que personne n'est entré derrière elle.

— Alors, c'est fini ? Ce salaud est mort pour de bon ?

Elle s'essuie la figure, à grands coups de mouchoir.

— Il aurait dû viser un peu plus bas, se tirer dans le ventre. Y aurait eu de la tripe à l'air. On aurait rigolé !

— Arrête de jouer à la garce, gronde Yvon. Dis-nous plutôt si les gendarmes sont passés à la Boule d'or, ce matin.

— Non, mais les bonnes femmes sont venues chercher de la boustifaille, comme d'habitude. Soi-disant que c'est pour les chats. On la saute, chez les pandores, vous savez !

— La boustifaille, ça va avec le bout de gras.

— C'est vrai qu'on a un peu discuté. Le chef Rivaux jure que c'est un suicide.

Elle baisse la voix, se penche sur le guichet.

— J'aurais bien vu sa bourgeoise lui donner un bouillon d'onze heures, vu tout ce qu'elle a enduré de lui. Un bouillon, mais pas un pruneau. Elle est sûrement pas foutue de tenir un pétard dans la main. Et puis, la guigne ! elle était pas à la maison quand c'est arrivé.

Yvon se frotte les mains d'un air pensif.

— Ah bon ? Où était-elle ?

— Chez son père. Il va un peu mieux. Elle a passé l'après-midi à sa villa, elle l'a aidé à marcher dans le jardin. Enfin, elle l'a pas quitté jusqu'à l'arrivée de la Rélie qui gueulait : « Venez vite, madame ! Venez vite ! » Elle était passée par les jardins, elle avait déchiré ses vêtements sur une haie ou une clôture. Elle s'était même blessé les mains, elle n'en pouvait plus... Elle était comme folle, elle criait : « J'ai rien vu, j'ai rien vu ! » Pendant ce temps, la Fine a couru chez le docteur... en disant que monsieur était blessé, qu'il avait reçu une balle, qu'il perdait tout son sang !

Yvon se met à marcher dans le bureau, les mains derrière le dos, à la façon de son ancien chef.

— Mais bon Dieu, il y a le téléphone chez Lécuyer, chez Mauvignier aussi, et bien sûr chez le toubib. Elles n'ont pas eu l'idée de s'en servir ?

— Elles savaient pas. Le patron leur permettait de répondre, pas d'appeler. Ça vous en bouche un coin, les gars ? Voilà comment il était, ce salopard !

Elle va pour sortir, se retourne, hésite, lâche enfin une espèce de jappement furieux et triomphant.

— Je crois que quelqu'un l'a zigouillé. Et c'est bien fait ! Si je savais qui c'est, je risquerais pas de le dénoncer. Même que je lui paierais un verre ou deux, ou la bouteille entière s'il voulait !

Yvon lui fait signe de se calmer.

— Doucement, les basses. Je penserais un peu comme toi. Mais il y a la lettre.

— Tu l'as vue, toi, la lettre ? J'y crois pas. C'est un coup monté !

Elle s'enfuit, trébuche dans le couloir, court sous l'averse, oubliant son parapluie. Elle revient le chercher, bouscule un bonhomme de la campagne qui l'engueule en patois. Elle l'insulte à son tour, rit et crie.

— Vous savez pas que l'adjoint est mort, espèce de plouc, peigne-cul, gros lard !

— L'adjoint ? Quel adjoint ?

Gil a maintenant la fièvre, pour de bon. La grippe ou Dieu sait quoi. Les lignes dansent sous ses yeux. Il ne peut plus tenir la caisse, à peine distinguer le visage des clients. Yvon l'observe d'un air inquiet.

— Dis donc, toi, j'ai peur que tu puisses pas aller à l'enterrement.

— Je veux y aller. C'est... il faut... Si c'est un crime, l'assassin sera au cimetière !

— Comment le sais-tu ?

Les idées sautent comme des puces dans le paquet de coton qui sert à Gil de cerveau provisoire. Il s'explique d'une voix pâteuse.

— Je l'ai lu. Dans les romans policiers, l'assassin vient toujours aux obsèques. Il ne peut pas s'en empêcher.

— Je plains les criminels quand tu seras dans la police !

Gil rumine la réplique. Ha, ha ! c'est drôle, mais il a le muscle du rire tout perclus. Une raison meilleure l'incline à suivre le cortège de l'Adrien. La mort du personnage et sa mise en terre seront les points forts de son Renaudot 1960. Il se donne quasi dix ans, c'est plus prudent.

Yvon réfléchit, le menton dans les paumes.

— Je crois que tu couvais la grippe depuis quelques jours. Mais tu tenais bon. Puis l'émotion t'a coupé les forces. Tu t'es laissé aller et le putain de microbe en a profité pour te serrer le kiki. Tu ferais mieux d'aller te coucher.

La caisse faite, Yvon l'a emmené chez Marie dans sa Simca. Il a dormi, il se réveille, le soleil d'avril étincelle de l'autre côté des persiennes.

Des voix, des bruits de pas, de porte que le vent claque. Il transpire si fort qu'il se croit en train de rouler dans les flots du Congo, après un naufrage de pirogue. Marie et sa mère. Il devine qu'elles le changent de draps et de linge. Marie l'a déjà vu tout nu, il s'en fiche. C'est plutôt de se montrer à sa mère en ce simple appareil qui le gêne un peu. Pourvu que... Mais non, il est redevenu un tout petit enfant, pour le temps d'une fièvre. Il avale une infusion, se laisse gorger d'un suppositoire. Tiens, c'est Marie qui s'est chargée de l'opération. À présent, elle lui badigeonne la poitrine à la teinture d'iode.

— Le docteur va venir.

Il grommelle qu'il n'a pas besoin du docteur, puisque l'adjoint est mort.

— Je ne vois pas le rapport, mon Gilou.

Il n'y en a aucun, Marie chérie, c'est juste que les idées batifolent dans ma cervelle échauffée.

— Yvon a laissé un mot, il t'envoie le toubib pour ton congé de maladie.

Et Gil songe : mon premier congé de maladie. Sa vie de fonctionnaire est vraiment commencée. Marie s'est assise sur le bord du lit et lui tient la main. Avril est le plus beau mois de l'année. Que de fleurs ! Que de fleurs ! « Marie, je vous... » Est-ce qu'il a prononcé le mot ? Ce verbe du premier groupe qui se conjugue comme jouer à la marelle ? Oui, elle l'a entendu, elle répond : *Cerisiers roses et pommiers blancs. J'ai cru mourir d'amour pour elle en l'embrassant.*

Qu'ils sont insipides, ces cerisiers roses, pour le jeune homme qui attend les cerises rouges de l'amour !

Il s'endort, le cœur dansant entre espérance et chagrin. Il sait bien que les cerises seront vertes encore longtemps. Cinq secondes plus tard, ou peut-être cinq minutes ou cinq heures, il est en plein cauchemar. « Monsieur le Président, je n'ai pas écrit cette lettre ! » Le président du tribunal frotte ses mains jointes devant lui. Il ressemble beaucoup au directeur de Chateaubriand, M. Gautier. « Si vous étiez resté avec nous pour préparer votre deuxième bac, ça ne serait pas arrivé ! » Gil baisse la tête sous les regards accusateurs. Le président frappe du poing sur son bureau. « Le premier bac ne vaut rien, mon ami ! » Gil est maintenant au beau milieu du Congo. Il se rappelle qu'il ne sait pas nager. Il pourrait essayer de chevaucher un crocodile. La juge de paix l'attend sur la rive, elle lui jette un morceau de bois. Il est sauvé. Il se précipite aux pieds de la Valmore. « Madame, je sais qui a écrit la lettre. » Elle le menace d'un index pointé. « Taisez-vous, malheureux, le gouvernement vient d'être renversé... »

Gil se réveille dans la nuit, l'esprit un peu rafraîchi. Il se demande une seconde s'il a inventé le suicide de l'adjoint. Les souvenirs de la journée écoulée se précipitent en grand désordre. Il n'a rien inventé, à part le tribunal et le Congo.

Supposons, se dit-il. Mais il s'endort sans avoir rien supposé. Il se réveille beaucoup plus tard, de nouveau trempé de sueur. Il se remet à baratter les questions dans le bouillon de la fièvre. Cette fameuse lettre, il aimerait bien la voir. Est-elle longue, courte, exacte, floue ? Si l'adjoint ne l'a pas écrite, qui donc a risqué le coup ?

Imaginons que l'assassin – s'il y a un assassin –

soit... Pierre Maignan. Oui, Pierre Maignan, parce que l'époux de Marie est capable de tout dans ses moments de fureur. L'adjoint lui a refusé en fin de compte l'argent qu'il voulait. Il décide de le tuer pour se venger... Naturellement, ça ne tient pas debout, enfin supposons. Il combine son affaire comme un héros d'Agatha Christie. Il propose à Gil un marché. « Tu m'écris une lettre en imitant l'adjoint et je te laisse coucher avec ma femme. Ça va ? Non ? Alors, je te tue ! » Ou n'importe quoi de ce genre. Le bout de papier dans sa poche, il se rend chez M. Lécuyer. « Prêtez-moi votre pistolet, patron, siouplaît, que je vous aide à vous flinguer. » Et l'Adrien d'obtempérer. « Avec plaisir, cher ami. » Après cet échange de politesses, Pierre Maignan vise la poitrine. Pan. Il se rend peut-être compte à ce moment qu'il a gaffé. Il aurait dû tirer sur la tempe, de très près. Tant pis. Il glisse l'arme dans la paume de l'adjoint, pose la lettre sur le bureau et s'en va les mains dans les poches. Ni vu ni connu. Les femmes n'ont pas entendu la détonation. Le chien, s'il y en a un, n'a pas aboyé. Un crime parfait.

C'est tellement idiot qu'il vaut mieux se rendormir tout de suite ! Gil se rendort.

La clarté de l'aube à travers les persiennes le tire du sommeil. Il entend Marie et Jeannette aller et venir dans la maison, jacasser, se disputer. Tout va bien. Plus tard, Jeannette lui apporte un bol de tisane qu'elle pose sur la table de chevet, puis elle sort de la poche de son tablier un suppositoire qu'elle brandit sous le nez de Gil.

— Tu veux que je te le mette ?

Elle s'enfuit en riant comme une bossue. Gil rit

jaune, grommelle. Non, mais ces gosses d'aujourd'hui ! Marie lui crie depuis le couloir :

— Est-ce que tu as faim ?

Gil cherche une cachette pour le suppositoire, en attendant de le jeter par la fenêtre quand il sera seul.

— Pas faim, m'dame.

— Tu resteras à la diète aujourd'hui, ça vaut mieux. Je viens te voir avant de partir. Tu as sué ?

Elle entrouvre la porte, elle est en train d'enfiler sa robe, il aperçoit seulement le bout de son nez. Elle lui envoie un baiser.

— À tout de suite.

Un quart d'heure après, elle se penche sur son pensionnaire, en toilette de printemps, robe à fleurs et manches courtes, sage blondeur sous un foulard lilas.

— Mon pauvre Gil, tu sens le renard !

Elle a apporté deux serviettes-éponges et deux grands mouchoirs.

— Allez, souffle ta morve, une narine à la fois. Une, deux... Et maintenant laisse-moi te bouchonner comme un cheval !

En un tournemain, elle l'essuie, le frictionne à l'eau-de-vie au-dessous de la ceinture, au camphre sur la poitrine, le dos et les épaules.

— Mon petit cheval...

Il tousse, elle lui donne une tape dans le dos, puis l'emballe dans un pyjama de son mari, presque deux fois trop grand. La différence de taille et de corpulence est tout à fait décourageante. Il se hâte de remiser ses envies.

— Savez-vous quelque chose de nouveau pour l'adjoint ?

— La jugette est passée à toute vapeur. Elle viendra te voir dans la journée. Il paraît que les chiens des

Lécuyer n'ont pas aboyé. Il y en a deux, un plutôt méchant qui reste attaché, l'autre qui est libre dans la cour et le jardin. Et avant-hier, au moment du suicide de leur maître, ils n'ont pas ouvert le bec. Selon la juge : si quelqu'un est venu, c'est une personne qu'ils connaissaient bien... Ça plus la lettre d'adieu et le témoignage de nounou Delphine, c'est suffisant pour les gendarmes. Ils ont conclu au suicide. Ah, si, il y a autre chose. Le procureur a envoyé un policier de Bergerac prendre les empreintes sur le pistolet. Ce sont bien celles de l'adjoint.

Marie caresse doucement le front de Gil, qui soupire, le cœur plus léger, mais un peu déçu dans son rêve secret de jouer au détective.

— Yvon pense que l'adjoint tenait à sa figure et qu'il s'est peut-être tiré dans la poitrine pour ne pas s'abîmer le portrait.

Marie s'exclame, bat des mains.

— Mais c'est bien sûr, y a plus de mystère !

— Oh, vous allez vite. Et la Rélie, elle n'a rien vu ?

— Elle dit qu'elle n'a rien vu. La juge pense qu'elle a peut-être vu quelque chose et qu'elle a eu si peur qu'elle a à moitié perdu la tête... Bon, ta mère m'attend au prochain car. On file à la Lucette. Mlle de Saint-Philippe nous a dit de continuer : ce sont les ordres de M. Mauvignier. On n'a pas envie de retourner chez Pépé le Moko ! Dors un peu, que la juge te trouve frais et dispos pour discuter de l'affaire.

Il est réveillé par une quinte de toux et une crampe à l'estomac : il a faim. Un gros pipi lui agace les dents, c'est le plus urgent. Les cabinets sont au fond du couloir, un courant d'air froid lui gèle l'envie. Il se lève, résiste aux tournements de tête, vaque à ses affaires en titubant. Il trouve à la cuisine une moitié de tarte aux pruneaux avec un mot de sa mère. *Pour te fouetter l'appétit, mon grand. Félicia.* Elle a de jolies formules, sa maman. Peut-être tient-il d'elle ses dons de papillon de nuit...

Il grignote une part de tarte, mais les vertiges reviennent, la toux, les nausées suivent aussitôt. Il se réfugie au fond de son lit en claquant des dents.

Tantôt la grippe lui brouille l'esprit, tantôt elle aiguise sa réflexion, mais trop peu de temps pour qu'il puisse voir clair.

La juge est là. Il a dû s'assoupir, il ne l'a pas entendue entrer. Elle se tient près du lit, d'une beauté inhumaine dans son tailleur noir. Enfin, n'exagérons pas. Elle a un charme austère, glacé, mais son parfum enivrant semble sortir d'un film américain... Gil s'aperçoit qu'il déraisonne. On n'a pas encore d'odeurs dans les films. Et la Valmore est deux fois et demie moins jolie que Marie.

Elle se penche sur lui, sa silhouette se dessine dans la pénombre de la chambre.

— Marie m'a dit que tu allais mieux. Oui ? Je peux éclairer ? J'ai quelque chose à te montrer.

Il acquiesce mais ferme les yeux, ébloui par la pâle lumière de l'ampoule.

— Qu'est-ce que c'est ?

— J'ai pu obtenir une copie photo de la lettre...

Elle s'assoit près du lit.

— Le procureur est convaincu qu'il s'agit bien d'un suicide. Néanmoins mon ami le substitut doute encore. Il a demandé quelques jours avant de fermer le dossier. Il m'a chargée de mener une contre-enquête officieuse. Comprends-tu le sens du mot ?

Gil s'indigne *in petto*. Permettez, madame, je prépare le Renaudot. Je connais tous les mots de la langue française !

— Une enquête, privée, personnelle, par opposition à l'enquête officielle des gendarmes.

— Oui. À la demande du magistrat qui représente le procureur. La preuve, c'est que j'ai obtenu qu'on me prête cette copie. Nous allons la regarder ensemble, si tu veux bien.

— Vous me soupçonnez ?

Elle chevrote un petit rire, mi-chair mi-poisson.

— J'aimerais bien croire que tu as écrit la lettre. Ce serait un élément nouveau qui permettrait de rouvrir l'enquête officielle. Mais je ne vois pas pourquoi, ni quand, ni comment... Un jeu qui aurait mal tourné ? Une femme ? Si tu as envie de passer aux aveux, c'est le moment !

— Non, pas d'aveux. Je vous jure que je n'ai pas écrit cette lettre. Et je voudrais bien la voir. Mais je ne peux pas vous promettre de...

Il s'interrompt, grâce à une quinte opportune. Il a peur d'être trop bavard. Il veut réserver la primeur de ses réflexions et trouvailles à son ami Yvon. La juge s'appuie contre le dossier de sa chaise, noue les mains sur son genou, renverse la tête.

— Qu'est-ce que tu ne peux pas promettre ?

— Je veux dire : Puisque tout le monde a reconnu l'écriture de M. Lécuyer, qu'est-ce que je verrai de plus ?

— Les gens n'ont qu'un regard superficiel, sur l'écriture et sur la plupart des choses, d'ailleurs. Je sais que tu t'es amusé à imiter l'écriture et la signature de M. Lécuyer. Tu les as forcément étudiées de très près. Je veux simplement avoir ton avis. Je ne te demande aucune promesse. Si M. Lécuyer s'était tiré une balle dans la tempe ou dans la bouche, l'affaire serait classée tout de suite.

— Mais il a visé le cœur. Pour préserver son visage, du moins c'est ce que pense Yvon Bellot.

— C'est possible. L'idée est intéressante. D'après le médecin, il aurait tenu l'arme à une certaine distance de sa poitrine, pour la même raison, peut-être. En tout cas, c'est un réflexe curieux et un geste pour le moins difficile.

— On est sûr de ça ?

— Les gendarmes conviennent qu'il n'a pas appuyé le canon du pistolet sur lui, mais selon eux ce n'est pas extraordinaire. Je me demande s'ils ont assez d'expérience pour en être sûrs. D'après ce que je sais, on n'a pas encore de certitude sur ce point. Il faudrait une autopsie...

— Il n'y en aura pas ?

— Le procureur pourrait en ordonner une si le substitut lui apportait une bonne raison de soupçonner un meurtre. On pourrait retarder les obsèques. Le temps presse, mon cher Gil, c'est pour ça que je suis venue te bousculer jusque dans ton lit. Nous avons une demi-journée, guère plus, pour trouver une idée, une piste, un argument, n'importe quoi qui permette de relancer les investigations. Je vais tâcher de rencontrer Mlle de Saint-Philippe, puis le notaire...

— Mme Lécuyer et ses servantes ?

— C'est plus difficile. Isabelle Lécuyer s'est réfugiée chez son père avec sa nounou. Elle ne peut recevoir personne. Aurélie Thoumeyragues, qu'on appelle la Rélie, est partie chez les sœurs, à Bergerac. Elle est hébétée, en pleine confusion... En outre ces femmes sont les témoins de l'enquête officielle, je n'ai aucun titre pour les interroger. Je pourrais, par l'intermédiaire du substitut, demander aux gendarmes de leur poser quelques questions. Mais lesquelles ? Et, d'ailleurs, je crois que les gendarmes refuseraient. Pour eux, la farce est jouée.

— Je pourrais voir la copie de la lettre ?

— Oui. Un instant... Tu as soif ?

Gil acquiesce. La juge se lève. Elle va pour sortir de la chambre, s'arrête à la porte, se retourne et lui sourit. C'est Marie qu'il aime, c'est Marie, la plus jolie, mais la Valmore, quelle allure, quelle classe ! Il a juste le temps de distinguer la couture de ses bas avant qu'elle s'éloigne. Il a le cœur qui tangue, et ce n'est pas seulement la fièvre. Ah, débaucher cette femme, mûre, encore charmante, belle à sa façon, et se dire en couchant avec qu'elle est juge de paix, puissante mais soumise ! Son mari est pilote de ligne, un héros des temps modernes... Elle ne le voit pas souvent, on se demande s'ils ne sont pas plus ou moins séparés.

Gil voudrait réfléchir à la mort de l'adjoint, à cette énigme policière qu'on lui sert sur un plat d'argent. Quelle superbe occasion d'exercer son ingéniosité, son esprit d'observation et, par ricochet, de nourrir son futur chef-d'œuvre ! Mais non, il ne songe qu'à déshabiller la juge, en commençant par... Au fait, par quoi commencer ? La veste, elle l'aura déjà ôtée. La corsage, la jupe, ou plutôt les bas ?

La voilà de retour, une tasse à la main. Il se souvient qu'il est malade-au-lit, qu'il sent la fièvre, le baume et la sueur. Le moment est mal choisi pour rêver à de folles agapes.

Il boit, elle lui tend une serviette pour s'essuyer les mains.

— S'il te plaît, ne tache pas la photo.

Il tient enfin la lettre entre ses doigts tremblants. Il crispe tous les muscles de son corps pour résister au double frisson de la fièvre et de l'émotion. Eh, Gil Blas, ce n'est pas la culotte de la juge, mais tu vis tout de même un grand moment de ta vie !

Son regard tombe sur la signature. Sa main frémit. Ses doigts s'agitent tout seuls.

— S'il vous plaît, pouvez-vous m'apporter un stylo à encre et un morceau de papier. Vite !

La juge bondit, sans hésitation. Gil sent courir dans ses nerfs une impulsion irrésistible, peut-être fugace, qu'il craint de voir s'éteindre aussi vite qu'elle s'est éveillée. Pour l'entretenir quelques instants, il dessine dans l'air des lettres et des mots, et signe A. Lécuyer, une fois, deux, trois, dix... La juge revient, lui tend une feuille blanche posée sur un livre de géographie de Jeannette et son gros stylo à plume d'or.

Il écrit une ligne, comme possédé, deux, trois lignes, et pose le paraphe au bout, d'un geste vif et triomphant.

La juge reprend les deux feuilles, va se placer sous l'ampoule électrique pour comparer la pièce à conviction et le griffonnage de Gil. Lui ferme les yeux et tente de réprimer les crampes qui le tiraillent de la nuque au bout des doigts. La Valmore revient lentement près du lit.

— Il faut tenir compte que la lettre a été écrite sous l'effet d'une forte émotion...

— Du moins si elle est bien de l'adjoint.

— Observe-la un peu plus.

Gil ouvre les yeux et parcourt rapidement la page, tirée d'un bloc sans en-tête, non rayé.

19 h 10, ce mardi.

À ma femme Isabelle, à tous les miens, à mes collaborateurs.

À mes amis... et à mes ennemis.

Mes espérances sont mortes. Je sais que je ne serai jamais maire ni conseiller général de Saint-Veillant, encore moins député. J'ai été menacé, on a tiré sur moi. Mes ennemis ne me lâchent pas. D'un autre côté, mes dettes dépassent de loin ma fortune. Mes affaires sont entre les mains des banquiers. À ma grande honte, j'ai dilapidé les biens propres de ma femme et les avances sur son héritage. Je lui en demande pardon.

Je demande pardon aussi à mon beau-père, Charles Mauvignier, qui a eu le tort de me faire confiance, et à tous ceux qui m'ont aidé et soutenu, Monsieur le ministre Yvon Delbos, M. de La Jafferie, Mlle de Saint-Philippe... Ma réputation est ruinée. J'ai décidé d'en finir, de quitter cette vie, d'ici quelques minutes. Adieu.

A. Lécuyer

Gil relit deux ou trois fois, avec une attention si forte qu'il en oublie de respirer. Il s'attache à l'écriture puis au sens des phrases. Les majuscules lui semblent un peu raccourcies. L'effet de l'émotion, peut-être... Quant au texte de l'adieu, Mme Lécuyer et Mlle de Saint-Philippe l'ont jugé authentique, pour ce qu'on en sait. Il se voit mal contester leur opinion.

Il lève les yeux vers la juge, debout près du lit.

— Cette façon d'abdiquer et de demander grâce, vous trouvez que ça lui ressemble ?

Leurs regards se croisent une seconde. Elle bat des paupières.

— Non, mais je ne connaissais que le personnage public.

— Et il était vraiment ruiné ?

— Selon Mlle de Saint-Philippe, il faudra des semaines ou peut-être des mois pour faire un bilan. Marie qui avait... qui était devenue un peu sa confidente, dit qu'il était aux abois. Il ne pouvait pas s'empêcher d'acheter des propriétés comme d'autres ne peuvent s'empêcher de jouer dans les casinos. Alors, il empruntait... Peut-être payait-il trop cher les biens immobiliers qu'il achetait. Cependant ces propriétés, ces maisons n'ont pas perdu leur valeur. Ta mère et Marie ont beaucoup travaillé à nettoyer les habitations et à les mettre en ordre. Marie jure que Bonaly et la Lucette sont des endroits magnifiques. Et dès qu'elle sera retapée, la grande maison de la Lucette aura l'air d'un très joli manoir. M. Lécuyer pensait que tout cela vaudrait de l'or un jour prochain, en tout cas beaucoup de petits francs dévalués.

— Et les Camions ?

— Tu en sais autant que moi. Ça donne l'impression de bien marcher, mais il avait sans doute trop de véhicules. C'est la même chose que les maisons : il avait besoin d'acheter toujours. Il voulait trente camions, et après, il en aurait voulu quarante, et maintenant les autocars... Il était avide de tout, de richesse, d'apparat, de pouvoir, d'estime, de notoriété. Quelque chose d'imprévu a dû arriver, forcément, pour qu'il décide de se tuer.

— Une mauvaise nouvelle ?

— M. Mauvignier a pu l'informer qu'il avait pris certaines dispositions qui contrariaient ce joli plan. Je vais tâcher de lui parler, mais il me sera sans doute difficile de le voir avant l'enterrement.

Gil presse ses mains sur son front.

— Il me semble que ma tête va éclater.

— Je vais te chercher une aspirine, en attendant le docteur.

Le comprimé mal dissous le fait tousser, et la toux redouble sa migraine. La juge lui touche l'épaule.

— Je vais te ficher la paix. On reprendra la discussion plus tard.

Il sent qu'elle partage sa déception.

— Je ne sais pas quoi vous dire pour la lettre. Si c'est un faux, l'imitation est très bonne. Je n'aurais pas fait mieux. Ça ne nous avance pas beaucoup. Pouvez-vous me la laisser ?

— Dans l'état où tu es, il vaut mieux que tu dormes. Je reviendrai à midi et on étudiera l'écriture de plus près.

— M. Lécuyer aurait pu se suicider pour une raison cachée.

Elle se fige, suspend un geste et l'observe, une main en l'air.

— Une raison cachée ? Qui serait la vraie ?

— Peut-être.

Gil se rend compte qu'il avance sur un terrain miné, pourtant il ne peut plus se taire.

— L'Occupation, la Résistance, dit-il très bas, ne sachant trop s'il trahit un vrai secret ou verse seulement une goutte dans le ruisseau de la rumeur. M. Lécuyer aurait pu être rattrapé par ses... Je ne voudrais pas débiner un mort, mais des résistants le soupçonnaient de... Enfin, il n'était pas blanc comme neige. Pour certains, ses titres de résistance étaient sujets à caution.

La juge baisse la voix à son tour.

— Oui, tu ne me surprends pas. J'ai entendu raconter qu'il avait monté quelques coups pas très réguliers avec Pierre Maignan... et que leurs comptes de la guerre n'étaient pas réglés.

Gil se tient la tête à deux mains pour tenter d'assourdir la douleur qui lui perce le front et les tempes.

— Je ne pensais pas à Pierre Maignan, plutôt à un chef de la Résistance qui saurait tout du passé de l'adjoint...

— Et alors ? Continue.

— Cet homme, cet ancien chef, aurait préféré oublier les erreurs et les crimes de ses anciens camarades et se tenir à l'écart des affaires d'aujourd'hui. À la campagne, à l'étranger, je ne sais pas... Mais voyant que M. Lécuyer se lançait dans une carrière politique, il aurait pu décider que son devoir était de l'arrêter. Il l'aurait prévenu qu'il allait révéler certaines compromissions ou malversations ou je ne sais quoi. Des fautes contre l'honneur qui risquaient de ruiner la réputation du capitaine Pauline... Je n'accuse pas M. Lécuyer. Je lance une hypothèse.

La juge esquisse une grimace, joint les mains devant son visage.

— Et ces révélations auraient été assez graves pour pousser M. Lécuyer au suicide ? Tu es sûr que tu ne fais pas du roman ?

Gil a trop mal pour discuter. En outre une autre hypothèse vient de lui traverser l'esprit. Supposons que... Ah ! supposer fait trop mal. Il renonce, se laisse retomber sur l'oreiller.

— S'il vous plaît, madame, pourriez-vous m'apporter une autre aspirine ?

On frappe. La juge court ouvrir la porte. C'est le Dr Compérac, un grand bonhomme maigre et baraqué, des épaules de déménageur, de longs bras musclés, des mains velues et puissantes. Un chapeau à larges bords, enfoncé sur sa tête chevaline, cache son front et découvre à peine ses yeux, très enfoncés, sous les arcades sourcilières osseuses. Son nez est planté comme un éperon sur son visage maigre. Sa pomme d'Adam se balade par-dessus un faux col à l'ancienne.

Il pourrait être un personnage de la Série noire. Il pose sa serviette, ôte son pardessus et le jette sur le bois du lit. On s'attend presque à voir sous son costume prince-de-galles, pas mal froissé, la bosse d'un revolver de gros calibre. Il serre la main de la Valmore.

— Madame la juge de paix, ha, ha ! On interroge les suspects au lit, ha, ha, ha, c'est interdit !

Il se penche sur Gil en rigolant, pose une main sur son front et, de l'autre, rejette drap et couvertures.

— C'est toi le commis de la perception ? Mais tu es malade ! Bon Dieu, je serais venu plus tôt si j'avais su. Je croyais que tu voulais simplement un congé de maladie pour profiter du printemps !

Gil répond depuis le fond des limbes.

— Bien sûr, vous ne pouviez pas deviner.

— Mais on a de l'humour, ha, ha, ha !

Gil s'abandonne à une auscultation carrée, presque brutale. Le médecin le manipule comme un sac de charbon, le balance sur le ventre, le remet sur le dos, lui explore la poitrine, sa grande oreille velue collée au stéthoscope, lui enfonce les doigts aux quatre coins du ventre : on croirait qu'il plante des choux dans la glaise.

— Tu es crevé, fiston. Je ne sais pas si c'est le sport, les filles ou le boulot... C'est vrai que vous n'êtes plus que deux à la perception. Votre patron n'en foutait pas une rame, mais Yvon Bellot doit te faire bosser comme un cheval de charrue.

— Je prépare aussi un concours, avoue Gil, et je tiens des comptes.

— Je vois. Tu n'as pas de temps pour les filles.

Qu'est-ce que tu veux ? Je vais commencer par te donner huit jours, on verra après.

Gil se dresse, hurle à s'arracher le cerveau.

— Je dois être demain au bureau ! Je veux un traitement fort. Et je dois aller à l'enterrement de M. Lécuyer !

— Ça, mon gars, je te l'interdis. J'y serai et si je t'aperçois, je te prends par la peau du dos et je t'emmène à l'hôpital ! Écoute, tu es d'accord pour un compromis ? Je te donne quatre jours en comptant aujourd'hui. Ça va ?

Le médecin l'ayant découvert jusqu'aux genoux, la juge commence à remonter la literie. Mais le médecin l'arrête d'un geste.

— Baissez-lui plutôt son pyjama. Je vais lui piquer les fesses, puisqu'il est si pressé. Je te préviens, mon garçon, j'ai une main de charretier. Ça rentre à tous les coups, mais si tu cries je te donne deux jours de congé de plus !

Plus tard, somnolent, sa migraine et sa toux calmées, Gil entend le médecin et la juge discuter dans le couloir. Il saisit au vol, de temps en temps, un mot, une bribe de phrase, et le rire du Dr Compérac. Aucun doute, ils discutent de l'affaire. Mme Desbordes profite d'un coup de chance pour questionner le docteur, qui pourrait être un témoin important.

La juge le réveille. Il est certain d'avoir dormi au moins une heure et il se sent contrit.

— Trois heures, dit-elle. C'est bien.

Elle apporte un bol de lait et un suppositoire.

— Montre tes fesses, allez, ce n'est pas une affaire. J'étais infirmière militaire à Londres, au temps de la

France libre. J'en ai vu, des derrières d'homme, et même des devants !

Gil se laisse manier, palper, sonder. Il n'en revient pas.

— Vous étiez à Londres ? Avec de Gaulle !

— Oui. Tu tiens un *scoop*, comme disent les Anglais. Une exclusivité pour ton journal intime. Ici, je suis une femme qui a un métier d'homme, une certaine autorité que les hommes me concèdent à regret, bien obligés. Si je me vantais de mes exploits de la guerre, je deviendrais la personne la plus haïe de cette ville. Tu me promets de tenir ta langue quelque temps ? Ça ne sera pas long : je quitte la Dordogne dans deux mois.

Elle lui renfile son pyjama, le recouvre en douceur, le borde et arrange ses oreillers.

— Tu as de la chance, je te traite comme si tu étais le plus bel aviateur de la RAF !

Gil savoure le délice de ne plus souffrir.

— Et le Dr Compérac, qu'est-ce qu'il vous a dit ?

Elle soupire en s'asseyant, joint les mains, son geste habituel.

— Nounou Delphine est arrivée chez lui à huit heures moins quelques minutes, le souffle court, au bord de la crise cardiaque, incapable de prononcer un mot. Il lui a donné un cordial et fait une piqûre. Il adore ça, c'est le Dr Seringue. Quand elle a été un peu remise, elle a raconté que M. Lécuyer s'était blessé avec son pistolet, qu'il saignait beaucoup. « Bon Dieu, vous ne pouviez pas le dire plus tôt ! » Il venait de rentrer, mais il avait une autre visite urgente à faire avant de se mettre à table : un crise cardiaque, une vraie. Il prétend que Delphine jouait la comédie de l'affolement et de la suffocation. Néanmoins il reconnaît que c'est une femme de soixante ans, trop grosse, et qui n'a pas le cœur très solide... Il voulait la laisser chez lui, sous la surveillance de sa femme, elle l'a supplié de la ramener et il l'a poussée dans sa 302...

— Il s'attendait donc à trouver un blessé ?

— Oui. Et il a vu un mort. Mme Lécuyer était à genoux près du corps. Il a cru qu'elle avait assisté à l'accident... si c'était un accident. Elle l'a détrompé. « J'ai passé l'après-midi avec mon père, Aurélie, ma bonne, est venue me chercher. Je suis arrivée cinq minutes avant vous ! » Le docteur ne comprend toujours pas pourquoi les servantes n'ont pas téléphoné. Il a peine à croire qu'elles ne savent pas se servir de l'appareil. Isabelle Mauvignier lui a dit alors : « Mon mari s'est suicidé. Aurélie l'a vu, mais elle est hystérique, on ne peut rien en tirer. » Le docteur a dû s'occuper de la bonne. Il regardait souvent sa montre, à cause de son autre visite. La demie de huit heures a sonné pendant qu'il faisait une piqûre, encore une, à Aurélie, recroquevillée dans un coin de la lingerie et incapable de prononcer un mot. Il a demandé à Isabelle Mauvignier si elle avait appelé les gendarmes. Elle a répondu d'un air innocent : « Non, j'ai appelé mon père, mais je n'ai pas pensé aux gendarmes... » Le docteur reconnaît qu'il aurait dû téléphoner lui-même à ce moment. Mais il était inquiet pour son malade, il le lui a dit, elle lui a assuré qu'elle se chargeait d'avertir les gendarmes. « Je peux vous laisser seule avec vos servantes en les attendant ? » Elle a répondu que son père allait arriver. Il est donc parti voir son client qui, d'ailleurs, ne se portait pas si mal. Il est repassé à la maison Lécuyer vers neuf heures et quart. Les gendarmes étaient là. Ils avaient mis la main sur la lettre d'adieu, et Isabelle Lécuyer la lisait en pleurant dans un fauteuil.

La tache qu'on voit sur la copie, c'est une larme de la veuve !

— Le docteur n'avait pas vu la lettre, la première fois ?

— Non. Ça s'explique : elle se trouvait dans le tiroir de la table resté entrouvert. Le tiroir où M. Lécuyer gardait son pistolet...

— À sa place, il me semble que j'aurais glissé ma lettre dans une enveloppe et que je l'aurais posée bien en vue sur mon bureau.

— Oui. Et tu te serais tiré une balle dans la tempe. Mais tu n'étais pas à sa place. Heureusement... D'après le Dr Compérac, les gendarmes étaient en train de dîner quand ils ont reçu le coup de téléphone de Mme Lécuyer. Le chef Rivaux lui a fait préciser que son mari était bien mort. Elle aurait répondu : « Oui, c'est un suicide. » Mort, par suicide, rien ne pressait. Il a dû finir de manger avant de prendre la Juvaquatre de la gendarmerie pour se rendre sur les lieux. Il serait arrivé vers neuf heures avec un de ses hommes. Deux autres seraient venus à bicyclette environ cinq minutes plus tard. Tu constates comme moi qu'il y a eu beaucoup de temps perdu entre l'événement, qu'on pourrait situer entre 19 h 15 ou 19 h 30, et l'arrivée de la gendarmerie.

Gil sent une clarté surnaturelle s'allumer sous son crâne.

— Oui ! La distance entre les villas Mauvignier et Lécuyer n'est guère que de trois cents ou quatre cents mètres par les jardins. Cinq minutes... Mme Lécuyer a pu être chez elle vers huit heures, huit heures cinq. Qu'en pensez-vous ?

— Tu la soupçonnes de quoi ?

— Mais... de rien. Je calcule. Elle est restée seule

avec l'Aurélie au moins vingt minutes. Peut-être un peu plus. Qu'est-ce qu'elle a fait pendant ce temps ?

— Elle a téléphoné à son père. Mais pas aux gendarmes !

Gil réfléchit à haute voix.

— M. Mauvignier est l'homme le plus honnête de la terre. Il n'aurait jamais conseillé à sa fille de commettre un acte illégal ou immoral. Un faux témoignage, par exemple.

— Tu en es sûr ? Ça ne nous mène à rien. Une impasse de plus.

Peut-être pas, se dit Gil, pourtant il préfère se taire. Ce qu'elle a fait pendant ce temps ? Elle a pu écrire la lettre d'adieu en imitant l'écriture de son mari... Pourquoi ? Eh bien, les servantes ont vu leur patron se suicider. Mais comment prouver leur bonne foi ? Comment éviter une enquête qui risquerait de remuer un tas de boue et mettrait tout le monde dans l'embarras ? Isabelle Lécuyer a trouvé la solution. Elle a réussi !

Marie pose les lèvres sur le front de Gil.

— C'est mon thermomètre, ça. Tu as encore de la fièvre. À mon avis, tu méritais une semaine de congé.

Il se réveille pour de bon.

— J'ai encore dormi. Quelle heure est-il ? Yvon n'est pas venu ?

— Oui, tu pionçais comme un bienheureux quand Yvon est passé. Il est reparti sur la pointe des pieds. Je l'ai croisé devant la porte en rentrant. Il m'a dit qu'il ne pouvait pas rester parce qu'il devait aller tout de suite chez le maire...

— Le maire ?

— M. de La Jafferie, quoi. Il va bien être obligé de s'occuper des affaires de la commune pendant quelque temps. À ce que j'ai entendu, on va faire des élections avant la date. Le Dr Compérac pourrait être tête de liste pour les socialistes et le notaire pour les MRP. Et les radicaux se mélangeraient... Bref, en attendant, le baron reprend sa casquette et il doit se remettre au courant de tout. Yvon m'a dit qu'il allait sans doute passer la soirée à la Jafferie et qu'il reviendrait de nuit. Il m'a promis qu'il passerait te voir demain à midi. Je vais te préparer un bouillon et du lait de poule.

Gil accepte le bouillon et refuse le lait de poule. Il somnole un moment, puis reconnaît la voix de la juge dans le couloir. Il se lève vite et va jusqu'à la porte en s'appuyant au bois du lit et au mur. Mais les femmes s'en vont vers la cuisine. Il enfile son pantalon et un gros chandail de Pierre Maignan, et va les rejoindre en titubant. Elles s'exclament en le voyant. Marie se précipite, lui jette son manteau sur les épaules et le fait asseoir.

— On buvait un café. Je t'en propose pas, avec ta fièvre.

Gil se force à rire pour étouffer les chandelles qui font la ronde sous son crâne.

— Vous le buvez à plein bol ? J'en voudrais bien une tasse !

Marie le sert, ajoute au café deux cuillerées de lait et deux morceaux de sucre. Elle se rassoit, soupire.

— Parlons bas. J'ai mis Jeannette au lit, elle a aussi de la fièvre. C'est peut-être la grippe qui revient. Au mois d'avril, ça s'est vu.

Elle regarde vers Gil.

— On était justement en train de causer d'une drôle d'affaire, rapport au suicide de M. Lécuyer. Tu l'as peut-être entendu raconter par ta mère ou d'une autre façon. M. Lécuyer pensait qu'il était peut-être somnambule, ça l'inquiétait un peu. D'après sa femme, il se levait pendant son sommeil, il descendait à son bureau, même jusqu'au jardin, il ouvrait des meubles, il fouillait dans ses papiers, quelquefois il écrivait... Et peut-être d'autres choses. Le lendemain matin, il ne se rappelait rien du tout. Il n'était pas sûr que ça soit vrai. Il se demandait si sa femme n'inventait pas ces histoires pour le faire enrager. Vous savez comment elle est. Bon, enfin, supposons que ça soit vrai. Peut-être qu'il aurait pu s'endormir dans l'après-midi et avoir une crise de cette maladie... parce que c'est bien une maladie, n'est-ce pas, madame Desbordes, et dangereuse ? Il aurait pu se tuer comme ça ?

La juge promène les mains sur son visage, peut-être pour dissimuler son envie de pouffer. Marie se tourne vers Gil, les yeux agrandis, l'air d'appeler au secours. Il lui sourit pour la rassurer. La juge marmonne, la main sur les yeux.

— Vous voulez dire que votre patron aurait pu se tuer... en dormant ? Je n'ai jamais entendu parler d'une crise de somnambulisme qui ait abouti à un suicide. Admettons. Selon vous, qu'est-ce que ça expliquerait ?

Marie se pince le menton, puis la bouche, hésite, se lance.

— Ben, voilà. Supposons qu'il ait un cauchemar pendant sa sieste. Voilà. Il rêve qu'on est encore pendant la guerre, que des types de la Gestapo ou de la Milice sont venus l'arrêter. Il sort son pistolet et croit leur tirer dessus, mais il retourne l'arme sans s'en apercevoir et il s'envoie la balle dans le corps !

Marie appuie son visage dans ses mains, les coudes sur la table. Elle guette du coin de l'œil Gil et la juge.

— Vous êtes bien gentils de ne pas vous foutre de moi, tous les deux. C'est trop bête, hein ?

La juge pose la main sur l'épaule de Marie.

— Non, Marie, non. Mais que faites-vous de la lettre ?

— La lettre, c'est vrai...

Marie baisse le front et se fait un casque de ses paumes, froissant un peu plus ses cheveux dépeignés.

— Oui, oui, attendez, la lettre... Dans son cauchemar, les gens de la Milice et de la Gestapo allaient venir l'arrêter, il a préféré se suicider, mais il ne pouvait pas donner les vraies raisons, parce qu'il voulait protéger sa famille et ses camarades. Et puis il a mélangé les choses de la guerre à celles d'aujourd'hui... Alors, dans son cauchemar, la Gestapo est arrivée, il a tiré !

Marie relève la tête, lâche un énorme soupir. Les larmes coulent deux à deux sur ses joues. De grosses larmes brillantes où se reflètent les dernières lueurs du jour. Si la jugette voulait bien décamper, Gil se précipiterait pour les boire. Mme Desbordes a déjà sorti son mouchoir et essuie d'un geste un peu brusque le minois de Marie. « Soufflez. » Marie souffle, puis se lève et court à l'évier pour se passer un peu d'eau sur la figure.

— Il faut que j'aille voir comment va ma Nénette.

La juge marche jusqu'à la fenêtre, observe un moment les rayons du soleil couchant par-dessus les toits, puis tourne la tête vers Gil, blotti, frissonnant, sous le manteau de Marie.

— Vous devriez vous associer, tous les deux, pour écrire des romans policiers. En attendant, je vais te ramener à ton lit et rentrer chez moi.

Gil se laisse conduire, suspendu au bras de la juge. Il exagère un peu sa faiblesse. Un bonheur étrange, nourri de sa fièvre, pétri d'espérance et de mélancolie, à la fois pèse sur son cœur et le ravit. La folle invention de Marie le raccommode avec le monde. Sous l'ordinaire et la médiocrité, se cachent d'infinis possibles. Embusquées dans l'avenir, des merveilles l'attendent, des joies sans nom, des souffrances, des mystères, des gourmandises, des déceptions cruelles et des surprises à grimper au ciel. La vie commence enfin.

La juge l'aide à se coucher. Il la retient par la manche.

— Vous abandonnez ?

Elle se raidit.

— J'ai voulu rendre service au substitut, c'est tout. Mais je n'ai aucune carte en main. S'il te plaît, tu es malade, repose-toi.

— Vous ne me soupçonnez vraiment plus d'avoir écrit cette lettre ? C'est sûr ?

Elle rit doucement, lui prend la main qui s'accrochait à son bras et la glisse sous les couvertures.

— Je te le promets. Sois tranquille.

— Et si Marie avait raison, en partie ? La Rélie a vu quelque chose de si effrayant qu'elle en a presque perdu la tête.

— Elle a vu son patron se suicider ou quelqu'un l'assassiner.

— Ça aurait suffi à la mettre dans cet état ? En plus, elle jure qu'elle n'a rien vu ? Pourquoi ?

— Je l'ignore, mon cher Watson. Elle a perdu la boule, un point c'est tout.

— Elle aurait pu surprendre M. Lécuyer dans sa crise, en train de se disputer avec des ennemis imaginaires... Ça me rappelle *Le Horla* de Maupassant. C'est une scène qui aurait pu la bouleverser jusqu'à la rendre folle.

— Maupassant souffrait d'une maladie très grave, qui le poussait au délire. On l'a même interné, si je me souviens bien. Je ne crois pas que M. Lécuyer en ait été là. Il faut attendre qu'Aurélie ait recouvré ses esprits pour la questionner. Ce sera l'affaire des gendarmes ou du procureur... si le dossier est rouvert.

Elle lui serre l'épaule, tapote l'oreiller, effleure ses cheveux.

— Dors. On en reparlera demain.

Gil se laisse transporter sur les ailes de la fièvre. Il imagine l'adjoint face à un ennemi invisible, qui est un peu lui-même, comme le Horla. Il se promet de relire la nouvelle de Maupassant. Quel triomphe pour la littérature si la clé de l'énigme se révélait dans un des textes les plus célèbres du XIXe siècle !

21.

Fernand étale à grands coups, sur une demi-brioche grillée, une couche de beurre qui représente quasiment la ration mensuelle d'un travailleur de force pendant la guerre. Eh bien, qu'il se goinfre, tant qu'il touche son salaire, songe Félicia. Mais s'il se fait foutre à la porte des Camions Lécuyer, comme ça lui pend au nez après la mort du patron, adieu beurre et brioche.

— J'te dis qu'ils l'ont zigouillé, moi, le patron. Et Philippine pense pareil. Ils pensent tous comme moi, aux Camions !

Félicia fronce les sourcils.

— Tu pourrais dire, Mlle de Saint-Philippe.

— Elle nous a à la bonne, nous, les chauffeurs. Elle nous cause tout le temps des affaires de la boîte.

Les chauffeurs, tu parles, Charles. Fernand Jallas prétend qu'il sait conduire. Il maintient qu'il n'a pas besoin de passer le permis, qu'il est meilleur que tous ses collègues, sauf un nommé René Bouland, un Parisien, dit la Tête, son idole. René déchiffre les mots croisés des journaux, gagne des prix aux radio-crochets et pilote sa demi-remorque toute neuve comme Ascari ou Fangio leurs bolides.

— René croit aussi qu'on a tué M. Lécuyer ?

— La Tête, tu veux dire ? C'est qu'il en a une. Et une voix, ha, ha ! Bien sûr, qu'il a son idée là-dessus. Il dit que c'est un règlement de comptes de la Résistance. Il dit qu'y a encore des picaillons de cette époque qu'ont pas été partagés. L'Adrien, il avait pris plus que sa part. La Tête, il en sait long sur les affaires de la guerre, encore plus que la veuve Soupe. Il me disait l'autre jour en rigolant, quand on a reçu un nouveau camion : « Encore un que les Boches auront pas, ha, ha, ha ! » Il cause que par illusions...

Félicia rectifie en silence : « par allusions ».

— Un camion que les Boches auront pas ?

— Hi, hi, ça veut dire que pas mal des camions, et peut-être tous, ont été payés avec des sous récupérés pendant la guerre.

— Mais, entre-temps, il y a eu l'échange des billets.

— Comme dit la Tête, l'or, c'est pas pour les chiens. Et même, je vais te dire qui on pense qui a fait le coup, la Tête et moi. Et les cognes le savent bien, mais ils ont pas envie de lui courir après, alors ils ont fait semblant que M. Lécuyer s'était suicidé !

— Tais-toi, Fernand, c'est des ragots, des calomnies.

— Je me tairai si je veux, peut-être oui, peut-être non. Avec la Tête, on a décidé qu'on fermait son plomb pour le moment. Sûr que les gendarmes viendront pas nous poser des questions, ils ont trop peur qu'on leur bousille leur combine. Et d'abord, y a pas qu'eux. Toutes les huiles ont trempé dans l'affaire. Les anciens chefs de la Résistance, les politiciens, les banquiers... je préfère pas dire de noms. Pierre Maignan était que l'exécutant, comme dit la Tête, parce que pour manier un pistolet, il a toujours été bon, mais réfléchir, c'est pas son fort !

— Tandis que toi... Mais Pierre Maignan est loin, peut-être à l'étranger.

— La blague ! Il est pas loin. Il a été vu par ici. Les gendarmes ferment les yeux. Ils ont des ordres. Tu comprends pas que tout a été organisé ?

— La Tête croit vraiment ça ? Et la lettre que l'Adrien a écrite pour dire qu'il se tuait, comment il l'explique, la Tête ?

— C'est les gros qui ont tout manigancé. Ça m'étonnerait pas qu'il y ait un député plus qu'un peu mouillé là-dedans. Ils ont payé un faussaire pour écrire la lettre, ni vu ni connu !

Félicia regarde sa montre, se laisse tomber sur une chaise. Encore cinq minutes avant le car. Tant pis, elle coupera par les jardins et le rattrapera sur la route.

Un faussaire payé ? Est-ce que ça existe ? Oui, tout existe dans les grandes villes. Fernand a toujours une façon de déformer les choses qui les rend ridicules et incroyables. Mais René Bouland a passé sa jeunesse à Paris, il a fait toute la Résistance avec les services britanniques, il est très instruit pour un simple chauffeur. C'est un fin merle, qui connaît le fourbi et les ficelles.

Il a peut-être raison, pour la lettre. Un complot des politiciens ? Oui, l'Adrien devait en gêner plus d'un, avec sa folie des grandeurs, ses façons de pou affamé et tous les sacs de crotte qu'il traîne depuis la guerre... Enfin, si la théorie de René la Tête est vraie en gros, rien ne prouve que Pierre Maignan ait été chargé de l'exécution... Rien, sauf que c'était beaucoup plus facile pour lui que pour un inconnu de s'introduire chez Lécuyer. Il connaît les lieux, et les chiens le connaissent. Son ancien patron ne se méfiait pas de lui. Quoique ça, c'est moins sûr.

Quand il est excité à cause de sa maladie de nerfs, il est capable de tout, il l'a prouvé pendant la guerre, pour la bonne cause et pour d'autres moins bonnes. Et les billets qu'il sortait de ses poches par paquets chez lui, au café, au restaurant, c'était peut-être le produit des vols qu'il aurait commis avec une bande. Mais ça pouvait être aussi un acompte versé par les politiciens, les banquiers, ceux qui voulaient se débarrasser de l'adjoint.

— Mon Dieu, c'est terrible pour Marie.

Fernand tartine sa dernière brioche.

— Elle l'a bien cherché, ta copine, hi, hi !

Félicia prend son cabas, file vers la porte, s'arrête au bord de l'escalier, réfléchit à haute voix, sans se retourner.

— Celui qui a tiré, il aurait dû viser la tête pour que ça ressemble bien à un suicide. Pourquoi donc il a tiré dans la poitrine ?

— Hé, bordel, les choses se passent pas toujours comme prévu ! Le patron, qu'était assis, s'est levé au moment où l'Pierrot y envoyait son pruneau ! Et voilà, c'est pas plus compliqué que ça !

Félicia court dans le chemin des jardins. Pauvre Marie, la Tête pourrait bien avoir raison. Reste un autre mystère. Les servantes ont dû voir Pierre Maignan, assister peut-être à la scène du crime. Pourquoi ne le dénoncent-elles pas ? La Rélie a perdu la boule, mais la Fine ? Nounou Delphine n'est pas femme à se laisser impressionner par des menaces...

Félicia court encore quelques mètres, puis le cœur lui manque. Elle s'adosse à un pommier, au bord du chemin. Pierre... Il est sûrement capable de tuer un homme dans un accès de violence, mais il ne serait pas devenu assassin pour le compte d'une bande de grossiums, même payé cher ! Non, Pierre, tu ne l'as pas fait, n'est-ce pas ? Elle s'écarte de l'arbre, fait un pas, doit se rattraper à une branche fleurie. *Pommier rose et cerisier blanc...* Félicia ! Elle entend crier son nom. C'est Marie.

— Félicia, ne cours pas !

— C'est toi qui cours comme une folle.

Marie se précipite vers son amie en gesticulant.

— On prendra le car de midi. Je dois aller... Il y a des mauvaises nouvelles. Enfin, je sais pas si elles sont mauvaises. C'est selon. On va à l'usine, voir Pépé le Moko, enfin, moi, il m'a convoquée, j'ai besoin que tu m'accompagnes. Je...

Elle perd son souffle à mesure que Félicia retrouve le sien.

— D'accord, on va à l'usine, voir Pépé. On prendra le car de midi. Mais calme-toi, s'il te plaît. Essaie de m'expliquer.

Marie avale une grosse goulée d'air. Elle est vêtue chic, jupe à fleurs, corsage brodé sous une veste de ville. Elle croise le regard de Félicia sur ses belles nippes.

— Il a fallu que je m'habille. Les gendarmes m'ont envoyé un mot hier pour passer à la gendarmerie. J'y suis allée ce matin. Ils m'ont dit que Pierre avait été arrêté à Bordeaux, ça fait presque une semaine. Les flics de la ville le surveillaient, ils l'ont pincé avec un autre, en essayant de vider la caisse d'un garagiste... Il est tombé bien bas. Je veux plus le voir, plus jamais ! Oh, merde, j'en ai marre de lui, à la fin... Tu sais ce que m'ont dit les gendarmes en rigolant ? Ils sont furieux que personne les croie à Saint-Veillant quand ils disent que l'adjoint s'est suicidé. Mais alors furieux à en avoir la barbe qui fume. Le chef Rivaux m'a dit comme ça : « Ceux qui racontent qu'ils ont vu votre mari à Saint-Veillant le jour du suicide de M. Lécuyer sont des menteurs. Il était déjà en taule. Vous pouvez être contente, ça le met hors de cause, et ça prouve le suicide ! »

Elle rit et pleure en même temps. Félicia lui tend les bras, elle continue ses épanchements sur l'épaule de son amie.

— Au fond, c'est pas mal que Pierre se soit fait pincer. Un an ou deux en taule lui feront les pieds. Bon, je vais demander le divorce. Bien fait pour ce salaud ! Je gagnerai à coup sûr, hein, au tribunal ?

— À coup sûr, approuve Félicia. Oh, dis donc, tu t'es peint les ongles ce matin. C'est pour Pépé le Moko que tu t'es mise sur ton trente et un ?

Marie répond d'une bourrade en pouffant de rire.

— Faut bien que je tente ma chance. J'ai plus de jules, ha, ha !

Elles s'en vont vers la ville, bras dessus, bras dessous. Marie donne un coup d'épaule à Félicia et tourne la tête pour lui souffler, aussi près de l'oreille que possible :

— Je pourrais toujours me taper des jeunots, pas vrai ?

— Oui. Dis-moi, tu as peut-être déjà commencé ?

Marie répond d'un éclat de rire presque joyeux.

— Non. Mais je sens que ça ne tardera pas.

Marie soutient le regard du Moko. « Merde, quel costaud ! » Stature de lutteur forain, poitrine gonflée, bedon de vache pleine... Grâce à Dieu et à l'ami Bellot Yvon, elle sait des trucs sur ce minable qui lui permettent de l'envoyer aux pelotes en cas de besoin. Il la pousse dans le bureau du patron, qu'il s'est accaparé sans vergogne.

— Alors, voilà une Marie Maignan qui n'en mène pas large de se retrouver à l'usine. On avait cru au Père Noël, dis-moi, petite !

— Je vous défends de me tutoyer.

Il la toise de son œil de cochon affamé, se frappe l'estomac du plat de la main.

— Tu n'as plus rien à me défendre, la Marie. Le patron peut plus rien pour toi, à moins qu'il t'ait couchée aussi sur son testament... Ha, ha, couchée sur son testament, elle est bonne. Mais ça m'étonnerait. Maintenant, c'est à moi !

Il écarte les pans de sa blouse pour glisser les pouces sous ses bretelles et se campe devant Marie, qui recule d'un pas ou deux, sans baisser les yeux.

— Qu'est-ce que vous croyez ?

Il croit qu'il la tient. Il ne fait pas le poids, malgré ses cent kilos.

— Je peux vous foutre dehors du jour au lendemain, ma belle. Vous foutre dehors et m'arranger pour que personne vous embauche ici et même dans tout l'arrondissement. Sans parler de votre mari qui serait pas content s'il savait les saloperies que vous avez faites avec le patron, hein ? C'est qu'il est pas commode, Pierre Maignan, et jaloux comme un chien de curé, à ce qu'on dit.

— Dites qu'il est un voyou, tant que vous y êtes.

— Je le dis.

— Vous aussi, vous en êtes un. De sale espèce !

— Fais attention à ce que tu dégoises, petite. Ça pourrait te coûter chaud et bonbon !

Marie tire une chaise, s'assoit, prend un peu la pose, considère les murs presque nus de la petite pièce. Ici, les lieux portent toujours la marque de l'homme sévère et sans fantaisie qui a créé l'usine et tenu le timon un quart de siècle, M. Mauvignier.

Pépé s'approche de Marie à la toucher, la domine de toute sa masse, pousse le dossier de la chaise d'un coup de genou.

— Levez-vous, je ne vous ai pas permis de vous asseoir.

— Allez vous faire voir à Marseille, Léon Philippard !

Il frappe la chaise d'un coup d'escarpin. De sa vie d'autrefois, il a gardé le goût des belles pompes. Il bougonne, Marie ne bouge pas et fixe tranquillement le ciel par la fenêtre.

— C'est sûr qu'ils ont gardé des souvenirs de vous, à Marseille, Léon la Polka. Vous dansiez bien ? Faut croire que vous étiez moins gros, à l'époque !

Il recule d'un pas, lâche un ronflement de fauve en colère, mais le typhon jailli de son poitrail coule en gargouillis.

— Nom de Dieu, qu'est-ce que c'est que ces racontars de merde ?

Marie étend les mains, la paume en bas, contemple ses ongles qu'elle a vernis de rose comme pour le bal du dimanche.

— Vous avez laissé des souvenirs, hein ? Au casier du tribunal !

— Mets un bouchon, petite garce, ou il va t'en cuire !

— Deux ou trois condamnations pour coups et blessures, dont deux sur de pauvres femmes, c'est pas vrai ? Et M. Lécuyer le savait. Alors, il vous tenait !

— Mais qu'est-ce que tu chantes ?

Pépé le Moko s'est mis à marcher autour du bureau.

Il s'arrête près du cadre où sont affichées les photographies annuelles des ouvrières de l'usine, l'examine d'un air dégoûté.

— Quand es-tu entrée à l'usine Mauvignier, Marie ? Tout de suite après la guerre ?

Pitoyable tentative de paix. Marie fait mine de n'avoir pas entendu la question.

— Le patron se méfiait de vous, Philippard. Il me l'a dit. Comment vous avez fait pour entrer dans son bureau et lui...

— Quoi ? Moi ? Coquin de sort, tu es maboule !

— ... et lui régler son compte ? Hein, il vous menaçait de tout révéler ? Alors, vous l'avez plombé. Vous aviez déjà tenté le coup à la chasse, l'an dernier ?

— Tu fermes le tien, de plomb, ou je... Mais bordel, le patron s'est suicidé, le chef m'a dit qu'il en mettrait sa tête sur le billot !

— Le chef peut mettre sa tête où il voudra, elle est pas bien grosse. Mais la juge de paix n'y croit pas trop, à ce suicide. Seulement, pour le crime, ce qui manque, c'est un motif, un mobile, quoi. J'ai qu'à lui dire que je sais quelqu'un qui en a un, ça lui mettra sûrement la puce à l'oreille.

— T'avise pas de ça, putain.

— Maquereau !

— Ça va, bon, on fait la paix ? Tu es maligne. Si on s'entendait, tous les deux, on pourrait ramasser pas mal de flouze.

— Comme à Marseille ?

— Y a pas de crime. Supposons une minute qu'un type... un type dans mon genre... ait flingué le patron. D'abord, tu l'as dit, il aurait fallu que M. Lécuyer se méfie pas, qu'il se laisse prendre son arme... Que le type le force à écrire la lettre ! Un sacré risque, pas vrai, avec deux ou trois femmes dans la maison ! Tu vois la scène, si tu n'es pas idiote ! Pendant que le patron écrit, le type se tient forcément derrière lui. Il braque le pistolet sur sa tête. Les bonnes femmes ont rien vu, rien entendu. Le patron sait qu'il recevra un pruneau dans la cafetière quand il aura fini, mais il gratte tranquillement. Peut-être même qu'il prend le temps d'écrire un P.-S. Non, pas de P.-S. ? Perdu pour perdu, il pourrait peut-être gueuler, appeler au secours ? Mais non. Et les moukères, qu'est-ce qu'elles foutent ? Paraît que la patronne était chez son papa. D'accord. Et les servantes ? La Rélie, bon, c'est une pauvre infirme qui a toujours été terrorisée par son maître. Mais la Fine, putain, une sacrée bonne femme, je la connais. Elle a rien vu, rien fait. Pas possible. Suppose que je sois le maréchal des logis-chef de la gendarmerie, qu'est-ce que tu me réponds ?

— Peut-être que le type dans votre genre, il a des amis dans le genre des vôtres, par exemple un bon faussaire, qui a écrit la lettre d'avance, avec un modèle.

— Tu as réponse à tout, hein ? Un faussaire, que le type aurait eu comme ça sous la main, ha, ha ! Et si habile que les bonnes femmes reconnaissent l'écriture du patron sans lever un sourcil. Et paraît que la lettre était datée à la minute près. Quelle putain d'organisation ! Tu peux jeter ton faussaire aux orties, ça tient pas debout. Et maintenant, qu'est-ce que vous dites au chef, la môme ?

Ils discutent sans échanger un regard. Pépé marche dans le bureau, lève les poings, gesticule. Marie serre les mains sur ses genoux, pour les empêcher de trembler. Elle sent la sueur mouiller son cou et sa lèvre. Elle regrette de s'être jetée tête baissée dans ce débat imbécile. Elle se demande si elle pourra tenir longtemps encore la dragée haute à Pépé le Moko. Elle le croyait moins coriace, elle se croyait plus forte.

Elle a eu tort de l'attaquer sur la mort de l'adjoint. Saloperie d'affaire ! La juge y perd son latin, les gendarmes se sont fait leur religion. Ils ne lâcheront pas plus cet os que le curé les rogations ! Elle aurait dû s'en tenir à ce qu'elle savait de tout à fait sûr par Yvon Bellot et confirmé par l'Adrien : le casier judiciaire pour des délits commis du temps où il était souteneur à Marseille...

— Qu'est-ce que je dis au chef, à part merde ?

Elle prend son souffle et tâche de répondre sans trémolos.

— Pas de faussaire, d'accord, m'sieur. Le patron a écrit la lettre sans moufter pour gagner du temps et amadouer le type. Il pensait lui sauter dessus en profitant d'un moment d'inattention...

— Et il a écrit la lettre jusqu'au bout, il l'a signée ?

— Quand il a eu fini la lettre, l'autre s'est relâché, alors il l'a attaqué franco, il a essayé de lui prendre l'arme, ils se sont battus et... le coup est parti. Le patron l'a reçu dans la poitrine au lieu de la tête, comme c'était prévu.

— Hé, c'est bien imaginé, pour une bonne femme qui n'a pas inventé les patates bouillies. Vous devriez aller raconter ça au chef... Après le coup de feu, les servantes ont montré le bout du nez, enfin. Au moins la nounou. Elle n'a pas aperçu le type. Il est sorti tranquillement, les mains aux poches. Personne ne l'a remarqué. Paraît que Baladou traînait justement dans le quartier à la poursuite d'un chien perdu. Il jure qu'il n'a vu personne. Peut-être qu'il avait reçu une merde d'oiseau dans chaque œil ! Ce type est un illusionniste, un magicien, c'est Robert Houdin, ha, ha !

« Au cas où ça vous intéresserait de le savoir, Marie la peste, j'ai un alibi en nickel. Je viens juste d'y penser. Moi, à l'heure où le patron est mort, j'étais à la mairie de Saint-Jean-d'Agnac, pour voir les paysans qui livrent les tomates à l'usine, savoir où ils en sont, signer les contrats en retard, etc. J'ai rencontré au moins vingt personnes, dont le maire de la commune, qui m'a invité à boire un coup chez lui. Je suis resté jusqu'à la nuit. Et j'ai appris la mort de M. Lécuyer en rentrant. Vous êtes contente ?

Marie se lève brusquement. Elle porte la main à sa gorge, va pour déboutonner son corsage à col montant. Elle étouffe, mais il est trop tôt pour se mettre à l'aise. Pépé le Moko prendrait le geste pour une invitation. Elle laisse retomber sa main, se force à rire.

— Vous m'avez bien persuadée, m'sieur Pépé. Vous devriez raconter tout ça à la juge, elle pourrait le répéter au procureur de Bergerac, ça les rassurerait. Ils verraient tout de suite que les gendarmes ont raison. Il n'y aurait plus d'enquête et tout le monde serait bien tranquille.

Elle marche vers la porte, s'arrête sur le seuil, lâche d'un trait, sans se retourner :

— Ça serait quand même plus honnête de lui dire en passant que vous avez un vilain casier !

Elle l'entend gronder, frapper le plancher, renverser la chaise où elle était assise. Elle file par le couloir du bureau. Elle s'arrête une demi-seconde pour écouter le ronflement de la chaudière, les sifflements des autoclaves, les éclats de voix, toutes les rumeurs de l'usine. Elle a très envie de se glisser par surprise au milieu des copines pour un coucou en cinq sec. Non, le moment est mal choisi. Les gens n'ont pas l'air de savoir que son mari est en taule, mais la nouvelle peut circuler à n'importe quel moment. Ça ne serait pas drôle de supporter les coups de représailles de toutes les filles jalouses. Et puis elle est habillée en dimanche, ça la foutrait mal.

Elle va sortir par la porte arrière des bureaux, ni vu ni connu. Elle s'arrête encore pour renifler. Elle n'aime pas l'odeur mi-aigre, mi-sucrée qui croupit dans les recoins de la baraque. L'usine Mauvignier met en boîtes des tonneaux de confiture arrivés d'Espagne. Encore plus écœurant que les relents de graisse collés aux murs et aux planchers pour l'éternité... Elle pince le nez et s'enfuit.

Sa bicyclette et celle de Félicia sont restées à l'arrêt du car, près de la Lucette. De toute façon, elle n'aime guère rouler en ville. Il faut toujours retenir jupe et jupon qui s'envolent au moindre souffle d'air, et c'est très casse-gueule... Elle aimerait passer à la perception, dire quelques mots à Yvon, puis pousser jusqu'aux Camions Lécuyer. Elle a le temps, à condition de ne pas rester plus de dix minutes à la perception. Elle se remet à courir. Tant pis pour le qu'en-dira-t-on. Elle meurt d'envie de parler des tapisseries à Philippine, m'zelle de Saint-Philippe, qui est pour ainsi dire la patronne, maintenant. Félicia et elle-même les ont trouvées au grenier de la Lucette, drôlement bien emballées dans du papier goudronné, et recouvertes d'une bâche. Elles sont immenses et il y en a une demi-douzaine. À voir la façon dont les propriétaires les ont protégées et dissimulées, ça doit être des choses de valeur. Marie sait par Pierre que les tapisseries ont été beaucoup pillées pendant la guerre, d'abord les Allemands, la Milice, puis, à la Libération, les voyous de tout poil. C'est à cause des pillards que celles de la Lucette ont été mises à l'abri, puis oubliées... Marie s'arrête pour reprendre son souffle. Seigneur, ça vaut peut-être une fortune ?

— Et alors, qu'est-ce qu'il t'a dit, Yvon ?

Elles sont agenouillées sur une tapisserie qu'elles ont entièrement déroulée dans le grand salon de la Lucette. Les dessins qui les enchantent s'étalent sous leurs yeux, elles ne se lassent pas de promener les mains sur le tissu, légèrement grumeleux, rêche par places, moelleux ailleurs.

Marie soupire, secoue la tête.

— Oh, y avait des clients, je n'ai pas eu le temps de discuter avec Yvon. Je lui ai juste appris la nouvelle, pour Pierre. Mais je suis sûre qu'il ne croit pas au suicide du patron.

Il fait beau. La lumière de l'après-midi entre à grand feu par les fenêtres ouvertes, bouillonne jusqu'au milieu de la pièce, se répand sur la tapisserie ouverte. L'odeur des champs recouvre d'une douceur mouillée les relents d'encaustique et d'eau de Javel. Le vent souffle du bon côté et traîne au loin la puanteur de la charogne. On entend, à l'autre bout de la maison, les couvreurs marteler la charpente. Félicia se penche pour caresser la tapisserie, saine et ferme, malgré de rares effilochures sur les bords. Savoir d'où sort cette merveille.

— Personne n'y croit, sauf les gendarmes. Mais c'est eux qui décident.

— Non, c'est le procureur. La juge va essayer de le persuader de rouvrir l'enquête. Ils pensaient tous à Pierrot, comme suspect. Ils vont être bien attrapés qu'il soit en prison !

— Ça tombe à pic. Et Pépé, tu l'as carrément accusé, si j'ai bien compris. Tu y crois pour de bon ?

— Non. Je t'ai dit ce qu'il m'avait répondu, enfin en résumé. Ça se tient. Y a pas à tortiller, on voit pas comment il aurait pu faire le coup sans que les servantes crient au secours. Et même aux alentours, c'était difficile pour un gros type d'entrer dans la maison sans se faire voir. Il risque pas de passer inaperçu, cette espèce d'armoire à glace, et souple comme un autoclave. C'est plutôt le genre hippopotame que le genre belette des bois, Pépé. En plus, il paraît que Baladou coursait un clébard dans le quartier, vers ces heures-là.

— Baladou est le roi des trouillards. Maintenant qu'il n'a plus le patron pour le protéger, il doit trembler devant Pépé le Moko. Tu crois que s'il l'avait vu déambuler dans les environs, il se serait empressé de le dénoncer aux gendarmes ? On en revient toujours au témoignage de la Fine et à la lettre.

— Et la Rélie. Je veux bien croire qu'elle n'a rien vu. Mais pourquoi elle a perdu la tête à moitié ?

— Si quelqu'un leur fait peur, ça pourrait être Pépé le Moko.

— Ça m'étonnerait que la Fine, comme je la connais, se laisse foutre la chiasse par cet épouvantail à moineaux ! Non, si elle ment parce qu'elle a les foies, ça doit venir de plus haut. De si haut qu'on ose à peine y penser, ma doucette !

— Et que tu oses à peine le dire...

— Ben oui. Ça viendrait du gouvernement. Ils ne voulaient pas de lui comme député, avec toutes les sales histoires qu'il a dans ses bottes. Suppose qu'il devienne un jour ministre, ça la foutrait mal, tu crois pas ? Alors, ils l'ont fait sabrer par un type du Deuxième Bureau, de l'Intelligence service ou je ne sais pas quoi.

— Oh, dis donc, tu as lu ça dans un roman ? Ou c'est la Philippine qui t'a soufflé cette idée ?

— Tu me crois trop bête pour y avoir pensé toute seule ? Je n'ai pas pu causer à la Philippine. Je l'ai juste prévenue pour les tapisseries. Elle m'a répondu qu'elle enverrait un camion les prendre cet après-midi. Le gouvernement a peut-être pas envoyé un type des services secrets, plutôt un ancien de la Résistance. Un spécialiste des coups tordus, un type qui a déjà exécuté des Boches et des miliciens pendant la guerre ! Si tu veux mon avis, on ne saura jamais la vérité, parce que les gendarmes sont dans le coup et que la juge restera le bec dans l'eau. Dis-moi un peu ce que tu penses, toi ? Que le patron s'est tiré un pruneau dans le buffet pour pas s'esquinter la binette et arriver joli garçon au paradis ? Le Dr Compérac dit que, d'après les traces sur ses vêtements, la balle est venue de loin, et que c'est difficile de tenir un pistolet comme ça, retourné contre soi...

— Au fond, ça ne m'étonnerait pas que ce soit politique. Je pense comme toi qu'on ne saura jamais rien.

Marie s'allonge sur la tapisserie, les mains nouées derrière la nuque, les jambes croisées haut.

— C'est triste, au fond, la mort de ce pauvre Adrien. Moi, j'avais fini par l'aimer bien. Mais tout ce mystère, c'est vraiment rigolo. Ça me donne envie de me creuser le ciboulot !

— Tu es sûre que tu ne vas pas l'abîmer ?

— Ma cervelle ? Non, je fais attention.

— La tapisserie, idiote. Ça paraît assez fragile, et tu te traînes dessus de tout ton poids.

— C'est qu'un gros chiffon. Et c'est pas ça qui enrichira l'Adrien, maintenant qu'il est à pas d'adresse !

— Je ne sais pas le latin, mais je crois qu'on dit *ad patres*.

D'un coup de hanche acrobatique, Marie se retourne sur le ventre, fait mine de nager sur la tapisserie, découvre au ras de son nez le paysage incrusté dans la trame du tissu.

— Oh, t'as vu la bestiole qui grimpe à l'arbre ?

— On dirait un écureuil.

— Et là, y a quelque chose d'écrit...

Elle s'appuie sur ses coudes, relève la tête pour déchiffrer l'inscription.

— Merde, c'est pas français.

Elle ânonne :

— *Quo non ascendam*... Comprends rien.

— C'est sûrement du latin, dit Félicia. Écoute, ça lui donne peut-être de la valeur. Tu ne voudrais pas arrêter de te traîner dessus ?

— Non. Si ça vaut un million, raison de plus pour se traîner dessus. Je n'aurai jamais une meilleure occasion. Et puis là, je suis bien pour réfléchir. Va voir ton Ramuntcho et fous-moi la paix !

Elle bascule sur un côté, reprend sa position sur le dos, plus commode pour pousser un air. Félicia répond d'un haussement d'épaules et sort, les mains dans les poches de son tablier. Elle rentre une minute plus tard, en se coiffant.

— Mademoiselle de Paris, je t'annonce une visite. Un camion. Ça doit être celui que Philippine devait envoyer pour les pâtisseries...

Elles pouffent ensemble.

— Les tapisseries. Je ne l'ai pas fait exprès.

Marie se lève en s'appuyant sur les mains, termine l'exercice par une cabriole, s'étire, bâille.

— Allons voir.

Le camion ferraille dans la cour. Ça doit être le plus vieux de la société Lécuyer. Capot rouillé, bâche percée, trente ans d'âge au moins, une allure de chat maigre, dressé sur ses pattes et le poil hérissé. Marie l'observe, les mains sur les hanches.

— Pour transporter des objets de valeur, un vieux tape-cul rescapé de la guerre de quatorze, c'est une bonne idée... Oh, dis donc, tu vois qui je vois, Félicia ?

Le camion décrit une longue boucle devant la maison, s'arrête avec un hoquet. Dans la cabine découverte, le chauffeur soulève son béret, salue.

— Bien le bonjour, mesdames !

— Fernand !

Félicia se précipite, puis s'arrête à deux pas du véhicule.

— Mais tu conduis !

Fernand se rengorge.

— Tu vois bien.

Un grand costaud descend de l'autre côté et s'avance à la rencontre des femmes, les mains dans les poches d'une salopette raide de crasse. Fernand lui donne une grande tape sur le biceps.

— Et comment que je conduis ! Enfin, vu que j'ai pas encore le permis, mon ami la Tête m'accompagne pour la bonne règle !

La Tête lâche un rire qui monte jusqu'au toit de la Lucette et désarçonne les charpentiers. Il rend sa bourrade à Fernand Jallas, qui doit s'appuyer au garde-boue du camion pour ne pas s'aplatir comme un lapin fusillé. Voilà donc l'as des mots croisés et le champion des radio-crochets. On aurait plutôt envie de l'appeler les Gros Bras ou le Taureau... Il s'incline avec une grâce de pachyderme au cirque, tend sa patte boudinée à Félicia et à Marie.

— Soyez trrranquille, m'ame, je veille sur votre mari gentiment.

Il a une voix de ténor lyrique et un regard charmeur, mais il ne doit pas se laver souvent. D'un geste du pouce par-dessus l'épaule, il montre le camion derrière lui.

— Avec cet engin, on se sort de partout et on craint rien pour la peinture. Si Fernand nous jette dans le fossé, y a pas de pet. J'en profite pour lui donner quelques leçons. Je vous promets qu'il aura son permis. C'est notre pauvre m'sieur Lécuyer qui aurait été heureux de voir ça !

Après avoir bu au goulot quelques gorgées de bière, les deux hommes s'enquièrent de la cargaison. La tapisserie à l'écureuil est restée dépliée sur le pavé de la grande salle. La Tête s'approche à petits pas, s'accroupit, pousse une exclamation.

— Dites donc, les filles, m'est avis que c'est des vraies. Vous avez mis la main sur un trésor !

Félicia est rassurée, flattée, même. Elle craignait que l'escogriffe coltine sans ménagement ledit trésor. Le voilà à présent qui se traîne à croupetons en veillant à ne pas poser les genoux sur la tapisserie.

— Mince ! Mazette ! Cristi ! Crénom !

Il a tout un stock d'exclamations polies. Fernand ricane.

— La Tête, il a tout appris avec les mots croisés, vous pouvez y faire confiance. Il connaît la musique dans les coins !

Le bonhomme appelle les femmes d'un signe de l'index.

— Z'avez vu ? Pas besoin de chercher la petite bête. Elle est là, elle se voit comme le nez au milieu de la figure !

Marie essaie de prendre un air malin.

— C'est un écureuil. Et il y a quelque chose d'écrit, en latin.

— Oui, un écureuil. Quelque chose d'écrit en latin. *Quo non ascendam*. Et ça ne vous fait pas sauter au plafond ?

Marie lève les yeux.

— C'est que le plafond est bien haut.

Félicia, à deux pas, observe en silence, les mains jointes sur sa poitrine. Le bonhomme la Tête connaît le latin... Et les mots sous l'écureuil signifient peut-être que la tapisserie vaut beaucoup d'argent. Il se redresse, se campe, mains aux hanches.

— Où avez-vous trouvé ça ?

— Dans le grenier. Les ouvriers les ont descendues. On n'a pas encore fouillé, il y en a peut-être d'autres...

— Celle-ci pourrait être un Beauvais... non, elle date plutôt d'avant Beauvais. Flandres, Maincy, Gobelins avant la Manufacture royale... Ma foi, je ne sais pas. En tout cas, c'est environ le milieu du XVIIe siècle. Nicolas Fouquet, ça vous dit rien ?

Félicia se souvient des leçons du certificat.

— Ce n'est pas un seigneur de l'Histoire de France ?

— Bien sûr que si. *Quo no ascendam ?* C'est la devise de Fouquet. « Jusqu'où ne monterai-je pas ? » Elle figure sous l'écureuil qui était son emblème. Fouquet était surintendant des Finances de Louis XIV. Mais il faisait de l'ombre au Roi-Soleil. Il a été arrêté et enfermé au château de Pignerol, dans le Piémont. On croit qu'il y est mort. Ses biens ont été dispersés. Il possédait le château de Vaux, qui rendait le roi fou de jalousie. Cette pièce en vient peut-être, sûrement. Il faudra voir les autres, mais je ne suis pas un connaisseur. En tout cas, ça aidera sacrément à payer les dettes, si le patron en a laissé autant qu'on dit.

Il lâche un énorme rot, parfumé à la bière, se frappe les cuisses.

— Nom de Dieu, ça fout en l'air ma théorie d'un règlement de comptes de la Résistance !

Les femmes échangent un coup d'œil et, d'une voix étouffée par l'innocence, demandent ensemble :

— À propos de quoi ?

— À quel sujet ?

— La mort du patron. C'est pour les tapisseries qu'on l'a tué, j'en jurerais ! Qui et comment, allez savoir. Les gangsters, la mafia ou quelque chose comme ça. Ils cherchaient les tapisseries, ils ont perdu la piste, mais ils se doutaient que le patron les avait. Ils l'ont coincé chez lui. Ou tu nous donnes la marchandise ou on va t'assaisonner. Le patron a sorti son flingue, ç'a été la bagarre. Y en a un qui a tiré en essayant de lui arracher son arme. Alors, ils ont tâché de faire passer l'affaire pour un suicide. Il fallait pas qu'on voie le lien avec les tapisseries. Parce qu'ils espéraient encore mettre la main dessus...

Marie balance la main devant sa figure comme pour chasser une mouche importune.

— Moi, j'y crois pas !

Fernand s'avance, menaçant.

— T'es qu'une oie blanche, toi. Si la Tête le dit, c'est vrai. Les gangsters ont zigouillé le patron pour ces putains de tapisseries. Faut avertir les gendarmes tout de suite.

— Laisse tomber, dit la Tête. Faut d'abord sauver les tapisseries. Pas besoin des cognes dans la combine. Voyons un peu les autres.

Pendant qu'il soulève la bâche et commence à dérouler une autre tapisserie, Félicia réfléchit à haute voix.

— Enfin, ce n'est pas possible. On a trouvé les tapisseries le jour du... le jour de la mort de M. Lécuyer. On n'a pas eu le temps de le prévenir. Le lendemain, il était mort. Il n'a jamais su ce qu'on avait trouvé ici...

Sans se retourner, la Tête fait un signe et claque du doigt par-dessus son épaule.

— Hé, hé, le mystère s'épaissit. Supposons que le patron ait fait stocker les tapisseries dans cette maison, en attendant de les mettre en sûreté. Hein ? Il a pu se dire : Qui donc chercherait des objets de valeur, une vraie fortune, dans une baraque en plein chantier et ouverte aux quatre vents ? C'est très malin. Mais les gangsters ont été les plus forts. Oh, oh ! ça, les amis, ça m'a tout l'air d'un Aubusson. Un Aubusson, putain de sort !

Marie pouffe derrière sa main.

— Aubusson ? Je croyais que c'était une espèce de gruyère.

— Faites-moi confiance. J'y suis passé, à Aubusson, pendant la débâcle. Je connais leur façon comme le fond de ma poche. Ils ont une fabrique sacrément ancienne. Colbert l'a déclarée Manufacture royale, mais elle existait bien avant.

Marie se prend la figure dans les mains.

— Colbert. V'là Colbert qui revient comme à l'école. Bon, moi je vais vous dire mon idée... Fouquet, Colbert, si j'ai bien compris, c'était des gens du gouvernement, autrefois. Et alors, je pense que le gouvernement actuel... c'est Pleven, Queuille, le président du Conseil, je ne sais plus.

La Tête, toujours penché sur son Aubusson, acquiesce d'un branlement du chef.

— Henri Queuille, dit Hachecul.

— Votre Hachecul et ses « sabirs » veulent remettre

la main sur les trucs du gouvernement. Alors, ils ont envoyé des agents secrets pour récupérer les tapisseries. Le patron n'a pas su dire où elles étaient parce qu'il ne savait pas qu'on les avait trouvées. Ça a bardé, ils lui ont fait son affaire. Oh, la, la ! Ils sont peut-être encore dans les environs en train de chercher ces trucs. C'est dangereux. Il faudrait les remettre aux gendarmes !

La Tête bondit, avec une vivacité que sa corpulence ne laissait pas prévoir.

— Pas question. La maison Lécuyer a besoin de ce fric. Ton idée n'est pas sotte, petite fille. Faudra qu'on en reparle tous les deux, entre quatre-z-yeux. En attendant, qu'on ait la mafia aux trousses ou les agents du gouvernement, c'est du pareil au même. Faut remballer ces deux-là, charger le tout en vitesse, filer aux Camions et planquer la charge en lieu sûr. À Philippine de prendre ses responsabilités. En attendant, tu devrais faire un tour au grenier, voir s'il n'y en pas d'autres. Allez, on met la gomme !

Félicia est allée respirer l'odeur des lilas, de l'autre côté de la petite maison, loin du barouf des charpentiers et de cette discussion à coucher dehors avec un billet de logement. Le diable est dans la ville, comme disait la mère Alvarez. La mort de l'adjoint pique les gens à les rendre cinglés. Beaucoup regrettent en secret la temps de la guerre, où il se passait tous les jours quelque chose. Chacun veut inventer une sauce pour son ragoût. On se chatouille les méninges, on fait danser la folle du logis, le ver coquin gigote dans les cervelles !

22.

Yvon écrit sur son carnet : *Tapisseries*. Et il ajoute un gros point d'interrogation.

— Pour moi, ça n'a rien à voir. C'est une simple coïncidence.

Gil réfléchit, tête penchée, la tempe sur sa paume. Le moindre effort cérébral lui perce la caboche. Il a repris le travail depuis la veille, mais il a encore le nez poussif, les yeux à gauche des trous et le diable à quatre sous le crâne. Il tire d'une main une touffe de ses cheveux et de l'autre l'élastique de sa bretelle.

— Une coïncidence ? J'ai toujours du mal à croire aux coïncidences.

Gil profite des moments de répit pour étudier la liste d'Yvon. À gauche, figurent cinq mots : *Résistance*, *Affaires*, *Vengeance*, *Famille*, *Tapisseries ? Résistance* est souligné. De toute évidence, Yvon place en tête cette hypothèse. Il vient d'ajouter les tapisseries, d'après le récit que Gil lui a fait des découvertes de sa mère et de Marie. À droite, s'alignent une dizaine de noms : baron de La Jafferie, Dr Filman, colonel X., Pierre Maignan, M. Mauvignier, Isabelle M.-L., Pépé le Moko, Veuve Alvarez, Dr Compérac, Mlle de Saint-Philippe, Baladou, Aurélie, Delphine, Marie Maignan, Mme Desbordes (juge de paix)... Non seulement des suspects, mais des proches, des témoins. Yvon l'a expliqué à son jeune camarade.

— C'est un simple pense-bête. Tu devrais écrire ces noms sur des étiquettes, les fourrer dans un sac et les tirer au hasard, deux par deux. Tu verrais si ça te donne des idées !

Gil se frappe le front.

— J'essaierai quand j'aurai moins mal à la tête. Le colonel X ?

— Le vengeur inconnu. Un ancien chef de la Résistance. J'aurais pu écrire lieutenant ou capitaine... mais il y a eu beaucoup de colonels en 1944. Quelqu'un de haut placé à cette époque et qui pourrait l'être encore en 1951. Ou un homme de main qu'il aurait envoyé. Le baron pense comme moi.

— Mais lui-même pourrait être le colonel X ?

— Oui. Je t'en parlerai aussi ce soir, quand on sera tranquilles.

— Moi aussi, j'ai trouvé quelque chose. Je t'en parlerai ce soir. J'aurais dû le faire plus tôt, mais je me demandais si je ne délirais pas à cause de la fièvre. Maintenant, je suis à peu près sûr...

Le bureau fermé, la caisse faite, Yvon sort une pièce de dix francs, la fait sauter dans sa paume.

— On tire à pile ou face pour savoir qui commence ?

Gil perd. Yvon l'invite à passer dans le réduit du patron où ils se casent, coude à coude et pieds mêlés.

— Ici, personne ne nous entendra, à part les rats.

— D'accord. On ne sera pas dérangés par les bruits de la rue.

Yvon se tient un moment la tête dans les mains, puis feuillette un calepin où il a griffonné des notes en caractères minuscules et en lignes serrées et surchargées, quasi indéchiffrables.

— J'ai donc rencontré le baron à l'enterrement. Il a fait le discours traditionnel, moins de dix minutes. La pluie était une bonne excuse pour écourter. Je ne sais pas si tu as pu voir le temps qu'il faisait depuis ta fenêtre. Le cimetière était un champ de parapluies. Marie m'a répété ta réflexion que les assassins venaient souvent à l'enterrement de leurs victimes. Mais pas moyen de reconnaître les parapluies et encore moins de voir la tête des gens par-dessous. Je pensais au Dr Filman. Inutile de te dire que je ne l'ai pas vu... Enfin, le baron m'a demandé de passer le plus vite possible à la Jafferie. J'y suis donc allé et je l'ai trouvé très... hum, très soucieux. Il doute du suicide, comme tout le monde sauf les gendarmes. Et si c'est une exécution, il craint qu'on n'en soit un peu responsables, lui et moi, à cause de l'affaire Filman. On a alerté le docteur. Le hasard a voulu qu'il soit à Paris... Le baron a envisagé devant moi, franchement, le cas où notre toubib serait venu régler lui-même l'affaire Lécuyer. Il n'aurait pas eu l'intention de le tuer, seulement de le menacer pour qu'il lâche la politique. L'adjoint aurait sorti son pistolet. Empoignade. Soit le docteur lui aurait arraché l'arme et aurait tiré sans le faire exprès. Soit il aurait retourné l'arme dans la bagarre, au moment où l'Adrien pressait la détente... Le baron m'a demandé ce que j'en pensais. J'ai répondu que ça n'était peut-être pas complètement impossible, mais que ça me semblait brutal et maladroit, pas du tout dans la manière du Dr Filman.

— Et la lettre ?

— Le baron voulait savoir si, à mon avis, le Dr Filman avait pu l'écrire, à condition qu'il ait un modèle. Alors, il aurait prémédité d'exécuter Lécuyer.

Il lui aurait écrit longuement, de façon à avoir une réponse qui puisse lui servir de modèle. À lui ou à un faussaire. Alors, non. Jamais le Dr Filman que j'ai connu ne se serait... comment dit-on ? C'est bien arrogé ? Oui, arrogé le droit de tuer un homme, si coupable qu'il soit.

— Même pour venger les juifs exterminés dans les camps de concentration ?

— Je ne pense pas que le Dr Filman soit du genre vengeur. Le baron a supposé qu'il aurait pu proposer une sorte de marché à l'adjoint. « Vous expliquez par une lettre que vous vous suicidez parce que vous êtes ruiné. Rien ne sera divulgué de votre conduite sous l'Occupation. Vous laisserez un nom sans tache. Sinon... » Je n'y crois pas non plus. Le Dr Filman aurait demandé une lettre de démission, pas un suicide. J'ai persuadé le baron. On abandonne le Dr Filman. Si on garde l'hypothèse de l'exécution par un ancien de la Résistance, il ne nous reste plus que le colonel X, ou le lieutenant Z. N'importe. Et alors, puisque les gendarmes ont démissionné, avec la bénédiction du procureur, le baron m'a chargé de mener une enquête, euh, officieuse, comme celle de la juge de paix. Pour le compte des chefs de la Résistance. Il prend tout sur lui. Je lui ai répondu que je voulais bien, mais avec toi. Toi et moi. Il a accepté. Ça ne nous donne pas les droits ni les moyens de la police, mais c'est mieux que rien. On ne sera sans doute pas seuls. J'ai compris qu'il avait demandé la même chose à d'autres, un ancien de son réseau, et le Dr Compérac, son ancien rival politique... ils sont réconciliés, et notre toubib pourrait être le prochain maire de Saint-Veillant. Il m'a prévenu aussi qu'il allait se mettre en relations avec la juge de paix... On ne pourra pas interroger ceux qui n'ont pas envie de répondre, mais ça nous aidera quand même. Pas question de cuisiner la veuve pour le moment. Elle est allée se reposer dans une propriété de son père, Lambeyrac : là où, justement, son mari s'était fait tirer dessus à la chasse. Et puis elles sont parties, personne ne sait où. Elle a emmené sa nounou. La Fine, j'aimerais bien lui causer : ça sera peut-être possible dans quelque temps. Le Dr Compérac pense qu'elle ment. La Rélie, ça ne vaut pas la peine d'essayer, elle s'est réfugiée chez les sœurs, à Bergerac. Elle a à moitié perdu la boule, et sans doute plus qu'à moitié. C'est encore un mystère. Pour commencer, je vais essayer de tailler une bavette avec miss Underwood : elle en sait plus qu'elle ne dit. Toi, tu te chargeras des autres jeunes dames : Adeline et Marie. Ah, j'oubliais Baladou. J'irai voir les Thoumeyragues demain ou après-demain. Ce pauvre type a perdu son seigneur et maître et, comme il n'est pas vraiment capable d'être garde champêtre, il a une trouille bleue de se retrouver cantonnier au 14 Juillet. C'est un crâne de piaf, mais depuis le temps qu'il trotte sur ses courtes jambes derrière l'Adrien, il a bien dû éventer quelques mèches. J'ai entendu dire qu'il traînait entre le boulevard et la rue de la Gare le soir de l'affaire, donc pas très loin de la maison Lécuyer. Il courait après un chien perdu, cette andouille. L'adjoint ne voulait pas de cabots dans son quartier. On peut parier qu'il n'a rien vu d'intéressant, à part les crottes de l'ami Médor. Enfin, ça vaut la peine de l'asticoter un peu. Sa femme n'a pas dit trois mots en six ans, mais elle a peut-être une idée de ce que leur fille a vu, qui lui a fait perdre la boule.

« Encore un turbin pour toi. Par les dames de ta gargote, tu tâcheras de savoir ce qui se raconte à la gendarmerie. Il est possible que certains gendarmes ne soient pas d'accord avec le chef pour laisser courir. Et les pépées qui viennent mendier les restes de barbaque à la Boule d'or ne se privent pas de dévider leur peloton, paraît-il.

— Oui. Il y a aussi le gendarme Peisson qui...

— Qui paie les faveurs de l'Adeline en lui glissant les potins de la caserne dans le tuyau de l'oreille ? Tout le monde le sait. Je crois qu'il va se tenir à carreau pendant quelque temps. À mon avis, il n'y a pas bésef à en tirer, pourtant on ne sait jamais. Enfin, nous voilà promus détectives. Ça te plaît ?

— Ça me plaît assez, oui.

— Arrête donc de tirer sur tes bretelles !

Gil n'était déjà pas gros. Il a tellement maigri en quelques jours de maladie que sa ceinture ne suffit plus à soutenir son pantalon. Marie lui a offert une jolie paire de bretelles rouge et blanc qu'il ne peut s'empêcher de tripoter sous son pull.

— Excuse-moi, ça m'aide à réfléchir.

Il croise les bras, observe le ciel par la lucarne qui sert de fenêtre au réduit. Les nues courent au-dessus des toits. Qu'est-ce qui se cache au fond du ciel ? Une idée lui vrille soudain la cervelle. Adrien Lécuyer, ex-futur maire, député, ministre, est mort pour de bon, tout ce qu'il y a de mort. Ce n'est pas un jeu, ni un roman. Ce type était un beau salaud, mais le baiser de la Camarde l'a rincé de ses taches. Marie prétend que c'était un bon zigue, au fond. S'il a été assassiné, la justice lui est due comme à n'importe quel quidam ou pékin. Ou, à défaut de justice, un effort honnête pour déchiffrer le rébus de sa tribulation dernière... Les pandores sont des trognons ! Heureusement qu'on est là, nous, pour sauver l'honneur du canton et du département !

Il se mord la bouche au sang pour ne pas tirer sur ses bretelles.

— Yvon, je crois savoir qui a écrit la lettre. Je ne peux pas en jurer, mais je parierais gros. Et il n'y a pas beaucoup de candidats pour le rôle.

— La belle Isabelle ?

— Oui. Tu te souviens des lettres signées Héloïse Villon, que j'ai reçues après la soirée littéraire des Lécuyer ? J'y ai cru un moment, puis j'ai eu l'impression que l'écriture était contrefaite. J'ai commencé à douter de l'existence de cette mystérieuse Héloïse. Toi, tu étais intrigué par l'histoire de la poste restante. Je me suis demandé qui aurait pu me jouer ce tour. La réponse était trop claire, je n'avais pas envie de l'admettre. Mme Lécuyer est une femme qui s'ennuie. Elle n'est pas la seule, les romans en sont pleins.

— Madame Bovary ? Tu vois, même moi, l'ignare en chef, j'en ai entendu parler !

— Les remèdes à l'ennui d'Emma Bovary n'étaient pas à la portée d'Isabelle Lécuyer. Du moins, je crois.

— Tu as raison. Étant l'épouse de l'adjoint, et surtout la fille Mauvignier, et vivant sous les yeux de la ville, elle ne pouvait pas avoir d'amant. Avec ça tout le monde pense qu'il lui manque un clou dans la tête. Vrai ou faux, qui sait, ça ne facilite pas les choses.

Gil baisse les yeux, griffonne sur son carnet un dessin mystérieux.

— En réalité, tout est ma faute. Elle a dû entendre parler de mes imitations d'écriture. C'était devenu un sujet de conversation mondain, grâce à notre cher patron. Elle s'est dit : « Tiens, voilà quelque chose d'amusant. » Les séances littéraires déplaisaient à son mari... Il lui a demandé d'arrêter, au moins jusqu'aux élections. Imiter les écritures, c'était pour elle une façon de s'occuper, de s'amuser et de se venger.

— Les lettres qu'elle t'écrivait, c'était pour se désennuyer. Elle avait sûrement une arrière-pensée de flirt. Mais elle n'était pas assez maligne pour aboutir.

— Pour se venger de son mari, elle a appris à imiter son écriture. Elle avait bien plus de modèles que moi. Elle s'est aperçue qu'elle était douée. Et c'était encore plus amusant que d'écrire les lettres d'Héloïse Villon. Mais se venger comment ? Elle a dû chercher longtemps.

— Et comme elle est un peu folle... je le dis au sens gentil du mot... elle a inventé un truc un peu fou. C'est bien ça ?

— Je sais par Marie que l'adjoint se croyait somnambule. Sa femme prétendait qu'il se levait la nuit, circulait dans la maison, s'installait à son bureau, etc. Pour le prouver, elle lui avait montré des notes qu'il aurait écrites pendant son sommeil. Peut-être s'est-il aperçu que sa femme avait appris à contrefaire son écriture. On ne le saura jamais, à moins qu'Isabelle M.-L. ne passe des aveux complets.

— Ce qui pourrait très bien arriver. Je suppose qu'elle meurt d'envie de raconter ses exploits.

— Elle a dû rédiger quelques lettres signées A. Lécuyer. Les envoyer, ce n'est pas sûr. En tout cas, la main devait lui démanger. Un jour le hasard lui a donné l'occasion d'écrire une contrefaçon que tout le monde lirait. Ou, du moins, les gendarmes, les gens de la justice... Elle a pris la balle au bond !

— Elle a donc écrit la lettre après la mort de son mari ?

— Oui. Autant qu'on sache, il s'est écoulé pas mal de temps depuis la mort de l'adjoint, suicide ou crime, jusqu'à la venue du Dr Compérac et des gendarmes. Elle était bien entraînée et sûrement très excitée, elle a pu écrire cette page en un quart d'heure vingt minutes, peut-être moins. Le Dr Compérac n'a pas vu la lettre. Elle n'avait peut-être pas fini de l'écrire quand il est passé. Elle seule pourrait le dire.

— Dans ton hypothèse, c'est donc un crime ?

— Peut-être pas. La bonne va prévenir sa patronne que le mari s'est tiré une balle dans la poitrine. Elles cherchent un mot annonçant son intention. Rien. Et ça n'a pas trop l'air d'un suicide. C'est embêtant, la police et la justice vont avoir des doutes. Il y aura une enquête pénible pour tout le monde. Elle écrit la lettre...

— Oui, c'est possible. À condition d'admettre que l'adjoint ait pu se tirer une balle dans la poitrine de cette façon.

— Mais l'explication peut coller avec l'hypothèse colonel X. Il faut supposer que le colonel en question est resté sur les lieux, après l'accident ou l'exécution. Dans la maison ou caché aux environs. Il persuade la veuve que la mort de son mari doit avoir l'air d'un suicide pour éviter qu'il soit déshonoré. Elle accepte de jouer le jeu.

— Hum. Et les servantes ?

Yvon Bellot se frotte le menton, observe les toiles d'araignée sur les poutres. La femme de ménage que la mairie envoie une heure par semaine à la perception prétend que ses douleurs aux vertèbres l'empêchent de s'occuper des plafonds. Les bestioles industrieuses pullulent dans le réduit. Yvon paraît fasciné. Gil suit un moment son regard. Ils baissent la tête ensemble. Ensemble soupirent et hochent le front. Yvon commente en soupirant.

— Le colonel X aurait pris des risques énormes,

pour lui et pour ceux qui l'envoyaient. À quoi bon ? Ça paraît vraiment peu probable.

— On revient à notre point de départ. On n'a pas avancé d'un millimètre.

— Si. Et même de deux. Je te suis pour la lettre. Bon, c'est vrai qu'on doit reprendre de zéro, mais on oublie la lettre. Il n'y a pas de faussaire. Personne n'a forcé l'adjoint à l'écrire. On peut éliminer le suicide... à neuf chances sur dix. Reste le crime ou l'accident, ou un mélange des deux. Si le colonel X est coupable, alors je penche pour l'accident. Mais il n'a pas attendu dans les parages. Il a filé aussi vite que possible. Bizarre que personne ne l'ait vu... Enfin, les servantes l'ont sans doute vu, mais leur patronne leur a demandé de se taire pour qu'on croie à un suicide.

Gil arrête son camarade d'un geste et d'une moue sceptique.

— Là, ça coince un peu, à mon avis. Quand Delphine est allée prévenir le Dr Compérac, sa patronne n'était pas encore rentrée. Elles n'avaient donc pas pu s'entendre pour soutenir que c'était un suicide. Rappelle-moi ce qu'elle a dit au toubib.

— Que son patron avait reçu une balle, qu'il perdait son sang, mais qu'elle n'avait rien vu. Tu as raison. Le docteur pense qu'elle mentait. Il prétend toujours que l'adjoint a été assassiné par quelqu'un qu'il connaissait bien, par exemple un de ses amis politiques. Comme il compte se présenter à la mairie et au conseil général contre eux, ça l'arrange bien.

— Un assassin que les servantes connaissaient aussi ? Ça éliminerait l'hypothèse colonel X.

— C'est dommage.

Ils se regardent longuement, tristement. Ils tiennent

tous les deux au colonel X. Il est devenu leur justification, le principal motif de leur engagement dans cette enquête. Sans lui, ils se retrouvent le cœur vide et les mains sales.

Yvon serre les poings, se frappe les cuisses.

— Je ne renonce pas encore au colonel X. Mais je suis sûr que Delphine Deschamps a vu quelque chose ou quelqu'un... et qu'elle parlera un jour.

Le lendemain, ils font de nouveau le point.

— Je suis allé chez Baladou, je lui ai parlé quelques minutes. Sa femme est malade, elle n'a pas voulu se montrer. Le garde n'était pas dans son assiette, la mère Thoumeyragues allait encore plus mal. Je l'entendais gémir et pleurer dans la pièce à côté. Ils ont peur. De qui, de quoi, je me le demande. Ils ont peur des gendarmes, mais pas seulement... Du moins, je crois.

— Pourquoi des gendarmes ?

— Le chef s'entête, il voit rouge quand on met le suicide en doute. Je n'ai jamais eu aucune estime pour ce type, mais je ne le croyais pas aussi borné et bouffi d'orgueil. Il terrorise ses hommes. Il y en a un, Béchalac, qui s'est permis de dire le premier jour que ça pouvait être un crime. Il a été mis en quarantaine, à la caserne... Si Rivaux s'aperçoit qu'on marche sur ses plates-bandes, il va nous foutre un tabac terrible. Prépare-toi... mais sois tranquille. J'en sais assez sur ses saloperies pour l'envoyer à la niche. S'il veut t'embêter, tu lui toucheras un mot des maquisards de la Lune... C'est un lieu-dit du côté de Beaumont. Il a arrêté les maquisards avec l'aide de la Milice et les a livrés aux Boches. Les détails de l'opération figurent dans le carnet du Dr Filman.

— Et tu crois que le chef pourrait être inquiété pour

ça ? Tous les gendarmes, ou presque, ont collaboré, comme les policiers qui ont arrêté les juifs... avant de tourner casaque au dernier moment.

— Il ne serait peut-être pas inquiété. Mais il n'aimerait pas que ça soit de notoriété publique. Parmi les hommes qu'il a livrés, il y avait un Espagnol rouge, qui est mort en déportation. C'était son beau-frère. La famille l'ignore.

— Bon. Je m'en souviendrai.

— À mon avis, Baladou n'a pas peur seulement du chef Rivaux. De qui ? c'est la question. En tout cas, il se trouvait bien dans le quartier de l'adjoint, vers 19 heures. Au moment du crime, à un quart d'heure ou vingt minutes près. Il a très bien pu croiser l'assassin. Et sa fille crie trop fort qu'elle n'a rien vu. Je crois qu'elle a assisté au drame, ce qui n'est peut-être pas le cas de la Fine, qui pouvait se trouver ailleurs dans la maison. La Rélie a vu quelque chose qui l'a complètement tourneboulée.

— Puisqu'on ne cherche plus d'explication pour la lettre, on peut laisser Pépé le Moko sur la liste des suspects. Tu m'as bien dit que c'était un ancien voyou ? Il a pu menacer la Rélie et ficher une belle trouille à son père.

— Possible. Enfin, Baladou m'a appris aussi un détail intéressant. L'adjoint a été tué avec son propre pistolet automatique. Je ne savais pas de quelle marque. Baladou me l'a appris. En grommelant, en rechignant, mais enfin il avoué qu'il le savait. Tu t'y connais en armes à feu ? Ouais, encore moins que ma pomme. La Résistance n'a pas voulu de moi, à cause de ma patte folle... Le pistolet en question est un automatique modèle « Le Français », de la manufacture d'armes de Saint-Étienne. À un moment, l'adjoint lui avait proposé de lui prêter l'arme pour ses patrouilles en ville. Baladou a refusé, parce qu'il ne voulait pas d'un automatique. Trop dangereux si on le tient armé, mais pas très commode si on le tient désarmé et qu'on ait à s'en servir très vite.

— On n'a pas le temps de l'armer ?

— Ou on n'y pense pas. C'est une arme d'attaque, pas de défense. J'ai étudié de près le catalogue de Saint-Étienne. Leur modèle a une particularité intéressante. Il n'est jamais armé et quand même toujours prêt à tirer. La détente fonctionne comme dans un revolver. Il faut une pression forte et un mouvement profond qui s'en va armer le percuteur et le déclencher en même temps. C'est une arme pas très puissante, mais très pratique, surtout pour les maladroits. On ne peut pas exclure tout à fait l'hypothèse d'un accident, mais elle devient peu probable avec cet outil-là. Celui qui a tué le père Lécuyer l'a probablement fait exprès.

— S'il est venu pour tuer, il a forcément apporté une arme. Pourquoi ne s'en est-il pas servi ?

— Lécuyer et son visiteur ont peut-être d'abord discuté. Le visiteur est devenu menaçant. L'adjoint a sorti son pistolet... Pour le moment, on ne peut pas reconstituer la scène du meurtre. Tant pis. Je pense qu'on avance quand même.

— On peut imaginer que l'adjoint a braqué l'arme sur son visiteur. Le visiteur n'avait pas l'intention de le tuer, mais il n'avait pas envie non plus de se faire descendre. Il arrache le pistolet, l'adjoint essaie de le reprendre. Ils sont debout, chacun d'un côté de la table...

— C'est possible. Je la connais, cette table, c'est un vieux meuble du pays, pas très large.

— Donc, ils luttent pour le pistolet. Le visiteur le

retourne d'un coup de poignet, peut-être sans le faire exprès. L'adjoint lui tord le bras. L'autre écrase la détente parce qu'il prend peur.

— Le meurtrier aurait pu tirer volontairement, sur un coup de panique. Ou de rage. Ce serait un type à peu près de la taille et de la corpulence de l'adjoint, peut-être un peu plus costaud ou plus adroit. Ça correspond à Pépé le Moko. Tu as raison.

— Bon, je vois bien le visiteur dévier le pistolet, ou le relever, mais le retourner, ça me paraît très difficile. Pas à toi ?

— Si. À moins que l'adjoint ait lâché prise brusquement. Et encore. Attends... Ils se disputent, tout en se battant. L'adjoint crie des insultes ou dit quelque chose qui effraie le visiteur ou le rend furieux. Il change d'avis et tire.

— Possible, possible. Je vais essayer de voir où était Pépé le soir du meurtre. Ne nous emballons pas. Je crois qu'il fait en ce moment ses tournées chez les producteurs de tomates et de haricots. Il était peut-être à la campagne.

— J'emporte ta liste. J'y réfléchirai cette nuit.

Le lendemain à midi et quart, Gil s'assied à sa place habituelle, dans la salle de la Boule d'or. Il a dormi comme une soupe... non, comme une souche. La soupe, c'est ici : il s'emplit les narines jusqu'à l'âme d'un parfum de lard et d'ail. Il a retrouvé l'appétit. La grippe est finie, mais il est encore très fatigué. Il n'a pas eu le temps ni l'envie d'étudier la liste d'Yvon.

Les nouvelles de la planète Terre sont plutôt réjouissantes, mais pas pour Gil, qui rêve ce matin-là de disparaître sur-le-champ dans un éclair plus ardent que mille soleils. Le général MacArthur voulait attaquer la

Chine, le président Truman vient de le limoger. La guerre de Troie n'aura pas lieu, enfin pas tout de suite. En attendant, *Caroline chérie* va passer dimanche prochain à l'Éden-Cinéma. On verra Martine Carol nue plus qu'à moitié, belle à damner un MRP. Gil s'est promis d'inviter Marie. La juge a déjà annoncé qu'elle ne voulait pas voir ce film libertin et antirépublicain. Si tout va bien, nous serons seuls, je tiendrai la main de Marie. Je caresserai son poignet, je me pencherai vers elle pour respirer son parfum. Aurai-je l'audace de poser sur ton oreille ou dans ton cou, ma Caroline à moi, une bouche plus brûlante que le feu de la bombe ?

Ah, s'il pouvait lui apporter en cadeau le nom de l'assassin, tout lui serait permis, donné, prodigué ! Mais la liste d'Yvon se fripe dans sa poche. Et quand il la sort pour la relire, sa vue se brouille, les noms, les personnages se mêlent, dansent, jouent la bande à Sara. Déguisé en écureuil, le colonel X se cache dans une tapisserie, le Dr Compérac plante une seringue dans la fesse de Mlle de Saint-Philippe, Pierre Maignan, redevenu bébé dans ses langes, s'empiffre au sein de nounou Delphine, Baladou chevauchant un cabot maigre sonne le tambour à travers la ville, oyez, gens d'ici, affaires, vengeance, famille et Résistance ! La juge tourne une valse dans les bras de Pépé le Moko, Isabelle M.-L., la mère Alvarez, Adeline et le baron portent en triomphe le Dr Filman. Tapisseries, famille, affaires, vengeance et Résistance. Ô ma tête !

Adeline pose la soupière devant Gil, une grosse patte se tend et soulève le couvercle. Le chef Rivaux ôte son képi et baisse son long nez emmanché d'un long cou pour humer le potage.

— Nourrissez bien ce jeune homme, dit le gendarme à la servante, qu'il ait un peu de graisse à perdre quand on l'enverra dans un régiment disciplinaire en Allemagne !

Adeline s'enfuit vers la cuisine. Le second pandore rigole, rigole et s'étrangle. Gil ferme les yeux, respire. Pourquoi Yvon n'a-t-il pas mis le chef en tête de sa liste ? C'est lui, l'assassin ! Sa furieuse défense du suicide s'explique ainsi. L'ex-capitaine Pauline savait tout du mauvais coup de Rivaux, l'arrestation des maquisards à Beaumont et leur déportation. Quelque querelle opposait les deux hommes, l'adjoint a menacé le chef de jeter aux quatre vents la vérité nue et sans fard. Le chef a porté la main à son arme. L'adjoint a sorti la sienne. Peu importent les péripéties !

Un suspect de plus. Un gendarme. Baladou l'a vu, voilà pourquoi il a si peur.

Gil ouvre les yeux, se retourne pour regarder le chef.

— Un régiment disciplinaire en Allemagne ? Pourquoi pas un camp de concentration, comme pour les maquisards de la Lune ?

Le roi des cognes pousse un grognement mi-félin, mi-chevalin, avec une touche d'aboiement militaire. Il tourne les talons et marche vers la porte en renversant une chaise au passage. Merci, Yvon, ce salaud ne l'emportera pas à la retraite. Après l'adjoint, il nous reste un compte à régler. Justice n'est pas faite !

La mère Alvarez, qui vient d'arriver dans la salle, rappelle le maréchal des logis-chef d'une voix de cantinière sous la canonnade.

— Hé, monsieur le chef ! Hé, les genss d'armes !

— Pas le temps aujourd'hui ! crie le chef par-dessus son épaule.

La veuve Soupe lâche un rire sorti de ses fortes

entrailles et se bat les cuisses comme un oiseau mouillé qui peine à s'envoler.

— Qu'est-ce que tu lui as bonni, mon fieu, pour qu'il fiche son camp à toute biture ?

Gil se rengorge devant les clients de midi qui affluent au comptoir ou s'assoient à leur place, l'air un peu contraints et gênés. Il répond sans songer qu'il trahit peut-être un secret assez chaud pour embraser la ville.

— Je lui ai touché un mot de son beau-frère, le... l'Espagnol qui...

— Pablo, le propre cousin de feu ma belle-mère ! Arrêté par la Milice et mort à Dachau... Les maquisards de la Lune. Qu'est-ce que tu sais de cette affaire ? Où est-ce que tu l'as lardé, ce paillasse ?

Gil baisse le nez dans son potage, soucieux de la suite. La gargotière roule ses jambons d'épaules et secoue ses lourdes mamelles. Un noir éclair s'allume dans ses mirettes.

— Bon, c'est pas l'endroit d'en causer, ni le moment. Faudra qu'on discute le bout de gras, nous deux !

Le bout de gras, Gil le pêche au fond de son assiette et le mâche sans appétit. Dieu sait pourtant s'il aime la couenne. Il s'est laissé pincer. Le voilà en guerre contre le chef Rivaux. Tu l'as voulu, hein, *mon fieu* ? Tu n'as été piégé qu'à moitié, n'est-ce pas ? L'assassin inconnu – toujours inconnu – de l'adjoint vous a volé, à Yvon et à toi, votre roboratif combat. Heureusement, un nouveau salopard vous tombe du ciel. Pas de chômage pour les redresseurs de torts !

— Me touche pas, s'il te plaît, gémit Adeline, tu m'empêches de penser. Non, mon petit Gil, je ne crois pas que ce soit le chef. Les gendarmes sortent toujours par deux, en service, et le chef était en service le jour du suicide, ou du crime, ou n'importe quoi. Ça, je le sais, j'en suis sûre. Dans cette caserne, ils sont les uns sur les autres, y en a pas un qui puisse lever la patte plus haut qu'un géranium en pot sans que trois autres le montrent du doigt. « T'as vu, il a levé la patte. L'a-t-il fait pipi ? » On étouffe, dans cette baraque. Les pauvres femmes ne sont pas à la noce. Et les braves types, comme Peisson, doivent toujours se tenir à la botte du chef. Mais attention, le père Rivaux on l'a à l'œil, aussi, il est le premier visé dans les caquets des dames. Il ne pourrait pas écraser un mulot au jardin sans qu'on en cause à tous les étages. Tu peux le rayer de ta liste.

Gil n'a jamais cru pour de bon que le chef pouvait être l'assassin. Si Rivaux s'accroche si fort à la conclusion du suicide, ce n'est pas seulement par paresse. Certes, il a la réputation de tirer sa flemme comme pas un. Mais il a aussi une trouille carabinée des vieilles histoires de la guerre. Si jamais son mauvais coup, de fil en aiguille, remontait à la surface ! Eh bien, je te promets qu'il va remonter !

— Selon moi..., commence Adeline, sur un ton pensif.

Elle ne finit pas sa phrase.

Gil se garde bien de la presser. Il n'a plus envie d'entendre un nouvel avis sur l'affaire. Il est sûr que chacun et chacune des habitants de la ville a un assassin à sa guise et tous les arguments pour défendre son candidat. Sans compter le diable ! Adeline ne fait donc pas exception. Il préférerait maintenant expédier en deux temps trois mouvements le câlin sur le pouce qu'elle lui a proposé et rentrer vite place Henri-IV, se faufiler dans sa chambre, silencieux comme l'ombre d'un nuage sous la lune.

Il tente un nouveau geste d'approche, elle écarte sa main d'un pincement à la fois agacé et complice.

— Je t'ai dit de ne pas me toucher. Pas encore. Écoute...

Elle se hausse sur les coudes, penche son visage sur lui, cherche son regard.

— Je ne vais pas tourner autour du pot. Je sais qui l'a fait ! Je sais qui a tué l'adjoint. Jure-moi le secret, je te le dirai.

Il cède tout de suite pour en finir. Elle insiste.

— Jure vraiment.

Elle prend son poignet, glisse sa main dans l'échancrure de sa chemise. Gil prête serment la paume sur un sein nu.

— Je croyais que je ne devais pas te toucher.

— Ça, c'est pour la bonne cause. Lécuyer a été liquidé à cause d'une histoire de l'Occupation, c'est sûr. Il a tellement de saloperies dans sa besace qu'on a l'embarras du choix.

Elle chuchote à l'oreille de Gil. Elle essaie de contenir sa voix que l'indignation exalte. Il la sent frémir contre lui. Il devient attentif.

— L'embarras du choix, oui.

— Vengeance, règlement de comptes, n'importe. Mais il faut se demander pourquoi le type qui l'a occis a attendu presque six ans depuis la fin de la guerre...

— La vengeance est un plat qui se mange froid.

— Des bêtises, ça. Il était en taule, voilà. Il a attendu de sortir. Bien obligé, hein ? C'est un de ses copains de la Milice qu'il a fait arrêter à la Libération. Oui, l'adjoint. Ou un pauvre type, innocent comme le chien qui pisse, qu'il a accusé pour s'en débarrasser. Une des spécialités de cette ordure. On libère beaucoup de gens, en ce moment, après quatre ou cinq ans au gnouf. Je connais justement quelqu'un dans ce cas. Un qui portait pas l'Adrien dans son cœur, je te promets. Il a été libéré à la fin de l'année dernière. Sans doute qu'il lui a fallu trois mois pour se requinquer et mijoter son coup, c'est normal. La vengeance est un plat qui se mange quand le couvert est mis, petit garçon.

— Ce type, quelqu'un d'ici ?

— De Saint-Veillant, non, mais de l'arrondissement. Ne compte pas que je te dise son nom. J'ai confiance en toi, mon Gilou, comme au lait de ma mère quand j'étais dans les langes. N'empêche, ça ne serait pas bien. Je souhaite de tout mon cœur que ce gars s'en tire sans histoires. Je vais faire brûler deux cierges à l'église...

— Ah bon. Deux cierges ?

— Tout le monde dit que je suis une pute, dans cette putain de ville. Mais j'ai ma religion, petit loup.

— Je demandais pourquoi *deux* ?

— Eh ben, un pour le brave gars qui a fait justice et un autre pour le chef Rivaux qui lui a sauvé la mise. Sans les imbéciles, la vie serait pas vivable !

— Et la lettre de l'adjoint ?

— C'est la famille qui l'a inventée. Sa femme l'a peut-être écrite, et après, elle a reconnu l'écriture. Laisse-moi rigoler !

Bon Dieu, se dit Gil, c'est peut-être vrai. À l'hypothèse du colonel de la Résistance, il faut ajouter celle du milicien de la Milice, nettement plus plausible.

— Tu permets que j'en parle à Yvon ?

Elle lui plante les griffes au bas du ventre dans une prise sauvage.

— Si tu lâches un seul mot à qui que ce soit et que je l'apprenne, je te les coupe avec les dents !

Il se tait. La main d'Adeline se fait caressante.

— Tu as juré, hein ?

Il en convient. « J'ai juré. » Mais cacher à Yvon ce nouvel indice, il ne sait pas s'il en aura la force.

Adeline se love contre lui.

— Tu peux me toucher, maintenant.

23.

— Un milicien sorti de prison ? marmonne Yvon Bellot en se frottant le menton. J'y avais pensé. Rappelle-toi ma liste : Résistance, affaires, vengeance. On pourrait rattacher le cas à Résistance et vengeance. Mais ça paraît très difficile et très peu probable.

Gil approuve d'un signe.

— Je m'en doute. Mais j'aimerais qu'on étudie ce cas. Pourquoi peu probable, à ton avis ?

Yvon réfléchit longtemps avant de répondre, rejette deux fois ses cheveux en arrière, grimace, plisse les paupières.

— Le type serait sorti de taule à Noël, selon ta bonne amie... selon Mlle Lapouyade. Il a sûrement bénéficié d'une remise de peine de quelques mois ou de quelques années. C'est dans l'air en ce moment. Mais il doit être encore, plus ou moins, sous la surveillance de la police. Je crois que son principal souci a été de se faire oublier et peut-être, s'il le pouvait, de quitter la région.

— Si c'est un innocent que l'adjoint a réussi à faire condamner, il a voulu se venger.

— Un innocent, blanc comme Blanche-Neige ? Et qui aurait une mentalité de tueur ? Hum, j'ai peine à y croire. Peut-être s'il s'était précipité comme un fou, dans les huit jours de sa sortie, pour flinguer le capitaine Pauline... Mais tu imagines ? Il aurait attendu plusieurs mois, il aurait préparé son coup avec soin, il aurait guetté et espionné l'adjoint... Donc, il se serait forcément aperçu que notre homme vadrouillait sans arrêt d'une propriété à une autre, à la chasse ou Dieu sait où. Et le plus souvent seul. Il aurait pu le repérer sans peine à Bonaly ou à la Lucette, par exemple, le fusiller de loin et disparaître. Ni vu ni connu. À moins d'être fou, il n'aurait jamais pris le risque de s'introduire dans la maison Lécuyer, en plein jour !

— Il est peut-être fou.

— Mais très malin. Il a tourné longtemps dans le quartier pour observer les lieux, sans jamais se faire remarquer. C'est déjà un exploit. Et il a trouvé le moyen de pénétrer chez les Lécuyer sans être vu des domestiques, de se glisser tout peinard dans le bureau de l'adjoint, qui le connaissait forcément, mais ne s'est pas méfié le moins du monde. Pas de cris, pas de bagarre. L'Adrien se laisse prendre son pistolet comme une jeune fille la fleur qu'elle vient de cueillir. Je te rappelle que c'est une arme assez spéciale, jamais armée mais toujours prête à tirer, à condition d'appuyer fort sur la détente... On peut admettre qu'il se soit laissé désarmer par le colonel X, par le milicien, c'est difficile à avaler. En plus, il aurait dû savoir que le type était sorti de prison et prendre des précautions sérieuses. Il en aurait sans doute parlé à Pierre Maignan, à Marie ou à ta mère... Et si l'assassin était quand même arrivé jusqu'à lui, il aurait sûrement tiré le premier. Qu'est-ce qu'il risquait ? Légitime défense, un collabo de moins ! Il y aurait eu de la bagarre, des cris, des meubles renversés, plusieurs balles tirées... les domestiques seraient sortis dans la rue en hurlant et en appelant au secours. Tu ne crois pas ?

Gil a déjà remisé l'hypothèse du milicien. Dans l'intimité, Adeline l'avait presque convaincu. Mais il préfère cent fois l'hypothèse du colonel X.

— OK, OK. On n'en parle plus.

— On inscrit quand même le milicien sur la liste. Il viendra après le colonel X et Pépé le Moko... tant qu'on ne sait pas si Pépé a un alibi. Il faut bien reconnaître qu'on n'a aucun suspect à la hauteur.

— Aucun.

Midi moins deux. Une grosse voiture noire, d'un modèle ancien, arrive lentement le long du boulevard, s'arrête à un mètre du trottoir, l'avant tourné vers la fenêtre de la perception. Elle a le toit au ras du capot, ce qui lui donne l'air de froncer méchamment les sourcils. Elle porte deux roues de secours sur les côtés, et ses énormes garde-boue luisent comme la mer Méditerranée sous le grand soleil. Elle tient le milieu entre un char d'assaut de l'autre guerre et un monstre antédiluvien.

Yvon hoche la tête, avec un sourire appréciateur.

— Une Peugeot sans soupapes, 1920 ou 1925.

— Ah, sans soupapes, répète Gil qui note pour son carnet.

Au détour d'un paragraphe, le mot « soupapes » vous prend un accent de vérité à aguicher tout juré du Renaudot.

Un homme s'extirpe du véhicule, les cheveux blancs, vêtu d'un costume bleu marine qui ressemble presque à un uniforme. Il s'étire pour chasser l'ankylose, coiffe une casquette puis, réflexion faite, la repose sur le siège.

Il lève la tête, et se dirige d'un pas solennel vers l'entrée du bureau.

— Bon Dieu, Robert ! s'écrie Yvon.

Il ajoute pour Gil, un ton plus bas :

— Robert, le majordome du baron. Je suis sûr qu'il nous apporte une lettre de son patron.

Après un salut cérémonieux, le vieil homme décline son identité et pose une grande enveloppe bleue sur le rebord du guichet.

— À remettre en main propre, telle est ma mission. M. Yvon Bellot, percepteur par intérim ? Et ce jeune homme est bien M. Gilbert Jallas ?

Il tend l'enveloppe à Yvon, qui s'assoit pour l'ouvrir, lentement, et lit à mi-voix, en sautant quelques mots :

— ... après-demain, jeudi à 19 heures... majordome à votre disposition pour le transport, aller-retour. Des personnes de votre connaissance seront présentes. Nous avons un élément nouveau...

Ledit majordome opine du chef, touchant et comique. On croirait qu'il sort d'un vieux film anglais.

— Dois-je vous conduire à la Jafferie pour le rendez-vous ? Ou bien préférez-vous venir par vos propres moyens ?

Yvon répond avec assurance, sur un ton presque sec.

— Dites à monsieur le baron que nous irons par nos propres moyens. Ma petite Simca entrerait dans le coffre de votre locomotive, mais elle peut encore nous contenir tous les deux.

Le majordome reparti, il pousse la lettre sur la table de Gil.

— Il y a un post-scriptum.

— Oui. *Veuillez apporter le carnet du Dr Filman.* Alors, on est toujours sur la piste du colonel X ?

— Ça se pourrait.

La juge est là, ainsi que le Dr Compérac et Mlle de Saint-Philippe, que les familiers appellent Philippine, les méchants Mlle Larme-à-l'œil et les commis de la perception miss Underwood. Les deux femmes se regardent non en chiens de faïence mais en chattes de fourrure, les griffes au bout des doigts.

Soudain, miss Underwood éclate en pleurs.

— Je vous jure que les finances de M. Lécuyer ne sont pas si mauvaises. Il n'aurait jamais dû faire ça ! M. Gideon, l'agent d'affaires, m'a garanti que toutes ses propriétés ont pris de la valeur depuis qu'il les a achetées. La Lucette aurait presque doublé. Il faudra peut-être vendre un ou deux camions, et encore je n'en suis pas sûre. Oh, non, puisqu'on a les tapisseries qui valent une petite fortune... Ah, ça, bien sûr, le pauvre monsieur ne pouvait pas le savoir quand il est mort, hin, hin, hin !

Le baron ne l'écoute pas. Il guette, par la fenêtre de la bibliothèque, l'allée ouverte entre deux rangées de cèdres. La nuit est tombée tôt, sous un ciel couvert. Les lumières de la maison découpent des tranches de clarté dans la cour, entre les massifs de buis. On entend les aboiements sourds de quelques chiens qui se répondent d'un côté à l'autre du manoir.

Un feu de bûches flambe dans la cheminée, à laquelle s'adosse le maître des lieux. Le baron ressemble fort à son majordome : une épaisse chevelure blanche, un grand corps osseux et enraidi, serré dans un complet bleu foncé. Son visage porte les marques des épreuves qu'il a subies. Sa mâchoire est déformée, une de ses pommettes enfoncée et son nez cassé. Une face de vieux boxeur, mais il a pris ces coups dans les salles de torture de la bande Villaplana, la Gestapo française de Périgueux, pas sur un ring de championnat. Difficile de soutenir son regard, pâle, fixe et froid : mentir à un tel homme doit exiger beaucoup de talent et de pratique !

Il désigne d'un geste le fauteuil vide dans le cercle des invités.

— Le Dr Filman a eu la complaisance de bien vouloir participer à cette réunion. Il profitera de sa visite pour revoir une région qui lui rappelle de bons souvenirs... et de moins bons. Il veut remercier par sa présence tous ceux qui l'ont aidé pendant la guerre et ont assuré sa sauvegarde. Il m'a fait savoir qu'il serait en retard d'un train. Robert est allé l'attendre à la gare avec la Donnet. Je n'aime pas laisser ce pauvre garçon conduire la Peugeot en ville, surtout la nuit. Je lui ai recommandé de rouler lentement. Ils ne vont plus tarder, à présent. Ah, un bruit de moteur, les voilà !

On attend le très fameux docteur. Gil grince des dents d'impatience à l'idée de rencontrer enfin l'homme au carnet... Yvon lui a tellement parlé de ce personnage extraordinaire. « Je l'admirais comme je n'ai jamais admiré personne. » Ils ont pensé que le Dr Filman seul pouvait stopper l'ascension politique du futur maire, député et ministre Adrien Lécuyer. Et plus tard, même, qu'il était assez habile pour s'introduire dans la maison Lécuyer sans se montrer, pour surgir soudain devant l'adjoint, se faire donner son arme et lui tirer une balle au cœur. Mais c'était un homme juste, bon, pacifique. Pas un tueur. Cette exécution sommaire lui ressemblait si peu qu'on pouvait la rayer sans hésiter de la liste des hypothèses. Ce qu'ils ont fait... Pourtant, Gil se reprend à imaginer un accident, l'adjoint brandissant son pistolet, le docteur obligé de le désarmer pour se défendre, le coup partant... Non. Les particularités du modèle « Le Français » rendent l'explication très improbable. Et, même menacé, le Dr Filman n'aurait pas tiré. Surtout, il ne se serait pas laissé surprendre. « On aurait cru qu'il lisait dans la tête des gens, et même des animaux ! » racontait Yvon. Le médecin aurait prévenu le geste de l'adjoint...

La porte du hall s'ouvre en craquant, puis se referme lourdement. Le Dr Compérac, assis près du baron, l'aide à se lever et lui tend sa canne. Le vieil homme traverse la bibliothèque à pas lents, en boitant un peu, et rencontre le nouvel arrivant sur le seuil. Ils se serrent la main. Les autres se lèvent aussi, Gil le premier, Mme Desbordes la dernière, après une hésitation. Un instant, le léger crépitement du feu dans la cheminée trouble seul le silence de la bibliothèque. Le Dr Filman salue d'un signe de tête la petite assemblée, qu'il considère d'un seul coup d'œil. Puis son regard, vif, très maîtrisé, se pose sur chacun tour à tour. Le cœur de Gil bat la chamade durant les quelques secondes de l'inspection. Il se sent fouillé, avec bienveillance mais sans merci, jusqu'au plus furtif mouvement de son âme.

Le Dr Filman incline la tête et s'assoit dans le fauteuil à haut dossier que le baron lui a réservé. Il pose à ses pieds une serviette de cuir. D'une taille un peu au-dessus de la moyenne, maigre, carré d'épaules, il est vêtu d'un complet gris clair, chemise blanche, cravate à pois, l'ensemble d'une élégance que Gil ne peut s'empêcher de trouver américaine. La flamme du foyer se reflète en éclairs d'or sur ses boutons de manchette. Pas un cran ne manque à ses cheveux gris, coiffés en gravure de mode. Il débarque du train de Paris sans un faux pli à son pantalon. Ses richelieus brillent comme les chromes d'une voiture de maître. Impeccable de haut en bas. Aux antipodes de l'homme qui amadouait les chiens et les collabos, tel que Gil l'imaginait d'après les récits d'Yvon.

La conversation entre dans le vif, sans laisser souffler le voyageur d'Amérique. Le Dr Compérac et Mlle de Saint-Philippe ont les nerfs en tohu-bohu, lui parce qu'il se voit déjà succéder au mort à la mairie, elle parce qu'elle a sur les bras toutes les affaires de feu son patron. La juge est tendue comme un chat en cage. Ces trois-là ont brûlé leur dernière goutte de patience. Le baron choisit de laisser aller. La discussion devient aussitôt confuse, véhémente, précipitée. Les femmes, surtout, on beaucoup à dire. Le Dr Filman questionne brièvement. Le baron précise, rectifie, sans jamais insister. Le Dr Compérac gesticule et proclame haut et fort ses convictions.

— C'est un crime. Ils mentent. Ils mentent tous !

Yvon et Gil se taisent, échangent un regard.

Le Dr Filman penche, pour écouter, son front large, creusé de deux rides, puis relève en souriant son nez busqué, hausse les sourcils et découvre des yeux enfoncés, attentifs, à l'éclat enjoué, qui rayonnent d'intelligence. Son visage est long, dessiné à l'épure, sa bouche fine, presque dure, son regard bleu métal. Il paraît environ quarante-cinq ans, malgré les fils blancs dans ses cheveux.

Il affiche tantôt une simplicité d'homme du peuple, assortie d'une gentillesse à toute épreuve, tantôt une distance presque dédaigneuse, que souligne un sourire où on peut déchiffrer tour à tour l'indulgence et la pitié. L'indulgence semble signifier : « Gentils provinciaux, je vous aime bien et je suis heureux d'être parmi vous... » La pitié est plus difficile à saisir, d'autant qu'il essaie de la masquer, par politesse, et que l'agacement seul s'avoue. Mi-diable, mi-ange, le docteur américain, comme tout bon héros de roman. Arsène Lupin, par exemple. À moitié rassurant, aux trois quarts inquiétant. Un quart de trop, où se cache le mystère.

La servante, presque aussi âgée que son maître, se glisse dans la pièce, un plateau entre les mains. Les apéritifs. Porto, cherry, quinquina, sirops... Le Dr Filman sort une chemise à dossiers de sa serviette, feuillette quelques documents parmi lesquels Gil reconnaît la liste d'Yvon.

— Monsieur le baron, mesdames, messieurs...

On croirait qu'il va commencer un discours. Il s'interrompt pour lancer à la ronde un sourire bienveillant que seule Mlle de Saint-Philippe lui retourne.

— Je suppose que vous tous avez hâte de vous rendre à vos occupations, en particulier mon aimable confrère, le Dr Compérac, qui peut être appelé par un de ses patients *at every turn*, à tout moment. Je souhaite que notre petite conférence soit menée *lickety-split*, tambour battant. Du moins, si personne n'y voit d'inconvénient. J'aimerais que chacun de vous exprime très brièvement son idée au sujet de l'affaire qui nous réunit. Pour lancer le débat, je vais poser les questions... si vous permettez, baron. *Let us come to the heart of the matter*. Entrons tout de suite dans le vif du sujet. Qui d'entre vous estime que M. Lécuyer s'est suicidé, de bizarre façon, en se tirant on ne sait comment une balle dans le cœur ? Personne ? Très bien. Il semble que la gendarmerie locale n'ait pas réussi à partager avec vous sa conviction, même si la justice s'en contente *for lack of something better*. Faute de mieux... Excusez-moi, j'ai du mal à me réhabituer au français.

Gil songe qu'il fait exprès de mêler à son discours des expressions anglaises. Pour nous rappeler qu'il vient de chez les rois du monde et nous impressionner.

Le Dr Filman étudie la liste d'Yvon, qu'il a annotée au point de couvrir la feuille d'une petite écriture serrée, à l'encre bleue. Puis il relève la tête, sourit, esquisse un signe de connivence avec deux doigts de la main droite..

— Il nous reste, *errors and omissions excepted*, sauf erreur, deux hypothèses : le meurtre et l'accident. OK ?

La juge noue les mains sur son genou, peut-être pour contenir sa nervosité, et répond sèchement :

— Ou une combinaison des deux. Le meurtrier n'avait peut-être pas l'intention de tuer. Il a pu tirer par maladresse, ou cours d'une mêlée, ou par simple peur.

— Nous dirons alors *manslaughter*, meurtre sans préméditation. C'est bien votre opinion, madame la juge ?

— Je n'ai pas d'opinion, monsieur. Je cherche la vérité. Ou du moins, je la cherchais. Mais j'ai perdu tout espoir de la connaître. *To put it plainly*, pour parler clair, je crains que cette réunion ne serve qu'à mettre un point final à une affaire que la justice a d'ailleurs classée. C'est tout ce que j'avais à dire.

Elle a élevé la voix sur la phrase en anglais, ce qui est une façon de renvoyer au docteur une fève pour son pois. Lui s'incline avec un sourire de gentleman.

Bon, voilà qui tourne à la comédie. Le baron paraît enfermé dans ses pensées. Le Dr Filman s'adresse maintenant à lui.

— Monsieur, j'ai eu grand plaisir à répondre à votre appel. J'aimerais vous entendre exposer vos intentions, que je connais par votre courrier, mais qui pourraient être résumées utilement.

Le baron secoue la tête, prend son front dans ses mains, courbe les épaules.

— Eh bien, mes amis, je vous dois une confession.

À mon retour de déportation, j'ai entendu dire beaucoup de mal de l'ex-capitaine Pauline. Il m'a été rapporté que certains résistants avaient même voulu l'exécuter. J'ai pensé alors qu'il s'agissait d'une vindicte communiste contre un patriote gaulliste. Plus tard, les circonstances m'ont imposé M. Lécuyer comme adjoint à la mairie de Saint-Veillant. J'aurais dû m'informer davantage sur lui. Pourquoi cette négligence ? Eh bien, depuis mon retour de Buchenwald, ma santé reste précaire. Il m'a fallu d'ailleurs renoncer pendant deux ans à exercer mes fonctions, tant à la mairie qu'au conseil général. Lorsque j'ai accepté de conduire une liste d'union, j'étais très déçu par le monde de l'après-guerre et parfois complètement écœuré par ce que je découvrais. Même si l'on tentait d'appliquer le programme du Conseil national de la Résistance, on revenait très vite aux pratiques de l'avant-guerre. Je ne voulais pas me mêler aux querelles intestines des résistants de toutes obédiences. D'une certaine façon, je me sentais coupable de mon absence pendant les dix derniers mois de la lutte. Beaucoup de choses s'étaient passées que j'ignorais. Il y avait eu de nombreux retournements. Je n'avais ni l'envie ni la force de m'instituer juge de mes anciens camarades. Et l'union de tous sous l'égide du général de Gaulle me semblait le seul moyen d'assurer la paix et la prospérité dans la commune, et d'ailleurs dans toute la France. De plus, Adrien Lécuyer s'est révélé compétent et actif. Enfin, mon état de santé s'est aggravé, j'ai été hospitalisé. J'ai dû me tenir à l'écart des affaires de la commune pendant plusieurs mois. À mon retour, j'ai été averti des ambitions politiques de mon adjoint et des soupçons persistants sur son passé. J'ai dû reconnaître que j'avais été insouciant. J'ai décidé de m'informer. Sur ces entrefaites, M. Yvon

Bellot a pris contact avec moi et m'a fourni des renseignements qui renforçaient mon inquiétude. J'ai décidé de vous retrouver, Dr Filman, quels que soient la difficulté et le coût, pour avoir votre avis. La chance a voulu que vous reveniez en France à ce moment-là, ce fut donc plus rapide et plus facile que prévu. Merci encore d'être parmi nous, ce soir.

« À la mort de M. Lécuyer, j'ai mis en doute son suicide, comme tout le monde ici. J'ai immédiatement soupçonné quelques anciens chefs de la Résistance d'avoir voulu débarrasser notre paysage politique d'un homme dangereux et sans conscience. Je ne les approuvais pas, cependant je comprenais leur volonté de mettre fin à la carrière d'Adrien Lécuyer avant qu'il ne se hisse trop haut dans la hiérarchie du pouvoir. Il en paraissait capable. J'en voulais surtout à mes anciens compagnons d'avoir agi sans me consulter. Comme je n'étais pas là à l'époque de la Libération, et pour cause, ils m'avaient un peu oublié. J'avoue que j'étais extrêmement offensé. J'ai décidé d'en avoir le cœur net... *clear the matter up*. Ha, ha ! j'ai passé huit mois à Londres, entre 1941 et 1942, ce qui m'a permis de rafraîchir mon anglais ! J'ai essayé de réactiver mon réseau, ou ce qu'il en restait. J'ai sollicité mes amis de Saint-Veillant, en particulier Mme Desbordes, juge de paix, et ces jeunes gens, MM. Bellot et Jallas, qui ne cachent pas leur goût pour les œuvres d'Émile Gaboriau, Conan Doyle ou Agatha Christie...

Gil baisse le nez. Il ne connaît pas Gaboriau et à peine les deux autres. Il se sent mouché comme un gamin morveux. Yvon rigole en douce. Il n'a jamais lu un roman policier et il ne s'en porte pas plus mal ! Le baron sort sa pipe, courte et recourbée, la fait sauter sur sa paume, puis la renfourne dans sa poche avec un soupir, et reprend son compte rendu, la voix légèrement cassée.

— Personne ici, non plus qu'à Bergerac, Périgueux ou Paris, ne sait rien au sujet d'un coup monté contre l'adjoint Lécuyer, ni d'une action ou d'une simple menace qui l'aurait visé. Les anciens résistants, quels que soient leur place et leur rang dans le monde actuel, ont d'autres chats à fouetter. Ils se soucient de l'ex-capitaine Pauline comme de leurs vieilles bottes ! J'ai envisagé également le cas où le meurtrier serait de l'autre bord. Je ne veux pas accabler un mort, cependant on m'a affirmé que Lécuyer avait eu des relations... disons, d'affaires, avec des collabos et des miliciens, qui auraient pu garder une dent contre lui. À vilain, vilain et demi. Un certain nombre de condamnés ont bénéficié d'une remise de peine et ont été libérés tout récemment. Une hypothèse envisageable, à première vue ; pourtant les circonstances de la mort de Lécuyer la rendent très difficile à soutenir. Impossible d'avoir une certitude absolue, d'ailleurs la justice se contente le plus souvent de présomptions fortes ou parfois fragiles. Je suis arrivé désormais à la conviction que la mort de l'adjoint Lécuyer n'est aucunement liée à la Résistance... ou à la collaboration. En un mot, à la guerre. Il s'ensuit que le mobile du crime doit être d'ordre privé, peut-être crapuleux. La maréchaussée a choisi de croire au suicide. La justice, n'est-ce pas, madame la juge, n'est guère encline à suivre d'autres pistes. Ne soyons pas plus royalistes que Sa Majesté la République !

« Voilà, mesdames, messieurs, le point de la situation en même temps que mon avis personnel. Merci de m'avoir écouté et pardonnez-moi ce long discours. À qui puis-je céder la parole ?

Le Dr Compérac lève la main.

— Votre analyse me convient tout à fait, baron. Je retiens le terme « crapuleux ». Cet homme fréquentait des crapules et il comptait bien en réunir quelques-unes autour de lui aux prochaines élections. Mais, quoi que pensent les gendarmes et le procureur, la vérité devra bien éclater un jour. Je ne renonce pas à savoir qui a tué et qui a peut-être tenu la main criminelle. Il se pourrait que le coupable soit un ami et rival politique de l'adjoint. Mesdames, messieurs, la lutte continue !

Un silence lourd comme le péché accueille la péroraison du toubib. Miss Larme-à-l'œil lâche un bout de sanglot.

— M. Lécuyer était... n'était pas une cra... Oh, mon Dieu, je ne peux pas prononcer ce mot, c'est trop affreux ! Peut-être qu'il s'est suicidé, après tout...

Le baron scrute la juge.

— Peut-être, en effet.

Le Dr Filman s'adresse alors au Dr Compérac.

— Cher confrère, puis-je vous faire remarquer, sans vous fâcher, que votre intérêt politique est de paraître indifférent aux querelles du clan adverse et de ne pas vous mêler du travail de la police et de la justice ? Les électeurs penseront : *He is above it*, il est au-dessus de ça, et ce sera excellent pour vous. Un médecin doit toujours être un pacificateur.

Le Dr Compérac secoue la tête, puis s'incline en grommelant.

— Peut-être, peut-être, on verra.

— Madame la juge ?

— Je souhaitais faire votre connaissance, docteur Filman. Pour moi, l'affaire est classée. J'ai déjà répondu au substitut du procureur que rien ne permettait de rejeter la version de la gendarmerie.

— Voilà qui règle la question du côté de la justice, n'est-ce pas, monsieur Bellot ?

Yvon serre ses genoux de ses deux larges mains, baisse la tête, respire à petits coups. Gil attend sa réaction sans trop savoir qu'espérer. Qu'il se révolte contre la démission du Dr Filman et du baron ? Qu'il s'incline à son tour pour en finir ? Bien sûr, la véhémence et la hargne du Dr Compérac ont poussé les autres à la volte-face...

Il faut désormais se résigner à ignorer jusqu'à la fin du monde ce qui s'est passé dans la maison Lécuyer un soir du printemps 1951. La fin du monde, sans doute bientôt, par chance.

Mais il y a le roman. S'il est impossible de connaître la vérité, on peut en inventer une à sa guise. Merveille de la littérature !

Le prix Renaudot est peut-être au bout du mystère.

Yvon se décide enfin.

— Tous réunis, nous formons une belle panoplie de cerveaux. S'il y avait un assassin, nous l'aurions sûrement débusqué. C'est donc qu'il y en a pas. Nous pouvons dormir sur nos deux oreilles !

D'un signe, le Dr Filman donne la parole à Gil. Le plus jeune parlera le dernier, c'est normal. Il se lève machinalement, puis se rassoit. Tu n'es plus au collège, mon vieux. Il sent sa gorge se serrer comme un nœud de chef scout. Il ne trouve rien à ajouter. Il reste coi plusieurs minutes. Non, ce ne sont que des secondes... Enfin, un souvenir traverse sa tête bourdonnante.

— La veuve Alvarez prétend que le diable est dans la ville, en plusieurs exemplaires, et qu'il a tout manigancé. On devrait peut-être lui brûler un cierge pour qu'il décampe et nous fiche la paix à l'avenir !

Yvon éclate de rire. Le baron fait mine d'applaudir et s'exclame :

— Très bien. Un cierge pour le diable. Excellente idée.

— Allumez un cierge, dit le Dr Filman, si bas que Gil est obligé de prêter l'oreille pour entendre la suite. Ne le vouez pas au diable, ce qui est toujours dangereux, mais plutôt au cheval blanc d'Henri IV. Ainsi, peut-être, vous connaîtrez sa couleur.

Gil se rencogne au fond de son siège. Le Dr Filman se fout de lui ? Il voudrait bien filer par un des trous que les vers ont creusés dans le bois du fauteuil. Non, le toubib ne se moque pas, ce n'est pas son genre. Cette allusion au cheval blanc d'Henri IV est peut-être un message codé. Mais que veut-il dire ?

Le Dr Compérac se lève brusquement.

— J'ai encore trois visites ce soir. Mesdames, messieurs, je vous souhaite un sommeil sans rêves. Ainsi qu'au chef Rivaux et au procureur de la République. J'ai l'honneur de vous saluer !

Mlle de Saint-Philippe et la juge suivent en hâte le mouvement. Elles sont venues ensemble dans la Juvaquatre de service des Camions Lécuyer. Miss Underwood avoue qu'elle n'aime pas conduire la nuit. Le prétexte ne trompe personne : la nuit est déjà tombée depuis un bon moment. Les deux femmes s'enfuient, honteuses comme une paire de biques qu'un âne aurait sifflées.

La servante appelle le baron. Un fermier voudrait le voir pour une affaire de bétail. Le vieil homme s'excuse.

— J'en ai pour cinq minutes. Vous avez peut-être des souvenirs à échanger, pendant ce temps ?

Yvon et Gil se retrouvent en compagnie du Dr Filman

dans le grand salon du manoir, debout tous les trois devant le feu que la servante vient d'attiser. Yvon sort le carnet noir de sa poche. Le docteur hésite un instant, puis le prend en souriant et le fait sauter dans sa main.

— Merci, Yvon. Merci de l'avoir conservé précieusement. Merci de me le rendre. Qu'allons-nous en faire ?

Les deux hommes se regardent. Le docteur pointe l'index vers les flammes.

— Nous entrons dans une époque nouvelle. L'avenir est assez sombre pour qu'on cesse de fouiller les fanges du passé. Oui, des millions de juifs sont morts, mais ceux des survivants qui le souhaitent peuvent rejoindre la terre de leurs ancêtres. Je suis reconnaissant aux gens de ce pays qui ont aidé les miens. Je préfère oublier ceux qui les ont trahis !

Il ouvre le calepin, le serre au bout des pincettes et le tient un moment au milieu des flammes, avant de le lâcher, dans une gerbe d'étincelles. Une odeur de cuir brûlé se répand, le bord des pages se racornit. Le feu broute lentement le cuir et charbonne le papier. Les secrets du Dr Filman s'envolent dans la cheminée comme des âmes mortes.

Les trois hommes regardent le carnet se consumer, une minute ou deux. Ou peut-être une éternité, car le temps s'est figé et paraît suspendu au-dessus du monde réel. Une quinte de toux réveille Gil. Il se demande qui a toussé. C'est lui. Il tourne la tête vers le docteur.

— Pensez-vous qu'on aura bientôt la guerre atomique ?

Le Dr Filman observe le feu, longuement, et semble chercher la réponse dans l'oracle des flammes dansantes.

— D'ici à l'année prochaine, les Américains vont

expérimenter une bombe thermonucléaire, dite bombe à hydrogène. Les Soviétiques suivront en 1953 ou 1954. Un équilibre s'établira entre l'Est et l'Ouest, par un égal pouvoir de détruire le monde. Un équilibre de terreur. Aucun pays ne pourra plus déclencher une guerre mondiale sans provoquer son propre anéantissement. Ni l'URSS ni les États-Unis ne s'y hasarderont, du moins tant que les vieux routiers que nous connaissons seront aux commandes. Certes, un accident est toujours possible, mais peu probable. Il y aura des conflits limités partout sur la planète, comme en Corée aujourd'hui. Le risque augmentera quand de nouveaux dirigeants, plus jeunes, moins expérimentés et plus nerveux, succéderont aux vétérans actuels. Et quand d'autres pays s'empareront des armes atomiques... Je pense qu'on évitera tout de même une catastrophe majeure. L'humanité connaîtra des jours, et des années, de peur et d'incertitude, mais elle survivra. Voilà mon avis. Vous pouvez en tenir compte dans vos plans, jeune homme. Par exemple, vous marier et avoir des enfants. Ou écrire des livres !

Gil se tait, abasourdi. Comment le Dr Filman peut-il savoir tout cela ? Parce qu'il arrive d'Amérique, mais pas seulement. Parce qu'il en sait toujours plus que tout le monde, c'est sa nature. Il connaît la couleur du cheval blanc d'Henri IV et peut-être même le nom de l'assassin !

Mais alors... on va vivre. J'aurai le temps de coucher avec Marie et d'avoir des enfants d'une autre. Et, bien sûr, d'écrire un livre, comme il l'a deviné. Un roman dont il sera le héros et qui aura le prix Renaudot dans dix ans.

La vie commence, le diable finira par se casser le cou.

Le Dr Filman tend un bout de papier à Yvon.

— Je vous rends votre liste. Elle m'a inspiré d'intéressantes réflexions.

Il s'approche du feu et se penche pour se chauffer les mains.

— La soirée est fraîche, messieurs, on se croirait en Nouvelle-Angleterre.

Il se redresse lentement, fait quelques pas vers la fenêtre, à travers laquelle on distingue des branches de sapin ou de cèdre battues par le vent.

— Puisque nous sommes seuls un moment, supposons que M. Adrien Lécuyer ait été assassiné. Raisonnons un peu sans nous laisser obnubiler par une hypothèse romantique. Soyons *matter of fact*, n'est-ce pas ?

Il se tient devant la vitre, scrutant la nuit. Il tourne le dos à ses deux commensaux, restés près de la cheminée. Sa voix, grave, sourde, leur parvient de très loin.

— Oublions le mobile du crime. Il est toujours très difficile de connaître la raison profonde d'un acte, que ce soit un acte de courage, un coup d'éclat, un sacrifice ou un crime. Soyons prosaïques. Demandons-nous qui a pu le commettre, qui était là, ou dans les parages. Ce n'est pas toujours possible, mais il me semble que votre liste le permet. Après tout, vous ne devriez peut-être pas la brûler !

La petite Simca roule entre les bois, dans la nuit noire. Après un long silence, Yvon demande à Gil s'il a toujours la liste. Gil fouille ses poches, sort enfin le bout de papier froissé et maculé de taches diverses. Il récite en chantonnant :

— Résistance, Affaires, Vengeance, Famille, Tapisseries... Que reste-t-il de tout ça ? Que reste-t-il de notre jeunesse et de nos rêves ?

— On verra. Quand le Dr Filman laisse entendre que le nom de l'assassin est sur la liste, je le crois.

Gil hoche la tête.

— *La Lettre volée*... C'est une histoire d'Edgar Poe dans laquelle on cherche en vain, dans les recoins, un objet exposé en pleine vue. À force de scruter la liste, l'évidence finira par nous crever les yeux. Enfin, j'espère.

— En attendant, tu peux rayer Pépé le Moko. Il était en tournée chez les producteurs de tomates, ce soir-là. J'ai vérifié. Aucune chance pour qu'il ait pu s'échapper et occire l'adjoint.

— Il ne nous reste pas grand monde...

Soudain, un lapin coupe la route dans le faisceau des phares, un chien à ses trousses. Yvon ralentit pour éviter le chien.

C'est à ce moment, sans doute, que Gil comprend. Que la vérité lui apparaît, non pas dans la gloire de sa nudité, mais en chemise et caleçon, humiliée, l'air de rien, prête à rentrer dans un trou de renard.

Vite, il l'agrippe par le col. Il la tient, il ne la lâchera plus. Mais avant d'en parler à Yvon, il préfère l'apprivoiser un peu. Tout au long du retour, il s'étonne de ne pas l'avoir vue plus tôt. En entrant dans la ville, les deux garçons échangent un sourire.

Yvon sait aussi. Tout est bien. Tout commence.

24.

Gil tient le parapluie au-dessus de la tête de Marie. Il est allé l'attendre au car, avec ce pépin qu'il a emprunté à sa mère. L'averse crépite sur la soie tendue. Heureusement, c'est un large parapluie qui peut les abriter tous les deux quand le vent ne souffle pas trop fort. Marie fredonne un pot-pourri où Mademoiselle de Paris s'en va trottinant sous les cerisiers roses et les pommiers blancs. Elle s'étouffe, trébuche, s'accroche au bras de Gil, glisse sur le bord du trottoir, se cogne contre lui.

— Excuse-moi, je ne sais plus où j'ai la tête !

Il demande, le souffle court.

— Ça a été dur ?

— Oh, là, là, si ça a été dur !

Elle est allée visiter son Pierrot à la maison d'arrêt de Bordeaux. Elle avait juré qu'elle ne le verrait jamais plus. Elle a tenu trois semaines. Elle l'aime... Non, c'est pis : elle l'a dans la peau !

L'averse ruisselle et embrume le paysage. Les parapluies sautent, tournent, se croisent, se frôlent. La giboulée qui vient de s'abattre sur la ville en fin d'après-midi rend plus discrète l'équipée de Marie et de Gil titubant ensemble le long des rues, à travers les places. Ils ne cessent de balancer le riflard entre eux. Gil tâche de l'incliner vers sa compagne, elle le repousse aussitôt.

— Mets-toi à l'abri, mon petit Gil. Tu es à peine guéri de ta grippe.

Il balbutie.

— Non, toi... vous, Marie. Vous avez eu très chaud dans le car...

Il a vu ses joues en feu, ses yeux trop brillants. Il s'est demandé si elle n'avait pas la fièvre. Puis il a compris en croisant son regard. Oui, c'était une sorte de fièvre. Le tutoiement lui échappe pour la première fois. Le partage d'un parapluie sous une averse de printemps crée pendant quelques instants une intimité à nulle autre pareille. Il était moins troublé quand elle s'asseyait sur son lit.

Marie s'esclaffe, s'ébroue, secoue les manches de sa robe qui dégoulinent.

— Moi, je suis déjà trempée.

Elle s'échappe sur le côté, piétine une flaque.

— Ça me fait du bien. Ça me fait tellement de bien !

Il la rattrape, elle s'arrête, lui prend le poignet, sous le manche du parapluie, serre très fort. Elle a une main d'ouvrière, aux doigts nerveux et durs. Elle lui fait mal aux jointures, très mal. Cette douleur l'enflamme comme une caresse.

Il l'entraîne.

— Ne restons pas là, Marie.

Elle le suit docilement. Il change son parapluie de main, l'enveloppe de son bras libre. Elle se laisse aller contre son épaule.

— Tu imagines, mon Gilou ! Le voir là et pas pouvoir le toucher, juste le bout des doigts, ni qu'il me touche !

Gil ne comprend pas tout de suite qu'elle parle de son mari. Il l'écoute haleter en aspirant la pluie à pleine gorge.

— Ça me rend folle. Je n'y retournerai jamais, jamais !

Il songe : Elle n'attendra pas trois semaines, cette fois. Elle repartira avant quinze jours. Dans le couloir de la maison Mauvignier, ils lâchent le parapluie sans prendre la peine de le refermer. Ils se font face, ruisselants, la bouche grande ouverte. Marie pose son sac sur la première marche de l'escalier, son chapeau sur la pomme. Ses cheveux couleur soleil mouillé se plaquent à son front et sur ses oreilles, s'effeuillent dans son cou. La lumière du couchant tombe par l'imposte, baigne son visage. Gil la voit soudain au milieu des flammes. Il retient son envie de se jeter sur elle pour l'emporter loin du bûcher.

Il ramasse son sac, elle presse dans sa main son chapeau de toile et de velours. Elle monte devant lui. D'un côté, la couture de son bas fait des zigzags et souligne la rondeur de son mollet. Filé, l'autre bas s'orne d'une échelle de soie, qui dessine le chemin du paradis. L'ourlet de sa robe rebondit au creux de ses genoux. Elle se retourne sur le palier.

— Tu viens ?

Il vient, à moins que son sang ne l'étouffe. Il vient, il la suit comme un berger perdu la fée des champs. Il bute à chaque marche, se cogne aux murs. Elle lui reprend son sac dans le couloir. Il ne reconnaît plus le logement. Il la rejoint à la cuisine, manque s'asseoir sur le plancher. Elle pouffe de rire, elle lui essuie la tête avec un torchon. Il lui dit merci trois fois. Il voudrait ajouter : Je vous aime. C'est le moment ou jamais. Ce soir ou jamais. Le soir des cerises mûres, enfin...

Une chance qu'il ne retrouvera pas de longtemps. Elle a toujours le sel du désir sur le bout de la langue. Elle n'a pas pu étancher sa soif de Pierre. Elle a besoin d'un homme. Gil pourrait jouer ce rôle, avec l'aide de Dieu. Dans sa prière, il met la bombe atomique sur la balance. Seigneur, quoi que dise le Dr Filman, un accident est vite arrivé. Ne prenez pas ma demande pour un blasphème, c'est seulement une urgence. L'Éternel pourrait lui répondre qu'il n'y a plus d'urgence, puisqu'il a déjà couché avec une bonne âme. Ce serait bien fait pour lui. Mais nulle voix ne tonne au fond de l'espace. Ce silence peut passer pour un agrément du ciel.

Gil regarde Marie s'escrimer avec le réchaud à gaz. Il n'a qu'à ouvrir la bouche, prononcer les quatre mots les plus sages et les plus fous de la langue. Pourquoi quatre ? Tu ne sais plus compter. Je vous aime. Ça fait trois. Et Marie, alors ! Je vous aime, Marie. Elle le surveille d'un œil vague, en se léchant les lèvres.

— Tu ne crois pas qu'un chocolat chaud nous ferait du bien ?

— Veux-tu que je le fasse ?

Il lui a dit tu sans hésiter. Ça passe haut la main, elle s'en aperçoit à peine.

— Tu es gentil. J'ai peut-être mieux qu'un chocolat...

— Oui, mais il faut te changer tout de suite. Tu vas attraper un mal de poitrine...

Il appuie sur le mot. Elle soulève ses seins à deux mains, en riant.

— Il y a le feu là-dedans ! Allume la cuisinière, je l'ai garnie ce matin.

Il casse trois allumettes avant de tirer du phosphore une flamme qui s'éteint aussitôt.

— Tu ne vois pas que ta manche est mouillée ? s'exclame Marie.

Elle vient s'agenouiller près de lui.

— On va peut-être y arriver à tous les deux...

Elle répète : « À tous les deux... » Leurs joues se frôlent, leurs cheveux se mêlent. Elle souffle le feu, il sent son haleine lui chatouiller le coin de la bouche. La flamme couve, puis éclate dans le foyer de la cuisinière.

Marie éteint le gaz et s'enfuit dans le couloir. Elle revient en combinaison, une minute plus tard.

— Tu vas me frotter le dos. Après, ce sera ton tour, je suis plus mouillée que toi. D'habitude, je mets toujours ma gaine pour les dimanches et les sorties. Je ne l'ai pas prise aujourd'hui, ça simplifie pour se déshabiller. Je pensais que des fois je pourrais montrer à Pierrot ce qu'il aime bien. Mais il y a pas eu mèche. Le maton nous avait à l'œil !

Maton est un mot nouveau pour gardien de prison. Gil l'avait lu mais jamais entendu. Marie enrichit son vocabulaire par la fréquentation des lieux créatifs.

— Et hop !

Sa combinaison glisse à ses pieds. Elle a déjà ôté bas et jarretelles. Ses dessous manquent un peu de dentelle, au goût de Gil. Tant pis, à la guerre comme à la guerre. Il cherche du regard une serviette propre, il n'en voit pas. Marie s'impatiente.

— Vite, mon Gil, vite !

— Avec quoi je...

— Mouille-moi, je brûle. Je brûle en dedans !

Et hop, et hop encore, en moins de temps qu'il n'en faut à un nuage pour passer devant la lune.

L'or des cheveux, l'azur des yeux, la fleur des chairs...

Oui, Verlaine, c'est mon tour. J'entre dans la carrière.

Loin des chants romantiques, Gil ne peut s'empêcher de traduire à voix haute son émerveillement.

— Tu es encore plus belle toute nue !

« Toute » donne un air de jeu au déshabillage. Une précaution, qui vole aussitôt en éclats.

— Doux Jésus, il l'a vu, quand même. Et blonde !

Oui, doux Jésus, il l'a vu aussi. Blonde comme la lumière du matin sur un épi de blé. Elle se serre contre lui, s'humecte à ses vêtements saucés.

— Étouffe-moi, je meurs !

Tant que ça ? S'il ne connaissait pas Pierre Maignan, il croirait qu'elle exagère. Mais elle l'attire vers le couloir.

— Un drap, c'est mieux que l'eau pour éteindre le feu. Chez toi, mon chéri. Ma Nénette n'ira pas renifler ton lit. Vite, Pierre... Gil !

Pierre. Il sait bien qu'il n'est qu'un substitut, une doublure, un supplétif. On dit nègre en littérature. Bien obligé de signer Pierre Maignan ses premiers essais au lit. Ses premiers essais si on oublie Adeline. Et il veut de toutes ses forces l'oublier... Il lève sa plume pour écrire le titre. Ce sera *De cette nuit, le souvenir*. Merci, Alphonse. Marie se charge de la suite. Il se laisse mâcher, croquer, engloutir. Il ne sera jamais le grand Pierrot, il en prend son parti. Destinée, destinée... Marie le possède, le pétrit, le met à quia en moins de trois, puis se calme soudain. Petite pluie abat grand vent, dit l'adage. Elle a l'air heureuse, sinon apaisée. Moi, bon nègre ? Peut-être pourra-t-il signer de son nom le prochain coup. Sa jeunesse le sauve. Après le chocolat chaud qui leur rend des forces, il peut enfin jouer sa petite musique de chambre, loin dans la nuit. Jusqu'à plus soif. Nuit d'amour signée Gil Blas de Santillane. Enfin.

Elle ne l'appelle plus Pierre. C'est toujours ça. Toute indulgence, elle lui dit maintenant mon petit Gilou chéri. Il préfère Gil Blas de Santillane, mais il doit se contenter de Gilou. À son tour, il prononce les mots qui changent le monde : Marie chérie, ma chérie, mon amour. Facile, mille fois plus facile qu'il n'imaginait.

Bientôt, elle se reprend à rêver de son mari, mais elle parle de lui au passé. « Il était si fort, il me faisait l'amour comme un taureau sauvage ! » Bête à cornes ! hurle Gil en silence. Elle lui trempe la bouche de ses larmes.

— Pardon, mon amour, je mérite ce qui m'est arrivé. Mais je te jure que je vais l'oublier...

Il n'en croit rien. « Si, si... » Elle se colle à lui en guise de promesse, ils ne sont plus qu'une seule peau mouillée. Mais l'humidité vient de leurs corps suants.

— Tu sais, il aurait fini par me faire mourir. Je suis trop vieille. À sa sortie de prison, il trouvera une jeunesse, ça sera mieux pour tout le monde. Toi, mon petit chéri, tu partiras, tu vivras ta vie...

Il songe : Oui, je partirai, mais mon cœur, etc. Elle se souvient tout à coup de sa Nénette.

— Mon Dieu, si « elles » nous voyaient au lit, « elles » la garderaient même le dimanche ! Pauvre petite, un père en prison, une mère qui a rôti le balai !

Et cette nuit, c'est moi le manche, pense Gil en riant de honte et de bonheur. Jeannette est maintenant en pension chez les sœurs, quatre ou cinq jours par semaine, à la demande de M. Mauvignier, qui paie la note. Marie serre un poing et, de son autre main, griffe Gil si fort qu'il ne peut retenir un gémissement.

— Crie, mon petit loup, crie donc. Il a le cancer, hein, le père Mauvignier, il va clamser, ce bon apôtre.

Tant pis pour le MRP, qu'il crève ! Je veux dire le MRP... Je reprendrai ma petite, on ira habiter en ville.

Elle pose sa joue sur la poitrine de Gil.

— Tu viendras nous voir ? Je l'enverrai chez sa grand-mère de temps en temps, tu en profiteras. Tu voudras bien en profiter ?

C'est une garce, mais il l'aime, il l'aimait déjà quand il portait des culottes courtes. Il ne la voudrait pas différente pour l'empire des songes. Plus tard, elle le tire de son sommeil comme si le feu était au poulailler.

— Mon Gil, je vais te confier un secret terrible. Je veux te prouver que tu comptes pour moi. Il n'y a que toi qui le sauras. Même pas Pierre. D'abord, je ne peux pas tout lui dire au parloir, et puis... Même pas Yvon. Même pas ta mère. Rien que toi, mais tu ne répéteras à personne, promis, juré ? Ou alors, je... je ne t'aimerai plus jamais !

Gil attend la révélation, sans impatience. Il se frotte les yeux. Il promet, jure et manque se rendormir. Elle lui plante les ongles dans le gras du bras. Il adore qu'elle le griffe. Il se réveille pour de bon. Elle le secoue comme un sac.

— Tu m'entends ? Tu m'écoutes ? Je sais qui a fait le coup. Quel coup ? Je te dis que je sais qui a tué l'Adrien ! Non, ce n'est pas une blague. Je te supplie de me croire. Mais il ne faut pas le faire prendre, tu as promis, hein ? À force de se laisser manger la laine sur le dos, il a dit : « Attrapez ça, monsieur l'adjoint, un pruneau dans le buffet, c'est tout ce que vous méritez ! » Et sa pauvre fille... Ce salaud leur en a fait voir des vertes et des pas mûres... Tiens, que je te raconte.

Elle s'est mise à genoux au milieu du lit et se penche sur Gil, nue comme une cascade au clair de lune.

— Un matin, à la Lucette, avec ta mère, on a assisté

à une scène à en pleurer. Les paysans lui avaient cassé son fusil, à cause des veaux pourris, enfin, tu connais l'histoire. En prime, ils lui avaient foutu une trempe, il était tout endolori, couvert de bleus... Alors, l'adjoint l'a mis plus bas que terre. Fallait l'entendre. Moi, je me serais rebiffée, je lui serais rentrée dans le chou aussi sec !

Baladou.

Le Dr Filman avait raison, bien sûr. « Demandons-nous qui a pu le commettre, qui était là, ou dans les parages. » Le garde vaquait à proximité de la maison Lécuyer, le soir du crime. Personne n'a fait attention à lui. À la fin de sa tournée des cabots, il est allé voir son patron pour lui réclamer un fusil. Il se croyait menacé, non sans raison, peut-être, il avait peur. L'adjoint a-t-il refusé ? Oui, sûrement. « Non, pas de fusil. » Il l'avait déjà dit. « Je vais vous prêter mon vieux pistolet. J'en ai un autre. Ça vous suffira pour effrayer les voyous... » Il lui a tendu l'arme par le canon. Le garde l'a prise par la crosse, le canon tourné vers son patron. Une balle est partie. Crime ou accident ? Un peu les deux. L'occasion fait le larron. Baladou n'en pouvait plus de rage, de haine, de révolte. Il avait déjà tiré sur son maître, un jour de chasse à la propriété de Lambeyrac, l'automne dernier. De loin, un coup de fusil au lieu du cri de colère, de rébellion qu'il n'avait pas le courage de lancer à la face de son patron. Le soir de sa mort, l'adjoint avait tenté le diable – ce même diable qu'il avait lâché dans la ville. Tant pis pour le MRP !

— Je le savais, Marie.

Gil ferme les yeux, essaie de se représenter le moment du meurtre. Une sorte d'accident. Tant de gens avaient des raisons de vouloir la mort d'Adrien Lécuyer. Son destin lui pendait au nez : pruneau dans le caisson, coup de surin sous les côtes, bouillon d'onze heures... Mais le pauvre Baladou, lui, n'était que l'instrument du Malin.

Marie s'est glissée sous le drap, elle frissonne.

— Yvon aussi le savait ?

— Ça crevait les yeux, mais il a fallu que le Dr Filman nous mette sur la voie. En tout cas, ce n'est pas nous qui irons le dénoncer.

— Même à la juge ?

— La juge fait ses bagages. Elle se fiche de cette histoire...

Il cherche une image digne du Renaudot qu'il aura un jour, si Dieu lui prête vie. Marie complète :

— Comme de son premier voleur de pommes !

Bien dit. Elle enchaîne *Cerisiers roses et pommiers blancs*. Que cette chanson sotte berce longtemps nos amours. Ainsi soit-il.

25.

Toutes les trois mortes, « sans coup férir », écrit le journal. Un lecteur s'est indigné : « Moi, ça ne me fait pas rire. Pauvres femmes ! » Elles ne se sont pas manquées, dit-on. Un beau suicide collectif, même si on peut penser qu'Isabelle Mauvignier, la veuve Lécuyer, selon le mot de *La Nouvelle République*, a orchestré le « sacrifice » de ses servantes.

Elles se sont gavées de somnifères, ouvert les veines et enfermées dans une pièce, où chauffait un poêle à charbon au tuyau bouché par un chiffon ! Trois précautions valent mieux qu'une. Le drame a eu pour cadre, « enchanteur », précise encore une gazette, la propriété de Bonaly, récemment acquise par le défunt Adrien Lécuyer. Mme Lécuyer est allée chez les religieuses chercher sa jeune bonne, Aurélie Thoumeyragues, infirme à la suite d'une attaque de poliomyélite dans son enfance. Et, ce que ne mentionne pas la presse, plus qu'à moitié folle depuis qu'elle avait assisté à la mort de son maître. Ceux qui savent la vérité ajoutent *in petto* : la tête chavirée d'avoir vu son père tuer d'une balle de pistolet l'homme qui les avait faits esclaves tous les deux. Les sœurs lui ont confié la malheureuse, le samedi matin, pour une sortie de deux jours. Le

« week-end », écrit le correspondant d'un hebdomadaire parisien dans le jargon à la mode. Le samedi à la nuit, tout était fini pour ces femmes, dont les deux aînées, la veuve et sa nourrice, vivaient côte à côte depuis quarante ans.

« Elles ne s'étaient jamais quittées dans la vie. Elles restent unies dans le trépas. »

Une voisine, inquiétée par un chien qui avait hurlé à la mort toute la nuit, donne l'alerte le dimanche matin. Le chef Rivaux n'aurait sans doute pas bougé ses fesses le jour du Seigneur pour un chien gueulard. La brigade de Bergerac se déplace immédiatement, force les portes et découvre les trois corps le dimanche à midi.

La nouvelle arrive à Saint-Veillant en début de soirée. Gil s'échine sur les comptes de la Boule d'or, au fond d'un réduit sans fenêtre, à la lueur d'une ampoule de quinze watts, encore crépie des chiures de mouches de l'an dernier. Il essaie de mettre un peu d'ordre dans les confettis griffonnés en guise de notes ou de factures par l'Adeline et sa patronne, et qui s'entassent dans un carton comme les feuilles mortes dans la brouette d'un jardinier. Des pages de carnets marquées Cinzano, Dubonnet, Kina Lillet... où les bonnes femmes ont crayonné des mots et des chiffres, parfois des chiffres seulement, la date, une addition, souvent fausse. Parfois ni date ni mot, un chiffre seul qui tombe du ciel, suivi d'un « f » pour franc ou de rien du tout. Difficile de savoir si ces chiffres qui volent au vent vont atterrir dans la colonne des recettes ou dans celle des dépenses. Et, en prime, un cahier tenu par la mère Alvarez, qui ressemble au brouillon d'un écolier mal dégrossi !

Mais Gil commence à deviner, à tendre des fils pour piéger les opérations secrètes des tenancières. Au fond, il s'en fiche. C'est ainsi qu'il gagne sa soupe, un point c'est tout.

Il n'a pas entendu l'Adeline entrer en poussant le rideau qui sert de porte. Il sursaute quand elle s'écrie, derrière lui :

— Ce salaud les a tuées !

Il tourne la tête, elle se tient sous la lumière, les bras croisés, le regard perdu. Elle répète :

— Il les a tuées, oui, ce salopard...

— Mais qui a tué qui ?

Adeline raconte ce qu'elle vient d'entendre, de la bouche du gendarme Peisson, le familier de la maison.

— Elles se sont empoisonnées à la mort-aux-rats, bourrées de somnifères à en étouffer une demi-douzaine d'oies, puis elles se sont fendu les poignets avec un vieux rasoir de l'Adrien ! Oh, c'est sûrement elle, la patronne, qui les a poussées à mourir. Elles n'y auraient pas pensé ! Mais elle était maboule, la pauvre fille. Le seul coupable, c'est lui, le sale cochon !

La mort-aux-rats, la presse n'en parlera jamais. Mais ce n'était pas une invention de la rumeur.

Dans la ville, la stupeur passée, le silence tombe. Le prétendu suicide de l'adjoint avait délié les langues, remué les cervelles, fait voler comme poussière rancœurs, fantasmes et fadaises. L'hécatombe de Bonaly laisse les gens sans voix, sans blâme et presque sans pitié. Tout au plus ce constat presque unanime, lâché à mi-voix : « C'est lui qui les a tuées... » Et quelques-uns, encore un ton plus bas : « C'est le diable ! »

Gil tend la lettre à Yvon. Partie le samedi après-midi de Bergerac, elle est arrivée le lundi matin au courrier de la perception. Yvon refuse d'un signe de tête.

— Tu la reliras ce soir à tête reposée. Et tu décideras si tu veux que je la lise aussi. Demain.

— Tu es mon ami. Nous avons cherché ensemble, nous avons tout partagé. Ce n'est pas maintenant que j'aurai un secret pour toi !

— Merci.

— Je suppose que je devrais donner la lettre aux gendarmes ou à la justice ?

— Tu te vois la porter au chef Rivaux ? Attends au moins de voir ce qu'elle te dit.

— Elle raconte comment son mari est mort. C'est bien Baladou.

— Tu la montreras à Marie, si tu y tiens, puisque tu as le béguin. Bon, je ne te le conseille pas... même en échange d'un gros mamour. Le mieux serait de la brûler. Mais tu as sans doute envie de la garder pour écrire un livre. Alors, mon vieux, je t'en supplie, cache-la bien. Je suppose qu'elle te le demande.

— Sans doute. Je n'ai pas lu la fin. Tu as raison. Je la recopierai sur un carnet, en ôtant les noms. Puis je la brûlerai. Dès que tu l'auras lue. Je n'en parlerai pas à Marie. Pour la lire, j'irai...

L'après-midi est beau. Il enfourche sa bicyclette, prend la route de Lauzun, s'arrête dans un bosquet et s'assoit sur la mousse. La lettre d'Isabelle M.-L. ressemble fort à la première qu'elle lui a envoyée, il y a un siècle. Même enveloppe longue et bleue, discrètement parfumée. Elle avait donc emporté à Bonaly son nécessaire de correspondance... La gorge serrée, il reconnaît l'écriture ample, les boucles, les jambages, l'encre bleue qui bave. Il se mord les lèvres très fort pour ne pas chialer. Il l'aimait bien et, à sa façon, elle l'aimait. Il se sent très coupable envers elle. L'idée lui trotte par la tête que s'il avait fini son *Papillon de nuit* et s'il le lui avait donné à lire, elle vivrait encore.

S'il était un grand écrivain, s'il était simplement un homme, il écrirait sur le destin de ces trois femmes. Destinée, destinée... Voilà le seul sujet digne d'une honnête plume. Mais il a envie de raconter sa vie, son aventure, son amour. En grattant un peu l'écorce dure de son cœur, il trouve la chair encore tendre et il pleure.

Enfin, il se décide et lit.

Cher Gil Blas,

Quand vous aurez cette lettre dans les mains, vous saurez. Je suis sûre que tout se passera comme je l'ai prévu et voulu. Vous lirez les mots d'une morte. Ma vie ne vaut pas d'être vécue. J'ai rêvé cent fois de mourir, il me manquait l'occasion. Si j'avais eu votre talent (et votre jeunesse !) j'aurais tenté de vivre pour le seul bonheur des mots. Mon mari me méprisait, il me traitait d'idiote, de demeurée, mais tant qu'il était là, je m'ennuyais moins. Vous avez peut-être cru que je l'avais assassiné ? Pour un suicide, c'était difficile à croire, j'ai eu des échos. J'ai réussi à convaincre les gendarmes parce qu'ils voulaient bien, mais personne d'autre. Je vais vous raconter ce qui s'est vraiment passé. Vous le garderez pour vous dix ans, oui, dix ans. C'est long ? Mais vous me le devez. Vous pourrez en faire un livre, en changeant les noms des gens et en vous débrouillant pour qu'on ne reconnaisse pas les circonstances. C'est permis, bien d'autres l'ont fait, et je vous promets que vous aurez un prix littéraire. Si j'avais eu votre talent (je le répète), j'aurais noirci mille pages sur la vie de mon mari. Quel roman !

Vous vous demandez pourquoi je n'ai pas organisé

d'autre soirée littéraire après celle où vous avez lu votre Papillon de nuit *? Pour deux ou trois bonnes raisons. D'abord, je m'étais amusée à vous écrire en essayant de me faire passer pour une jeune fille amoureuse de vous (j'étais une vieille femme éprise de votre âme... et un peu de votre personne). Un simple jeu, dangereux peut-être, je pensais que vous auriez vite fait de me démasquer, c'est peut-être le cas, mais vous n'avez rien dit et j'ai eu peur que vous soyez très fâché. Voilà une raison, je n'osais pas vous inviter, et une soirée sans vous ne m'intéressait pas. Et puis, pendant que vous lisiez, je me suis rendu compte que tout le reste était niais, dérisoire, que vous seul étiez doué, et les autres ne s'en apercevaient même pas. J'ai eu honte de mes « séances ». Pour finir, mon mari m'a priée d'en terminer avec ce genre de réception. Il prétendait que ça lui causait du tort dans le peuple. J'ai donc fermé boutique.*

Pour me désennuyer, j'ai essayé de composer une nouvelle dans le genre de votre Papillon. *Mais je n'en étais pas capable. J'ai voulu imiter votre style. En vain. Puis votre écriture. Là, j'ai un peu mieux réussi. Entre-temps, j'ai appris que vous étiez un habile faussaire : selon la rumeur, vous aviez si bien reproduit la signature de mon mari et plus une demi-page de courrier administratif que lui-même n'y avait vu que du feu ! Je me suis dit : décidément, il a tous les dons. J'ai voulu vous égaler, au moins sur ce point. J'avais une arrière-pensée : si je réussissais à imiter parfaitement l'écriture et la signature de l'adjoint, comme tout le monde l'appelle, je pourrais entrer en lui, pénétrer son esprit et son cœur (dans le cas où il en aurait un, malgré les apparences !). Donc être lui, le comprendre, le raconter. Je me suis aperçue tout à coup que je possédais une arme contre lui. La meilleure défense n'est-elle pas l'attaque ? J'ai eu l'idée d'une méchante farce pour le tourmenter comme il me tourmentait depuis des années...*

Gil repose un instant la lettre pour contempler le ciel. Le soleil est descendu sous l'horizon qui se barbouille en rouge. Soir sanglant. La grisaille du crépuscule monte de la terre. Il avait deviné juste, à quelques détails près. Il ne s'en réjouit pas. Il s'est senti humilié par le jeu que la belle Isabelle avait inventé sans penser à mal. Il aurait pu aller la voir, les lettres signées Héloïse Villon dans sa poche, et lui dire : « Isabelle, Isabelle, c'est vous Héloïse ! À quelle récompense ai-je droit pour vous avoir reconnue ? — Vous voulez une récompense, Gil Blas ? Quoi, par exemple ? » Et après la récompense, ils auraient pu écrire ensemble une histoire de papillon. Elle aurait peut-être repris goût à l'existence... Imbécile, tu te crois assez malin pour changer le destin ? Le tien et celui des autres... Tu n'es, comme tout le monde, qu'un fétu au vent !

Il reprend sa lecture. D'ici à quelques minutes, l'ombre effacera les mots. Il se hâte. Isabelle raconte maintenant la mort de son mari, les minutes et les heures qui ont suivi. Elle était chez son père, au moment du drame. Elle lui avait dit qu'elle aurait voulu mourir en même temps que lui. Il avait répondu, avec sa sévérité coutumière : « Tu mourras quand Dieu t'appellera. » Elle avait pleuré, il n'avait pas essayé de la consoler. Puis sa bonne, Rélie, était arrivé, échevelée, le visage et les mains griffées d'avoir sauté les haies pour aller plus vite. Elle tenait des propos incohérents, sauf cette supplication : « Madame, venez vite, Monsieur est gravement blessé ! » Enfin, tout ce qu'on avait imaginé presque exactement... Attirée par les cris de la dispute, elle avait écouté à la porte et observé par le trou de la serrure. Son père était sorti en criant : « J'ai blessé M. Lécuyer avec son pistolet. C'est un accident ! » Elle avait donc cru que son maître était seulement blessé. Le garde s'était enfui. La Fine avait couru chez le Dr Compérac, le plus proche des deux médecins de la ville. Aucune n'avait pensé à vérifier si M. Lécuyer était encore vivant.

M. Mauvignier avait voulu questionner Rélie, elle s'était mise à déraisonner. Il avait eu une faiblesse, sa servante l'avait obligé à se coucher. Après avoir bu un cordial, la Rélie s'était un peu remise. Elle était repartie avec sa maîtresse, toujours par les jardins. Le soir était tombé. Rélie ne cessait de gémir. « Mon papa et Monsieur... ils sont devenus fous, ils se sont battus... Mon papa a tiré un coup de pistolet. C'est terrible, si Monsieur est mort, mon papa va aller en prison ! » À partir de ce moment, elle avait complètement perdu la tête. Elle n'était même plus capable de retrouver son chemin. Isabelle Lécuyer avait dû la ramener en la tirant par le bras.

Soudain, le garde s'était jeté au-devant d'elles. « Madame, je crois que je l'ai tué, c'est un accident affreux, à cause de cette saleté de pistolet, je savais pas qu'il était armé ! »

Baladou a-t-il menti ? Il connaissait le système de sûreté du pistolet « Le Français », mais il a pu l'oublier dans le feu de la dispute. La scène est telle que Gil et Yvon l'ont imaginée, à un détail près... un détail qui explique tout. L'adjoint a tendu l'arme au garde, mais presque aussitôt, il a voulu la reprendre. « Hé, attendez, il est chargé, deux balles. Je ne vais pas donner une arme chargée à un abruti comme vous ! » Cette insulte était la centième, ou la millième, que l'adjoint jetait à son souffre-douleur. Une de trop. La goutte d'eau... Même si Baladou a soutenu devant la veuve qu'il avait pressé la détente involontairement, on peut douter de sa sincérité. Gil songe qu'à la place du garde, il aurait eu aussi une envie irrésistible de clouer le mot abruti dans la gorge du salopard !

Isabelle Lécuyer a trouvé la situation très excitante. Elle a recommandé à Baladou de se taire. « Si vous racontez votre histoire, vous ne pourrez jamais prouver que vous avez tiré par accident. En outre il y a eu le coup de fusil de Lambeyrac, vous vous rappelez ? On va déguiser la mort de mon mari en suicide. Je m'en charge. Tout ce que je vous demande, c'est de rentrer chez vous et de fermer votre clapet. Compris ? Un bœuf sur la langue pendant... pendant dix ans ! »

Isabelle et Rélie sont rentrées avant l'arrivée du médecin et de la nounou. Isabelle a eu le temps d'essuyer le pistolet puis de le placer dans la main du mort, dont les doigts étaient encore souples. Ensuite, elle l'a laissé tomber à l'endroit qui lui semblait le plus plausible. Elle avait lu assez d'Agatha Christie et de Dorothy Sayers pour l'inspirer. Elle s'amusait follement. Elle a organisé un simulacre de suicide, qui aurait été assez convaincant si son mari était mort d'une balle dans la tête. Elle pensait que la lettre suffirait à persuader la police et la justice. Elle s'y est appliquée, elle n'a pas eu le temps de la finir avant l'arrivée du médecin. Peu importe, elle a fait semblant de la découvrir en même temps que les gendarmes... Elle s'est rendu compte plus tard de la faiblesse de sa mise en scène. Si le suicide n'avait pas convenu au chef Rivaux, ainsi dispensé d'une véritable enquête, elle se serait fait pincer en un quart d'heure. Après, il était trop tard.

Gil scrute le ciel. Dix ans... Oui, il gardera le secret dix ans et même vingt, bien plus par fidélité à lui-même que pour répondre au vœu d'une morte. Yvon ne compte pas : Gil est sûr de son ami.

Il ne dira rien à Marie, qui soupçonne la vérité et n'a pas besoin d'en savoir davantage. Rien à ses parents. Pas un mot aux dames de la Boule d'or, ni à la juge ni à personne. Aucune note dans son journal... Et dans son roman, il veillera à transposer personnages et situations, il jurera noir sur blanc qu'il a inventé toute l'histoire.

Il sent d'instinct que cette obligation de silence donnera à sa vie une force, une rigueur, une plénitude qu'elle n'aurait pas eues de sitôt. Il se souvient d'une apostrophe : Si tu veux être un homme, tais-toi. Qui l'a écrit, déjà ? Sans doute un de ces auteurs modernes qu'il connaît mal. Est-ce à dire qu'un cri jamais ne sert ? Non. Que le bavardage et la médisance soient bannis de ton existence. Voilà ce que t'apprendra le bâillon sur ta bouche et sur ton cœur !

L'ombre du soir se glisse le long des arbres au feuillage tremblant. Elle s'étale lentement dans le sous-bois, recouvre les ronces et les broussailles au milieu desquelles il s'est assis. Comme par miracle, un rayon de lumière se pose sur la lettre. À sa clarté, Gil lit les dernières lignes tracées plus hâtivement sur le papier un peu froissé.

Adieu, cher Gil Blas. C'est dans la joie, oui, une sorte de joie, je t'assure, que je plie mes bagages pour le grand départ. Des éclairs de bonheur, pareils à ceux que décrit Proust dans Le Temps retrouvé, *traversent mon âme. Ils m'apportent la cruelle tentation de vivre. Mais si je cédais, je le sais, je retrouverais aussitôt non pas le temps perdu mais les jours d'infinie attente, sans la paix ni l'espérance. Pouah !*

J'ai près de moi une petite anthologie des poètes du XVIIIe*, un siècle que je n'aime pas tellement : c'est le hasard. Je me suis arrêtée à un certain Évariste Désiré de Parny (1753-1814). Il mord un peu sur le* XIXe*, ce qui m'a attirée. Son épitaphe l'a rendu célèbre, plutôt que ses poèmes qui sont pourtant beaux.* Hier au soir, il est parti voir en l'autre monde ce qu'il faut croire en celui-ci. *Ces mots ne seront pas gravés sur ma tombe. Toi seul les répéteras, jusqu'à ton dernier jour, parce qu'ils sont joliment ficelés, chargés de tendresse et de nostalgie et qu'ils défient à jamais l'oubli. Je ne sais pas s'il y a un autre monde (je le saurai peut-être ce soir ?). Je crois qu'il y a le monde, qu'il est très grand, avec des plaines sans fin, des abîmes sans fond et tant de mille recoins que jamais on ne les comptera.*

Deux vers d'Évariste Désiré de Parny m'accompagneront aussi dans mon voyage :

Mourez, importuns souvenirs...
Mourez, tumultueux désirs.

Délivrance. Mes compagnes sont heureuses de partir avec moi, je te l'assure. Nounou, bien sûr, elle voulait que rien ne nous sépare jamais. Et ma pauvre Rélie, qui chante et qui rit : elle a compris que son calvaire était fini. Elle aura, avant de s'éteindre, un moment de lucidité qui la consolera de tout.

Je fais très attention que tout se passe bien. Je ne suis pas obligée d'agir dans la précipitation comme pour la mise en scène du suicide. Et je me méfie. Les gens qui ont raté leur vie, dit-on, manquent aussi leur mort quelquefois. Non, j'aurai une belle sortie. Celles qui ont été mes servantes et qui sont aujourd'hui, enfin, mes amies, mes sœurs me feront un cortège de mai.

Valse mélancolique et langoureux vertige. Je veille à tout. J'ai les ingrédients, le poison, les médicaments, le charbon, le chiffon, le rasoir... Je souhaite partager avec toi ce délicieux moment. Tu te souviendras, dis, tu te souviendras ?

Un cœur tendre qui hait le néant vaste et noir...
et qui s'en va bientôt vers la lumière.

Isabelle Mauvignier

26.

Gil donne l'enveloppe à Yvon.

— Je l'ai déjà recopiée sur un cahier comme si c'était une note pour mon roman. J'ai changé tous les noms et supprimé quelques détails trop particuliers.

D'un geste machinal, il caresse le papier bleu, du bout des doigts.

— Quand tu l'auras lue, on la brûlera dans le poêle, ici.

— Oui, ça fera une petite fumée qui aura de la peine à arriver jusqu'au toit.

— Puis on ramassera les cendres dans un sachet du Trésor...

— Ah ?

— Et demain, au cimetière, on les jettera dans la tombe d'Isabelle Mauvignier.

— Jolie idée.

Il est midi. Yvon a fermé la porte de la perception à double tour. Il s'installe pour lire dans le réduit du patron. Gil s'assoit à sa place, les coudes sur la table, la tête dans les mains. Il a un peu pleuré cette nuit. Maintenant, il a les yeux secs. Il observe au fond de lui un calme étrange. Il ne craint plus la guerre, il ne la souhaite pas comme cela lui est arrivé, par rage ou accablement.

Il songe à celles que la belle Isabelle nomme ses amies, ses sœurs : les pauvres servantes qui ont peut-être aperçu le bonheur en partant pour l'autre monde. Comment savoir si la mort, pour elles aussi, valait mieux que la vie ? Elles n'ont jamais eu le secours de la littérature, ni pour vivre ni pour mourir... Dans quel recoin du vaste monde, dans quel abîme profond sont-elles aujourd'hui perdues, ces trois femmes qui ont croisé son chemin ? Il les retrouvera par le miracle de l'écriture. Et puis après ?

Yvon revient au bureau, à pas très lents. Il tient la lettre pincée entre deux doigts. On croirait qu'elle pèse un lourd pavé dans sa main et qu'il peine sous son poids.

— Tu veux la relire une dernière fois ?

Gil hésite. Une lecture ultime, dans la hâte et le regret ? À quoi bon ? Les adieux sont faits. Il refuse d'un geste. Yvon froisse l'enveloppe puis les trois feuillets bleus, qu'il pose sur le poêle. Il sort son briquet, l'allume et le brandit comme une torche.

— Tu poses ta chique jusqu'en 1961. Et moi aussi...

Il observe le ciel par la fenêtre.

— Je me demande ce qui se passera en 1961... et si on sera encore là pour le voir !

— Si on n'est plus là, le problème sera résolu.

Il se penche et fourre le papier chiffonné dans le foyer du poêle.

— Viens souffler.

Gil s'agenouille, active de son mieux la combustion de la lettre bleue, puis se retourne.

— Qu'est-ce qu'on fait pour le chef Rivaux ?

— Tu as une jolie maîtresse, un livre à écrire, un concours à préparer...

— C'est ce que je me disais.

— Moi, j'ai cette putain de perception à faire marcher encore quelques mois. Et je vais bientôt être père !

— Exactement ce que je pense.

— On oublie le chef Rivaux et ses saloperies ?

— Oui. Que Dieu s'en charge. Ça l'occupera un moment !

— Tu blasphèmes, dis donc, mais tu as raison. Dieu ou le diable. Il doit être encore dans la ville, celui-là. Il remue les cornes en cherchant un dernier tour...

— On lui conseille d'aller voir le chef avant de se faire la malle.

— Et on leur souhaite bonne chance à tous les deux !

— Et Baladou ?

— Le pauvre diable... Il a débarrassé le pays d'un gros nuisible, ça mérite pas mal d'indulgence. Mais il ne vivait que pour sa fille. J'ai peur qu'il finisse par se pendre ou se foutre à l'eau.

— J'espère que tu te trompes et qu'il vivra jusqu'à quatre-vingt-dix ans...

— Et qu'il sera décoré sur ses vieux jours. Bonne chance à lui !

La lettre a fini de brûler. Gil recueille dans un sachet de coupons les cendres et deux ou trois débris charbonnés. Il tente de remplir d'une bolée d'air le creux de sa poitrine. Demain, l'enterrement. En sortant du cimetière, la vie commencera vraiment.

La vie commence et recommence souvent à la sortie d'un cimetière.

Alors, il dira, pour toujours, adieu à sa jeunesse.

Je remercie vivement Jean-Daniel Baltassat pour ses lectures attentives et ses encouragements.

Impression réalisée par

CPI
Brodard & Taupin

51441 – La Flèche (Sarthe), le 04-03-2009
Dépôt légal : mars 2009

POCKET – 12, avenue d'Italie - 75627 Paris cedex 13

Imprimé en France

MICHEL JEURY

Michel Jeury est né en Dordogne en 1934, de parents agriculteurs. Après ses études au petit bonheur, du certificat au bac en trois ans, il devient instituteur et publie son premier roman, *Le diable souriant* (Julliard, 1958). Il signera plus de trente romans de S.-F. et de nombreuses nouvelles avant d'écrire des romans historiques, puis contemporains : *Le temps incertain*, *Le dernier certif*, *Les signes du temps*, *La vallée de la soie*, *La charrette au clair de lune*, *Nounou*, *Le jeune amour*, *Les gens heureux ont une histoire*. *L'année du certif* et *Les grandes filles* ont été réalisés pour la télévision par Jacques Renard.

« Écrivain de métier, paysan de cœur », Michel Jeury partage son temps entre le Périgord et les Cévennes où il est installé depuis 1987.